红楼梦的真故事

周汝昌 —— 著

周伦玲 —— 整理

作家出版社

周汝昌

中国红学家、古典文学研究家、诗人、书法家，是继胡适等诸先生之后新中国红学研究第一人，考证派主力和集大成者，其红学代表作《红楼梦新证》是红学史上一部具有开创和划时代意义的重要著作，奠定了现当代红学研究的坚实基础。另在诗词、书法等领域所下功夫甚深，贡献突出，曾编订撰写了多部专著。

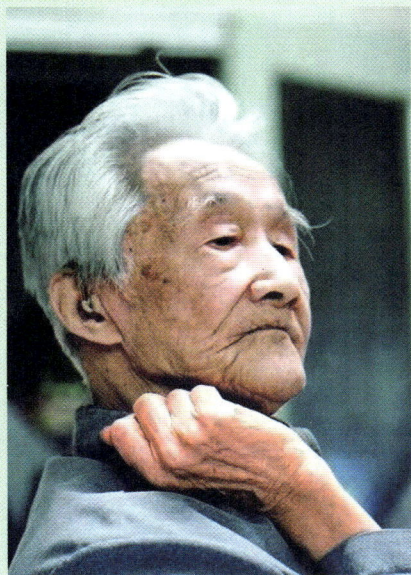

旧版自序

"红楼"之"梦"有真有假。真梦是曹雪芹的原著，即脂砚批语中透露的"百十回"本，实即一百零八回手稿；假梦就是流行已久、蒙蔽世人的程高伪续一百二十回本。这么一讲，就会有质疑了："你这本书如何胆敢题名为《红楼真梦》？岂不太不自量？何况，你经常批斥程高本是伪是假全本，你这书难道就不伪不假？是乃只知批人而忘了自批，何其可笑也。"

谨答曰：程高是受乾隆、和珅之命，炮制后四十回，用以整个地、彻底变质地反对曹雪芹原著精神意旨的，所以是伪装的"原著""全璧"，故为以假混真。拙者是竭尽一点区区能力，设法追寻雪芹原书的某些大关目大章法以及若干故事情节的大概约略，借以演现这种模拟式的尝试结果与程高伪本是何等地差异，何等地"针锋相对"！

所以，拙著之题名曰"真"，是相对于程高之假而言的，并不是妄攀雪芹的那个真正的真。

这一点说清楚，并不困难，但也有人将概念和出发点弄得混淆不清，还将拙著和程高假全本放在一个"性质"天平上衡量，说我未必就比程高为真，是"言过其实"，云云。恐怕就是思路逻辑上本即陷入混乱了。

在此，再一次向读者朋友"强调"一下：本书所题之"真"，是依据雪芹原著中的"伏线"（鲁迅先生讲"红楼"最重此点）与脂批中透露、引录的各种线索、痕迹而努力追寻一个比较"接近"于雪芹原著的"真"。我这"真梦"的含义，不超越上述的意义与标准。

当然，我的愿望与水平能力，又是两回事。这本无须赘言，读者圣明，自当理会。

雪芹书稿，似为写至《芙蓉女儿诔》为一大段落。即至七十八回停歇过，然后又写了三十回续完，总共为一百零八回（仿《东周列国志》），可是，"后之三十回"书稿已不见。清人记载，有一个"旧时真本"，故事内容与一百二十回流俗本迥异，荣宁抄没后备极萧条，宝玉沦为"击柝之人"（打更的更夫），湘云流落为"佣妇"一类贱役，最后二人终得重会……

这，符合今本中第三十一回"因麒麟伏白首双星"的回目。

这种"旧时真本"，民国年间还有不止一人见过（齐如山、姜亮夫等），然而不知何故，至今竟未再现踪影。我极盼此一真本还有重显之希望——只要此本一出，则我这本小书就可以"付丙"了，岂不快哉！望之望之。

在此不妨提一提驰名海外的女性作家张爱玲。她自云：自幼即读坊间本石印小字《红楼梦》。至十二三岁时重读，即觉一到第八十一回（即伪续开头），"天日无光，百般无味"！后来又见到"旧时真本"的记载，顿时觉得真是"石破天惊，云垂海立"！

不仅如此，她自1963到1973这段时间，花去十年光阴，写了一本专著，最终的宗旨就是追寻那个"真本"的真。她引为平生一大恨事的，就是"红楼"未完，伪续成为"附骨之疽"，而真一去迄不可得。

这一切，就是一个"真"和假对立的"故事史"。张爱玲女士不及见我这小书，见了也未必有所契合，但无论如何，我们的基本观点与信念却是一致的。只要有这个一致，就令人欣幸了，更何况，近年来已然看清真假问题的"红友"越来越多了，伪续毕竟不再能惑乱人心了。这是红学研究的一大功绩！至于我这小书的得失成败，又有何轻重值得齿及乎。

这次重印新版，做了一些修订和补充。初本题名《红楼梦的真故事》，有旧序。因其中叙及写作的原委等情，可供参览，今仍附印于此，幸加明鉴。

甲申冬至大节前夕

先叙衷肠

这本书很特别，题个什么书名方能表其性质体裁？最初不假思索，冲口而出的，是七个字：《红楼梦的真故事》。我的女儿兼助手听了不大赞成。为什么不赞成？我未曾问，自己"反思"，觉得第一字太多，啰嗦；第二词太死，不灵通，又乏味。比如单说那个"真"字吧，只它就会引来质疑：你这"故事"敢保一定"真"吗？这就要费唇舌了。我又想改用《红楼寻梦》四个字，最后定名为《红楼真梦》。虽然这个"真"字还可以推敲，但我的本怀确实在此一字上；"真"，从头到尾永远是我寻求的最高目标。若用"寻梦"为题名，那么所"寻"何"梦"？不是别的，仍然是追索雪芹原著之真，即其本来宗旨与基本精神。

"追索这伟大的宗旨与精神？你有这种资格与才力吗？"这一问，又把我问得很是惭愧。

说实在的，我若有此神力，我也早就开笔了，等不到今日今时。那么，为什么既有自知之"明"，却又做此不自揆之事呢？可真是万言难尽的一个话题。为避繁词，姑陈大略。

现下通行的标准排印本《红楼梦》，封面上署名的款式是"曹雪芹高鹗著"。这是个奇怪现象，因为这部名著并非曹、高二人组成了"写作班子"共同执笔写出来的。曹雪芹至少也是有了全部书的草稿，只未及整个儿编定钞清传世——这事实，即由脂砚斋批语中透露的"后半部""后之三十回"[注一]中的若干情节、回目、字句，证明雪芹已有全稿的事实是没有疑问的。八十回钞本形态的本子[注二]至晚在乾隆壬午（二十七年，1762）之际已经流传了。而高鹗等人续作了四十回、拼在书后、伪称"全"本，活字印行乃是乾隆辛亥（五十六年，1791）的事情，两者先后相去已是三十年，雪芹辞世已久，那种署名"曹雪芹高鹗著"的做法，岂不是一个很大的怪事？

从高鹗留下来的诗词文字来看，可知他的思想、气质、手笔、灵智、境界……与曹雪芹都太不相近，那距离有如秦楚、真似胡越之隔阂。如此两个迥异的头脑心灵，怎么能在文艺上会是"合作""共生"的关系？此二人者，纵使其执笔写作即在同年同月，那也是拼不到一起，更充不成"整体"与"全本"的。把《红楼梦》的著作权和文化荣誉交与谁的名下？岂容颠倒混乱？

有人总还以为，高鹗续作，也是一番苦心美意，纵使文笔才思不逮原著，也是可谅而毋庸苛责的吧。持这种貌似公平的看法的论者时常可见，原因是他们难以料想，高氏续书并非只是一桩"文学活动"，实际是有后台主使的政治密谋。这事实，清代海内有宋翔凤的传述，海外有俄国卡缅斯基的记载，合看知是乾隆、和珅共同策划，程高等文士炮制，最后由宫内武英殿的四库全书修书处的专设木活字排印的——亦即官方特许、专卖的新书！

这就十分清楚：雪芹原稿的后部分被他们秘密抽撤或销毁了。这也正是《四库全书》对待古书秘本的一贯暗施偷运的做法。

由此即又可知，后来续拼的这四十回，是有意地专为篡改雪芹原文本旨而布置的，它的内涵一切，都是与原著违反的移形换质之物。

既然如此，凡读《红楼梦》而了解了内幕骗局的当时后世之人，便产生了强烈的愿望：雪芹原著既已不复可见了，那就想知道原著的大致情况，比如重大的情节事故的发生衍变，人物命运的悲欢离合，章法结构的呼应隐显，全书整体的重新认识与思索感悟……

我自己就是怀有这种异常强烈愿望的读者之一员。

这个愿望，用最简捷的措词来表述，就只两个字：寻真。

寻真，可实在是世上最难的事了。

第一，那个混真、篡真、夺真的假"红楼梦"，积二百年之习惯势力，坚牢顽固地阻碍着寻真的努力，它不肯承认是假，所以竭力反对寻真的一切工作与成果。所以，要想寻真，一方面须做正面积极的寻求工作，另一方面还得分力耗神地去破除那种维护假而害怕真的积重势力。

这种情形，有时十分激烈。寻真的艰难，首在于此，一般人也许一时是体会不到的。

至于寻真本身的困难，那倒用不着絮絮，因为谁都可以想象，至少能想象到一部分。比如信息的搜索，资料的辨析，根据的证验，分歧的参互等问题不一而足。这还"罢了"，最难的是，即使资料、证据、信息、考订等都不成问题了，它们的总量却仍然是很有限的，充其量也并不足以供给"复述"（不是复原）原著后部分之所需，空白尚多。

再者，这些可以据有的证据信息等，一般皆是零碎的鳞爪，亦即个别的、分散的、孤零的、点滴的……要从这么一些支离破碎的小片段来构想一条首尾毕具的"全龙"，其难为何如，可以不必多说而自明了。

还不止此。这"全龙"若仅仅是个呆定不动的图画标本，那也许总还可以对对付付地联缀而显示出来。但问题却正在这儿：若想寻真，则那真却须仿佛前八十回那样是条活龙才行。如若所寻得的只是一些死龙的碎骸或化石，那就连前大半截活的也带累成死的了。这个难点，才是一切难点的总焦聚。

这也就是有人说雪芹原书根本没办法续，续了也必归失败的道理的真正所在。

这本小书，鉴于已述的这些难点与自己能力的有限，绝不敢作什么"续书"，但它又不同于"探佚学"的考证论文。这只是想"讲述"八十回后的大概情节故事，而讲述时并不罗列根据来历、推考过程等之类，只讲述我个人以为较为接近原著的若干研究成果以及与之相应的"连缀"。因为不连缀组构，就不成其为"故事"（或其片段），而允许连缀组构势必又须允许些微必需而适当的想象，或者可以说成是合乎情理的推衍。事实上，如不这么讲述，也就无法"卒读"。

说到这里，就表明了事情的真际：除非一旦雪芹的原著又奇迹般地发现了，那才是真正的"真"，然而若到那时，则又何须乎任何人再费尽精神来寻真呢？所以在原著尚无复现的希望时，我们的努力目标只能是一步一步地走向"近真"的境界，这也就是"寻"字的真谛了。

还有一点，雪芹的书的最大特色是一种笼罩整体的诗的表现与诗的境界，没有了这个也就没有了《红楼梦》。与此呼吸相关的又有一个总体理解全书主角宝玉这个人物的内心活动与精神世界的展示，那也该是逐步升级的。我们最欣赏的，其实并不是那些"情节故事"，《红楼梦》并不是侦探或武侠小说，不是靠离奇、惊险或"悬念"等来吸引人的。只有一大堆"情节"并不能产生《红楼梦》的真魅力。因此，寻真到后来，就必然要寻这种诗的灵魂，诗人的气质与丰神器度——这就又寻到了一切难点的顶巅或核心！我们这些凡夫俗子，又如何能够胜任此一至重至大的工程呢?!

我深深感到，以上所说的困难是巨大的，但我又深深相信，读者一面在耐心期待一位真正的胜任者，一面也不拒绝像本书这样品级的寻真的铺路者的尝试。

这的确是微薄的献礼，敬请哂纳。

周汝昌

甲戌腊月中浣于金台红庙

[注一] 脂批多次提到"后半部""后回""后之数十回"，惟"后之三十回"（一本作"后之卅回"）说得最为明确。但此"三十回"之批语，实指原稿仅至七十八回为止而言，故总回数原为 78+30 = 108。雪芹原稿残存的，至七十八回宝玉读《芙蓉诔》毕即无下文，今存世的《蒙古王府本》《戚序本》犹存此一真实面貌。回末一小段以及以下两回书文，皆是为了便于传抄流行而凑成"八十"回整数而由另手后加的，已非雪芹原笔。

[注二] 说雪芹原著"八十回"，是通俗简便的提法，并不精确，已见上条注文略述。实则其他七十八回中，也实缺第六十四、六十七两回以及个别小残缺处（今之传本亦皆经另手试为补缀了）。这种情形是雪芹当日写作时曾遭干扰、阻碍、破坏以及生活贫困、居处不稳定种种困难与不幸而造成的，证据已呈现分明。

目 录

第拾壹部

附《红楼梦的真故事》之下编

附录

小　引

　　且说宝玉因晴雯之屈死大病一场之后，事故并不由是而减，倒是一伙奸党刁奴见王夫人愚昧可欺蔽以遂其私，遂加紧进谗，将众丫鬟俱都逐尽，以报素日之嫉恨。府中情势，争斗激烈，勾引外祟，浸渗侵蚀不已，而且牵挂上王府的大麻烦。

　　再说抄检大观园一场，凤姐与王夫人的分歧已然显露，凤姐眼看王夫人弄左性，只得退后一步，诸事撒手。众小人见凤姐已失宠，便又日日向王夫人说凤姐的坏话。这就遥遥引动了不久凤姐被休，"哭向金陵"的悲局。

　　七十九、八十回以及以后的事故迭起，接连祸变相继。

第壹部

壹
"疗冤疾"

却说宝玉读罢诔文，回至房中，犹自悲泣不已。袭人等温言劝慰，亦不能稍解。因此日渐消瘦，精神恍惚，言语失次，哭笑无端，病情已显。袭人不敢隐瞒，遂来禀明王夫人。

那王夫人素性愚暗，喜听小人谗言。因夏婆子一伙挑拨是非，抄检大观园，闹出一场丑事闹剧，犹不自悟，自谓威重令行，反觉十分得意。凤姐见此情景，便推病歇养，让王夫人自去行事。王夫人本欲喝命宝玉搬出园外，今闻袭人等所说，只得暂且按下，以便仍在怡红院中调治。

谁知宝玉之病日重一日，夜不安寝，一闭目即见晴雯走来哭诉，二人大哭一场。满院中人终日凄惶惊恐难安。王夫人起先未告知贾政，至此也慌了，不知如何是好，只得向贾政说出一切原委。

到底还是贾政明白，心知此乃冤疾，非丸散膏丹所能医治。想起先时宝、凤叔嫂遭邪法镇害，已至垂危，后竟因僧人提醒，用那通灵玉自能立见神效，便命速将那玉悬在室中，令他房中诸人焚香祷祝。果然渐渐安静下来，渐进饮食。王夫人此时见宝玉得保一命，方不再严逼宝玉出园之令。但仍将园中各房丫鬟，逐个审看，诘问，稍有不顺她眼的，悉皆逐出园子。众女儿不忍相舍，纷纷抱头痛哭。只不敢令宝玉听见。

宝玉渐愈后，神智略复，听袭人给他讲说病中情景，并如何又得通灵玉之力的奇事。宝玉忽然大悟：原来那玉上的字，一除邪祟，应在马道婆邪法上；二疗冤疾，又应在这场大病。宝玉细思这"冤"字，不禁泪下。这"冤"字，是晴雯的一生，也是这么多园中女儿的一生。又想起那日在大杏树下闻鸟啼而伤感，当时只说邢岫烟等女儿红颜枯槁，斯园不知属于何人，自身不知化为何物……今日眼看走向那一地步了，又不禁痛泪沾衣，自流自拭。

又一转念：玉上三行小字，还有一行"三知祸福"。如今前两行已验，这后一行也必验无疑，但此时此刻，尚不知有何祸福，出在何年何月？

宝玉变得像是事事冷漠了，每日除在老太太跟前定省承欢，托病不见别人。家里人见他，也只照例的礼数，不言不笑，只独自一个，常在池旁堤上痴立。有时喃喃自语，又有时将一张写了字的纸，投向溪水，看它流去。

有园中园外偶得残纸者，只见上面皆是诗句。有几处断句，写的是"风飘万点正愁人""飞红万点愁如海""流水便随春远，行云终与谁同""相寻梦里路，飞雨落花中"，稍稍可辨。

诗曰：

> 红楼非梦假充真，纸断诗残一怆神。
> 强借草蛇循伏脉，已教东丑效西颦。

贰
一条大脉络："大老爷"那边的人

大老爷是贾赦，宝玉的伯父。他住荣国府的东院，与贾母、贾政这边隔断开的，另有大门出入，也称"北院"，是相对于另有南院（内有马棚）而言的。

那院里的人，都不怎么样，净是生事生非，好行不义之事。这还罢了，他们对贾母这边嫉妒、怀恨、不平、眼热……

一府之内，两院之间，暗暗成了敌对，"矛盾"渐趋激化。

雪芹为此，花费了大量篇幅，重笔设"彩"。

贾赦一次"说笑话"，讽刺贾母"偏心"。大太太邢夫人深恨凤姐，说她攀高枝儿——只为贾母这边效忠出力，而一点儿也不"照顾"赦、邢这边（凤姐是贾琏之妻，琏乃赦、邢之子，是借到"西院"来掌家理事的，照"常理"，她该"偏向"着亲公婆赦、邢才"是"）。

这么一来，邢夫人身边手下，就有一群奴仆下人，专门"盯"西院，充当"耳报神"，调唆邢夫人生事"出气"！

可莫轻看了这些"小人"，她们结党营私，害了整个荣国府——包括她们自己！

这群人，饱食终日，"有"所用心——心专门用在算计别人的身上。

叁

王善保家的，费婆子，夏婆子，秦显家的

她们是一党。她们眼热着这边，天天寻觅什么风吹草动，喊喊喳喳，吹向邢夫人的愚昧的软耳朵。

我刚才说了，有一种七十八回本流传过，书到宝玉祭雯，在池边泣读《芙蓉女儿诔》，便失掉后文了（另有考证为据）。从这种本子来看，书中最末部分所写的一件特大事件——不祥的预兆，即是抄检大观园，那是第七十四回的事了。这件丑事与闹剧，正是鲁迅先生所说的"已露悲音""凄凉之雾遍被华林"，关系至为重大。这场剧是谁"导演"的？就是王善保家的，是她挑动了王夫人的惊吓与怒气。

王善保家的本心是要害她素日不对头的人，兼可立功受赏，博取太太们的青睐。不想出了自己亲戚的丑——她外孙女司棋的私情一案却发露了，而且还断送了晴雯的性命！

其人之恶，罪在不赦！所以宝玉的诔文中说——

> 呜呼！固鬼蜮之为灾，岂神灵而亦妒？钳诐奴之口，讨岂从宽；剖悍妇之心，忿犹未释！

此外还用了许多厉害的字词来咒骂那些"奸谗""蛊惑"。这在全书中也是特例！

这个王善保家的，就是日后挑唆使坏的一员干将，发挥着异样恶毒的作用。

王善保家的为何有这么大的"身份地位"？原来她是邢夫人的陪房。陪房者，旧时姑娘出阁，嫁到婆家，一切陌生，要从娘家带过来一位媳妇照料扶持她，包括教导指引家务礼数、种种关系，也是她的"保护者"，因此是姑娘平生中最贴身贴心、得力得用的亲人，故此最得宠信。可知所遇所选陪房为人的良莠，必然严重影响姑娘（俗称嫁后的女儿为姑奶奶者是也）的心性品德。

王善保家的还掌管着爱财如命的邢大太太的私房财富！此妇为人极不善良。她是个毁家的蠹虫和帮凶，名之为"善保家的"，大概正是反语讽词。

有王善保家的这么一个就够坏了，还又添上了一个费婆子，她也是邢夫人的陪房，是她向邢夫人告状（为了搭救她的儿女亲家、在大观园管看门失职被罪的婆子）而让邢当众给了凤姐一场"没脸"而致凤姐羞愤哭泣。你听雪芹怎么"介绍"这位费婆子——

> 这费婆子原是邢夫人的陪房，起先也曾兴过时，只因贾母近来不大作兴邢夫人，所以连这边的人也减了威势。凡贾政这边有些体面的人，那边各各皆虎视眈眈。这费婆子常倚老卖老，仗着邢夫人，常吃些酒，嘴里胡骂乱怨的出气。如今贾母庆寿这样大事，干看着人家逞才卖技办事，呼幺喝六的弄手脚，心中早已不自在，指鸡骂狗，闲音闲语的乱闹。

即此可见，这也不是善类，都是滋生祸端之人。

全书已过七十回了，事情已是瞬息之间便生变故，所谓一步紧似一步。在费婆子身上交代的这些话，总非浮文虚设，处处关联着后文的大端重案。姑且单就费婆的亲家而言，她们深夜吃酒聚赌，园门管理不严，也隐伏下外贼的侵入。

这也"罢了"，为什么我又拉上夏、秦二婆呢？

夏、秦都不属于"大老爷那边"。夏婆子是荣府西院怡红院春燕之母何妈妈的姐姐，藕官的干娘。但她是迎春房里蝉姐儿的姥姥（外婆），这就沾上了"那边"的关系。此婆也善生事，调唆赵姨娘演闹剧，气得探春要查调唆之人可又查不着她。

秦显家的是司棋的婶子，所以虽在园子角门当差，实属"那边"一"党"。她因争管内厨房，嫉恨上柳嫂子。

这是"知名度"大的。一定还有别的人们。这群人在后半部书中却成了暗中牵动成败大局的重要角色。

肆
"二老爷"这边的侧室

方才讲过，夏婆子调唆赵姨娘演闹剧的事。赵氏是贾政屋里大丫头收房做了侧室的，生了个儿子，是为贾环。这母子二人，都对宝玉心怀嫉妒，总安坏心要害了宝玉——那么贾环就成了"正支正派"，荣国府的"冠带家私"就都归他了，赵氏也可望成为"正果"夫人了。

宝玉是个"傻瓜"，不知世上有坏人坏事，这种人极好对付。但无奈有了个王熙凤挡在前头，是宝玉的"护法神"，又精明又厉害，故此他母子最怕熙凤——也最恨她，总想将她除掉。

这就是赵姨娘请马道婆用魇魔法害凤、宝嫂叔二人的缘由，只差一差就送了两个的命！

贾环呢，别看人小，心眼儿可大，他抓住了金钏投井的事故，在严父面前私陷宝玉，说宝哥哥是"强奸母婢"——这才激怒了贾政，要将宝玉打死。你看这孩子够多么毒！

这也"罢了"。谁知他又与邢夫人那边"气味相投"，勾结在一起，共同图谋贾政这边，处心积虑，日有所增，月有所益。

这就是因何书中总是贾环与贾琮（赦、邢之幼子）同行同坐、形影密切的道理了。

东院"大老爷"那边一条脉，与西院本身侧室一条脉，两脉通联，合力下手，目标是向熙凤和宝玉开刀，以便取而代之。

在第七十一回书中，特写"嫌隙人有心生嫌隙"，邢氏已经在公开场合给熙凤以很大的难堪局面——事势昭然若揭了。

贾赦也被调唆得恨上了自己的儿子贾琏，把他毒打了一顿，打得卧床不起——与贾政打宝玉遥遥辉映。

这就是我早说过的：大房与二房的摩擦、正室与侧室的矛盾，共同构成了"内祟"，伏下了"家亡人散各奔腾"的基因，也引致了"外敌"的乘虚进攻。于是荣宁二府遂一败涂地。

荣宁彻底破败，大观园墟为衰草寒烟，众女儿如残红落水，纷纷凋尽。

宝玉初到"幻境"，闻警幻仙姑歌曰——

春梦随云散，飞花逐水流……

这方是全部《红楼梦》的真正主题。所以，我们想要知道八十回后的"后事如何"，必须从这两条大脉络讲起。

伍

两条人命——鸳鸯的冤案

贾府的败亡，是由许多内因外因、远因近因的复杂交织而忽然一下子触引了祸机罪状，遂而勾勾连连，诸事俱发，忽喇喇大厦全倾，不可收拾。这内因，上文"两大脉络"略述了来龙；这近因，又是何事呢？这是两条人命，正是东院大老爷那边出了大事。

贾赦要害谁？两条人命之中，一条是个女子。贾赦看上了她，又恨上了她，发誓要弄到手，弄不到就置之于死地。

此女即是老太太时刻难离的鸳鸯姑娘。

贾赦是个好色之徒，贪欲无餍足之时。老太太就说他：儿孙一大堆，放着身子不保养，左一个小老婆，右一个小老婆……大是不堪！他不知怎么就看中了鸳鸯，派自己的太太去说媒。鸳鸯以死相抗，并剪了头发表明态度（清代满洲旗人家，妇女剪伤发髻是最不祥、最犯忌的严重抗争行动）。

贾赦也发了誓：除非你不嫁人，不然者，你到哪里也逃不出我的手心！

当然，老太太健在一日，贾赦一日不敢动手，老太太一不在，他就要向鸳鸯下手了。而鸳鸯确实是选择了一死为逃脱灾难的惟一途径。

贾赦如何逼死鸳鸯，后文再讲。此刻先要补说一个冤案。

原来就在贾母庆寿之期，本家四姐儿、喜姐二女来住，贾母念及她们家里都是穷的，在这府里怕下人们势利眼给以慢待，特于晚间命人到园里去传达吩咐，众人皆不许有所怠忽。于是鸳鸯自讨差使，顺便也到园里走走。她找到晓翠堂，方见诸位姑娘少奶奶在那儿说笑。传话的使命完毕临出园时，偏偏山石后撞破了司棋与她表哥潘又安的私会。鸳鸯哪里见过此事，弄得又羞又怕，又窘又悔——司棋误以为是她已窥私密、有意"揭发"的！

虽然鸳鸯解释劝慰，司棋终是于心不安，因为她的性命名誉、前途一切，都只在鸳鸯一人身上了（为之掩护，还是告发），对鸳鸯诉了一场至极沉痛的感激嘱托之言，鸳鸯也竭诚地向她保证不会害她。

不想，王善保家的挑唆怂恿，演出了抄检大观园：却把司棋的事暴露了。司棋被逐出园，须受审讯（不是像程、高伪本那样"壮烈"地撞墙而亡了），却株连上了鸳鸯！于是，贾赦、邢氏一党，便咬住鸳鸯，说她与司棋同谋，勾引奸情！

须知，在那时候，这是女儿们的最丑最不可恕的罪恶。鸳鸯的冤案，此为一条大关目。

陆
"大老爷"的醋妒与蓄心

贾赦害鸳鸯，还有一大条款，是说她与琏二爷有不可告人的"关系"。

这又是怎么回事呢？

贾赦要讨鸳鸯，碰了一鼻子灰，惹了一场好大的没趣，因此恼羞成怒。他竟然说得出口："自古嫦娥爱少年"，一定是嫌我老了。多半是看上了宝玉，只怕还有琏儿！

宝玉且不待讲，怎么就疑上了贾琏呢？

贾琏是从东院借过来正式掌家的人，凤姐不过是他的"内助"。他掌管财务大权，有一回，钱上卡住了，难关不好渡过，想不出办法，遂异想天开，烦鸳鸯偷运老太太的一箱东西去押点银子，以济燃眉，过后缓过手来赎还，神不知鬼不觉。

这原本是胆大妄为，是犯家法国法的。谁知鸳鸯为人仁厚，乐于助人解困，就答应了。

当事人自以为很谨密，不会为人知晓。实际上很快就传得连宁府那边都知道了，赦、邢更不待言了。

对此，书中两处特笔点破，一次是宁府庄头（二地主）乌进孝来送年货，贾珍提起西府那边更困难，贾蓉便说出：那府里真穷了，听说琏叔央烦鸳鸯姑娘偷老太太的东西押当呢！贾珍表示不信到那地步，必是一种计谋遮人眼目。

此乃宁府这边的人已经闻传的确证。

另一处，是写邢夫人向贾琏索钱，贾琏回说眼下正紧得很，匀不出来。邢大太太便揭说：你连老太太的东西都有手段弄出来变钱，独我和你要点儿钱使，你就没有了！

此乃荣府东院那边早已尽知的确证。

由此，贾赦才说鸳鸯也看上了贾琏。后来支使贾琏去强买石呆子的珍扇，贾琏没办到，改由贾雨村伤天害理，诬害石呆子，硬夺了扇子，贾琏说了两句不以为然的"顶"话，贾赦便把贾琏毒打一顿，伤重到动不得！这里头暗含着"醋妒"儿子的变态心理。

所以，鸳鸯已有了两项"奸情"可抓了！只等老太太一归天，他就下手了。

鸳鸯是个"家生奴"，即世世代代的法定无脱的家奴，没有任何自主权——她可以向贾母表示自己的决心与意愿，但她无法左右自己的命运。

【附说】

看官，你也许还不知道今日通行的一百二十回程、高伪"全"本的第七十四回中偷偷地删掉了原本《石头记》的二百多字的一大段。这一大段为何要删？正是因为那是凤姐、平儿二人在自己房里谈论鸳鸯那次私允借当（押银子）的事！书已到七十四回，特在此又一提脉，可知离惨剧已不太远了。而程、高竟悍然删去，其用心何在？大约你已然有所晓悟了吧？

柒

可怜的柳五儿

园子里的姑娘们，起先每日吃饭都要跑到前边府里去，一日往返数次，天冷了更不便了。凤姐疼顾她们，建议增设了内厨，派柳嫂主管其事。柳嫂有个女儿，名唤五儿。这位五儿虽是厨役之女，人品却很出色不凡，书中交代得明白，是袭、鸳、平、鹃一流人物。这真是一种极高的评价。

柳嫂对爱女是十分关切的，要为她找个好去处。人人皆知，在怡红院当差最是求之不得的上等职份，因为宝玉那儿待人最好，并且声言日后将丫头们都放出去——即解除奴籍，可以自主婚配。所以柳嫂心中计议投奔怡红院去。

正巧柳嫂原在梨香院服役，和小戏子芳官她们关系极好；戏班一散，芳官分到了怡红院。柳嫂就走芳官的门路，向宝玉申求此意。宝玉也已答应了，先让她进来（院里丫头正有缺额待补），然后回明一声，也就完了，并非什么大事。

谁知，好事多磨，天不从人意。

为了柳五儿的事，雪芹实际上是从第五十九回开始伏线，迤迤逦逦，一直写到第六十三回，才暂时停断，以待后叙。

简单说来，起因还在全书下半部开头，即从第五十五回起，凤姐告病，探春、宝钗代理，其后又偏值宫中丧仪，贾府主奴等皆须入侍（此乃清代内务府旗家制度），家中没了真头脑，百事纷起。雪芹所用的笔墨，都为了写这些家下人的各种各样的麻烦和弊端、失职和违法。于是才引出了一连串的蔷薇硝、茉莉粉、玫瑰露、茯苓霜。

这些曲曲折折、错综复杂的情节，使人目不暇给，却忘了雪芹的目的在柳五儿身上，她才是个"结穴"的人物、悲剧的主角。

五儿身体不太好，似乎患有一种内热之症。芳官见宝玉吃剩的玫瑰露，此物珍贵难得，讨了半瓶送给了五儿，服后说觉得很受用；因此芳官又讨了，连瓶给了她。谁知这可惹出了祸端。

这种珍贵之品，存在王夫人上房，只有亲信人才知其贮藏所在。可是忽然发现失窃了，于是命令管家彻查此案。柳家的露瓶存于厨房，偏偏被与她家吵架的迎春房内司棋手下的小丫头给发现了，告了一状。再加上五儿因欲寻芳官，私自入园，恰被查园的撞见。这就难怪大家起了疑心，把五儿当"贼"软禁起来，听候发落。柳家的敌对人等大趁心愿，嘲刺五儿，五儿受此屈辱，病体加重。

这都还是"小事"，大事实在后边。

原来荣府下人中有一个名叫钱槐——解者早认为此乃谐音"奸坏"。他是赵姨娘的亲党，现派为跟从贾环上学的"要员"（身份如同跟宝玉的李贵）。他看中了柳五儿的姿色，发誓要娶她。五儿不愿，她母亲知意，不敢相强，拒绝了钱槐提亲，而且从此回避这小子。也正是因为柳嫂要将玫瑰露分送与内侄治病，五儿以为不妥，柳嫂不听，送去时，偏巧遇上了钱槐，她立即告辞退出。

这段公案，并不到此为止。在后半部书中，还有重大后果。

尽管柳五儿不愿嫁与此人，但钱家却不死心，为达目的，遂萌坏心。他一面抓住玫瑰露、茯苓霜等物事，诬逼柳家，一面又假装好心的义士，表示为之出力解救，以博得柳家的感激。而且，他又烦赵姨娘向贾政耳边吹"风"，诡言谲计，让贾政说了话，将五儿指配钱槐。

事到这一地步，钱家已然志得意满，只待纳彩迎亲了。柳嫂虽然精明干练，但毕竟是个妇道人家，一不敢违命，二还以为命自上出，很是荣耀，就满口答应了。

在那时代，姑娘五儿，只有"表意"权，却无自主权。她得知事势真情之后，心下就得打叠真主意了。

在这儿，我得提醒你一句：赵姨娘在这件事上，一如既往，还是要拿宝玉做文章的，也忘不了借机报复芳官（她受了芳官一群小戏子的挫辱，恨之入骨）。

　　唱戏的孩子还学出正经来？尽学了些狐媚子。分宝玉的那个叫芳官的，更坏，每日哄宝玉。她和园里厨子柳家的女儿柳五儿好，如今又要把五儿拉扯到她一块儿去哄宝玉。这五儿也不是个正经的，我见她妖妖调调的，还偷着往园里跑……依我看，老爷说句话，趁早儿打发了她是要紧的……

这大约就是"枕边风"的主要内容了。贾政一闻此言，焉有不被挑动心事之理，就会"咨询"赵姨娘，如何处置为妙，她就势"推荐"了钱槐，说给他作个家小倒使得，他还没有合宜的亲事。

"二老爷"的话一出来，柳五儿遂无选择之余地，她选择了死。

芳官自然也难久居怡红院。

抄检大观园后，王夫人发落众女奴，首先是晴雯，跟着就是芳官。事情昭然可晓了。

捌
饿不死的野杂种——大司马贾雨村

贾雨村是个大奸雄、两面派，先是投靠贾府，步步高升，可是一旦贾家势败，他是"投石下井"的忘恩负义的反戈一击者。

此人有才有识。说他不重要，他是黛玉的业师，又是宝玉的知音赏遇者，第一个辩解宝玉为"来历不小""两赋而来"的情痴情种（而非"色鬼淫魔"的俗世歹人）。但他是个利禄熏心的官儿迷，就是宝玉最厌恶的"禄蠹"。他原是从贾政寻的门路，但贾政虽重其才器，却不做坏人坏事，他没"下手处"。于是后来他转向了贾赦，二人"气味相投"，一拍即合。因石呆子不卖给贾赦扇子，他出了毒主意，害了人夺了扇，借此奉承"大老爷"。

所以，平儿恨得骂他：饿不死的野杂种（是说他假冒与荣府同宗一族），认识了不到十年，惹出了多少事！可见书中未及明叙的坏事，还多得很。坏事当中，有一宗就是霸占古玩的罪行。

贾雨村为何能对古玩"内行"？原来雪芹一开卷就交代明白了，他有好友京中冷子兴，是古董行的，二人相交甚密，你听雪芹怎么说的？

雨村最赞这冷子兴是个有作为、大本领的人。这
子兴又借雨村斯文之名。故二人说话投机，最相契合。

　　这个"有作为"而且"大本领"的古董商，自然就与雨村
结合，狼狈为奸起来。恰好贾赦贪财好色，又迷古董，雨村、
子兴就有了"展才""用武"之地了。说来更巧，冷子兴也不是
"外人"，就是王夫人大陪房周瑞家的贵婿。你记得刘姥姥初入
荣府后，王夫人顺派周瑞家的分送十二支宫花，她女儿慌张地
来找，说女婿冷子兴出了事，"被人放了一把邪火"，要遣送原
籍去。

　　这就表明，冷子兴因贩古董，行为可议，人缘也不佳，在
京却有"声名"。他的"作为""本领"使他做出了惹祸的大事。
他又勾结了贾雨村的势力，越发胆大妄为，但结果罪状还是要
落在贾赦的名下。

　　贾赦上一回强买人家扇子，竟到了手，得了意，以为这算
不得一回事，从此胃口越大，他托贾雨村给他物色价值连城的
古玩珍宝，雨村就与冷子兴合谋，专讨贾赦的欢心。不想，事
情不都像石呆子那样，他们后来一下子撞上了大晦气，动土动
到太岁头上去了！

　　一个王府失盗的赃物，是件奇珍异宝，他们不知实情，弄
到了，让贾赦买下。谁知王府盗案事发，一经追查缉捕，贼犯
暴露，却挂上了冷子兴和贾赦。这王府恰好就是上次追索小旦
琪官的忠顺王爷，素日已与贾家不睦，今闻失盗宝物竟是为贾
赦买去，勃然大怒。于是事情大了，告到朝廷，发落到刑部，
致成大狱。

　　贾赦并未亲自去做贼或移赃吞货，但他罪不容恕。表面听
起来，一件古玩怎么会比人命更为罪恶严重？不知在清代旗人

家，虐待丫鬟使女致死，乃是常事，那时制度，主子对自己的"家生奴"是有惩处至死的权力的，在早期尤其不算罪状。当然，如果勾连上别的政治麻烦，那种人命案也会显示举发，成为罪款之一条的。

　　贾赦引发招致了整个荣府的灾祸败亡，正是这样子的情形，完全是当时的历史实况。

玖
望家乡，路远山高

《红楼梦》第八十回，已写及迎春腊尾归宁小住。转年新春，贾府有一天突然巨雷轰顶，一声噩耗传来：元妃娘娘死了！

元春的暴亡，是书中一大关目，也是一大谜障。

她因何而死？又怎样死法的？

元春自作灯谜已经预兆了："一声震得人方恐，回首相看（平声 kān）已化灰！"秦可卿托梦也早告诉了凤姐：眼前又有一件大喜事，犹如锦上添花——也不过是昙花一现，瞬息的繁华。正是运数难逃了。

书中写的，表面十分富贵荣华，实则只是个清代内务府三旗世家的大势派，物质生活是头等考究的，与皇家贵戚关系是密切的，但政治身份不高，只不过是皇帝"家庭奴仆"而已。这种人家的女儿，按规定须送选宫女，选上了须进宫当差服役，被皇帝看上的，可充侍女侍妾，也按品级递升。贾元春正是这样的少女。她"晋封"了，也不过是一名"贵人"，还够不上妃、嫔的等级，但清宫又有特例，这种类似或将成妃嫔的，都以"主儿"（宫中特称）视之待之。

不但如此，书中写的贾家，并不真是一个受"万岁爷"宠爱的人家，相反，他家是个政治上的惊弓之鸟。

且看雪芹那支笔，写太监初传晋封旨命时的情状，就一清二楚了。

那日正值贾政寿辰，两府热闹非常。忽传"六宫都太监夏老爷来降旨"——

一、"吓得"赦、政等人不知是何兆头；

二、"忙止了戏，撤去酒席……"；

三、及闻特宣入宫，"只得"连忙更衣入朝；

四、贾母等阖家人"皆心中惶惶不定"；

五、不住地使人飞马来往报信；

六、及赖大回报，"那时贾母正心神不定，在大堂廊下伫立"。

你看见了？这是何也？清代读者一看便知：这家子一听降旨，就吓慌了，是个"倒霉"的，上边一降旨，没好事！（若得宠走红的人家，一闻降旨宣呼准是喜讯，岂有如此惊惶之理？）

要知道，这样的"历史罪"人家，女儿即使有幸一时获宠得封，但一朝本人、家里人等出了错，一概是新账老账一齐算！

贾元春之死，缘由不是单一肤浅的事。

在维扬郊外酒肆中，贾雨村先提甄家几个姊妹都是少有的，冷子兴便接言贾府现有三个也都不错：除大小姐因"贤孝才德"，被选入宫作女史去了，其余三位"听得个个不错"。再到第十七回，回目"才选凤藻宫"，又明点这个"才"字——就是"凤藻"的"藻"，实亦文藻（文采）之义。这告诉我们元春之宠封，本因她文才胜过流辈。但世上的事，总是"成也萧何，败也萧何"，有才之人，一面会受到赏遇，一面也就招来嫉恨。

凤姐有一次梦见一位娘娘向她夺锦缎，说这娘娘又不是咱家的（元春）娘娘。这透露了一个消息：元春在宫中已有一个劲敌，在与她争夺地位了。

嫉恨必然跟来了谣诼诬谤。谗言日日浸入皇帝的耳中意中。

宫内的秘事，又常常是与政局势力后台党争联在一起的。嫉恨元春的那一位，她母家的地位权势优于荣府，而且与荣府的敌对势力（如忠顺亲王）是一派同党。元春只是一个出色的才女，她从幼年即教弟弟宝玉识字读书，归省游园，惟一的乐趣是命弟妹们一起题诗咏句，而且自己还作了一篇《大观园赋》——这样的人，不是擅长与人争宠斗智的能手，其日久失利，是必然之势。

她在宫中，心情复杂而抑郁，也十分担心家里众人不知慎重，一步走错了，引惹祸端——那时的政治罪名，常常是株连六亲，重一重就是灭门的惨局！

然而，奇怪！她死时却又不在宫里，那地方离家门已经是"路远山高"了！

这却是怎么一回事呢？

拾
铁网山打围的事变

《红楼梦》，照鲁迅先生的理解认识，是一部"正因写实，转成新鲜"的小说。书中明言"吾家自国朝定鼎以来，功名奕世，富贵流传，虽历百年……"，所以书文的内涵，主体是雍正末年、乾隆改元，以至乾隆四五年间的事（此截至八十回而言）。清代皇族都是强弓硬马的武将，到了"百年"时期，军事战争已非主要功业，但满洲皇室、贵族，仍然要保持习武的传统。怎么习呢？就是以打围（猎）为习练骑射本领的重要方式。

皇帝每年都要到口外去避暑，去打围。那地点相当于现今的河北省承德及其西北的围场县，距京八百里。

那时的旗人贵家公子，因习于逸乐享受，已经视打围为苦事了。书中第二十六回，有一段特提铁网山打围的事，看似闲文，却正是伏笔要害。

那是薛蟠请客，神武将军冯唐之子冯紫英忽然来了，因久不见，又脸上带有一处青伤，问起缘故，方知就从三月二十八跟他父亲到铁网山打围去了，脸上是让鹰的翅膀划伤的。这贵公子彼时就说：我没法儿，只得去；不然咱们一起聚会多么乐，会自去寻那苦恼去？还又说，此行有一件"不幸中之大幸"，前文还特提与"仇都尉"打架的事。隐隐约约，内藏无限丘壑，大有文章在后面。

原来，在历史上，发生了一件大事变。

乾隆四年（1739），皇族内四家老亲王（康熙之子）的本人或子侄，许多人联合密谋，另立了自己的"朝廷"机构，准备推翻乾隆（旧恩怨还是在报复雍正的残杀骨肉），至此暴露，获罪者不计其数。到次年，乾隆又举行"秋狝"，在围场又遇到庄亲王之子的密计，险遭不测，幸被发现，将主犯囚禁后，假装无事，照样行围，以安人心。这种历史事态，曲折地反映入小说之内。元春的死，正是在她随侍到口外围场期间，事变猝起，她乱中被敌对势力的人员乘机杀害了。

这就是"望家乡、路远山高"的真情和痛语。

这也就是她的簿册判词所说的：

三春争及初春景，虎兕相逢大梦归。

虎兕，语出《论语》，两种力最大的兽，比喻二强相斗。元春死于非命，年方二十[注一]。

元春归省，自己点的四出戏，第二出是《长生殿》，脂砚斋批语也点破了：这出戏暗伏了元春之死。这怎么讲？原来此戏演的是唐明皇、杨贵妃的事迹，杨贵妃正是死在随明皇入蜀逃难的路上，被迫缢死的！

李义山的名句："此日六军同驻马，当时七夕笑牵牛。"六军不行，妃子只好以自己的性命解围了。

这就是元春大小姐的悲剧。

[**注一**] 元春的册子上，画有一张弓，此或谐音"宫"。但另一义即
清代宫中有以弓弦缢死后妃的习俗。

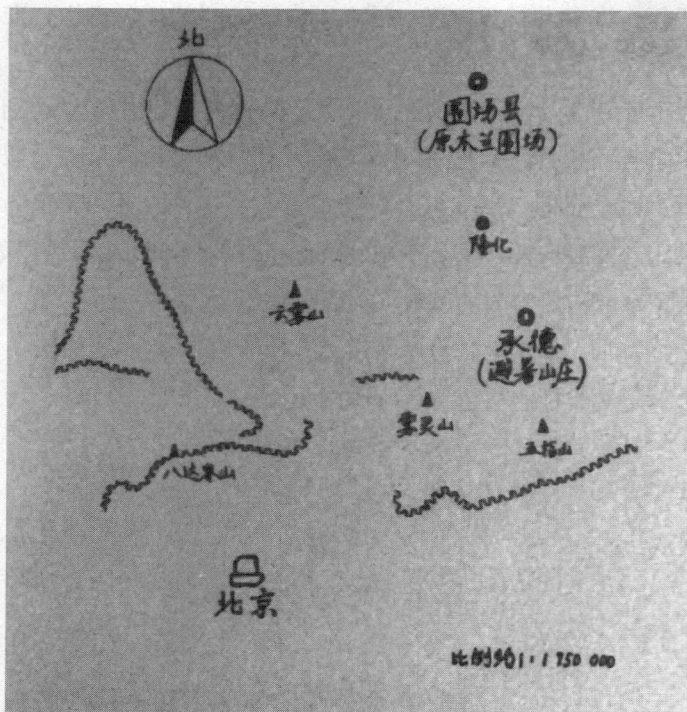

北京至承德 256 公里(444 清里)
承德至隆化 56 公里(97 清里)
隆化至围场县 80 公里(139 清里)
北京至围场县 392 公里(680 清里)

以上主要依据为铁路里程表

第贰部

壹
祸不单行

　　贾元春之死，由于政治变故。她并不是一个操纵政治活动的人物，却成了政治牺牲品。但这对荣府来说，无异于抽掉了一根主心骨。雪芹再三表白，他的书不敢干涉朝廷政事，但书中的大事又实与政局息息相关；于是他只好运用极其隐约的笔法来逗漏点滴隐现的消息，而不敢一笔正写。尽管如此，书中有两派势力在暗斗，却又分明昭著。

　　江南的甄家，派势非凡，不但是贾府的至交，来往亲切，而且另有关系。不知由于何等"罪名"，只听见忽传甄家抄家了！

　　抄家在清代是经常使用的办法，既严厉又残酷，顷刻之间，一切财产物事，生活必需，统统不属于己，变成一个赤贫而无告的"阳世阴魂"，谁也不敢慰问解救。其处境之惨，无以复加。然而罪发之时，甄家还有婆子慌张失色地秘至贾府，似乎有所嘱托甚至移寄的东西（在盖造省亲别墅时，贾府是向甄家支取寄存的两万银子的）。

　　京中的北静王，与荣府关系不同一般，虽政治身份悬殊，却因他们上辈是"同难同荣"的，亦即患难之交、祸福与共的情谊，连"国礼"都是可以"不讲"的，所以宝玉一个小孩子竟可以往北府里去跑去玩！忠顺王府迷失了小旦蒋玉菡，派官到荣府寻讨，说是宝玉勾引藏匿了他。但是，蒋玉菡初会宝玉，解下汗巾子为赠，那巾子竟是北静王刚刚赠他的！再说，宝玉知道蒋玉菡已在离城二十里的"紫檀堡"置买了房产，隐在那里了。请问，这个宝玉向柳湘莲诉过，他惦着给秦钟修坟，但自己无权无钱，也不能自己随便出门——那么，他能够为蒋玉菡在城郊二十里外置办房产吗？原来这一切，就是北静王（一位风流绝世的小王，与宝玉"同类"的人物）一手主办的！

可知，北静王与忠顺王两府之间的关系，是很紧张而不相通款的了。

这一切，都在暗写政局上一直酝酿着巨大深刻的较量与风潮。

贾府不仅仅是死去了一位已有初步地位的贵人元春，更是在王爷级的斗争漩涡中被裹进去，难以自拔自免。

还有，贾雨村这条线上也出了大麻烦。

书中后来已然写明了，贾雨村官运亨通，已升任"大司马"的高位，即兵部尚书，全国最高军事部门的长官了。害死迎春的"中山狼"孙绍祖，也在兵部"待选"，无疑他与雨村日后成了臭味相投的一党。

清代旗籍，是个军、政、民三者一体的特殊制度，子弟们必须"披甲"当兵服役。书中的贾兰，自幼喜欢骑射，他在园子里就拿小弓箭射鹿玩耍，长大后，自然也就从军作战，也受了贾雨村的提拔重用。他们先立了功，可是最后惹了乱子。

贾家的事，自从元春卒后，连三并五，真是"福无双至，祸不单行"，接接连连的灾难都逼上门来了。

贰
老太太归天

贾母已经庆过了八旬大寿。这位老人家体质不错，没有什么大病，有时偶感风寒或饮食肠胃失调，但俱未有别的毛病出现。

她是个极有教养、精明过人的典型式的八旗高级家庭主妇、老夫人、老封君。她一生十分不幸，丧夫，折子，失孙，嫁到荣府后，五十四年间经历了人所难知的大惊大险（政治事故、朝局变化给她家带来的灾难）。她心之深处隐藏着难言之痛，也时刻担心着不知何时又会有新的祸端忽然自天而降。书中尽写她晚景暮年老人喜欢笑乐之事，这正是以表面来掩盖内心，即借景遣怀，聊以消忧罢了。一般很容易把她看浅了，以为她是个只知寻享乐、听顺耳之言的受愚者，其实错了。

可是，她的心绪，确实在勉强排遣中越来越不好了。事情乱子多起来，使她生气不愉快的家庭琐事，不断增加了。她的健康渐不如前了。

一次，老人贪嘴，又吃了不合宜的菜果之类，又引起了腹泻。这回比往常厉害。请老王太医，其人因故不能来，只得另觅生疏之大夫来诊。这新来之人医道欠精，又不谙悉府里老少的体质病情的历史特点，用药有误。老太太的高龄已禁不起这种折磨，情况日益可忧。

正在危急中，忽然元春的大事故发生了。若按常规，有不吉之事是不敢向老太太明报的。可是这时候家下已乱。凤姐病着，王夫人本即并没有掌理全家大局的干才，况闻知元春噩耗，悲痛使她更加无力理事。贾母身边，举足重轻的，实际只有鸳鸯一人了。

邢夫人往常并无真孝心以待老太太，这时却借了机会，表示尽孝，天天来探动静，她是暗盼贾母一死，好来分争遗财遗物的。此时鸳鸯日夜焦劳，忘餐废寝，一力照料老太太的病，邢夫人却开始向她寻衅，歪派鸳鸯的不是。

鸳鸯是个烈性人，尽知其意，便毫无畏惧，与之抗争。这儿有激烈惊心的场面。

这已使病榻上的八旬贾母不得安生了，但已无力号令指麾。这一日，忽然邢夫人手下的婆子，又来打着主子的旗号，向鸳鸯逼索东西，鸳鸯斥骂，二人斗口，婆子就说出了宫里的元妃丧命，用以吓唬鸳鸯。

老太太一下子隔屋听见了这话！

她一阵惊痛交加，呼吸骤止……

等到鸳鸯对付走了婆子，回屋榻前看时，只见老太太的面色大变，人已气绝……

叁
巨变的展开

俗话说:"墙倒众人推",又道是,"破鼓乱人捶"。这时的荣国府,家里家外,巨变迭生,府第的支柱一根一根倒下去。往时按兵不动的敌对,投井下石的帮凶,乘机倒戈的两面派,一齐动手进攻了。府墙外有外敌,府墙内又有内崇——这"忽喇喇大厦倾"的危势,不是需要久渐方显,而是立时即判了。

贾赦的罪状,一条一款地被人告发了。

他于贾母亡故之后,私用严刑拷逼,诬陷鸳鸯的"奸""盗"之罪,活活害死了她。

他因强买古董,抄了人的家,逼死了物主。

他的儿媳王熙凤,受贿三千两,坏人婚姻,致使男女二人自尽身亡。

她又支使官府,诬害原告张华,并遣人伏击欲置之死地以灭口。

贾政纵子窝藏王府优伶,纵子"强奸母婢"以致使女投井身亡。

贾政私修府园,窝藏罪家之女,假作尼装,包庇纵容,伤风败俗。

……

一串串真假罪名罪迹，被揭发参奏了。

当然也就株连上东府，贾珍葬媳，竟敢取用获罪在案的义忠亲王的棺木！

这又勾连上尤二姐、尤三姐两条命案……

还有，贾家与甄家的戚党关系……

还有我们一时弄不清的"罪"，一时并发！

这就好比说书唱戏常见的"圣上闻奏，龙颜大怒"，一点儿不假。皇帝命下，抄家拿问！

上面因提甄家获罪时，已然说过：那时的抄家，实在是严厉可怖、残酷至极的一种政治毒计。清代官档就记录分明，因抄家，一门妻妾有都上吊自尽的，幼儿竟至于"怖死"！

荣国府的末局，虽未必即如那般之至极，然其惨境也就不难推知大概了[注一]。

[注一] 抄家是"扫地出门"，一切东西，纤毫不许擅动，造详册列明，加以封固，听候处置（发落变卖），并非像有些剧本所写的"见东西就砸"，人口也在入官或变卖之列。

肆

家亡人散各奔腾

在荣宁未败之先，预感巨变将临的只有秦可卿与王熙凤两位少妇，其余的，特别是男人们无一远虑长筹之人，都只知安富尊荣，每日高乐不足，还要生事。秦可卿临终，警诫凤姐，有云：婶婶，你是脂粉队里的英雄，怎么忘记了古训和那常听说的"树倒猢狲散"那句俗话？

这句话，原来就是作者雪芹家里祖传的一句亦庄亦谐的老话：他爷爷曹寅在世，正当贵盛繁华之际，就常举此言（源出宋代）以儆示座客和家人。

到这时，大树已倒，众猢狲们——倚势寄生的，趋炎附势的，赖衣求食的，效忠服役的，等等，一下子都纷纷散去，避之惟恐不及了。自己家里上上下下，也是如此。刁奴恶仆，勾结外敌，也来一齐趁火打劫。

小红早就说过：千里搭长棚，没有不散的筵席。又说：不过三五年后，就会"各自干各自的"去了。

这时，一一应验。

在此之先，已经有迎春之嫁，晴雯之死，司棋之逐，宝钗之迁，……大观园早非往年盛景，已是一派凄凉寂寞的气息了，接下去的，就是探春的远嫁，黛玉的自沉，袭人的遭遣，小红的配婚，五儿的惨局，惜春的出家，妙玉的落难，……一个接一个，正是第二十三回里象征的——

落红成阵
花落水流红
流水落花春去也
水流花谢两无情

也就是秦可卿向熙凤永诀时念的：

三春去后诸芳尽，各自须寻各自门。

伍
一帆风雨路三千

"抄家"是俗常的口头话，官书上的文词叫作"籍没"——即查抄造册登记没收的意思。在贾府真被籍没之前，还有许多事情要发生，不是一下子直线发展，一泻到底的形势。先说元春死后，姊妹中能有作为、可望暂支危厦的人才，只有探春一个了。有她在，委以实任真权，还能转危为安，救亡收散。可是她也必须离开骨肉家园，远远地别去了。

探春是朵玫瑰花，又香又艳，只是有刺儿扎手，不好惹。她又是杏花，命中主得贵婿，嫁为某地的王妃，一去无归。

她离去的时候是清明佳节，送行的在江边上，探春要乘坐一艘大舰远行了，彼此临别都悲怀涕泣。

这都是怎样一个事由呢？

原来，她和《二度梅》里的陈杏元有些相似，是一位"和番"之女。

清代的中国是个极大的帝王之国，历史的条件使大清国拥有毗邻的藩属之邦、区。藩属在政治名义上奉清廷为主国，但各有独立的主权。藩属有的提出向皇家求婚通好，为了邦交，这种求婚都是要应付的。于是，指派哪个皇女去远嫁藩王，便成为一个很伤脑筋的难题。

皇家在百难之中，生出一条秘计：让一个"替身"女冒了公主、郡主之名，前往应婚就嫁，有愿者予以特恩，赦免相当的过错或负罪，并加表面上的宠锡。

但实际上，谁个贵家大臣的爱女，也是万万不忍让她去作"王昭君"的，大家都怕这种命运会落到自家头上来。

这时，荣府败势已显，正在岌岌可危之际，贾政已由内线探知，籍家之祸将不可免，惶急不可终日。忽然出了这个暗暗悬赏寻访愿嫁的旗家少女，而这又不仅仅是个"自愿"的问题可了，还必须少女本人的才貌出众，胆识过人，方堪此任。

这时，便出来了两位献策的"贵人"：一个是南安王老太妃，一个是北静王嫡妃。她们在贾母寿筵上亲见了贾府内的四位小姐，即薛、林、湘、探。她们建议传唤贾政，授意自择。

贾政闻命后，回来计议，——其实没有选择的余地，因为薛、林、史，都是亲戚，不属贾府所主，只有一个，就是三姑娘探春了。

贾政夫妇，在这种奇特罕有的事件上，一筹莫展，若向探春启齿，生怕不能如愿，反致难题更大。这儿，还有一个赵姨娘，哭哭啼啼，死活不让他"葬送"自己的亲生女！

谁知，这消息很快传到了秋爽斋，是翠墨从上房大丫头彩云等那儿听来的。

探春知后，先是一惊。随即拿定主意，挺身而出，来到父亲面前，陈情说自己愿往。

贾政闻言，万分意外——又喜又悲，就告诉女儿此去的艰难，处境的不易，以及家人骨肉的难舍之情，不知如何是好的五内煎熬……

探春说，这些，孩儿已思虑再三，才敢出头的。因为，我一走，可换来特恩宽赦，家事可保；我自己虽远嫁不幸，总比抄家之后没入官家给人去做奴婢要强得多。所以我这一去，可望家里外头勉图各保平安，不致大灾大祸。如此，只得请父母暂舍不忍之心，别无他路可走了！

这就正是所说的"从今分两地，各自保平安"的十个字的真正内涵，这也就是探春大义超常、舍身救众的"脂粉英雄"之本色！

她的"才自精明志自高，生于末世运偏消"的悲叹情怀，是一般人所不易理解和想象的。

至于四姑娘惜春，年小性孤，眼见一切变迁，更将世事看破，也怕自己会有没官为奴的危运，见三姐姐一走，她也就毅然决然地自剃了青丝，到一座庙里去了——有人见她穿着一件破旧的僧衣，到人家门前，诵念佛号，化缘乞食。

迎春不久也让孙绍祖折磨死了。

贾府四春，就是这般地"原应叹息"（元迎探惜）！

至于"三春去后诸芳尽"的诸芳呢？她们一个个的命途惨遇，又是如何？

当然要待我在下文试述，此刻仍请你再听歌句，道是："春梦随云散，飞花逐水流。"

陆
云散　水流

　　让我告诉你：你刚才听到的那两句歌词，既是泛辞，又是专指。泛辞不待烦言，专指又为何义呢？

　　奥秘就是：上句专指湘云，下句专指黛玉。

　　黛玉后来怎么样了？她是泪尽夭亡了。这已人人皆知，但真情实况，却又是大家未曾想到的——她是和湘云两个"寒塘渡鹤影，冷月葬花魂"的。

　　黛玉原是大观园内群芳的代表。所以她单单生在二月十二日，即古时的"花朝"（百花生日），而她作诗喜用"花魂"二字。她死时，是冷月无人、寒塘有鹤的境界。她是生趣已尽，自己投水而亡的。

　　她的自沉命尽，正是"飞花逐水流""花落水流红"这些诗句所象征、所预兆的结局归宿。

　　当然，花落水流，在自然界表现得一切寻常，并不新奇，但黛玉之死、之水逝花流，却没有那么轻松容易。她是先有一段段的惨痛的经历，而后才决意那么结束的。那可大不同于"自然界"了。正像紫鹃说的：

　　　　……若娘家有人有势的还好些；若是姑娘这样的

人，有老太太一日，还好一日；若没了老太太，也只
是凭人去欺负了……

这就是一大关键。老太太在，嫌忌她的人虽虎视眈眈，常
欲伺机而动，却不敢下手。如今老太太真没了！

第一个要害黛玉的，就是赵姨娘——她害凤姐，害黛玉，
目的都是为了害宝玉，因她十分了解：凤是宝玉的保护者（专盯
赵的诡计坏心），黛是宝玉的知心人（现今语言，也许就会是"精
神支柱"吧？），所以要害宝玉，先得害她两个。

赵姨娘往常到探春房里去，要入园的，临回来，顺路的人
情，一定要到潇湘馆，问候林姑娘。这一为讨老太太的好，二
为暗查宝、黛二人的形迹，搜集"资料"，伺察"隙缝"。她对
馆内情形并不生疏。林姑娘体弱声微，多愁善病，一进她那房，
满室药香，总有药方、药案，打药、煎药的事物入于眼帘鼻观
之内。

贾府的规矩，家下各般事项，皆有专人分管，不但账房银
库等要务，就连配药制丸，也有专司其责的。林姑娘一入府，
就问知她常服人参养荣丸，贾母就吩咐，命管理药剂的贾菖贾
菱加配一料，供她服用。

是后，凡叙及王夫人与黛玉的对话时，总是先问大姑娘近
日服药如何？一次是说：服鲍太医的药可好？黛玉答云不大见
效，老太太叫还是吃王大夫的药。由此引出宝玉说，这些汤剂
丸药都不管用，太太给我三百六十两银子，我替林妹妹配一料
丸药，保管治好了。还说薛大哥哥将此方讨了去，花了上千的
银子配了……

后来，秋窗风雨，其先一刻宝钗来坐，二人讨论的也还是
药的事情。这还都是她素常病未太重时的情形。

再往后，她的病可就越来越重了。

老太太着急了，真的拿出大笔的钱，专给黛玉配药，这个处方用的皆是上等珍贵药味。贾菖贾菱二人受命精心配制。

谁知，赵姨娘得知此情后，一面愈生嫉忿，一面忽然触动了心机——她想要在药上使心用计，暗害林姑娘。她支使贾环到菖、菱二人处去走串，伺机使坏。

贾菖、贾菱素知贾环为人，对他加了警惕，况且规矩是配药处不许闲人来往擅入的。贾环计难得逞，遂向贾政进谗，说菖、菱舞弊，为了赚银子，采买药材时以次代良，以假充真。贾政派管事人伴随大夫去查验药质，监督炮制工序。这时贾环却买通了管事人，将给黛玉的药掉换了——虽非毒剂，却是与她的病情大大相反的药品。

黛玉哪里知有此事，将配得的新药珍重服用。可是不但无有转机，反而症候日益加剧。

此时，偏偏老太太已经抛她而去，宝玉也已因家势牵连，被罪拿问。黛玉悲痛焦虑，无论体力心力，都已难再支撑。

她自觉生趣生机皆尽，强生不如就死，终于横下一条心，让人扶持到塘边，托言要赏月遣闷，以利病身。

天上一轮冷月，池内半亩清波。月色也映入了池中，溶合了水光，上下一片寒气，自觉侵肌透骨，已难禁当。

她想起上次与湘云在此月夜联句的情景，如在目前，她记得十分清楚——"寒塘渡鹤影，冷月葬花魂。"

她流下最后的满脸泪痕，咬咬牙，一翻身投入池中去了！

湘云呢？此时不再在她身旁，因为也已经被命运播弄，"云散"到他方去了。

柒
万苦不怨

中秋联句，有这么几句：

> 宝婺情孤洁，银蟾气吐吞。
> 药经灵兔捣，人向广寒奔。
> 犯斗邀牛女，乘槎待帝孙。
> 虚盈轮莫定，晦朔魄空存。

这说的表面上是咏月，实际上却正是宝钗、黛玉、湘云三人即将发生的事故。

上面一节讲的，你先明白了，然后再重温那"药经灵兔捣，人向广寒奔"，方觉得雪芹原著是个精密计划的大整体，结构章法，胸有成竹，笔无泛词。

那么，就该听到你追问了：如此一解，那么"宝婺""犯斗""乘槎"，又都是何事何义呢？

这就先要理解，雪芹写书，并不是《金瓶梅》里那种妻妾丫鬟的争风吃醋的俗套，也不同于后世中西小说常见的"矛盾斗争"的那种模式。

还得再从黛玉讲起。上文所说的，只是药的一层致命之由，但事情还没有那样简单。使黛玉精神上也无力支承的，乃是赵姨娘诬陷她与宝玉有了"不才之事"，散布他二人之间的"私密"和"丑闻"。这一莫须有的大罪名，东院邢夫人等一些生事者也正乐于随声附和，加叶添枝。造成了"不由你不信"的形势。

那时候的一位小姐，一旦被上了这个恶名声，有口不能辩，只有用生命来洗雪冤屈辱垢。

但黛玉起先还不能因此即死，是为了宝玉一人。为宝玉的安全与幸福，她不惜牺牲自己的一切，哪怕承担万苦，也甘心情愿，此外皆非所计。

这是见过雪芹原书的一位批书人所指出的：

> 补不完的是离恨天；所余之石，岂非离恨石乎？而绛珠之泪，偏不因离恨而落——为惜其石而落。可见惜其石，必惜其人。其人不自惜，而知己能不千方百计为之惜乎？是以绛珠之泪，至死不干，万苦不怨！所谓"求仁而得仁"，又何怨？悲夫！

读此一段痛语，便知黛玉那时处境万难，内心万苦，然而她为知己而牺牲一切，并无一丝一毫的怨尤之意——这也才是"还泪"答报恩情的本心本义。但这种特殊崇高的精神境界与感情升华，已非常人所能想象理解，以至不相信、不"接受"天地间有那样的"有人无己"的性情境界。

宝玉的不自惜，是他的行径言词越发与世俗难合，越发"乖僻""疯癫"了，以至时有身蹈危机的趋势，令人担心焦虑了。千方百计为之惜，正是不惜牺牲自己的性命以保住宝玉的安全。

所以，黛玉之自沉，不是一个世俗的"活不下去"的浅层次的问题，而她的故事的悲剧品格性质之迥异于所有小说戏本的俗套，正在于此。

黛玉自葬于寒塘之内、冷月之中，时当秋气生悲，金风萧瑟。她在"两宴大观园"时作诗，单单"菊梦"这个题目属她，其结句是：

> 醒时（梦醒也）幽怨同谁诉，衰草寒烟无限情。

这是说菊，又兼带自己的"梦醒"，也正是秋景的写照。这儿的"幽怨"，是自尝万苦，无人理解，还被着恶名——这也并不真去计较；所重所求，仍然只在那一个"无限情"上，这情，早已大大超越了世俗争夺的那种所谓的"爱情"。

等到宝玉回来，重到潇湘馆，只见"落叶萧萧，寒烟漠漠"，与往时的"凤尾森森，龙吟细细"（翠竹的风致），早已是恍如隔世，两种人间了。

第叁部

壹

黛钗湘

今世讲小说的，常有"三部曲"一词，举例的西方之作为多，而不知我们早有"三部曲"，《红楼梦》亦其一也。"红楼三部曲"，就指黛、钗、湘。

要讲这，如不明黛玉的万苦不怨，那就无法理解，自然永远也摆不脱伪续书后四十回的蒙蔽欺骗，总以为那才是"情理"：钗黛争婚，坏人设计，黛玉不幸，临死还喊"宝玉你好"！

那真是太低级庸俗的"陈腐旧套"了。

黛玉的心，自知自己时间已经有限了，一切都不重要，只有千方百计惜其石、惜其人、为其人、助其人，凡有利于其人者，不管于己如何，皆愿为之，皆愿成之。

因此之故，她已向宝玉掬心建诚，说：我是不行了，你的心，我早尽明，不必多说。但我已不久于世，此乃天意。我去了之后，你必不能独生，那却不是慰我于地下的打算，正是我最痛心的办法。过去有言：你好，我就好。我永记此语。你的为人，必遭世路上的艰难险阻，没有个好帮手，是走不多远的。你如真心慰我，听我的话，和宝姐姐订了亲，她事事能为你思虑照顾周详，是你一生的大福分！你若错想了，怕对不住我，那就还是"白认识了我"，误会了我，还谈什么"知己"二字？

我知道你和宝姐姐成亲之后，都不会忘记我。风前月下，柳夕花朝，你们会提起我们一起在园里的那些情景的……

她说到此，泪如雨下。

宝玉已经惊痛得完全木呆了，口中一字也不能吐。

这一夕密语，宝玉终生难忘。他日后无可如何，终于听从了黛玉的遗言，答应了与宝钗的婚事。

宝钗也不是个福寿之辈，她不爱妆扮，不喜陈设，住处像个"雪洞"，酒令中念个诗什么的，总没有一句是吉祥的话。"敲断玉钗红烛冷""宝钗无日不生尘"，处处预示着不吉的征兆。

她没有与宝玉白头偕老。第二部曲也是短暂的。

"白首双星"，另有人在，那应在湘云身上。

贰
好歹留着麝月

宝玉在迎嫁、棋逐、雯死……诸女儿已开始散亡之际，便已十分悲戚，不知所措，惆怅良久，回思还是找袭人、黛玉去说话吧，只怕只这三两个还能共存长守。哪知，他料的全然不对。黛玉是不在了，就连袭人这安心要跟他一辈子的忠诚者，也没得如愿。

袭人最后还是走了。她临走时嘱咐宝玉：别人都可不留，只好歹留着麝月！

这个愿望和安排，倒真的实现了。

麝月确实在钗、玉二人成婚后，还跟着他们夫妇，是园里惟一的一位"故人"了。然而，有宝钗为妻、麝月为侍的宝玉，不久却忍心地离开了她俩，独自出家去了！

这些后话，暂且慢表。单说那叮嘱务必留着麝月的袭人，又往哪里去了呢？

有人认为她是背信弃义、毫无品格的轻薄人，不值多论。这又是让俗说伪续给欺蒙了，事情完全不是那样子的。

原来，袭人之去，不但是不得已的，而且也是为了保护宝玉的安全，自愿牺牲的勇毅之女。

那时，贾府大势已去，众家仇者嫉者纷纷来攻，皆欲染指。

财货珍玩之外，贾府出名的就还有一项——美女。

于是，出现了"抢红"的局面。

像南安老太妃那样，她目见府中众女，果然个个出色，不知夸哪个的是好。她为了使自家的女儿们得以逃避"和番"，才"推荐"了探春。忠顺王府那边闻风，也就来讨过府里的姑娘。到此，又来催讨，再无可推了，可是已经没人可去充当"赎罪羊"了，贾政、王夫人等愁得寝食难安，一筹莫展。忠顺王府遣人来说话了，点名只要宝玉身边的人，如不从命，则对公子即有不客气的行动！

当此之际，举家失色。惟一合身份要求的人只有袭人一个，而袭人并非府里"买断""死契"的家奴，她有家里人，自主权还不能由贾府擅夺。于是只好来找袭人本人，探她的心意，姑作一试。

事情揭明之后，明敏冷静的袭人，毅然表示，见府中处在万难之境，为了解救，更为了保护宝二爷的身命免遭不测，自己愿意到那王爷府里去，作妾为奴，吃苦受辱，一切甘愿。

袭人临行，阖家以礼相送，痛哭一场！

袭人到了那边，人家是居心侮辱贾氏，特将她赏与戏子为妻——戏子者，当时是一种"贱民"，一般人（良家、百姓平民）是不肯与之通婚的。

谁能想到：袭人被赏与了谁？却是小旦琪官，蒋玉菡。

袭人为了纪念与宝玉的旧情，临别时特将那年的大红血点茜香罗汗巾子系在腰间，及蒋玉菡一见，大吃一惊，问起你这汗巾子从何而来？袭人备述缘由，感叹往昔。两人相对，也不胜其欷歔凄惜之情。

他们夫妻二人境遇很不坏，因知宝玉贫困日甚，时时设法暗中救济。不想后来宝玉竟又弃家为僧去了。二人听知，愈加伤感，便比先加倍地出力，供养宝钗（与麝月）这位孤独无告的少妇，尽力竭诚，一直到宝钗也不幸早亡。

他们也不断各处寻访宝玉离家后的踪迹。

叁
小红和贾芸

　　小红本名林红玉，是个奴仆家庭诞生的异样出色的人才，分在了怡红院这好地方当差使，谁知一不能展才，二反受奚落，因此郁郁不舒，奄奄将病。她丢了一块帕子，被贾芸拾着了——那是贾芸要到怡红院看望宝玉（认了"父亲"），在外书房等候传报时，却碰上了小红（来寻茗烟的）。二人由此各自留下心意。

　　小红可以看作是第一个"饯花会"中离去的"闲花落地听无声"者。但她又很幸运，被高眼的凤姐看中了，赏识了她的出色过人的才干。凤姐把她索去了，在手下使唤，从此大观园中少见她的倩影。

　　贾芸是个失父的寒家孝子，为人精敏，善于逢迎营干，但人品却是正派高尚的，非同府里的恶赖纨绔子弟。他因管园子种树栽花，也就感念凤姐的恩意；不时去尽礼办事，却无意中发现了小红又到了凤姐这里。

　　他们从此又有了见面的机会，还添上了传言办事之间有一些接触的事例。

　　小红是前一年四月二十六芒种节饯花会以后由怡红院调到凤姐房的，到次年，凤姐因病休养，请探春代理，但也未完全不管事，还是半在假半负责，重要事务仍少不了经过她和平儿的手。小红来了，在凤、平这么两位人才手下，真是如鱼纵壑，大大长了见识，学了本领，比原先更加伶俐几倍。

但是书文直到八十回止，再没写小红一字。

这是何故呢？这正是文章蓄势，表明后面才有更重要的更精彩的笔墨。

凤姐后来的处境越来越不佳了。她用暗剑害死了尤二姐，并且坏了她怀孕的男胎，这事比任何事都伤了贾琏的感情，寒了贾琏的心——因为那时候最重的一桩事就是子嗣，生儿方能"接续香烟"，宗祀不绝；凤姐的作为，等于断了丈夫的后，这是那时代最不可恕（无人原谅）的严重罪名。贾琏已经在哭送二姐殡葬时明言要给她报仇了。所以凤姐首先失了丈夫的宠，就没了立足之地。老太太一殁，她又失了一大支柱与保障。于是，众敌齐攻，诸罪俱发——当此之际，凤姐本身确曾犯有过失罪款，是事情的一面，罪有应得，意义便浅。在红楼悲剧上讲，事情的另一面才更要紧，即仇者借机起哄，无中生有，夸小为大，诬陷的毒计随之而生。这才使凤姐处境的困难十倍地增加，而艰于应付和洗解了！她的悲剧性，正在这一点上。

临到这时，小红的才智仁勇，这才一一地显示出来，她忠诚而义愤、光明而无畏地为凤姐应敌制胜，排难解纷。

小红应付的，是家内的。家外的呢？这就数着贾芸这个好样儿的了。

有趣的是，贾芸已戏认为宝玉的"儿子"，而小红恰又被凤姐要认她作"女儿"。真是天造地设的一双一对。

凤姐对他们一对人才，十分爱惜，特别加恩施惠，并且也玉成了二人的姻缘大事。凤姐日后落难了，墙倒众人推之际，却惟有红、芸夫妇是她的大得力之人。

肆

搬出大观园

王夫人似乎人品比邢夫人高得多，但实无理家的才干，所以才借来了凤姐作"替身"（大大超过助理副手）。她是个仁慈善良人，但不精明聪敏，耳软心空，断事糊涂。比如，虽然赵姨娘是她的大丫头收房的，生了贾环，要害宝玉，她不是一点儿不知，可是她仍然会接受这位姨娘的"影响"，听她经常说黛玉与宝玉如何如何，"不大像样儿"，让她的谗诬得计——不但不明察真妄予以斥止，反而听信起疑，甘愿诬谤得逞、发展。这就是很糊涂的一个庸常好人——这种好人却总是被坏人摆弄，不自知地充当了坏人的有力工具。抄检大观园那一场，就是最好的说明了。

王夫人的主妇权威和手段，总未见有什么令人折服的表现，真是平平淡淡，似有如无；可是她的权威与手段，却在"抄检"场中表现得十足饱满。她认为宝玉住在园里，迟早会发生"丑祸"——最担心的还是他与林姑娘的"关系"。

王夫人下了决心，发了明令："给我搬出园来！"这是一个彻底防患弭祸的"安全措施"。

在贾府家亡人散之先，外敌还未动手，家里自己已然"庸人自扰"起来。王夫人这位家主，尊严的贵妇太太，不是坐镇中军，除恶保善，伸枉安良，以维大局，而系安危，却完完全全做了人家使招用计的傀儡。

邢夫人那边的人，见当众挫辱凤姐，见带头抄检园子，坏心诡计——得逞，事有可为，于是并不因司棋的事"打了嘴"而有所收敛，仍然继续"前进"。

王夫人的糊涂是可悲的，她不知道邢夫人那边于她不利，要拆她的台，反而连自己的真臂助王熙凤也不再信任，不再依靠，而要来显显自己的"才能"与"威力"了。这是她的最大的错误。这是一种最可笑也可怜的庸人的"典范"。一部《红楼梦》，全局的败坏，说这事那事，说内因外因，其实王夫人是难逃其责的。

王夫人对贾母，有礼有貌，但不过"例行公事"，并没有什么真感情。所以贾母也明言她像块木头，不讨人喜欢，并特与凤姐对比为例。她口虽不言，心里对贾母、对凤姐是有"意见"的。等到绣春囊一入她眼，庸人的胆吓昏了，她首先判定是凤姐的东西，发出从未有过的严声厉色，喝命凤姐跪下！吓得素日英雄的凤姐不知犯了何等大罪。

王夫人谁也不信任了，要独断独行了，连老太太也"不在话下"。处置晴雯，并不请示老太太（晴雯是老太太喜爱而让服侍宝玉的），她"先斩后奏"，轻描淡写，且让老太太相信那么一个好丫头"怎么变了"！

这样，王夫人就向贾政进言，要宝玉赶快搬出园子。贾政焉有二话？当然同意。

正像当年传唤宝玉来，吩咐让他入园居住那样，将宝玉召来，发下了搬出园外的命令。

伍

"红楼隔雨相望冷"

"红楼隔雨相望（平声）冷，珠箔飘灯独自归。"李义山的名句。

宝玉被赶出了大观园，且有严命：没有老爷太太的话，不许自己随便入园闲走。

赵姨娘等人，满心趁愿，还派了人不断在园门内外暗访明查。看园门的与邢夫人那边沾亲带故的，更是防范尽职，宝玉的人很难私行来往。

因为宝玉入园是奉了元春之命的，故此将宝玉迁出之事，王夫人在循例入宫探亲时早已说知与她，她也无话。但由此引起，母女二人不免为宝玉的婚事商量了几句——在宫中会亲，是有规矩的，有管事太监在旁，并不能像在民家"叙家常"那样"叙亲戚之情话"，畅天伦之笑语。在探口气中，王夫人也得知元春以宝钗为首选。

这时，已不再将宝玉安插到老太太那大西院里，而是将正院的东小院里另给他收拾了三间小屋，叫他在此"读书"。怡红院的那些大小丫头，不能都跟着他了，逐的逐、遣的遣，顿时七零八落。那些女儿，都舍不得走，依依恋恋，无可奈何，临分时众人你拉我，我挽他，聚在一处，抱头痛哭。那些素日专管丫头的婆子们，往常虽严，此刻见此光景，软化了心肠，也陪她们洒下痛泪。

从此后，宝玉与黛玉，只有每日晨昏定省的礼数上，才会在老太太、太太房里碰上面。但也相视凄然，无可对语，或者有意相避，不敢再如从前那般并无嫌忌之心。

大观园里没有了迎春、宝钗、宝玉这几处，真如空落了大半个一般。潇湘馆还在，但那房前碧竹，萧萧瑟瑟，比先更是两番境界。

没过多久，黛玉的病便重了。

医药的事，加几倍忙乱起来。赵姨娘对林姑娘的病，不知为什么，也比先特别加几倍关心，日夜不断探视、献策，并愿为医药张罗上献勤献力。贾环忽然也往贾菖、贾菱那里走动，说是帮忙操持。

虽然日日忙乱，黛玉却越来越不行了，大家都看出神色已经不对了。

宝玉见黛玉连晨昏定省都久不能尽礼了，这才向王夫人请准去见林妹妹一面。

黛玉忽闻宝玉来了，如真如梦，惊疑难信。及耳边听得确是宝玉的声音，才知不是梦。但见宝玉比先消瘦了许多，心如万箭攒胸，口不能言。半晌，还是宝玉的声音——

"妹妹近日可大好了？"

字字宛然，与往年无异。

"我觉轻了许多——你又过来做什么。"

也是字字宛然，与往年无异。

好像什么事都不曾发生，不曾变化。

陆
娶宝姐姐

宝玉娶宝姐姐，并非自心情愿。虽说事到临头，身不由己，却又深悟人生命运，情之与缘，乖互分合，并不像一心拟想的那么幼稚简单。他悟到：情是一种"分定"，如龄官画"蔷"之例，那是任何别人替不了、夺不去的；但缘却十分古怪难测，正如曲文歌唱的那样——"若说没奇缘，如何今生遇着他？若说有奇缘，如何心事终虚化？"令人难解，也令人难以承受。

对林妹妹与宝姐姐，宝玉从来不曾有过"比较""选择"的念头，那是定了的。在林妹妹来说呢，她起先确实是对宝姐姐有猜忌嫌妒的，但后来证明自己错了，宝姐姐实无与她争位的意思，而且真心疼顾自己——这在书中早已表得十分清楚了。她从此不再猜嫌宝钗，二人之间的关系与先前全然不同了。这就是黛玉夭亡之后，宝玉娶宝钗为夫妻的根本情由。

而且，宝玉之所以毫不犹豫地愿与宝钗为婚，倒是黛玉所推心叮嘱的结果。

至于对宝钗来说呢，她自知自己进京是为了待选。那时旗家少女例须候选，当选的入宫，正如元春那样；选不上的才许自己家里做主婚配。并且，即使选不上的许可在外择婚的，也还有官媒来相亲指配——因为书中所写的不是普通汉民百姓，而是内务府旗家的制度风俗。有官媒来相亲，这事书中也有明文叙出，例如湘云史大姑娘，便是那么由官媒相定了的。

宝玉的不得不娶宝钗，至少有好几层缘故。

第一是探春一走，没有一个可以接替凤姐（她病已渐重），宝钗起先协助探春理家是亲戚间的权宜之计，却难久行，也无法成为正式的少主妇。所以必须赶紧考虑让宝玉完了婚事，不然家政空位是不可想象的，是一件重要的大事。这时，黛玉病已垂危，自知并无痊愈之望，她一心为了维护宝玉的身命，为之着想，如他那种为人，是无法自立自处于世间的，必得一个宝钗那样的，才堪为他的内助，只有这样才是宝玉的真幸福。于是，在她与宝玉最后一面、永诀话别之时，她对宝玉示意：我的病已不能望好了，你的真心，我尽明白，但你莫要为了我而不顾别人与全家，你务必与宝姐姐成家立业，方可免流离冻饿……

宝玉含泪听了记了她的遗嘱。

恰好，这时元春还在，特命免了宝钗的例选当差，提前匆忙地安排了宝玉与宝钗的婚礼。

洞房花烛，宝玉面对着眼前的一切，如真似幻，恍在梦中，难以相信会有今日今夕之事，似悲似喜，又非悲非喜，他从来没有过的难言莫名的滋味在心中翻腾，似乎想流泪，可又目中无泪。如此久之，久之……

他忽然抬头看时，只见宝钗还盛妆端坐在炕上，灯烛荧煌之下，却映出她脂红粉素的脸上满是泪痕浮溢。

柒
奇怪的夜话

仍是洞房花烛之夜。

照当时的风俗礼仪，此夕新娘是不能先开口的。还是宝玉见状，打破了沉寂：

"宝姐姐，你今夜为什么如此伤感流泪？"

宝钗闻言，才答话说道："我告诉你原因，只怕你也不信。"

宝玉道："姐姐的话，我几时没信过？"

宝钗于是说道，"我不知怎的，只想着林妹妹，心里难过得很。"

宝玉一直无泪，一闻此言，泪如雨下。

"姐姐怎么想起她来？"

"我自从她去了，没一日不想念她。你大约也不真懂我的心。"宝钗又接着说道，"我看我们这些园里聚会过的人，只有她的命是最苦了！"

……

他们新婚夜两个的对话，是极不寻常的，也是世人所万难想到或相信的。

后来宝钗向宝玉明言："你不必学世人俗人，怕我想不开，怕我怎么过不去；我还懂道理。你只管为林妹妹尽你的情义，守你的信诚，那样我才欢喜，才更敬重你。只要你愿意，我们从今夜起，只做个名分上的夫妻，各不相扰，终身自洁，我也是乐意的。你若不信我的真心，假意儿敷衍周旋我，那倒是既诬了我，也失了你自己的真性情。"

宝玉听了这一夕话，字字句句如金如玉，方知宝钗才是最理解他的真知己。

他起身向宝姐姐行了深深的礼，敬她尊她，比先十倍百倍。

二人起身，乘着未卸装的大红礼服，向案上设了一个小小的宣炉，焚上一支香，供上黛玉遗下的一件佩玉和绣囊，两人一齐流泪向着炉香默默行礼祷祝。

宝玉知道宝钗这一日间是太累了，遂劝她快些卸妆安歇。他自己，却向案上打开砚匣，调墨濡笔，沉吟断续，不知在写些什么。

就这样，直到微曦破曙。

世上的人，谁也难知他们二人的新婚之夜是如此度过的——告诉他，他也不相信。

捌
金锁的预兆

宝玉婚后，时常与宝钗谈心话旧，抚今感昔，越发知道宝钗对自己的理解与同情不但不逊于黛玉，时且过之。两人自然会提起昔年在梨香院初次互观金玉的往事，莺儿的插话，却应在了此时。又不免想起绣鸳鸯梦兆绛芸轩那一回的情景，更是感慨万端。

因此，宝玉就被这忆旧之情提醒了，乃向宝钗要金锁再细看看，重温前境。

宝钗仍从内衣中取出，递与了他。

宝玉接过，方一入目，便吃惊说：不对了，这不是姐姐常戴的那一个！这一个太粗了，錾的字支支离离，很难看，况且也不是久戴过的，怎么全是"生"的？

宝钗知道瞒他不过，便实话告诉了他。

原来，薛姨妈家为预备婚礼嫁妆，百般忙乱，偏生这回薛蟠心细，上年提过要给妹妹把金锁炸一炸去，让它显得更是金黄璀璨，宝钗说不必；这如今要出阁了，做哥哥的一片热情，定要把金锁拿到首饰楼（当时的称呼）去"见见新"。宝钗推不过，只得依了哥哥。

婚期近了，首饰楼却一再拖工，说还没做好。薛蟠的呆性子火起来，打发家人坐讨立逼。好容易取回了，已是婚礼的前一夕，匆匆忙忙交还了妹妹，说：我这儿忙坏了，妹妹自己看看吧。

宝钗回屋打开包看时，不觉怔了！

这不是原物，是一件拙工粗作的仿制品。

宝钗是个深明事理的、体贴人的、凡百省事涵忍的人，况且也不容时间了，只得把它戴上，也不令人知道此事。

直到今夜，无法隐瞒了，便一五一十地说与了宝兄弟。

宝玉说：姐姐你看那錾的云纹，拐的"弯儿"都是硬的，还有不连着的，那篆字也都走了形，难认了——这是拙笨匠人新做的！

宝钗点头，说何尝不是你说的那样，那个真的让人给替换了去了。横竖我自来也并不怎么爱惜这些东西，随它去罢了。

宝玉心中暗自思忖。虽说当初很不喜欢"金玉"之说，到底还是个真物件。如今却连那个也变了，假的来混真了，这个粗丑拙劣的假物，还不能揭破言明，还得替它"圆"假！世上的事真是没处去讲理了……

他暗暗思量：这可也不是一个吉兆。

"不离不弃，芳龄永继"，可是已离已弃了呀。

玖
时乖玉不光

赵姨娘安心要害宝玉与凤姐二人，勾上马道婆施用邪法，几乎断送了叔嫂的性命，幸亏和尚来了，指点解救，才得消灾免祸。和尚将那玉托在掌上，念念有词，方使它恢复了"除邪祟"的神奇力量。若论此玉的外观，那么还是第八回宝玉到梨香院去看望宝钗时写得最清。在宝钗眼中第一回见此玉时，那是"大如雀卵，灿若明霞，莹润如酥，五色花纹缠护"。

那景象真不愧称为宝物。

谁知就在此处，雪芹却插入了一首"后人"的嘲诗。其中一联道是：

好知运败金无彩，堪叹时乖玉不光。

正是的，神玉的光彩，也如人的容色一样，明敏显示着顺逆兴衰，悲欢哀乐。

一夕，因又提梨香院初见此玉的往事前尘，果然也引起了宝钗的感叹，她随后说道：可是呢，自从那年一见那玉，再也没看过它。你也给我看它一看，还如当初一样吗？

宝玉听说，果然也从项上把玉摘下，递与了宝钗。

宝钗举目看时，已经不是那年莺儿给打的黑丝线络子，穗子也不是黛玉给做的那种款式，只颜色还相仿佛。及至将玉取在掌中托着看时，却不禁哎呀了一声！

"怎么变成这样了?!"

惊讶之声才使宝玉定睛一视——他也不禁惊得出了声。

那是一块黯淡无光无色的小石子儿。

宝玉也怔住了。他一点儿也说不出这是怎么一回事情。

还是宝钗问他：你想想，近日可有谁给你摘玉戴玉吗?

宝玉低头想了半晌，说道：袭人临走时，再三叮嘱我，没人给你用心经管这玉了，从此就可不必再每夜摘下来放在枕下了，麝月也记不住这个事，你就戴着它睡，横竖不重。也时常看看那丝绦有没有断线，别丢了不知觉。我从不摘它看它。只有昨儿拜天地前，换礼服时，赵姨娘忙前忙后，十分尽力伏侍。因换小衣，她替我摘下玉来，可是没隔多久她就给我戴上了呢。

宝钗听了，半晌不发一言。

二人商议，此事蹊跷，但时下家里多事，时气不顺，若一声张，又会引出灾难不小，还是暂时耐着，暗中慢慢查访找寻的为好。

宝玉是个聪颖绝伦之人。早先他不信"莫失莫忘（wáng），仙寿恒昌"那八个字的份量，非同小可，比金锁是依和尚的话自造的，又大大不同；及至此时，也觉有异。

宝玉手拿着那块丑暗的石头，怅怅若有所失。砸了它，必惊动人知。戴上它，心中不大是滋味。丢了它，将来为找真玉，查那做手脚的坏人，又无了对证。翻来覆去，竟没了主意。

他除了默念正面那八个字，又想那背面的三行小字："一除邪祟，二疗冤疾，三知祸福。"那"一"已然应验了，破了外人的邪祟；这"知祸福"却不知应在何处？

他更想起"金玉良缘"。可是，金和玉竟然都变成了假的。

他抬眼再看看宝钗，在那里楚楚敧憩，心中不觉一阵悲酸。

第肆部

壹
来旺儿和他媳妇

前已讲过，凤姐的悲剧在于她一心为全家与坏人斗抗，终因自身有错被人抓住做了由头，掩了她的真才真德而沦为罪人，受尽屈辱而无可声辩，也无人代为怜惜表白。

她一生大小罪过，似非一端，但我们明白知道的不过两件。至于偷用公银私放利息，也是一端，但她既未假造开支侵吞公财，也未克扣上上下下的月例钱，无非是比规例迟发了几日，这确实够不上是什么重大的罪款。

她私受了三千两银子，硬破了一桩婚姻。这引起了男女两方各出一条人命，但又都是自寻短见，非出对方杀害，更不与凤姐构成直接联系。

另一件呢，弄小巧，用暗剑，致尤二姐无路可走，也是自己丧命的。其罪过还在于连带扼杀了一个男胎——在那时是个"宗祀"的大问题。但是贾琏有妻有妾之人，偷娶二姐，不以妾名，众称"新二奶奶"，这等于逼夺凤姐的合法身份，使她无复立足之地。不为那个时代那种情势的妇女设身处地，不作任何公允的对比评判，只责骂她的险心辣手，难道不是只知其一、不知其二的片面之见吗？

在这两案中，凤姐所信托支使的心腹是谁呢？巧得很，都是来旺儿。

头一次，为了逼着守备（男方）家退婚，用他上司"长安节度使"云光的力量去压他，就是叫来旺儿即时赶回家中，找主文相公（师爷）假托贾琏的名义给云光写的信。果然生效，守备家忍气退了婚，但张金哥闻被退婚，不愿嫁与李衙内（知府的少爷），一条绳自尽了。而守备的公子（原未婚夫）闻听此讯，痛悼贞义的未过门的妻子，也投河而亡了。

第二次呢，说来也奇：尤二姐也是个订下了亲事的闺女，未婚夫叫张华，他父亲是个皇粮庄头，与尤老娘的前夫有交，因此指腹为婚的。为了偷娶二姐，贾琏必须设法让张华退婚才行。张华那时穷极了，得了银子便认可退婚。可是凤姐得知此情后，却遣来旺儿寻着张华，叫他告贾琏，一面又买托了都察院反责张华，最后又叫来旺儿在路上将张华打死灭口。来旺儿这回却没全依指命，偷偷把张华放走了。

要知道，那时的司法规矩，主家犯了案，照例先传讯他的亲信管家、仆役人等，先得了这些人的口供，再与本主对证，常是本主不实供，无奈他的佣人们已经泄底了。及至贾府被人举告，也正是如此。

凤姐事发，本人是妇女，更要先抓她的手下得用之人。来旺儿是头一个。

来旺儿为什么能在凤姐手下如此得用？原来他媳妇是凤姐的陪房（如同王夫人手下之周瑞家的、邢夫人手下的王善保家的）。来旺媳妇所掌何事？就是凤姐私下放钱图利的经管代理人。你看第十六回，贾琏从江南苏州回来后，一次正在屋里与凤姐说话，偏她来送利钱银子，被平儿拦截下了——因为这种事是瞒着贾琏的。

在凤姐协理秦可卿丧事时，来旺媳妇首次出现，是拿对牌到外院支领"呈文京榜纸札",众人一见,连忙让座倒茶,按数取了纸,抱至仪门口,方交与她自己抱纸进内去。可见她的身份是如何了。

等到贾府败势一显,外面仇家一齐纷起,报复的报复,趁火打劫的打劫,最先被举告的不是贾政这边,却是贾赦、贾琏父子。而贾琏本人罪款的当中,又实际是凤姐做的隐私之事。

案情一发,首先传讯的就是贾赦那边的王善保夫妇和来旺夫妇。

王善保夫妇二人,虽然无法尽为贾赦之罪回护掩饰,却满可以乘机嫁祸,将许多事推在了贾政这边的头上——而夹在两边当中的纠纷"箭靶",最后集中在凤姐一个人身上。

于是来旺儿两口儿成了最倒霉的替罪羊。

"长安节度"云光受托压守备退婚一案,有主文相公代写的书信为物证文证。张华一案,有都察院状纸和受贿五百两经手人为文证人证。这都无法推脱。但也不能"拔高"加重处分,倒是放贷吃息的案更是琐碎麻烦,头绪纷繁,款项伙多,账目不能明写的事,坏人一加歪派,可就再也扯不清了。

凤姐素来对下太严,这是周瑞家的初见刘姥姥来找她时就"介绍"的一条,可知非同一般。平儿口中却也透露:府中的这些管事执役的媳妇婆娘们,"哪一个是好缠的?",连凤姐也暗中畏惧她们"三分"!这些人一见凤姐的大势已去,谁不加油添醋,有的没的也渲染上几笔。

凤姐放账,积有私财,贾琏也并非一字不知,只是无法得探其详就是了。因为来旺媳妇当他的面向凤姐回话时已提到此事。那一回,凤姐已经明言:众人因此恨不得"生吃了"她,而来旺媳妇也说,若收了不再放账收利,她也可以"少得罪人"。所以众人盯的,倒落在放账一事上。

来旺儿和他媳妇，有天大的本事，到此情势，也就连吓带挨整地弄傻眼了。

来旺媳妇对利钱的细账，已经交代不清。这可给凤姐添加了大灾难。

这个灾难，谁来解救的了？

没人想得到，是小丫头林红玉，小红。

贰
旺儿的小子与彩霞

凤姐的事，有三款：受贿破婚，暗害二姐，放账图利。她的招忌积怨，却也有三"线"：一是邢夫人恨，二是赵姨娘嫉，三是众家人怨。怨是怨她管理惩治太严，这并非都应推在她一边，而为恶奴刁仆开脱过恶。但大家都要"生吃了"她，这种情势也就很紧张了。可是，给她招祸引灾、造罪败名的，还有一个旺儿的小子。

这小子已然十七岁了，还寻不着女人，因为没人愿把女儿给他糟蹋。不知怎么，来旺儿夫妇看上了彩霞，要为儿子求婚配。彩霞是王夫人房内的丫鬟，谁也不敢轻举妄动。可是彩霞的人才好，近日出脱得更是品貌不凡了，于是来旺家计欲必得，当然就走凤姐的门路。

凤姐在这件事上，倒也全无恶意坏心，不过是好胜要强的习性，为自己的陪房谋求些好处，自己也显得更有脸面。可巧近日偏偏王夫人把彩霞放出去了，老子娘可以自己择婿了，来旺媳妇便去求婚，谁知碰了钉子，只得又来求凤姐。适逢贾琏也在座，她便巧推给贾琏。贾琏正满心里无数件大事要料理，正伤脑筋，没把这小事看重了，就随口答应，想用自己的名义去"吩咐"彩霞的父母。

不想他从林之孝大管家口中得知，来旺儿子在外酗酒赌钱，"无所不至"，而且长得也丑陋难看。林之孝劝贾琏，莫管此事。

贾琏其实是个精明、正直的掌家人，除拈花惹草是他一生短处外，并无任何缺失过错；他听了林之孝一说，不但不替他讨老婆，立即要给惩处。林之孝反而又劝他不要急在一时。谁知凤姐亲自找彩霞之母亲说这头亲事，她母亲因凤姐情面，受宠若惊，却又满口应承了。彩霞无法，暗自有个盘算，不甘认命。这都罢了，偏赵姨娘喜爱彩霞，就调唆贾环张口讨她，贾环羞于启齿。赵姨娘便找空子向贾政求讨。贾政不允，说等一二年再给宝玉贾环放房里人。

这么一来，阴错阳差地，在彩霞身上又引出了赵姨娘与凤姐的一段嫉恨。

彩霞的亲事已不能更改，过门之后，果见那来旺的小子太不成人，家里外头，打着荣府的旗号，吃喝嫖赌，欺凌诈骗，无所不为，人样子也是个狗头鬼面，难看无比。彩霞无法忍受，夫妻如同仇人冤家，宅无宁日。不久，就酿成了惨剧——那小子下毒手生生将彩霞害死！

人命出来了，里里外外传开了。人人皆知贾府出了事，声名十分不妙。赵姨娘闻得此讯，正是又痛又恨，安下一条心：这回，可饶不过你了！罪名自然又栽到凤姐的头上！

赵姨娘使心腹钱槐家去勾串彩霞家，告到官里，命犯自是来旺之子，主使人却是王熙凤。

前已说过：势败如山倒，墙倒众人推。此案一发，连三推五，诸案俱发。告到都察院时，先前受贿假断张华一案的官，已被参革，换了新员，人命的事，哪里还有关照回护的旧情谊。

案情一详上去，先要传王熙凤、贾琏和他们的亲信来旺儿。不但这来旺儿是主犯之父，就连荣府的大管家林之孝、赖大等人，也都拿去鞫讯。

　　什么事——新的老的——翻腾不出来呢？

叁
蜡油冻佛手

正像王熙凤说贾琏，连你也"嚼说"我有私蓄钱财，可知"没家亲引不出外鬼来"，外头人是告荣府害人命，家里头也告凤姐私吞贵重珍宝。

珍宝古玩，确实又是罪款一条，可是情形也很复杂：有私昧侵吞，有偷盗变卖，有强买豪夺，也还有外人觊觎图谋。

外头人告贾赦强夺平民的古玩，家里人就揭凤姐私占珍宝。官府只好调取荣府的古董库的账目，逐件核查。一查之下，漏洞很多。

单说古董账上有一项，是件难得的蜡油冻石雕玉佛手，贾母过寿时收受外礼时登记在账的，却没注明何在，下落不明。检对各房实物时，却在凤姐房内翻出来。于是敌对者说她是私自吞占了。凤姐声辩是老太太喜欢，摆够了撒下来赏了她的。空口无凭，却只有一个平儿作证，也不生效，因为是自己屋里证自己。平儿只得又说只有鸳鸯是知道此事的。

鸳鸯的话本来是可以有效的，谁知跟着即被邢夫人那边"窝里炮"，说她这话不可为据，因为她盗过老太太的金银器私授贾琏——二人有"奸"，所以这玉佛手显然也是她背了老太太私送凤姐的！

糟糕的是，那回贾琏私求鸳鸯为家计解一个暂时之难，偷运了这箱金银器，贾琏一直没顾上赎回归还原位，而且此事鸳鸯先是不应，晚间凤姐又去求情，这才碍不过面子答应的；押了银子，凤姐却立时扣下了三百两——贾琏许下的"谢礼"。

　　这些，一一查对明白后，不但凤姐私吞古玩之罪无从再申辩，而且鸳鸯"私通"贾琏的"丑闻"，也就一并坐实了！

　　这可不打紧，不但被贾赦、邢夫人抓住了把柄，为报复解恨，想要了鸳鸯的命，而且逼得老太太连惊带吓，连怒带气，八旬已过之人，鸳鸯又遭诬受逼，很快就被这群人的手段作弄得命在垂危了。

　　荣国府，里里外外，上上下下，正在百般慌乱，元妃忽死，众祸齐临之际，内宅哭报："老太太没了！"

肆
一个成窑杯

贾府的败落，先由凤姐诸案引起，贾赦的罪款，是在此后才逐步举发的。凤姐之事先发，赦、邢那边还没事的这段时间内，因素恨凤姐，一见她的事败，不但不忧，反而幸灾乐祸，十分称快。赵姨娘更不用说，简直暗中喜煞："老天有眼，看你也有今日！"老太太一没了，她更无忌惮，她这一党的人，素日不得公然施展的，到此一下子皆有了"用武之地"，满府里暗窬暗勾，百般弄计生事，出坏主意。凤姐是趁了他们的愿了，下一步棋，毒招儿就是害宝玉了。宝玉是这伙人的眼中钉，必须乘势拔掉他。

可是，抓宝玉的哪一款呢？实在费尽心思，想不出大题目可做文章；生编了一些罪状，又都很空洞，拿不出多少实据来，估量这是不行的。正在密计苦搜之际，不想天外飞来一桩奇事。

京城里出了一件审察成窑杯的新闻。

成窑杯是何物事？说来倒也并非麟之角凤之毛，不过是大明成化年官窑制造的茶碗罢了。可是那茶碗却名贵极了。从明宪宗登基改元成化算起，到乾隆元年也才不过二百七十年（1465—1736）的光景，世上已经难见，只宫里还有遗存，也当宝物舍不得用呢！京中富贵豪门，争求古董成风，有得成窑的，传为异事。

谁想，冷子兴的古玩铺里，却收得了一件宝物，卖给了一家王府，发了一笔大财。因为荣府案发，冷子兴又是周瑞家的女婿，自然免不掉牵连在古董案内。一查时，竟有不少件是荣府盗卖而来的。这还不说，最大的一宗事是一件成窑五彩泥金小盖盅，在账上显露了，引起了朝野的轰动！

官府闻知此事不但涉及了一位王爷，而且宫里也有了风闻，便赶紧追查此物的来龙去脉，把冷子兴传来鞫讯。

原来，冷子兴对此却无鬼病，他供称：那成窑杯是铺里从乡村里收购来的。寻踪摸线，查到了售者却是王狗儿——刘姥姥的女婿。

"王狗儿，你一个穷民，这杯哪里来的?！"

狗儿供出了原委，是荣国府里的哥儿送给俺家姥姥的。

这可奇了！

宝玉是个直肠慈心人，他是愿意替别人承担过失罪名，只图解救别人，不计自家利害的。当讯问起这杯来，他明白此物也有了干系，就一口说是我的东西，给了刘姥姥的，不虚。可是谁也不信，因为他家里虽然富有铜瓷陈设器皿，却不会拿这稀世奇珍送与一贫婆子。内中必有缘故，还要严追此物的来历。

要知道，莫说到了宝玉那时候（乾隆初年），就在大明本朝，神宗之时，一对成窑杯价高已是十万钱了！何况这套盖碗，式样独特，五彩清丽（与宣窑浊重之彩不同），还带泥金真色，那所画是"风尘三侠"人物（红拂、虬髯、李靖），全出明宫画苑高手精绘，姿色生妍，须眉欲动！比那已见的成窑小酒盏更是高出十倍！怪不得那王爷一见冷子兴拿进府去求售，立即出银万两留下。此事一二日间传遍了京师上下。

诘问宝玉：你一个孩童，如何有这等物事送人？它从何来？

你家里人皆言素无此物！

　　宝玉没了法儿，只得说出是家里园子尼庵出家人的物件。出家人如何会有这等珍品？越发引起了巨大的疑窦。

　　一下子，勾出了妙玉——原来是个犯官罪家之女，假托空门遁身避难，被荣府窝藏。赵姨娘一党，便诬告宝玉与妙玉也"不干不净"。

伍

狱神庙

成窑杯一案，连上了宝玉，勾出了妙玉。妙玉的事暂且按下慢表。单说宝玉，被诬为与家庙尼姑有暧昧之情，并曾旧年因"强奸母婢"致逼此女投井的逆罪，一齐发作——这一款，是坏人挑拨金钏之父母举告的。

这还不算，贾赦、贾环两边串通，共同举告宝玉作姽婳将军诗，借词侮蔑朝廷，他竟说：

> 天子惊慌恨失守，此时文武皆垂首。
> 何事文武立朝纲，不及闺中林四娘？
> 我为四娘长太息，歌成馀意尚彷徨！

还又举了不少宝玉素常说过的，要焚天下书，除"明明德"一句外，五经四书都是后人编造欺人的，说凡朝廷开科，学八股时艺、应考功名的，都是"禄蠹"。又添枝加叶编上些"无父无君"的狂言。于是宝玉就成了离经叛道、悖逆伦常的不忠不孝之徒。

等到讯问宝玉时，这个傻子哪里晓得轻重，他一一地认了，说这都是有的。

官府虽明知这是个孩子的事，但既有人告讦，又自承不讳，也没了法，只得依律定罪，并即锁拿下到监狱里，囚禁等待呈报听上命处分。

宝玉沾了年龄的光。那时以十八岁（今之十七岁也）方为成年，达成年方以正规律条处置。他还是个孩子。况且并未定谳，也只是个拘禁的暂时性质。这拘禁之地就在正监狱的外厢，狱神庙旁的一溜小矮屋里。

若与家里园子怡红院相比，这真是从九天上掉到了九地下。屋里没窗户，白天也黑魆魆的，一进小门，扑鼻子的一股浊臭湿潮的气味。宝玉嗓子觉得噎得慌。屋里什么也没有，得坐在地上，用手摸摸，只铺着些草。宝玉一阵发晕欲吐，觉支不住，歪在了墙角。

……

他的旁边是座小庙式的房子，里面乍进去也黑黝黝，须过一会儿才辨出正面有张供桌，桌后有个小龛，里面隐隐约约，端坐一位尊神。右旁一盏豆油灯，火微如一颗小青豆。管狱的有人一日来烧三遍香。在微弱已极的青光下，看出那神古衣古冠，长髯五绺，慈眉善目——人俗称狱神的，就是这位了。他本是上古断狱公正闻名的，名叫皋陶（yáo）。犯人正式入狱，三日后来拜狱神。坏人恶人是不相干的，惟有良者善民，被屈受枉的，一到参拜狱神，无不泪如雨下，泣不成声。

宝玉临被囚禁进屋之前，狱卒领他进来站了一刻。宝玉在家最爱逛庙，他说他最喜欢看那妙相庄严的塑像，闻那香烟气息；可他进这样的庙，却是第一遭。他的心被这儿的气氛撼动得厉害，突突乱撞似的。他此后永远也忘不掉这个况味。

……

宝玉昏昏沉沉，歪在屋角。已不知过了多久。

说来奇怪，他并没有觉得自己很苦。他并不想自己会怎么样，吉凶祸福，怎得出去……他心里想的是很多人，很多人都遭了罪，还有很多人更是因为他自己而在煎熬苦痛。

恍恍惚惚的，有人来探视他了……拉着他哭，惊醒了，什么也没有。

他心里模拟着一个感人的人像，端严正直，仁慈悲悯。像他日前一瞥的狱神，却又不全是。

陆
小红

小红跟了凤姐，平儿也很喜欢她。这孩子聪明伶俐，见一知十，诸事在心，不点也透。因她记性也特好，口齿又利落，常派她与张材家的管钱的事的媳妇打交道。又因人品貌出色，办事清楚，也常随走亲戚、送礼物的有体面的婆子们外出，凡有头绪纷繁、容易错乱遗漏的事情与话语，只要有她在场，那就不用愁弄不清传不准。她虽才貌超众，却不恃上压下，显己掩人。因此从凤姐到家里人以及亲戚熟人，没有不称道这个丫头真是可人意儿的一把好手。凤姐因大家称赞她，自谓能识人赏才，心里十分得意。

一次，凤姐记起明儿是贾芸之母的生日，那时族中近支年节喜寿，都有来往，又想着芸儿这几年很多节日上都是肯出力效劳的正派人，便备了两色礼，打发女人到芸哥儿家去，也让小红跟了去。

小红来到了后廊上一个小小的院里。小红是惯见过亲戚富家的世面的，看见这小院，格外不同：很简朴，却很干净，也颇有几样花木，很不俗气。贾芸恰在家，满口道谢，说怎么又劳动大娘姐姐们过来多礼；领入正房见老母。他母亲十分高兴，又见了小红，拉过手来问东问西，喜欢得不肯放。

到晚上，母子二人灯下闲话，母亲又提起白日跟来的那个丫鬟。芸哥儿也说了几句称赞的话。半晌，母亲忽然叹息说："自你父亲没了，你跟我苦熬到今，也不容易得很，没人知道。如今也大了，也该说头亲事，成了家，也多个人支撑门户，照顾我，腾出你的身子还得出去讨生计。我打个主意，憨憨脸，向你凤婶子去说，把那丫头娶过来做媳妇。你看可使得？"

贾芸听了，低头不语，脸上一阵红。母亲看出他愿意，再问一句时，他才说：随娘主张，怎么都好。

过了寿日，芸母进府来特向凤姐道谢。说话间，斗胆透露了要向她讨那小红丫头给芸儿成全个家口的意思——心里直打鼓，怕凤姐听了不肯，反冒失了惹她不乐。

谁知，凤姐见贾芸人好，还没个女人，心里早盘算了几回，只没机会提起这些不大要紧的闲事。今儿一听芸母之意，便一口答应下来。当下唤了林之孝夫妇来，亲口做媒——哪有不成之理？双方都很愿意。

经过了一嫁一娶的诸般准备，择了吉日，贾芸小红拜了天地。那手帕子，还都各自私藏着当宝贝，花烛之夜，二人不免提起旧事，又不好意思，又私幸世上真有天缘巧合的事，不只是说书唱戏的编造。

小红虽到了贾芸家，因住得近，时常来看望凤姐，心里还惦记着凤姐操持经管的那些公私之事务，可说是千头百绪、纷如乱麻，而且都是费撕捋费心血的烦难紧要的，一个弄不好，关系非同小可，心里既佩服凤姐的才干，也替她担心。后来知她病了，而且不是小症候，更是忧虑，嘱咐贾芸在外头留心打听好药，可别忘了！

贾芸问知凤姐的真病情，也很犯愁，果然到处认真去访寻对症的良药。

柒
后廊上的计议

府里出事了。连日风声不好，一步紧似一步。

小红早就细讲与芸哥听：府里惟有宝二爷和二奶奶两个最尊贵，也最是一些人的眼中钉，恨不得立时拔了，方才顺心快意。"偏宝二爷是你的恩人，我的旧主；二奶奶却又是我的新主，你我的恩人。这会子果然是府里坏了事，就先拿他们二人做鼻子头。难道你我就这么看着他们受屈受罪不成？咱们也得想个法儿。"

贾芸说道："你说的是，我心里何尝不是这么的？但只府里那事情都大，不是小名目，咱们这样人，可有什么法儿能解救？"

小红沉吟了半晌。

她忽然说："我来后不久，不是听你说帮过你大忙的近邻、放钱的倪二和人缠了官司，给逮了去，关起来，不是说他有朋友就想法儿救了他了吗？在他身上想想，可有个道理无有？"

一句话提醒了贾芸。"我这就去！"

原来，醉金刚倪二虽是个泼皮破落户，正因所交都是市井下层人物，五行八作，好道儿黑道儿上的，什么人都有，若心坏，能做出很坏的事，可他却是个正直人，看不得受冤受气受苦的事，时常仗义助人。他上回遭了事，就是官衙里的差役、狱卒这些盟友弟兄们出的力，买通了上边，把官司化解了。

贾芸来到了倪二门上。

倪二热热乎乎地迎了进屋坐，问芸二爷因何贵步降临。贾芸说了来意。倪二说，近日也有风闻，街坊理应关切："但府里体大层高，犯的事也不会是鸡毛蒜皮，像我们这种人，能帮上什么呢？"他有些拿不出办法，充不了见义勇为的光彩。

贾芸遂解释道："老二，你也不用犯难，事情得看势头随机再定；目下的急务是烦你通通关节，那地方儿住的用的，给点儿照顾，少受些委屈苦楚，就感激不尽了。再者若是可以的话，带我夫妻二人去看看，见一面，心里踏实些，也不枉做子弟的一点赤诚……"

倪二被感动了，伸出大拇指，说："二爷真是个好样儿的！我倪二一定给你想法子，明儿午刻，你听我的信儿。"

次日，倪二果然来报，在那里边的一切，都打点好了，也换了好屋子，花费的事不必惦着，都已妥当。赶紧收拾些要带的东西，明儿一早就去探监——"到我家去，有人领了去。"

贾芸与小红二人，打点要带之物，整整忙了大半夜才略齐全。后半夜也未好生睡着。

第三日晨起，梳洗妥当，辞别母亲，二人齐奔倪二家中。只见门前车已雇妥，等在那里。见了那带领之人，也不多寒暄闲话，三人匆匆坐上车，掌鞭的一摇带红缨的鞭鞘，那牲口早顺街向南跑下去。

车马萧萧，心旌摇摇，那车走在街上，晃得人心里发慌。贾芸也不声不响，只反复地想方才倪二透露的话：宝二爷倒还平安，给吃就吃，不给也不要；问什么就应什么，也不驳也不辩；有些昏昏忽忽，有时明白，有时糊涂似的，好像犯病一般。狱房里人见他还是个孩子，也不像个坏人劣种，就连贵公子的架子习气都没有一点儿，人们稀奇纳闷，都另眼看待他，所以倒无人难为他，尽可放心。

小红也紧紧闭口无言。她眼里一阵阵润湿，心想的是今儿只能见到宝二爷，二奶奶案子重，男女又不押在一处，还不知许见不许。

那车拐了弯子，进了一个胡同。小红心跳得更厉害。

第伍部

壹
不幸中之大幸

贾芸、小红此来是有盘算的。虽说倪二已然都打点好了，他们还是带上了二十两银子，一到地方，认准了该管的人，先乖巧地塞进他手里，说是"灯油、草铺"，哪儿不用照顾添补，收了做个垫心儿，夜里打酒吃吧。

那人谢了一声，便引着他们向一间小房走去。

门锁咯噔响，打开了，让二人进去。

贾芸、小红，压住心头跳动，轻轻地跨入屋内。举目一看，只见宝玉倚在一个墙角上。身旁有一个铜茶壶和一个粗瓷碗。手边还有一本书，看不清是什么书，翻开页子扣在地上。此外，一无所有。看宝玉，不沐不栉，衣服散乱，脸上清瘦了许多。

小红见此光景，早已满面是泪。贾芸也是一阵凄然——忽想起旧年初入怡红院问候宝玉那时的一切情景，与今日此境真是天地之差了，也不禁流下泪来。二人上前跪于地上，半晌不知话从哪句说起。

宝玉还像平时那样，十分和静亲切，见他们来了，面现喜色。口中却先说了一句：

"你们又来做什么。……"

随着话也有些凄楚之音微微动荡。

小红先说："二爷受委屈了。您别烦恼，事情不久就会清的。"贾芸才跟着也说了安慰开解的话。

宝玉却说："我在这儿，难得这么安静，倒很受用呢。你们不用惦记。我只放不下妙玉妙姑的事，是我因那成窑杯子倒害了她！我不管怎么都好，只别叫她受了屈枉。她犯了什么罪？我去受惩处。你们倒替我打听来告诉我。"

然后宝玉站起身来，问了家里人的好。二人只得口里答应着。又把带来的东西拿给宝玉看了，问还要什么不要。宝玉见已带来了笔砚笺纸，着实高兴，想了想，说："我身上佩的一件也没了，若再来给我带一枚玉佩来——没有时，一块石头也好。"

此地不能久留，临告别时，宝玉忽然又说道："芸儿你替我到神武将军府上冯大爷那儿去一趟。"贾芸便问："您有什么说的？可即吩咐下来，我一定向冯大爷回明不误。"

一语未了，只听院中人马声繁，那管狱的赶紧让贾芸二人躲往另屋暂候，说是慎刑司堂官和冯大爷前来传唤犯人贾宝玉。

贾芸小红闻言吃了一惊，急忙躲进隔壁屋，屏息在窗下静听。

一时，果有司官人等进入宝玉那屋，唤应了宝玉，朗声宣道：上边有命，"在押犯人贾宝玉，行为不端，交结不良之人，滋生事端，罪有应得。姑念其尚未成丁，年少无知；又加近日夙疾癫痫复发，言语混乱，神智昏迷，所犯或系受人蛊惑，情有可原，准其觅保释出，在家安静守法，听候随时传唤发落，不许放纵妄为"。

随后，又听吩咐管狱人，如今紫英冯大爷已出面具保请释，即将贾宝玉一名开释，交具保人领回。

惊恐不定的贾芸、小红，听到此处，方知是福非祸，一块石头落了地。司官人等交代完毕去了，这时也就有人来招呼他们从屋里出来。

冯紫英并不认识他们两个，出来相见行礼，说明了身份缘故，冯紫英也很欢喜，对他们说些悲喜交加的经过，原来他一得了信儿，便请他父亲寻找门路，托了人情，说了好话，把宝玉的事，由大化小，这才得以开释。

芸红二人向冯紫英千恩万谢，宝玉倒无言自默。

这时，冯紫英便问贾芸，荣府上现时想必不甚平静齐整，宝二爷回去，也是个难题，不如暂且随我回寒舍去小住一时，不但方便，也可避人耳目，省得出些枝节麻烦。

贾芸听说，五内感动，宝玉此时已无主见，只听凭安排。

大家离了狱门，正要上马，宝玉忽向那边指道："我来时见了狱神一面，时刻没忘了他。如今要走了，须向他告辞，方觉尽礼。"

众人都转身复向那小庙而来。

宝玉进去，目注那神像的慈容，深施一礼，目中却滴下泪来。

临分两路回去时，宝玉却对冯紫英说道："可记得那年在薛大哥哥席上，你说过一句'不幸中之大幸'？"

紫英哈哈大笑，说："好记性！你哪里知道那话的底里详情？如今也难细说。我但愿不但今儿它也应在你目前，就是日后，也还要应验呢！"

贰
触目惊心的金麟

冯紫英偕宝玉回到自己府里，单另已收拾了一处书房，与宝玉寄寓。每日衣食诸般服侍人等极是周至。空了时也来陪他谈笑解闷，只不告诉他荣府的事情，推说不知。宝玉虽然挂念，也无可如何。

宝玉每日在他书房观书习字。谁知那冯家虽是武将家世，却也颇藏书史，竟有许多是宝玉不曾读过的。他在家难身灾中，避居在此，见了这些书册，倒也如慰饥渴。冯紫英喜看的小说野史，也竟不避讳，就都列在架上，伸手可得。于是宝玉一心检读起来。

这日，他从书架上层榈子里抽出一部书，看时却题着"易安居士集"几个楷字。这是宋代女史李清照的诗词文集，心中大喜。再一细看，惊讶不已，竟是一部南宋临安城精刊本。

他忽然想起，史大妹妹湘云每常向他说，女诗人数唐朝的薛涛，女词人就数宋代的李易安。他忙打开书，翻到词集，只见那开卷便是一首《如梦令》，写道是：

昨夜雨疏风骤，
浓睡不消残酒。

试问卷帘人，

却道海棠依旧。

知否？知否？

应是绿肥红瘦。

他不禁拍膝叫绝："这真是云妹妹的声口！"怪不得她称赞易安的词好。又当下大悟：那年她领头作柳絮词，牌调正是这个《如梦令》，那是有意师承李易安的！

他检书，原为解闷消愁，不想这词集偏又引惹了他，由湘云起，一个一个地想念起园里众姊妹来。一时又暗暗记起那些词句，忽然像灵光一闪，他对那些词句都有了新的领悟——

三妹妹说的："也难绾系也难羁，一任东西南北各分离。"

林妹妹说的："飘泊也如人命薄，空缱绻，说风流。"

琴姑娘说的："三春事业付东风，明月梨花一梦。""江南江北一般同，偏是离人恨重。"

……

这不都说的是今日的情景吗？看来都要有个应验的。

随后又想：剩下的，惟有宝姐姐的"万缕千丝终不改，任他随聚随分""几曾随逝水，岂必委芳尘"，却不知应于何义？忽又寻思自己当日在三妹妹的半首词后，续的是"落去君休恨，飞来我自知。莺愁蝶倦晚芳时。纵是明春相见——隔年期"，这又都是何意？自己又似懂非懂，竟不知那些话是怎么生发出来的。

正在无可奈何之际，忽见冯紫英走来说道："宝二爷你一个在屋里也闷得很，我们这几日几个相知，约定在一起习射呢，你也来散散，岂不热闹些？如何每日只对着书本子发呆？"

宝玉听说，便笑着放下那书，随他出房，一径奔二门外来。

进了一个向西的角门，是一个跨院，又有一层小巧的月洞门，门上题着"射圃"二字。入去看时，地方很敞豁，靠南墙立着箭靶鹄子，地上铺成一道很长很直的箭道，北端立着弓箭架子。

紫英领宝玉走向小正房，也不进去，只向屋里说道："你们还不出来，你看谁来了？"

语音落处，帘子响动，早走出两三位少年公子来，个个锦衣玉貌，俊爽脱俗。宝玉早已心中欢喜起来。听紫英引见，方知一位是陈也俊，一位是卫若兰。也都是素日闻名心慕的上品人物，今日在此相会，分外亲热。二人都向宝玉说了久慕心仪的话，彼此谦让不已。

几个人复进正房茶叙。谈笑中间，内中有尚未见过宝玉所佩通灵玉的，便不免要将玉请下来一赏。宝玉听说，不觉面有惭歉之色，无奈只得说明，因从园子里迁出，回府里去住时，忙乱中人多手杂，一些随身的配饰及心爱的玩物，都不知如何失落了；通灵玉络子却在，原物竟被人替换了去，是一块无可观赏的石块了；谁知就连这块假玉，前者在狱里也被人给当宝贝摘走了……

大家听了，一起叹息，连说太可惜、太可惜了！

冯紫英沉吟半晌说道：这玉是离不得的，我与府上世交深契，哪有不知之理；你空着身不戴，也不是事，还怕由此生是惹非。我明儿先替你找良工配做一件，仿那玉的真形，日后自有用处的。你将它的大小、形色、纹理、字迹，亲自画一图样来。

宝玉答应了。大家起身，到圃里去习射练武。

来至院中，都把大衣宽了，搭在衣架上，只穿短服，各自略略舒展一路拳腿，活动筋骨。这时，宝玉忽一眼觑着卫若兰腰间系着一件东西，被日光照射，金黄晃目。不觉心中一惊，好像十分眼熟。习箭休息时，宝玉便上前对卫若兰作揖致礼，说请将那金佩赏下一观，可使得？

卫若兰连忙从腰间摘下，双手递与宝玉。

宝玉不看犹可，一看时，直惊呆了！

原来那是一枚金麒麟，尺寸、形状、花纹、光彩，一丝不错地就是自己在清虚观里众道友的贺礼中单单拣出来留给史大妹妹的那一个，连后来袭人特为它配的彩丝穗子，也还是照旧没动的！

卫若兰见了宝玉这般形景，心中诧异，知有缘故，便说："二爷若喜欢，就奉赠如何？"

宝玉且不答言，眼中落泪。半晌，方说："待我择日细陈原委，今日不便多误大家的清兴。请先依旧佩好，容日畅叙之后，如蒙不弃，再为拜领。"

叁
那一枚的下落

那天习射后，斜日平西，几位同练的公子俱已告辞，独卫若兰被主人和宝玉留下。晚饭之后，回到宝玉寓中的小书房，三人促膝深谈。灯影之下，茶烟氤氲，只有窗外的花香微微流动。

卫若兰忍不住，先就开口请问："趁此良夕无人，何不将那金麒麟的故事讲与小弟一听，宝二爷方才还说另有嘱咐之事，正好一同示下。"

宝玉素来在人前是轩爽欢快的，此时却也未语先叹了一声。随后向二人道出了一席话：

"那年四月二十六芒种佳节，小弟园子里有一场饯花盛会。那日实在也是贱辰，所以我每每自言，我生于此日，是为千红万艳送行饯别而来之人。小弟号曰怡红，心则悼红，是以也将园中一道引泉曲水的长溪，题曰'沁芳'，旁人不解，只说新雅不俗，哪里知道那是'花落水流红''水流花落两无情'的变词？这且不说，可巧那日会后，家姊宫中传出谕示，要在清虚观打三日平安醮，家祖母老人家高兴，亲去拈香，全家都去看戏。我如今想来，这接连两番盛会，大约就是盛极必衰、有聚必散的前兆了。那日，也是有众道友要看通灵玉，大家看了称奇，各各以佩器相赠，以为贺敬之礼。我逐件把玩，忽见一枚金麟，十分精美。不瞒两兄说，寒舍与史侯家是世亲，家祖母就是史太君，两兄是尽知的，惟有她老人家最疼怜的一个内孙女，因幼失父母，老人家不忍，接在身边抚养，故此与小弟是自幼的童友至亲，舍下人人称她为史大姑娘。此人光风霁月，磊落英多，实为女流中少见之才，故弟又每赞她为脂粉英豪。

"这史大姑娘平生不喜俗常打扮，因秉性豪迈，言谈朗畅，喜慕男装，不事巧饰，只爱佩一枚金麟。我在清虚观中一见那一枚，形制一般无二，而体段微显壮大，奇美可爱，我便收起来，待回家送与史表妹，也是一段佳话。

"谁知有一日在园中遇上顷刻骤雨，我忙忙地跑回院中，竟丝毫不知那怀中金麟已然遗落了，不知去向。我为此多日懊悔，怪自己不慎，竟将如此宝物丢失了，岂不愧对舍表妹？

"不想，等到她又来舍下住亲戚时，此麟正巧被她在花架下草丛里拾得！

"我今日因无意中忽见若兰兄腰间像是此物，请下来看时，果然惊心触目，丝毫不差！因此触动了小弟的心绪。

"我近日听小童茗烟来看时说，史侯家也与舍下一样遭了事。我这表妹还不知吉凶如何，心中正是添一层焦虑——如今竟又从若兰兄处重见我那一枚，更是不胜骇异。今只得拜问：这麟是怎样得来的？还望以实见告，弟则感激不尽！"

二人听了，如梦方醒，一齐惊讶慨叹，说果然不是一件俗事俗物，为之歔欷痛惜不已。

卫若兰因说："这还是上半年的事，路经四牌楼，往西不远，见有一处小古玩店，叫作什么万聚斋，弟素喜小件玩物，于一盘子中拣得几件不俗的，就买了，内中这枚金麟少见，实出良匠之手，就佩在身旁，不期却是宝二爷的赏爱之品，可谓奇缘了！"

紫英也十分称奇，因又说道："当时可还见有玉件？"

若兰答道："怎么没有？我拣的就有两件呢。"

紫英便问："可曾见有一块小如雀卵，上面刻着字的？"

一句话提醒了若兰，拍手说道："恍惚是有这么一件东西，弟因它太小，也没留神取在手上细看，只怕那也正是宝二爷的了！"

紫英说："正是这话了。仁弟，你明日务必前去一寻，若还在时，却是一桩奇事与喜事。"

若兰连连称是，即时起身作辞，说："听我的佳音！"说着出门上马而去。

肆

小红——救了凤姐

凤姐的尊荣威重，是到了顶点之后，渐由邢夫人一党使心用计将她推向下坡路的。但她的祸不单行实在也是可惊可叹：先是得了严重的血症，后是老太太一没了，众人群起报复，也真像薛小妹的怀古诗谜所说"壮士须防恶犬欺"，家下刁奴也不饶她。她遭了官司，受过她惩治的冤家对头们都出来揭她的罪状。一时之间，群情汹汹，真有忽喇喇大厦一下子坍塌、险恶万分的情势！

可是，惟有平儿一个是深知凤姐的人。人人都说凤姐"厉害"，平儿却能指出：家里的这些"管事的"媳妇们，哪一个是好惹的？凤姐也内心畏惧她们三分。凤姐怜惜人才、乐于助人的一面，也被她的"厉害"掩盖了——她怜惜香菱的身世命运，她怜惜邢岫烟的贫寒和艰难尴尬的处境，她时常拿自己的珍物来打点支付外祟讨索的无餍之求，她见大丫鬟外出，为了体面，不惜以自己的衣饰来妆修打扮……她的心田的这一面，平儿晓得。平儿更深为凤姐的不惜一切、忠心耿耿地百般支撑这个府的大局的辛劳苦楚与她因此而得罪多人的危险形势忧虑。平儿觉得，凤姐也确有过错，但也是出于被迫之情而非尽由于自寻自取——如尤二姐之偷娶不法、夺她之位、使她无立足之境，又怎能单怪她这一面？平儿觉得凤姐确是世上女流中可佩、可慕、可敬也十分可怜的奇才，不愧"脂粉英雄"这四个字的品论。

因此，凤姐官司一发，平儿是首先拿定主意，自己怎么受屈受苦，也要救助凤姐。

凤姐的案情，是要传讯她的手下家人助手的。

来旺夫妇背叛了。

张材家的吓得魂都散了，经手的事情交代不上来，添加了混乱，大大不利于凤姐的案情。

这时，谁也救不了凤姐了。却还有一个平儿，还有一个小红。

当然，平儿与小红只知道房里的作为事项，外头的事情非她们所得而闻。然而受贿三千两，坏了人家婚约，是有罪的，却并非直接杀害人命，人命是自尽的，这在律条上大有分别。

尤二姐一案，家庭妻妾纠纷，若说"虐待"，毫无实际可证；且二姐也是自尽，非人所害。

张华一案，虽说供词中可寻得凤姐曾有指使一条，而张华至今健在，并非因此致命，只能算作谋而未遂，难以罗织更大的罪名。

······

剩下的，便是私放众人月例公财以图私利的一案了。

一涉此案，放本收息的"户头"就多了，三亲六故，东邻北舍，这门那门。这是没有账篇的来往，全凭中间过手人传递、走讨、收纳、计算、记忆······这么一来，别人的诬妄纠缠，下人的交代混乱，就纷如乱麻了。怎么办？平儿、小红便成了救命星，她们清晰的头脑与超人的记忆力，与别人两曹对词的说服口齿之才，直使断案听审的长官下吏无不惊奇叹服！

正像那年四月二十六芒种节下饯花盛会，小红第一次在稻香村向凤姐交差回话时那样，一张嘴能把"四五门子的事"说个清白，连凤姐也格外称赏叫好——

> "平姐姐说：奶奶刚出来了，他就把银子收起来了。才张材家的来取，当面称了与他拿去了。"
>
> "平姐姐叫回奶奶说：旺儿进来讨奶奶的示下，好往那家子去的。平姐姐就把那话按着奶奶的主意打发他去了。"（凤姐又问怎么打发去了的。）
>
> "平姐姐说：我们奶奶问这里奶奶好。原是我们二爷不在家，虽然迟了两天，请奶奶只管放心。等五奶奶好些，我们奶奶还会了五奶奶来瞧奶奶呢。五奶奶前儿打发了人来说，舅奶奶带了信来了，问奶奶好，还要和这里的姑奶奶讨两丸延年神验万全丹。若有了，奶奶打发人来，只管送在我们奶奶这里，明儿有人去，就顺路给那边舅奶奶带去的。"

当时李纨听了就说：嗳哟哟，这话我就不懂了——什么奶奶爷爷的一大堆！凤姐说：怨不得你不懂，这是四五门子的话呢。

正因如此，小红自到凤姐手下，凡百事情，只要听得见或经过手的，一五一十，都能复述出来，纤毫不误。

结果的审判是：王熙凤虽曾私放利贷，但无一文钱的克扣吞没，按人按月，发放了月例钱，没有更大的罪过可以成案。一些仇者的诬陷之言，经讯平儿、小红，与家下人三曹对案，逐一核比，冤枉之词俱已显白，也只得将她暂押拘禁，听候贾府事情眉目，与贾琏等掌家人一同发落。

伍
平儿——该掉一个过儿

凤姐的案情，一件一件地显露出来之后，贾琏却连半件也不曾知晓，他已十分气恼；但他还要承担纵妻为恶的罪过，也得拘到官府去大吃苦头，心中更是火焚。

这时房里只有一个平儿是主妇了，平儿不忍凤姐的落难，几次要情愿出面，代凤姐去受过，以身赎主。但这不但官府不许，贾琏也不点头。他说：你去了，我更活不成一个人了，况且巧姐儿孩子可怜，每日哭找母亲，让人心酸意乱，孩子无罪，你得照顾这孩子，也就是答报你奶奶的阴德事了。

平儿听了无奈，何况贾琏的话也有理，只得留在家里百般支撑残局，侍养巧姐儿，心里却难放下凤姐在监的这一头苦处。幸好后廊上的贾芸、小红夫妻二人，不时前来看问，帮东帮西，不辞烦难。于是平儿便嘱托他二人，监里的事，我是出不去门的，你们好歹多照顾二奶奶，我就感恩不尽了。说着满脸是泪。

小红说道："怎么这事还等平姐姐你嘱咐，我和他两个隔两日总要去瞧一次的，我们想的还算周到，姐姐尽可放心。只是一件，二奶奶那病，在家时已是不轻了，何况到了那个地方？这上一次去时，见她已瘦得可怜了，别的我们自会带了去，惟有这药，我们两口儿年轻，又不懂医，可没了法儿。依我之见，赶紧寻些好药我们带了去，却是头等要紧的事。"

一句话提醒了平儿，说道："我也被事缠糊涂了，连这个也没想起来，亏你提我！"进里屋去找。半晌出来，叹口气，说道："可真是天意难料，平时什么药都齐备的，专喜施舍送人治病的，临到自己，这会子什么也没了——那药匣子是空的，只剩了一张方子在里头。"

小红便说道："咱们府里不是有药房上的人吗？记得是菖、菱二位小爷管着，何不找他们去问问？"

贾芸听这话，站起身就走，说："我这就去。"

去了半日，贾芸空着手回来。

平儿、小红忙问如何，贾芸说："我到药房上，找菖哥、菱哥不见，却忽然环三爷出来，见是我，立眉立眼，问：'来做什么？'我哪里敢提二奶奶一字，只说家里人病，来寻些丸药。他也不问什么药，就说：'你以后少进来混走，府里正闹丢东西，谁知谁手脚干净不干净！'我只得退出来。这事可也蹊跷。"

平儿听了，一声不言语。半晌，才说道："你得空儿到鲍太医家走一趟，就提琏二爷的话，来寻一种专治血崩的好药，等过后把药价按分两多少一起送来。"

贾芸应答着。半日又说道："这药效力如何，也非一朝一夕之间能定，二婶娘这么下去也不是事，怕出了大变故。依我看，不如我想法子，找人监内诊了，报病求请因病开释听候，在家调养，方是上策。"

平儿听如此说，喜得忙起身向贾芸道谢，说："这一切可就托付你们两个了，千万救她出来，或能保全一条性命……"

商议既定，贾芸夫妻起身告辞。平儿说，且等一等，转身进入里屋套间。工夫不大，复又出来，将一个绸子包儿递与他们，说拿着这个去变法儿打点监里的费用吧。当面打开看时，包内是一精致的小匣子，并有小锁；开开锁见是一枚白玉凤头细梳，雕工极是古雅可爱；又一支翡翠团花牡丹大簪，嵌着珍珠与红宝石，鲜艳夺目。

平儿道："这还是那年你宝叔叔过生日，姊妹们闻知我也是四月二十六日，与二爷同辰，传开了，传到老太太耳里，老人家十分欢喜，特将这首饰赏了我。我当宝贝藏着，我一生也不爱打扮，也只珍惜这两件不同一般的买来的东西。今儿你们拿了去，不管怎么，只要求个好太医，并打点监里就是了。"

三人都流着泪，平儿把二人送到院门口，眼看着他们出去了。

陆
扫雪拾玉

凤姐的病体，实在承担不住监押的苦楚了，支撑不住，卧地难起。官府见此形景，又得了贾芸变法儿的打点，便许她释回治病调养。一切操办，都是贾芸之力。

那日，一辆小骡车，众手搀扶，凤姐回到了家中。平儿和巧姐迎着，见凤姐已是形容改变，病骨支离。三人抱头痛哭一场。丰儿等也无不下泪。

从此，平儿除了支持家务残局，又加上了服侍病人的诸般为难的事，日夜焦劳，不知休息。巧姐儿渐渐大了几岁，有时略能守侍母亲，让平儿多歇憩一会儿。

两三个月后，凤姐调养得略略好了些，已能下地行动。贾琏这时早已不像先前敬畏低服于她，只因怨恨她欺瞒着全家和自己，做出许多败坏家声的错事，惹出了无限的祸端，心中由怨恨而生憎厌。又思至今尚无子嗣，按那时的规矩，这样的妻室是犯"七出"之条的，丈夫有权将她休回娘家去。贾琏安了这个心，遂向生母邢夫人商议，邢夫人说，现下王子腾家也正是吉凶未定之中，事情倘不小心，又会惹出别的麻烦来，不如先把凤姐的名分变了，在房里做平儿的下手，吩咐房里都称平儿为奶奶，将凤姐只许称姨娘。平儿哪里肯承担这种反奴为主的名分，无奈大太太邢夫人是有权做主，管理自己儿子媳妇的事的，只得明里从命，暗里仍然是一心尊奉凤姐，百般劝慰开解，说：这不过是二爷一时之气恼，暂且忍耐些，等渡过了这场难关，自然一切照常了。

这日，冬寒已到腊月，一场大雪刚过。凤姐见雪厚难行，便披上一件旧棉袄，拿一把短柄扫帚，慢慢地扫出一条小路来。由正房阶下，扫到院门口，再看门外那一条南北大夹道，更是连一个脚印儿也无有，遂乘着身上正觉还有些力气，便又由院门外向夹道扫去。

往南扫不多远，忽听一声轻响，一个小东西从砖缝的土和雪中迸出来，落在脚下。

凤姐不知何物，忙低身拾起来，拿在手中一看，不禁大吃一惊！

"这不是宝兄弟的那块玉吗！——怎么到的这里？"

凤姐心知有异，不欲人知，连忙收在怀里。

正在惊疑不安之时，忽闻有人走来，口里高声叫她："你可是二奶奶屋里的姑娘？二奶奶可在家？烦你给回一声，只说有个姓刘的来看望她。"

凤姐停了帚，直起身一看，却是刘姥姥！

凤姐一声惊叫出来："姥姥你来了！"

刘姥姥闻声，再细细一看时，也不由得哎哟惊呼一声："原来就是你老？"一把拉住了凤姐，说道："我的二奶奶，你怎么瘦成这个样子了！我怎么也认不出来了。"

凤姐闻言，一下子泪流满面。半晌，方说："姥姥请进去，我和你细说。"

刘姥姥进屋看时，只见初来之日那满室辉煌像天宫洞府一般的光景都变了，东西都没了，屋里显得又黑又旧了。问起来，方知府里遭的事比在乡里听传说的还大得多，家产都抄没入了官，只这府是先朝敕造的，园子是贵妃留下的，不能入官，才得保住。如今生计艰难了，家下众多人役，走的走，遣的遣，逃的逃，只剩下几个老实忠诚的还在，愿意一起过穷日子受苦。丫头们都打发了，因为也养不起许多人了。方才自己扫雪，不稀奇了，什么活儿都靠自己了。……

刘姥姥问：平姑娘呢？凤姐说大太太叫了去吩咐事情，在东院里。凤姐便说，姥姥穿戴可整齐多了，想是日子过得好起来？

姥姥说，自从上回太太帮了二百两银子，又卖了哥儿给的那瓷茶盅子——谁知那么一件小东西，竟值得多！所以家里又添置了几亩田，盖了新房子，买了牲口，一家人齐帮动手的，收成不错，就不那么难活了。今儿特来看看，心里也是七上八下的……

凤姐听了，感叹一回，唤了巧姐来见姥姥。拉着姥姥的手，嘱托道："我只这一点骨血留下，还是姥姥赐她的名字，说是逢凶化吉。这孩子命不好，我就把她托付给你老人家了。日后遇难，你老救她，我就感恩不尽了。"

刘姥姥早已哭得哽咽难言，答应的话也说不上来了。

第陆部

壹

成窑五彩盅

话说前番宝玉落难受诬，原是从那件成窑盅引发的。这件珍物被忠顺王府买去了，十分诧异惊奇，便向冷子兴追问此物的来历。也是该着有事——若是一般生人来卖的，或者贩子收购的，又往哪儿去寻那原先的物主？偏王狗儿进城求卖时，姥姥就已教给他去找周瑞家的女婿冷家铺子了。冷子兴听王狗儿是周瑞家的旧交，自然叙谈起来，就听说了：这件盅子是荣府的哥儿宝二爷亲手赏他姥姥的——姥姥还认得它是园里一座尼庵里的出家姑娘侍奉老太太品茶时用的，姥姥竟也从这稀罕物里喝了多半盅呢。只因这么一来，冷子兴一五一十地说与了那王府。谁知这却引出一场大祸。

成窑盅案发后，官府听说是一个尼姑弃而送人的，实难置信，以为是欺诳之词，更起了疑心，务要盘查妙玉。官儿说，你一个尼僧，既云出家，何来如此古玩宝物，而且弃如粪土？必是假托出家之人，内中另有缘故。况且，此人是贾府园内一个小庵，不过为了供佛，做个外表形式，与真正世外空门也难并论，应属贾氏门中之人一例审治。又先从贾家上下诸人访询，都说此人奇僻，谁也不睬。狂傲放诞异常，真是大家常说她的"僧不僧，俗不俗；男不男，女不女"，难以名状。偏那李纨素昔不喜妙玉之为人，官府访查，自然以照料园子的少主妇李纨之言为准，李纨却也一句代妙玉说项的话也没有。

官儿听了，便说这岂不是一个"妖人"！更要寻她的根底，不容以佛门作为屏障借口。

搜查栊翠庵，果然又抄出许多珍玩宝器，世上少见。再查经卷，竟有佛门以外的诗词、老庄、戏本，许多"杂书"。书中还夹有诗稿。更奇的是还有荣国府下帖子请她入府的文书，又有一张红帖竟是府中公子的拜帖，上写"槛内人宝玉熏沐谨拜"的字样！

官儿们见了，骇然哗然，断定这是个大有隐情的奇案，遂又行文到江南苏州，追查蟠香寺女尼妙玉的真实身份。

文到苏州后，若遇个做官的仁人，对这等事只报一个年幼出家、本师亡故、原生俗家已无亲族等情，也就搪塞过去了；偏那该管之员要借此讨好，尽心访查，果然查得此尼原姓某氏，其父居官获罪，因将此女舍在寺庙，名为出家，实为避难，将一些细软珍奇可携之物件，也藏在了此女之处。

此报回达到京，正与邢岫烟所说，妙玉"因不合时宜，权势不容，竟投到这里来"的对词吻合。那官自不问权势不容一段大事，只判定她是罪家之女逃匿隐藏的犯人家口，依律当勒令还俗，籍没入官为奴。

却说真是前人常道的，"无巧不成书"，原来那不容她家的权势，正是忠顺王府那一面的手下之人，因素知她家世代珍藏书史文玩，品格超常，讨索未遂其贪欲，遂诬陷其父亏欠官帑，逮问入狱，以致含冤瘐死。

当下忠顺王府闻得早先胆敢抗争不肯以珍藏献媚的那一家旧案竟然重发了，不但抄出许多件珍奇古玩，还有一个带发修行的美女，也被查得实迹，性情放诞诡僻，行为放荡不端，专与贾府内哥儿诗词文字来往，依法当入官为奴等情，那王爷十分得意，便令人与该管司员打了通关，硬将妙玉分派于忠顺王府当差执役。

那妙玉被押到王府，王爷已闻知此尼才貌非凡，一见之下，果然惊讶异常，说我这府里人也不少，怎么竟没有一个比上她的？那王爷原是声色之辈，便要收在身边，做一房小妾，特意布置了十分精致的洞房金屋，即夕成"礼"。

谁知妙玉来时，早知必有相逼之事，暗藏了一把利剪在身。那王爷酒罢人散，入房来看时，只见妙玉跏趺坐在地上，含目凝神，庄严端丽，真像一尊菩萨，面无女子妇人畏惧之色。便轻轻挨近身旁——冷不防，妙玉袖出一把利剪，指向那王爷，说道："今夜是你死，还是我死？随你自择，这把剪子就是给你定局的人！"

这意外的来势，把那王爷惊呆了，镇住了，一动也不敢再动。惊魂定后，便喊："人来呀！"

一群值夜的婆子丫鬟跑来了。王爷命令，夺剪子，捆起来！

可是来的这群女人谁也没有上前动手的胆量。妙玉见人多，知道终究敌不过，要为人所制，猛然一回手，将头发迅速打开，举剪便铰。一霎时，青丝万缕，纷纷落地。再看妙玉时，头上半长半短，披披散散，已经不成形状。众人又是惊、又是怕、又是奇、又是慌，都不知所措。

王爷此时的美梦早已吓破，又急又气，只得传来两名健壮小厮，生将妙玉的剪子夺下来，捆起手来。王爷吩咐：放到马棚里去！明日交圊厕上头儿，叫她去打扫茅房，看她那"洁"怎么样洁到底！

王爷气恼极了，说这女人真不识抬举，既如此，将她配与府里一个出名的又脏又傻又丑陋的男仆名唤"癞子"的，"看他是死是活"！

　　妙玉每日受尽凌辱。幸亏那府中也有好心之人，也有信佛的善男信女，都不忍目见这等丧心昧理的事，偷偷解救她，保全她。妙玉本想以死相拼，但又知无济于事，自己力弱，杀不死仇人，必反遭戕，转使仇者快意。因此暂且忍耐，等待时机。

贰
感叹人生

　　宝玉寄寓在冯府，图一个避难免灾。来探望的人，除了贾芸、小红夫妻两个，只有原先的书童茗烟了。贾府因养不起许多家人，男女仆婢，十裁八九，茗烟也在离散人口之内。一日，他和卍儿一同来看望宝玉，问起来，二人已结为夫妇了，仍在荣府左近街坊做个小本营生。宝玉听了倒很高兴。谈话中，茗烟年轻口快，不免告诉了荣府近来的景况，偏偏将妙玉的事情都透露出来。当时冯紫英也在宝玉书房闲坐，二人听说妙玉的遭难，十分震惊，愤然慨叹不已。

　　茗烟夫妻去后，二人仍复促膝谈心。宝玉连连悔恨，说："都是我害了她！不该把成窑盅子给了那贫婆子。我真是罪人，该替她去受苦才是！"说着长叹，又滴下泪来。

　　紫英劝慰道："这怎么怪得你，难道你为助济贫穷人，反倒不是善心？怎么倒是犯罪不成？"宝玉道："自然，律条上不算是我的罪，但我心里内疚，到底是因我之故，才连累了她，纵然不是人世的罪条，也犯了佛家的戒律。"

　　紫英笑道："这可奇了！她是尼僧罢了，怎么你也要照佛门来论心论性？我记得你说过，小时候专爱毁僧谤道的，连屋里丫鬟都指着这一条诫劝你，怎么今日却说起佛门来了？"宝玉道："不然。我毁僧谤道，是说世上那些假出家人，指托神佛骗一般愚夫愚妇；若论真佛法，我至今也还未必真懂得了，又怎敢谈什么毁谤？这是要分清的。即如妙玉，人品高洁无比，我佩服得了不得，她如金玉，我是粪土；但只若真从佛法来论，我看她也不过是借了空门避灾逃祸省事免非罢了，并非真修佛法。佛法哪里许人放诞狂傲，看不上万万人的？那又怎么讲佛性平等、普度众生呢？我不信鬼神之类，但佛是悲天悯人，为救众生，自愿入地狱，割肢体。佛有这个心胸，我怎么毁谤得？所以妙玉还只是个脱俗的高人畸女，却不是真正的佛门弟子。"

紫英听了，不住点头。然后又说道："都说观世音菩萨最是灵验不过的，专能随声应难，显灵，救人。妙玉自然知道，她怎么不诵菩萨号，祈求救苦救难？"宝玉也说道："可是呢。但愿观音的法力灵应，救她出难。但只在我看来，妙玉的为人，性实诡僻孤傲异乎常人，她大约是连菩萨也不肯去俯首拜求的！"

紫英半晌不语。忽然拍案立起身来，向宝玉问道："宝二爷，你看能有书上说的那种义侠剑客英豪之辈，飞檐走壁，进那家的府去，把妙玉抢出来？"

宝玉闻言微笑，说道："若论义侠之士，大兄你就是一个！那回你打了仇都尉的儿子，还不就是为了救那落难受辱的女子吗？我看你是行的。只是王府比不得一般百姓人家，没有真本领，只怕难以如愿。"

紫英不语。小厮进来沏茶时，紫英便问："你昨儿说的玉器作（zuō）的老石师傅今日就把玉送来，有了信儿赶快回话。"小厮答应退去。

这里宝玉又说道："说到义侠，一身豪气，仗剑而游，不畏强梁，专除邪恶，到那紧要时，舍身为人也是不顾惜的。这种心性行为，岂不也与佛有一脉相通之理。但世上恶事坏人多，哪里都去寻义侠豪杰来除暴安良？所以只靠义侠，毕竟也不是个治世安民的根本大计。"

紫英闻言，低了头，半晌说："你这话原是对的，却败了我的兴。小弟不才，一向以义侠自居，专好打抱不平，助人为乐；如今听你一说，这不值什么了！"宝玉忙道："这却不然。万事要讲情理，比如受了屈枉苦难的，去找清官昭雪，清官又有几个？只靠几个官吏清廉也救不了万民。再如不求官府，去求观音，那观音遥远，应与不应，还不可知，可知菩萨虽大慈大悲，至今也是还未救得天下万万人。可是你不能说清官和菩萨都一无是处，一无用处，不值一文。那就又错了。"

紫英不待说完，笑道："原来你不但诗句高明，胜我等万倍，而且也很懂经邦济世之道呢！这可一向缺少领教。今儿晚了，小弟还有一件小事要去办。明日专来听你的高论。"

叁
创个新教

次日，冯紫英果然又来了，坐下先说："妙玉的事，已设法子托人打听了一下，说她性烈不怕死，谁也不敢近她的跟前，一时谅不妨事，我必定还要充一回义侠之士，心里才过得去，二爷你且放心。"宝玉听了，十分喜慰。当下紫英便提昨日的话头，要宝玉讲讲"修齐治平"的大道理。

宝玉笑道："我哪里有什么治国平天下的大计，连那卧龙先生诸葛孔明都枉费精神，何况你我？但据我想，官法、义侠、僧道、书生儒士，都未能成其全功，所以该有一个新法子，虽不敢说可代前贤之论，却实是一大补正的良方。"

紫英立时站起来，向宝玉拱手说道："快讲快讲！小弟恭听。"

宝玉也站起身来，说："今儿天气宜人，咱们到院里石桌去，那儿一株海棠正是待放的佳境。"

二人来到花下石桌旁瓷墩上坐了。小厮将茶都送桌上。宝玉便问紫英道："你可在什么教不在？"紫英道："我家里供着佛，但我是个世俗人，不守佛法，别的教更不懂了。"

宝玉又问："我若创一个教，你可入教不入？"

紫英大笑，说："我头一名入教！一定入你的新教！可你这教是个什么教呢？"

宝玉答道:"我要创的教,名曰'情教'。"

紫英忙问:"哪个字?什么情?"

宝玉笑道:"就是性情的情。"

紫英听了不禁哈哈大笑,说:"你这叫什么教!只怕是你杜撰。若与圣贤之道相悖,你就成了异端邪说、左道旁门了!岂不令人又是说你疯疯傻傻,专爱说这些没人睬的话。"

宝玉叹一口气,说:"果然,你这头一个愿入教的就不明白!我讲与你听——

"兄岂不闻字义,米之核曰精,水之净曰清,日之明曰晴,目之宝曰睛……是以人为万物之灵,灵在一心,而心之灵就是情了,古人造字的精义是分明不差的。人有什么值钱的东西?就贵在这个情字,怎么不值得立一个'情教'呢?人若有情、重情,自然以仁心厚意待人,此即情之本真了。"

紫英沉思片刻,又道:"常听人说,佛门要斩断情丝,方能入道,佛之畏情去情如此,你如何这般重情为至上无伦,岂不是有意反背佛门了?只怕世人难信也难容。"

宝玉笑道:"果然你有此一疑。这是你不知佛是自古以来世上最多情的人,只因有那情,他才不惜一切身命辛劳,要普度世人之苦。他若无情,何以为佛心佛性?所以我这情教,倒是与佛本意相通的,怎么是反背?"

紫英笑道:"你说的也有理。但只一件:你有情去待人,人却无情待你,你又奈何?岂不也是白费了自己的情?"宝玉道:"正是这样,才要立个新教,教人有情,教人以情相待。你以真情高情待他,达诚申信,此情就会传感于人的。不但是人能传感,就是木石,也并非真的冥顽,你以真情待它,它就以情回答你。天地万物,都是如此的。万物都能以真情相感相待,世界方臻于一个大和谐的境界。这也就是我的教义了。"

紫英频频点首，若有所会。因抬头见那海棠崇光泛彩，令人心神俱喜，遂又问宝玉道："你论情论得透彻，即如作义行侠，若非是由一段真情驱使，只凭一个'功德'的空念头，果然也是做不成真义侠的。这个我服了你。只是我常听人念经，说是'色即是空，空即是色'，这又是何义呢？我到底弄不清它，还要聆教。"

宝玉笑道："常人解此佛语，总以为是色相不常，终归一空，并说如此方是看破红尘，得了彻悟，我看都错了。空不是无不是虚，若虚若无，何能生出万物的色相来？佛说万物皆由'四大'得了因缘方生的色相，一旦因缘消失，四大解散，色复归空，那么四大与因缘又是无是有？所以四大既实，因缘无止，色若归空，空又现色。如此循环不已，怎么不是'空即是色'呢？你看这海棠，如此色相妍美，从何而来？你说它开过几日就凋谢了，就是归空了，那么明春的海棠的芳华又何必重现？人见海棠，无不心悦其美，此谓之因空见色、由色生情了。人既生情于海棠，那海棠也即生情于我，此谓之'传情入色'。这情生生不绝，绵绵无尽，它有诚信的力量，这力量是摧不毁的。古人云：诚则明，明则通。又云：精诚所至，金石为开。就是这道理了。因此悟知：所谓空者，亦是假名，空之中就是包含着这万物之精华、人心之灵气。此谓'即色悟空'，亦即'空即是色'的真谛了。我这情教，也是大慈大悲的一种愿力，它与物不同，与欲亦不同。我这情，也如佛说，无人相，无我相，人之苦乐，即我之苦乐。能到此境，情乃极乐之境，并非烦恼根源。大兄，你听我这话如何？"

紫英叹口气，说道："果然有些意思。虽弟愚拙，还待仔细参会，却已口服心折。我就奉你为教主，我们就实行起来，哪管他世人嘲谤！"

正说着，小厮走来，递上一个小匣与紫英，口称："石师傅的那玉，做成了，请大爷过目，有什么不妥处，再去打磨。"

紫英忙接过打开，擎在掌中，二人一齐举目看时，只见那块仿制的通灵宝玉，晶莹鲜润，细字分明，果与那丢失的真玉不相上下，十分夺目可爱。遂吩咐小厮厚赏老师傅。

紫英把玉替宝玉佩戴项上，正色说道："你戴上它，以真情待之，它虽假亦能成真的。这是个吉兆呢！"

肆
"药催灵兔捣"

　　大观园里早变了样。宝玉在园时，已叹宝钗迁出、迎春远嫁……大非昔日光景。如今则宝玉也搬出园外，探春也远走高飞了，湘云家里也遭了事，勒令回家去了。庵里也关闭了。只有李纨、惜春、黛玉三处还有人。这三处，在园子盛时也很少来往，何况今时？黛玉孤处于馆院中，满目凄凉，一腔悲痛。及闻宝玉被难落狱，又再无外祖母老太太的疼顾，心上的一二亲人俱已不见，她早已痛不欲生，只是紫鹃知道她的心意，防范得十分严密，怕出了事。

　　随后，黛玉耳边听到的，便都是说宝玉犯了何罪，如何恶劣下流等骇人的话语。其间更有一条就是说宝玉与她自幼亲密，已有了男女暧昧之事，老太太在时无人敢明白揭示，如今该是大家说个水落石出了……

　　赵姨娘屋里，暗暗支使个丫头，每日到处散布这些流言，有时到潇湘馆门上寻衅，骂给人听。

　　紫鹃怕黛玉听见，受不住脏言秽语的诬谤，百般地隐瞒维护，言词劝慰。可是二人心里都明白：言词是假的，事势的无情是真的。二人常常相对流泪。

　　紫鹃眼看着黛玉的身子越来越不行了，素常的旧疾一样一

128

样地加重了。只得请示王夫人，王夫人派人到配药房，找贾菖、贾菱要那黛玉常时对症服用的丸药。

药是寻到了，可煞是奇怪：往常这种丸药是宝玉从北府中得来的宫中秘方，特为林姑娘配制的，但凡服了之后，虽不能根治，总是多少轻减——白日潮热自汗少些了，咳嗽轻些了，夜里四更后渐渐睡着一时了。可这回服了新讨来的药，病情不但未减，却猛然变得厉害了。

紫鹃看看这情形不对，又急只怕又诧异，觉得恐有缘故，就来回禀王夫人，王夫人找平儿来，吩咐派人去问菖、菱两个。

贾菱等二人回话说："那日只菖哥儿一个值班，适逢叔叔环三爷来寻药，谁知那药正缺了，菖哥就说，这是日常用的药，街上小药铺也有，您且坐一坐，我去寻来。等菖哥回来时，见有人正取了药走，我问给谁取什么药？说给林姑娘，治夜嗽的，方才环三爷已按照药名字给我找出来了。我当时急急忙忙寻药从街上回来，却没有细看那药取得对不对。"

贾菱把林姑娘素昔常用的丸药又给了平姑娘，拿来让紫鹃对证。果然上回那药是错的！

这事紫鹃不敢让黛玉知道，只是急得哭，求平儿请大夫来看。大夫一看上回的药，大惊失色，说：这是大苦大寒的峻剂，小姐是弱症，如何用得这个！只怕是不好的……平儿、紫鹃听了，已知是难救了，连忙暗地预备该当打点病重的事务。

紫鹃回房，见黛玉病苦更甚，不禁哭道："姑娘你这苦，太重了，谁也禁当不起的！这也是咱们常说的：命薄心苦。"黛玉说道："你也不必伤心，为我难过。你是知道我的心的，我命至此，不怨天不怨地，不怨人。我只挂念落难入狱的冤枉人，不知吉凶如何了。他为我受苦，是无所怨的；我为他受这点苦，又算得几何！即便我为他再受万苦，也是无怨的！"

伍
"秋湍泻石髓"

次日，已到晚间。黛玉隐隐闻园外街巷传来笙歌鼓乐之音，遂问紫鹃，今儿如何外面热闹？紫鹃方才醒悟，说："姑娘你不提，我也过糊涂了，今儿正是八月中秋节了呢！"

黛玉闻言，也不免一惊，说："果然连佳节也忘了。我今儿觉得身上轻了些，等一会儿月亮上来，你扶我咱们到院外去走走。"

紫鹃听了姑娘有了兴致，心里欢喜，说："就是这样！等我略收拾些衣裳，夜晚是凉得很了。"

等过顿饭之时，只见紫鹃抱着莲青羽缎小斗篷和小棉衣、风兜等几件衣服来了，说："姑娘，月亮上来了，又大又圆，也比往年升得早，怪不得你今儿兴致好。你觉怎样，可行动得吗？"

黛玉点头，不答。半晌，指着桌上一沓诗，说道："这是上年中秋，夜里我与史大姑娘作的诗，宝二爷总嘱咐我把这诗和妙玉姑娘续作完的全篇好好写一份留着。再还有我自己素常作的些诗词文赋，也就收在这一起。我未必等得到他来了。你想着他来时把这些写好的诗文稿交给他，就是了。"

紫鹃只答应着，一阵心酸泪涌，不愿黛玉看见，转过脸去。

二人走出潇湘馆。果然晴光满地。但见大园子空空荡荡，连一个出户看看月亮的人影儿也无有。

紫鹃说："园子可太空了，姑娘你喜欢到哪里去赏月？再作首诗，岂不解闷有趣？"

黛玉说道："正是呢，我也这么想着，咱们还是到那回池子边上去吧。"

从潇湘馆后身，抄小径，离那池塘却并不太远。黛玉被紫鹃搀扶着，勉强挣扎一步步行来。走到池边，已是气喘难挨，这里空旷，黛玉只觉阵阵凉风袭人，透衣侵骨。

她歇憩多时，缓过一口气，觉得略有些精神，抬头一望，天上一轮皓月，真是上年咏的"素彩接乾坤"，依然如旧。只是人事物境都天壤之变了。往下一看，清波涵影，也有一轮皓月，微微浮动，和湘云一起，正是这般景色。

黛玉默默地背诵着那年的中秋联句：

> 酒尽情犹在，更残乐已谖。
> 渐闻语笑寂，空剩雪霜痕。
> 阶露团朝菌，庭烟敛夕楈。
> 秋湍泻石髓，风叶聚云根。

黛玉想起：当日湘云吟出"秋湍"那上一句，实在警辟，亏得自己也对上了"风叶"下句，总算没败下来……

忽然，黛玉精魂一动，再细细参那"秋湍泻石髓"五个字的意思，跟下去的还有"寒塘渡鹤影，冷月葬花魂"一联。

"这不是为今日的预言吧？"她又往诗句的上文倒追上去：

> 宝婺情孤洁，银蟾气吐吞。

药催灵兔捣，人向广寒奔。

犯斗邀牛女，乘槎待帝孙……

黛玉更像雷轰电掣，一下子悟到：这三联，每联说的一个人——宝婺是宝姐姐，牛女帝孙是日后的史大妹妹，中间的却是说着她自己！

她又想起自己作的《五美吟》，头一句就是"一代红颜逐浪花"；柳絮词是"粉堕百花洲，香残燕子楼……"；看的戏《相约·相骂》里那碧桃女子是投水自尽；《钗钏记·祭江》也是王十朋之妻水中悲剧，那年还以此打趣过宝玉。

更又悟到：原来头一次听唱《西厢》有"花落水流红"，曾为之心痛神驰，不能自主，竟是活生生的语谶。

猛一下，又大惊大骇。原来宝玉早为园子的一条水脉题名"沁芳"，也就是两样的文词，同一的命意！

黛玉此时明白了一切。她泪如雨下，但又十分镇静。

紫鹃见她沉思，不敢扰动。半日，听她说道："你回房把我那小自斟壶拿来，我对此皓月清波，想喝一杯酒助助诗情。"

紫鹃见她如此高兴，却也意外，答应着忙站起身来，说："我去取来——只是姑娘一个在此，如何使得？"

黛玉说："不怕的，你只管去，片时就回来了。"

紫鹃忙忙地去了。

紫鹃到家后，忙命一个小丫头快到池边去陪伴黛玉，说："姑娘只一人在那里，因要喝一杯酒，我得寻一年多不曾用的壶杯，还得在炉上把酒温好了才能送去。你仔细照料姑娘，给她添衣服。"

小丫头去了。紫鹃正忙着热酒，只见那丫头跑回来，说道："池边没有姑娘，我找遍了也没有影子，我只得回来，姐姐你

132

快去，咱们一起找找去。"

紫鹃听了，放下酒，和小丫头匆匆赶到池边。果然不见有人。

她二人绕池就口里叫着姑娘，四下找寻。

满园里寂无一人回应。

天上一轮皓月流辉，益发精彩。

紫鹃猛一低头，只见池中那一轮月影之旁，有一条黑物随水微漾。细一看时，不是别的，正是刚才给黛玉披上的那件莲青羽缎斗篷。

再看岸上坐处，留有一个香囊，正是前日说闲话时黛玉答应送给她作念心的随身绣品，上带着物主的一种高雅的清芬异馥。

第柒部

壹
对景悼人

　　宝玉寄寓冯紫英府上，每日却得畅叙高谈，论文讲武，盘桓促膝，是往常偶然一会再也没有的另一种快活。更有隔日习射之约，复得公子卫若兰、陈也俊等集会一堂，不但耳目灵通，日久武艺竟也颇见长进。虽然心念家中诸事众人，因不便脱身，也就无可如何了。

　　这日，卫、陈等几位公子又如期来会。落座之后，先就说起，西北有一部人马叛乱了，已侵扰到塞内，镇守大将军报急，朝廷连日传谕兵部会同各大臣议定，要由京城派出劲旅征讨。料想他们这些世袭武勇勋贵之家，都要子弟披甲出兵报效，须得早早做好准备等事，不然一声令下，便要克期登程的。

　　大家替宝玉算一算——龙年闰四月二十六日的生辰，至今也及成丁之年。冯紫英便说："只怕也要挑上，比不得百姓民户，我们这种人家是不许免役的呢。"宝玉听众人议论，俱是实情，心下也自盘算。因说道："这也很合我意，总在房里也着实闷了，正好出去畅一畅胸怀，跋涉些山川陵谷，长些英气。"

　　卫若兰笑道："你们听宝二爷毕竟是个诗人，把出征厮杀看得那么惬心肆志的。你哪里晓得那苦楚惊险，可不是好要的呢！"

紫英因叹息说道:"这也多虑不得。我只想着,只要不做'无定河边骨',沙场生还,都是有赏的,那时宝二爷的官司也就不打自消了。只这也是一桩好事。"

宝玉听了,不接紫英后面的话,却只说:"了不得!古人那'可怜无定河边骨,犹是春闺梦里人',可真惊心动魄。你们都有'春闺'人在,少不得多一份心事,只我是'赤条条来去无牵挂'的,胜兄等一筹呢。"

众人听宝玉此言,都又笑又叹。还是紫英回了一句:"别的不敢乱道,只那'花气袭人知昼暖'这句诗,可也够念的了吧?"

宝玉低头不语。大家说笑一回。散后,宝玉独在书房,回味方才的笑谈,忽然安下一个主意。

次日起来,早饭已毕,便找紫英,说一住许久,想回舍下一日,也该去看看家里了。紫英也知宝玉本人原无多大事故,回去看看是不妨的了,便也答应,用一顶小小二人轿,走神武门外,从府园后门出入。门上都打了关照。

宝玉悄声进入后门,自觉路径是熟的,但只眼前景物又很生疏,像是到了另一个世界,又像自己隔世投胎,重又来到前生曾到过的地方,似曾相识,又不相同,恍如梦中一般。

他顺着沁芳溪曲折往南走,将到花溆,蘅芜苑门紧闭。从溆顶石路走来,枯藤衰草,飒飒有声。循堤越埭,早望见怡红院。

宝玉不禁举目细看,只见粉墙剥落,周环一带垂柳尚带稀疏残叶,院门也是紧闭。宝玉在门前站住,估量着自己——是主人?还是过客?已经十分模糊难分。他心头一阵凄然,觉得不可久留,急忙转身向沁芳桥走去。

桥面石缝上长了草,半枯半黄。亭子的朱漆彩绘已经黯淡剥裂。柱上对联还在,是自己题的"绕堤柳借三篙翠,隔岸花分一脉香"。一字不差。猛然一醒，觉得那柳正合怡红院四围垂柳之景，那花香隔岸，岂不就指潇湘馆一带，正是黛玉湘云常聚之处。

抬头看匾，"沁芳"两个大字，悬在亭檐下。又猛然一醒：原来这二字就是"花落水流红"的暗语隐谶，自己题时是全不知觉的。

过了亭，下了桥，不多几步，已是潇湘馆。

宝玉停步，呆住了。

往日每天是要来的，那门前翠竹修篁，因风迎拂，直同凤尾森森之境，龙吟细细之音。此时，满目所见，则是千竿落叶萧萧，一片寒烟漠漠！

宝玉立在门前，如木雕泥塑一般。

他也不知馆内还有人无人，也不敢上前去敲门求应。

良久，良久。正不知如何是好，门却忽然开了，一个老嬷嬷出来。见了宝玉，端详了半日，方说："这不是宝玉爷？今儿回来了！"

宝玉不及答言，只问："林姑娘、紫鹃姐姐可在屋里？"

老嬷嬷叹道："二爷原来不知，姑娘们早不在这儿了。我派在这儿打扫，也不每日住下，今儿倒巧了，不然二爷也找不见人的。"

宝玉又问道："林姑娘也搬出园子了？"老嬷嬷迟疑了一下，说道："八月十五那夜她就没了。听说是到池上去赏月吟诗，不知怎么就落入水里去的。"说着，老嬷嬷声音也很凄然。

"紫鹃姑娘临走，把一包纸留下，说倘若二爷回来，遇上时叫我交与二爷。"

老嬷嬷回身入内取出一个包裹，递与了宝玉。

宝玉打开包，是一册簪花小行楷录就的诗稿。揭开页子，题着"秋窗吟稿"四个字。此刻一阵西风拂过，吹开了册子的一页。宝玉只见两行字明现在眼底：

　　　　秋湍泻石髓，风叶聚云根。
　　　　寒塘渡鹤影，冷月葬花魂。

　　那字变得越来越大，像一团黑云向宝玉扑来，宝玉随即栽倒地上。

贰
转眼乞丐人皆谤

　　宝玉醒来，见自己仍在紫英家书房内，那日回到园里，以后又到了何处，看过了谁，如何又被紫英接来，都不记得了。冯家人见他神志恍惚，大不如前。有时无端自哭自笑，言语也颠倒错乱，旁人不解。冯紫英心知其故，一面请医调理，一面乘势为他报了心疾昏痛。

　　不久，这一向常聚的少年公子，果然都入营备战去了。冯家少主不在，那些下人渐渐对宝玉疏慢起来，那坏些的更冷言冷语，讥谤取笑。

　　宝玉心知紫英一走，此处已非久留之地，便时常出门散闷，早出晚归。再后，有时连夜晚也不回来。那些下人也就不去管他的行止，乐得省事。

　　宝玉独自一个，漫无所归，信步游走。一到饭时，饥肠却不饶人，先是忍着。忍到难挨时，想起庙里有施舍的，便去求食。

　　谁知佛门也不易常开，日子一久，连庙里和尚也白眼相待了。宝玉见大庙里势利眼睛更厉害，便寻些小庙，以至破刹荒祠，逐次都有了他的足迹。

　　一日，过午未得水米，腹中饥甚，因远远见一僧服之人，托钵挂杖，到民家门口去乞食。宝玉心中一动，自思何不效他那"芒鞋破钵随缘化"，岂不也自由自在，无奈自己又非出家人，百姓人家是不待见的。独自想着，不觉跟踪在那僧人后面，看人家怎样行动，存下暗暗仿学之意。及至走得近些了，方见那人不是男僧，却是一位少年女尼。

宝玉见她走入一户人家门内，便不敢去厮扰，只在门外立候。片刻，果见她托出一钵饭来，还冒着热气，闻着有格外的香味。因厚着脸上前施礼，求分一点饭食。

那尼姑闻声一惊，且不言语，不住用眼打量宝玉。口中说："这可奇了，出家人是讨饭的，怎么还有向讨饭人求食的！你贵姓何名？"

宝玉闻声，也大吃一惊，听这语音十分耳熟，再看时，那尼姑头戴一件观音兜，将脸遮得只剩双目口鼻，面色十分清秀。心中猜疑，口中却说："莫非是妙玉师傅吗？"

那尼姑将观音兜摘下来，露出全容。宝玉惊叫一声："四妹妹？你，你怎么这样了？"

那尼姑也才敢认定："二哥哥，我看是你，但也不敢轻认。出家人是不攀六亲的，何况若认不清，岂不被世人取笑。"

宝玉说道："四妹妹，你为何忍心离家出世，你不过是个姑娘……"

惜春叹道："我早走了一步，若等到目下家亡人散，还要被人家收了去当丫头受辱呢！我这确实跳出了火坑，岂非大幸。二哥哥，你已落到此境，怎么还不醒悟？你自想想：过去一切，岂不是一场梦幻？"

宝玉答道："妹妹说的何尝不是，但只我有未了的心愿，我还得偿我的情债。我不同你，你是早把情看破了，故此心无挂碍的。"

惜春点头不语。

宝玉又道："四妹妹，你画的那张园子图，哪里去了？"

惜春闻说，方才破颜一笑，口中说道："二哥哥，你真是个痴人！实对你说吧，那张图我临离家时给了入画——我原要烧了的，她哭着讨个念心物儿，就给了她。"

"她到何处去了？"宝玉忙问。

"我也不知，连我自己现在何处也尚不知，何况于她？千里长棚人散后，水流花落两悠悠。二哥哥，你可知有'悬崖撒手'一说？珍重，日后或有相会时。"把钵里的饭给了宝玉，宝玉吃着。

宝玉一面吃，一面眼望着惜春转身去了，那背影十分潇洒，也十分凄凉。

叁
重到花家

　　宝玉渐渐离开冯府四处流落的事，贾芸自然不久就闻知了。从街巷好不容易寻见了，拉回家里。夫妻二人苦口相劝，说："侄儿目下也还养得起二叔了，如何还去受那罪苦？"宝玉答说："早时咱府里唱戏，演《绣襦记》，你们也是看过的。那郑元和何等尊贵，也当了叫花子，每日打《莲花落》，唱那'一年价才过，不觉又是一年价春啦也么嗒嗒……'，我比他百不及一的，又值什么？世上都不去当花子，那富家的饭可往哪儿施舍呢？多了我个新花子，也散散他们的财不是？"

　　贾芸、小红听了这话，又是笑，又是惜，心疼不忍，小红忍着泪还是苦劝："就住下吧，没好的吃，也少受些风霜。"

　　宝玉叹一口气。半晌说："我知道你们的心。但只是你们要营生过活，侍奉老母，我闷在家里不会做什么，也难耐这寂寞，反成了你们的累。倒是让我外头走走舒畅些，横竖也有些惯了，倒也不觉什么的，你们放心就是。等大年夜，我一定来，咱们守岁掷骰子，可不是好？"

　　夫妻俩没了法儿，只得依他，吃些东西，又自去了。

　　当下是腊月时节，转眼到大年下，宝玉果然来了。手里一卷纸，打开时，是几张年画：一张麻姑献寿，是一位仙女旁有梅花鹿驮着整枝的大蟠桃，是给五嫂子的；一张喜鹊红梅，给小红。还有一大卷红纸，看时已写好了春联、福字、横批、迎照，十分齐全。小红早把房屋门窗打扮得崭新，又贴上了这些春联，顿时加一倍红火起来。宝玉说道："在府里过年虽也热闹气派，倒不如这小院子更有味。"把贴不下的春联红福字又特意送给了邻居倪二家去，倪二高兴非常。

到大年夜，供上"天地三界十方万灵真宰"的神纸，香烟彩烛，上香以后，彼此行了家礼，宝玉也给五嫂子磕了头。贾芸便问宝玉要些什么自己喜欢的？宝玉见糖果点心年味小食已摆了很多，便说："给我一个小香炉，与一支红蜡，别的都不用费事。"大家守岁说笑，直至四更时分。宝玉一个方回屋，向炉上炷了一支香，点上红烛。那烛照着宝玉的影子在墙上微微摇晃；年画上的人也像蹁蹁欲动。屋内的烟霭渐有氤氲之意。

宝玉歪在床上，默默如有所祷。

这时满城的爆竹已连成一片鼎沸，左邻家的一挂鞭，如在耳根下，震得心跳。

宝玉不觉想起上年凤姐姐说的笑话：聋子放炮仗——散了！未想这么快就应了她的话。

年夜一过，贾芸等百般劝留，宝玉也只住了三日，仍旧自己出去了。大家叹惜一回，小红又哭了一场。

转眼又是元宵临近，街上的花灯排满了店铺的门面，入夜恍同仙境。宝玉最是个爱灯的，便赏遍了九衢十二街、百巷千家，真是处处不同，家家别致。到十五日这天，忽想起这北城不远就是曾和茗烟偷偷出城的那条路了，今日何不再去走走。遂朝北慢慢而行。此时又到饭时将近，腹中早已无食，便进了一条胡同，想找个人家乞食。

原来这宝玉起先是不会讨饭的，默立在人家门口，谁也不知他是乞食的，无人救应。后见出家人或诵佛号，或敲铜钹，没有不出声的，他又不会叫讨，便学起郑元和——只不过他不打《莲花落》，却出了一个新样子，在人门前吟诵唐诗，不但诗好，那声调也极美，又见他是个清秀少年，文文雅雅，皆生怜惜之心，到处可以有善者给食。

这日来到这家门前，宝玉觉得门庭眼熟，也不知是何缘故。便立于门口唱诗。一首七言绝句刚吟毕，只见一个穿红衣的女子出来，宝玉方开口乞食。那女子闻声十分惊讶，不住打量宝玉。她回身进房，叫出一个男子来，宝玉不看则已，看时却是花自芳！

那男人先开口问道："你是谁？姓什么？"宝玉含糊答应，只说姓贾，没有名字。那男人说："你可是荣府里的宝二爷？"宝玉也便说道："你可是袭人的哥哥花兄？"那花自芳一把拉住宝玉，口中叫道："二爷，你怎么这样子了，我哪里还认得出？"一面向屋内扬声说："宝二爷来了！"一面向里让。

宝玉摇摇头，不肯动，答道："我不进去了，替我问家里人好，只求一顿饭吃，已是饿极了。"

屋里出来两三位女子，都是过年的新装。她们睁大了眼，远远地望着站在院里的宝玉。那个穿大红衣裳的端过一碗饭，上面还带着肉菜。

她们望着饥饿而急食的宝玉，眼里闪着怜悯的泪光。

这正是上年正月遇见的那几位姨姊妹。

花自芳又让说："二爷屋里坐坐，说不定我妹妹就会来——昨儿接她回来吃年茶的，说是今儿就来呢，正好遇上，也说说话儿。"

宝玉不答，望着众人，交还了碗筷，行了一个礼，转身向外走去。

肆
苦味与领悟

　　宝玉白日乞食，夜晚则寄宿于井旁卖水的水屋子或是府旁的一处马棚里。冬夜实在冷了，只得求寓一座香火无多的庙屋中。正是：残月半天萧寺冷，五更常是打霜钟。原来打钟的小和尚贪睡，偷偷求他替打晨钟，宝玉为了寄寓得方便，也就乐于代劳。或逢大风雪天，无法外出，还可以在寺里讨斋吃。

　　一日，忽有一年老僧人，行脚到此，寓在寺中。因见宝玉在此，夜晚便来挑灯夜话。

　　几句交谈过后，老僧便觉这位少年不俗，穷而不酸不贱，文而不腐不迁。心中纳闷不知何许人如此落魄风尘。二人愈谈愈是深切起来。

　　老僧："原来是位公子不幸落难，在此寄寓。破刹荒凉，苦也不苦？"

　　宝玉："怎么不苦？常闻佛门不打诳语，说不苦是假的。有时苦不堪言，我原难耐。但事到其间，也只得从苦中超脱出来。苦是苦的，也又有些回甘，这回甘却比俗世的快乐不同。"

　　老僧："也还有烦恼否？"

　　宝玉："怎么没有。正是烦恼沉重得很，不知何处生的这多烦恼！"

老僧："总是情根未断，道根难坚。我劝公子，欲除烦恼，还是皈依了佛门，方得大自在。"

宝玉："佛法我是敬重的。但只佛讲寂灭断情，我却有疑。如来倘若无情，他又何以为众生而奔波一生呢？他一心要拯救众生之苦，岂不正是个世上最多情的人？况且佛门普贤菩萨，发大愿力度世，可知愿即是力，——难道那愿不是情？愿既是力，情更何殊？我自甘受些苦，方能以情普施，情能救苦，就是我的愿力了。"

老僧："情是烦恼之源，亦是虚幻之心，如何有救苦之力？"

宝玉："不然。语云：诚则明，明则通。又云：精诚所至，金石为开。金石都能开的，怎么不是力？大凡真情至情，也就是一个'诚'字，可知至情达信达诚，必生神力。这与佛的慈悲愿力，正无二致。"

老僧一时竟对答不上。半晌方说："公子既如此说，现下连自身尚不能救，又怎能凭一个'情'字去救人呢？可知你流落受苦，还是情之所累。"

宝玉："这又不然。我在家时，尊贵娇养，自以为用情待人，便是上乘；岂知那是富贵哥儿，谁都奉承，人之待我，情真情假，杂然不辨。如今我沿门乞讨，方经历了无数的人心各各不同：嘲谤凌辱，日日可逢；但解我饥，怜我寒者，真情待我这素不相干的贫小厮的，却处处都有，家家都能遇上一位菩萨。我方知从前只在家里讲情，那是太微末了，最多最大的情还在人间世上。因此一念在胸，深信不疑，有情即善，无情即恶。所以自知情不可医，是难以皈依佛门的。"

老僧听了宝玉的话，频频点头。嗟叹了几声，说道："到底是位有根器的大智慧善人，果然与俗流愚昧者不同，这也难以相强。老衲小刹就在西门外二十里，日后公子还有急难之时，可到那里，自有重会之缘。"

宝玉也听这出家人言谈不俗，便问大师怎么称呼。那老僧说道："我也曾是个公子哥儿，少年时只怕比你还尊贵呢！如今不必细说，说了你也未必全明白。只说我小时家里也有一个园子，也不比府上的那园子逊色，现今早已荒圮了。"宝玉还要细问时，只听他又说道："府上花园是贵人题名的，那且不论；闻得城里城外传述都说有条沁芳溪，是全园命脉，可是真的？"

宝玉道："这却不虚，那二字还是我妄拟的呢。"

老僧沉吟一会儿，又道："公子可知古时早有沁园之名？"宝玉答说这却不知，请师傅赐教。

老僧便叹口气道："汉朝的沁水公主，她那园林便名沁园。后被豪势窦宪强夺霸占。可知贵为公主，命也难言。即如府上这贵人省亲的禁苑，不怕你恼，依我看只怕也难免有个窦宪出来呢。"

宝玉默然不语。

那僧又说："公主那'沁'字，原是河名，与公子取名之义不同，不应相比，但只我听了那'沁'字，便知其中因果也非一般香艳词藻可比了。"

宝玉愈觉这老僧不是寻常流辈，比初时心服了许多。因问明法号与刹院名称，说日后还要到那里拜谒瞻仰。老僧遂又嘱宝玉道：

"不是贫僧多口，公子大约也不知世事，城里连乞儿也是有把头的，日久岂容这样之人自在乞食？必遭欺害。终究离开城，到碧野芳郊去，那方是另有境界。"

这话印在宝玉的心间，不由得常向西山晴翠心驰神往。

伍
佛门修艺

不知隔了几多时，宝玉果然来到了西门郊甸，按着老和尚的话，找到了这座古庙，庙并不大，建在小土山坡上，石块砌的山门，门外小径，由平地曲折通向坡顶的。庙门向东开，门外左右深木成林，朝日一升，红翠交映。宝玉站在山门外，不禁口诵"清晨入古寺，初日照高林"，那唐贤写得真好！

宝玉来到寺里，老方丈已在城里与他谈过，深知他不是俗流，既能识佛心，又不甘做俗僧，自己另有一番大慈大悲的义理，因此也不强他剃度，只收在佛门旁近，充一名侍者，带着头发，就像个行者样子。每日只叫他抄写经文。那宝玉，字写得极好，况素爱临写右军的《三藏圣教序》集字碑，那《心经》早已熟得很，正对了心意。

他对佛门的境界，渐渐有了真切的体会。自己也时常眺望一番，那远远的京城，宫殿的黄瓦也能认得出，想那人海中的悲欢离合，瞬息万变，似有而难凭，说空而实有。那万种悲欢，是真实的，人当其中，俱有实证；若到事过境迁，而说它是空无的，岂非以后为前，成为颠倒？一江春水，东流不息，逝水似渺，而大江常在目前，何曾是空无所有？东坡也曾说过的——"自其不变者而观之，逝者未尝往也。"东坡是深通佛理的，何以有此警语？可见还有一个不逝者的道理永在。

不说宝玉这些玄思痴想，单说世人哪里又晓得他的真心思，果然城中喧传起来，说荣府那个落魄不肖的哥儿出了家，自去庙里做了和尚。从此，城里再也不见了这公子的踪影。世人的俗见，只说那宝玉从小就有些疯疯傻傻的怪名，如今不过越发疯傻厉害了，又可笑又可叹罢了。

且说宝玉原是个聪慧之人，天分高过常人几等，却又越聪慧越痴狂，天生的"两性"之奇僻异常，历来的文词名目总没有个合符对景的可以形容得他的。比如在城中时，做哥儿则是富贵中不以富贵为乐业美境，做乞儿时却又冻饥贫困难以耐得那份凄苦。如今到了离尘避世的山村古庙中，虽然也知享的是清心断欲的乐土，可又放不下心头的牵挂、情缘的寻求。老方丈一片慈怀，意欲超度这个大智慧年少奇才，日子一久，也深知此人与众不同，只得一半说法开导，一半顺性应变。

逐日，派与宝玉的必修功课是要完结的，他也并不怠慢。余暇时，便向老和尚学艺——原来他见老和尚也喜爱笔墨之事。一日，二人对坐问难辩论起来。

宝玉道："佛门既云断情去意，为何自古传世的诗僧诗什不少？岂非居空门而背空理？"

老僧答道："和尚作诗，大抵是诗人穷途末路而隐于佛门，形为释子，心是吟家，此不足怪异。"

宝玉听了点头。又问道："若如师说，那些大涤子、渐江、八大等，也就是形为世外人，也无非是文士艺家之隐迹于佛门的了？"老僧答道："正是这话，但既入了佛门，沉思妙理的功夫，到底比世上的文人深切多了。"

宝玉便笑道："我自幼也喜丹青绘事，当作玩耍；后见《苦瓜和尚画论》，方悟画义也是一段大事。当时纳闷：释迦如来讲空，如何他却又主张'一画'为'众有之本，万象之根'？岂不是很重色相了吗？"

老僧也点头叹道："你说得何尝不是！但他那道理，却比世人盛传的谢赫'六法'等说，要高明得多。这也正是他能入佛门的因果了。"

宝玉又道："如此，他不惟不废众有万象，反倡'一画'之说，要以笔墨去形摹天地万物，这也不与佛说的'色即是空，空即是色'相干了吧？但我想，天地万物，终以人为最贵，人为灵物，欲形万物，何如先形人这灵物？我自小不甚留意山水虫鱼之图，单爱人物仕女之像。不知此意是正是谬，还乞指点。"老僧道："画人最难，所以工于画人者最少。然画物亦非画物之外形，实画人所受于物的情性罢了。故画物非物，物亦人耳。"

宝玉当下深有所会。

他在庙中除了写经，也偶然画几幅画，果觉与十三岁时戏作的那意境不一样了。他悟到"一画总万画"的真谛，所谓"一画"并非简率之意，更非千形百态都归"一律"的误解。在庙所画，精彩百倍于前，人见者无不爱惜赞美。渐渐这一带山村广传了这位"出家公子"的画名。

老和尚因正殿的壁画久已残坏漫漶，遂命宝玉重新将那三面大壁补绘出来。宝玉果然不负所嘱，画得十分精彩夺目。到了庙期，山门开启，远近的善男信女都来进香朝拜，见了这番崭新的壁画，无不啧啧称叹，顿时传遍了这山村左右一带，人人都来观看。他画的仕女肖像，更是令人惊讶，每一个少女，面貌神情，各自独异，不像俗画那等难辨汉唐宋明，难分张家李氏，真是各如生人于纸上隐然欲动。

他一共画成了一百零八幅，都是他亲见亲闻的脂粉英豪，闺阁颖秀，也都追摹撮写，毕肖那真容真意，不是凭空捏造的姿式。

这些画，寄藏在这庙中。老方丈看过之后，说日后还有用处，到那时自有一段情缘应在这画上。

第捌部

壹
哭向金陵

　　荣国、宁国二府被罪之后，因那府第原是先皇敕造，园子又是贵人省亲特建的，均不抄没，余者产业皆已入官，只家中日常所用什物及眷口衣饰等细琐陈设、粗笨家具，留下以维其生计。靠卖这仅存之物度日过活，家下人散的散，遣的遣，各寻门路去了。惟有三户老仆夫妇，为人朴厚忠诚，不肯背弃旧情的，还在府里共患难同甘苦。这时荣宁二府案情稍缓，身无大过者皆可在军功上效力自赎。贾政贾珍等派往军粮转运处和马匹供养补送等事务上去，贾赦判了监候之刑，惟有贾琏仍在京东皇庄一带管理收存采集等事，故不时仍可回来料理些家务私事。

　　此时王夫人早已惊痛病倒，不能理事。凤姐事发后，素日仇者一齐唾骂毁谤，原先借在王夫人处理家之任是无人肯服了，邢夫人乘势收回到东院里去，这边只得由李纨求借平儿留下协理。

　　凤姐自回到邢夫人手下后，全家对她并无一个怜惜疼顾之人，从邢夫人起，任意寻隙施以挫辱。这时邢夫人还剩下一个旧日身边人，便是曾赏与贾琏收房的秋桐。这秋桐当日来到凤姐房，原是新插来的眼中钉，只因那时尤二姐比她更要紧，凤姐便忍下，反使她去作践二姐，以致二姐难以忍受，吞金自尽。二姐死后，那秋桐自恃是大老爷先收房的人，比凤姐还要位高，不把凤姐放在眼里，时常生事，凤姐哪里肯让她，二人早已日渐水火相敌了。如今恰好又都回到了邢夫人手下，凤姐又已失势无权，于是秋桐便肆意刁难凤姐，每日更加恶言丑语，指桑骂槐，羞辱凤姐。凤姐此时，恰如早先的尤二姐受她的暗气明倾，一般无二，且又过之。

那凤姐本是个脂粉英豪，又是威权娇贵惯承宠奉的，到这地步，如何受得过？为时不久便病上加气，卧床不起。

平儿明知此情，但也无挽转之策，只是时常打发人来送食送药，空时亲自来看。二人见了，有秋桐等明监暗伺，也不敢多叙衷肠，惟有对哭一场。

平儿说道："奶奶还须往开里想，保重身子，咱家的事总会否极泰来的。"凤姐说道："我自知道，你我二人亲如姊妹，别人总不知我心的了。我心里明白我这病是不能久挨了，你不忘我，把巧姐这孩子多照管些，别叫坏人们算计了，我死也瞑目，这就是不枉你我姊妹一场了。"

凤姐语不成声，平儿已哭倒在炕上。

且说贾府诸人官司里，惟有贾琏虽是掌家之男人，却独他身上实无多大劣迹可寻，怎么罗织也构不成真正的罪款，只是对妻室约束不严，纵她犯过伤人，贪财图利，这却是个不能"齐家"的罪名，妻子的事是要分责的。这么一来，贾琏本人倒也十分恼恚：一是凤姐瞒了他做出这些不好的勾当，二是自问确也缺少了丈夫的气概，素日只知畏惧顺从，心中倒是自愧。因此对凤姐又恨又怜，知她目下处境已是十分狼狈，故不忍再加埋怨责斥，增她的难堪。无奈邢夫人却不肯发一点仁慈之心，一意要在凤姐失势失宠的末路中向她报复泄其往常的嫉恨，天天逼责贾琏，说："你还想要这败家惹祸的恶妇？也没个男子汉的样子！你趁早休了她，叫她回王家去，别给咱贾门丢丑！你不肯，我就要替你办了。"

邢夫人一面亲向儿子进逼，一面又唆使秋桐。那秋桐本是她房里大丫头，赏了贾琏后，只凤姐为除尤二姐，一时用着了她，不曾多管，二姐一死，她就以为凤姐是个好对付的，便又转向凤姐生事挑衅，不把奶奶放在眼里，竟欲凌驾。凤姐岂是容得这种无知愚妄人的，于是二人早成了对头，积怨已深。谁想凤姐竟到了这一地步，她更乘势反向贾琏诉说当日尤二姐受凤姐之害的苦情，她原比别人知悉那些细节，再施编造渲染，添枝加叶，说凤姐如何怀恨贾琏。"她原已定计，要害爷与新奶奶！"用这些浸润之言激怒贾琏。贾琏先时于二姐一死，原对凤姐不满，如今再被一挑一激，果然这些年所受凤姐欺蒙骄诈诸事，一齐涌向心头，也觉邢夫人的话有些道理了。然而又终是不忍。如此反反复复思量难以委决。

谁知这日贾琏进房，偏凤姐病中之人，一腔悲切，向他倾诉，不免夹带了埋怨他只顾别的不管她病苦等语，贾琏才在外面诸事心烦意恼，进屋便又听这些怨词，不禁心头火起，变了脸，说即刻写休书，"送你回王家去"！

正是："一从二令三人木，哭向金陵事更哀。"凤姐从此被遣，离开了贾府。

贰
逛庙的计谋

贾王史薛四家，原是连亲带故，亲上有亲，就是在官场政局上，也是一荣俱荣、一损俱损的。贾府诸般罪款，早已层层次次地牵连了那三家，都成了忠顺王府一派人陷害的目标。王子腾因察边重任在外，更是众矢之的，早被抓住一个"失职"的罪名，革职拿问，府中也被抄没。

王家败落了。那府里子弟也没有个像样的人物，只出了一些浮浪纨绔之辈。其中凤姐的弟兄行中有一个名唤王仁的，最是下流放荡，专门在花柳场中寻讨生活，未败落时家产已被他偷偷挥霍典卖了许多，还有欠下的花债，债主天天逼讨。

王仁被逼得走投无路了，就时常到贾府门上借故寻求平儿。平儿是个慈心念旧之人，看在凤姐面上，时常暗里拿些梯己私物来周济于他。

这王仁见平儿是个善人，债坑欲壑又使他不断来求来讨，平儿哪里有这力量供他无厌之求，他便变法儿萌生阴谋诡计，将求讨渐渐升为坑骗。

这时，巧姐儿已长大了许多，出落得很不丑陋，大有她母亲的体段丰采。王仁来时，不免要拜见这位舅舅。这舅舅口里称赞外甥女的出众人才，可怜可惜；心里却有了另一番盘算。

王仁眼见巧姐的亲爷爷身戴重罪，发往西北军营效力服苦去了，她亲爹贾琏虽不与爷爷的罪恶相干，却是个有孝心、重伦常的人，他向官里申报，自愿随往军营去伴侍父亲贾赦——这是当时法令许可、军中常见的事情。家中已无男主，一切全凭邢夫人说了算。这邢夫人从不曾把巧姐当个亲孙女疼怜爱惜，也未在身边长大过几日，巧姐对这个亲奶奶也很觉生疏相远。平儿带了巧姐看奶奶，尽个浮面的礼数，正有点儿像邢夫人自己在贾母面前尽个虚礼，并无真正情感交流。王仁识透了这样的光景，便胆子日益放大起来。

　　巧姐还是小姑娘，正如香菱来到薛家，随后又住进贾府梨香院那时的年纪，刚刚留头了。王仁隔些时来看望外甥女，从店肆里买一点女孩子喜欢的小玩器或脂粉环帕之类，带给巧姐，巧姐自然十分高兴，只觉这舅舅待她好——世上除了平儿姨娘是人间第一好人之外，她便觉得舅舅也好，此外想不出第三人了。

　　这一日，时逢四月二十八药王的圣诞日，京中的风俗，但凡到了此时，从二十一日起，不止是药王庙热闹之极，就是所有各庙也都特设庙会，百货百戏，人山人海，更加还有那一队队过会的盛况，真是旗幡五色如林，鼓钹七音似沸。巧姐在家里闷坐，正一心羡慕那些上庙的人。可巧这时舅舅就来了。进门兴兴头头地对平儿说："刚才我已请示了大太太，今日这药王爷的好日子，外边可是热闹得很呢，我带了外甥女到庙上去逛逛散散，难为她一个孩子每日在家只顾做针线，也没个开心的时候。没想太太听我说了，一口答应了。这可难得呢！快给她收拾收拾，换件衣裳，跟我就去，晚了就没意思了。"

　　巧姐一闻此言，巴不得要去，正遂了心愿。平儿也只信了邢夫人已答应的话，便不拦阻，果然替巧姐梳洗了，找一件可以出门的衣服换上，兴兴头头地依她跟王仁去了。

却说巧姐自幼在府里长大，还是头一回到这大庙会上来，她见如此场面，又惊又喜，人多得难以前行，凭王仁在前强挤开一个"人缝"，她紧跟在后往前拥着步子走，心里还很有些害怕——若挤迷了，可就糟了。她又兴奋，又紧张。

好容易挤到正殿前，只见无数的善男信女，有的手举真香，几步一拜地从外爬进来，到焚炉里化了香，跪地叩祝。王仁告诉她：这都是家里有病人来求药王爷的。然后又沉吟说道："你既来了，也该烧股香，替你娘求药王免灾去病才是。"巧姐点头，王仁趁势说："你站在月台边，可别动地方，我去买香。"说着去了。

此时巧姐剩了自己一个，被人挤得透不过气，脚下站立不稳。一时挤到了殿门外，隔着窗棂向里瞧看，只见药王的塑像端坐那里，白面黑髯，目睛炯炯有神，真像活的一般，身披黄袍，慈眉善目，令人生敬。看了一会子，还不见舅舅买香来，心下有些焦急起来。

正在忐忑不安之时，却见王仁和一个妇人一同来了，口里说道："这是我们左邻吴大娘，她找了来带信儿，家里有了一点儿事情，我先去料理一下，你只跟着大娘就妥当的。我一会子就来接你。"

巧姐抬眼看那女人，四十上下年纪，满脸浓脂艳粉，带着几分妖里妖气。巧姐心里很不喜欢这个大娘，但无奈何，只得答应了，跟了她走，先看王仁匆匆去了，倒也随那女人到神前烧了香，磕了几个头，心中暗祷保佑母亲病体转危为安。

都完了，盼着舅舅回来接了，却只不见有个影儿了。急得直问那女人。

那女人收起笑脸，冷冷地对她说道："你舅舅有了事，不能来了，你别指望他来接了，你只跟我走，有你的去处。"

　　巧姐听得这话，一下子哭了。那女人顿时厉害起来，严声厉色，喝她道："不许你这模样！乖乖地跟我走！"

叁
巧得真情

原来，药王庙的一幕戏，是王仁早与妓院定好的计策，将巧姐骗至庙中，托言买香，寻着约会好了的"吴大娘"，指与她看定了巧姐，他在外院里从妓院一个鸨儿手中收了一笔银子，便掉头走脱了，将外甥女一手推入了火坑，他自去寻乐去了。

巧姐被塞入一顶庙外雇来的二人小轿，一径抬到了一处曲曲弯弯的小巷里。轿子落地，巧姐被那女人领下来，抬头一看，门上有三个字的粉红灯匾，写的是"锦香院"。

进院一看，里面尽是些怪模怪样的丑恶男人和浓妆艳抹的年轻女人，屋里嘈嘈杂杂的琵琶弹唱和肉麻的喧哗笑闹之声。巧姐惊呆了，心知这不是好地方，哭起来，叫着"大娘"找舅舅要回家。

那"大娘"举手狠狠一巴掌，口内说道："你舅舅把你卖了给我做使唤丫头，五百雪花银子他揣走了，你回的什么家?！再说这句话就打死你！"

巧姐吓得跪下哭着求饶。那女人喝命她进一间小屋去。

从此，巧姐再也见不着一个亲人。

……

却说平儿在家，等巧姐回来，直等到天黑日头没，也无个踪影，心可慌了，只得来回邢夫人。谁知那邢氏一口咬定："我没见什么王仁来，定是你们定下的诡计，要害我的孙女！趁早儿给我找回来，没有了这孩子，你们可要抵偿！"

平儿无法，只得连夜使人去寻王仁。哪里还有他的鬼影子，家里人说他是早就不回家的。

平儿急疯了，又到后廊上去叫芸哥儿小红夫妇来，说了这一番经过。二人听了，心知不祥，只得安慰了平儿，说明日一早就去，务必寻访下落回来。

这京师九城，万人如海，哪里去找头绪？

这也不知过了多久，只无个消息。

却说那来旺的儿子，主家是破败了，他却更无人拘管，结交一群狐朋狗友，每日还是烟花巷中去胡混。不想这日被一个嫖友拉到了锦香院。那嫖友与鸨儿很熟惯，鸨儿亲来接待。说话间，不免问起有新来的标致人物没有？鸨儿说："怎么没有？一个雏儿十分人才，心灵手巧，因年岁还小，先教她学弹唱小曲儿，还不到半年，那一手琵琶可惊动了东城勾栏、本司的老行家！你不信，我叫她侍候你一段新鲜曲子。"

一个小姑娘领进来了，只见她粉光脂艳，一身鲜红新衣，见了人不言不笑，只行一个礼。一旁小凳上坐，调动那一把檀槽凤尾、镶云嵌宝的琵琶的四根丝弦。

来旺儿子一见此女形容，不禁大吃一惊，心说这不和我们二奶奶生得一个模子吗？好生奇怪！难道巧姐儿那孩子会到了这个地方?!

这一曲琵琶，把那伙子弟听呆了，那女子收拨敛容，抱着琵琶，再行一礼，飘然退出。

于是七嘴八舌问起，这美人哪儿得的？可是你的一棵摇钱树！姓什么？哪里人氏？……怎么得的？不像穷人家的孩子……

鸨儿说："这孩子是王家人卖的，听她叫他舅舅。后来问她，说是姓贾，别的不肯说。"

来旺儿听了，将桌子一拍，吓了众人一跳，忙问怎么了？他便又惊又叹地说出来：这是荣国府琏二爷的千金小姐！

众人都怔了。鸨儿忙叮嘱说，诸位可莫要声张，此事只怕大有干系。

来旺儿子虽是不务正业之人，却也受过贾琏夫妇的善待和恩惠，还是个有心念旧的，如今独自开了户，脱了奴籍，也是贾琏的恩典，今见巧姐竟被王家人卖到妓院，心中好生不是滋味。离了锦香院，顺路想到荣府去看望平儿姑娘，秘报此事。不想路上顶头儿遇见了贾芸。忙上前行了礼，口称芸二爷一向好！往哪里去？

贾芸就将每日寻访巧姐下落的心事说了一回，并问着说：你也跟了你们爷奶奶一场，如今得了自立门户，怎么就不念一点儿情义，出些力帮着查访查访？

来旺儿子听了这话，拉住贾芸的衣袖，四下望望并无过往之人，便悄悄将方才的见闻一切，都告诉了贾芸，并说："我正要到二爷府上去禀报。"

贾芸听罢一席话，真如五雷轰顶，夸奖了来旺儿子几句，说了要他以后帮助的话，遂急匆匆转身回家，先不敢就明言告知平儿，自己盘算一回，还是来到街坊上倪二家向他求教这事怎么办。

倪二听贾芸密谈之后，先是大骂："又是一个不是人的舅舅！真真气死我这破落户。"然后说："你就找来旺儿子，叫他问锦香院老鸨儿，花银子赎那姑娘出来，一文不亏她。她若不肯，刁难，我倪二有朋友去和她算帐，管保她不敢不依！"

贾芸心下欢喜，果然这是条妙计，搭救巧姐是有望了，只是还不知要多少银子。

164

肆

狠舅奸兄

　　贾芸得了来旺儿子的回报，说鸨儿一口咬定：身价银是五百整，再加上这几个月的教养供给、食用衣装，也要花上二百多银子，少了八百两是不能的。

　　贾芸把历年积攒的银钱都拿出来了，也只二百多两。小红又把平日做针线荷包香袋等物换来的梯己钱凑上，一共勉勉强强凑了三百两。差得还太多，夫妻二人犯了愁。

　　这日又遇上邻居倪二，不免又说起这个难事。倪二听说如此，当下拍出两封银子，说："这二百两，不敢说奉送，只算借给你用。一不要利息钱，二不限一年二载，你什么时候有了，还。没有时，且搁着。"

　　贾芸眼睛里直转泪花，立身深深一礼，说："别不多言，我赎了她，给你供长生牌位！"一心感念地回到家中，告诉了小红，小红也哭了。

　　可是还差三百两，怎么办呢？

　　夫妻合计了一夜。后来还是小红出了一个主意，说："当日府里抄家时，各房各处是有分际的，珠大奶奶因是寡居，不理家事，只带一个哥儿，还小，提不上什么罪名，她那房里是没动过的。如今兰哥儿又大几岁了，大奶奶人称菩萨，待人和平，这是人人皆知的。我们去拜见拜见，只怕还有些指望，也未可知。"

贾芸听了有理，二人计议已定，次日进府，看望了平姑娘，且不言及别事，然后便来到李纨房门。

那住处一片冷冷清清。只剩一个素云，传话进去，一时请他二人入内，见了礼，落座叙谈。先是寒暄，倒很亲切。落后便说到巧姐遭难、需要赎身、银两不足的事。

李纨沉吟了半晌。叹息了一回，方说道："难为你们这样，我岂不想念你二奶奶的情分只是近日兰哥儿行了成丁之礼，又订了亲，这一气可花去了不少钱。我也不年轻了，已然和兰哥儿说，家计银钱，我不管了，你已成人，也该习学世务了，以后归你掌管。因此这事还等兰哥儿回来我和他计议，看是如何。若还有这可分的钱，再拿去办大姐儿的事情。"

贾芸夫妻听了，道了谢，告辞自回家来。

自此以后，每隔三五日，贾芸便来讨信儿。

贾芸来时，还是丫鬟传话，说："哥儿事忙，还没回来。奶奶身上不好，服药卧息了。改日再见吧。"

如此，来来回回，不计其次，总难得个回话。

过了许久，这日冤家路窄，偏生在府前遇上了贾兰。那贾兰只得上来行礼，问芸二哥好。说些闲话，只不提巧姐之事。

贾芸忍不住，打开窗户说话了，动问"如何搭救你妹妹？"的话。

那贾兰见问，方慢条斯理地说道："芸二哥，你难道是不知道的，府里抄了之后，无家可分，只是每房每户的各自变卖些衣物为生。我前儿为了考武举，又是一路打点，也是卖东西。从小听我娘叨念：'人生莫受老来贫。'她寡妇失业的，没个倚靠，存几个钱为了养老之计，一文舍不得多费。如今哪还有积蓄了？况且莫怪我说：那巧姐妹妹到底落在何处？抄过家的人家，女孩子叫人卖了去做丫头的是人人皆见的事，就是咱家府里旧日用的丫头们，也不全是穷人家卖的，被罪的宦家之女园子里就有好几个呢。我那妹妹去做了丫头是有的，何至于落入花街柳巷？这可不是说着玩的。芸二哥，我劝你莫轻信那些小人的话，他们是变着法儿吓你，要骗你银子的。一个丫头，上等人才不过卖三十两，中下等的也只二十两就是了，如何会要八百两？芸二哥，你还要细打听，莫上了当。至于我这儿，你若用三十两二十两，我明儿设法子周转来给你拿去就是了。你要三百两，我就只好去做强盗了。"

贾芸听他说话至此，一语不发，扭头就走。耳边还听见贾兰的声音："二哥你慢点儿，改日到家里去看望大娘和哥哥嫂子去。"

贾芸头也不回，自向地上吐了一口唾沫，心说："世上不相干的，还怕叫人骂个见死不救，这也算是骨肉一家子！我才懂得什么是个'奸'字！"

伍

姥姥是恩人

贾芸凑不起八百两，锦香院鸨儿等他再不来赎，又想到这件事到底是个弄险的勾当，说不定荣府一旦忽然复了官势，找上门来，却是个祸端。不如趁早将这孩子转手，方为上策。

却说这个妓院里原有一名落难女子名叫云儿，素常是曾与冯紫英、薛蟠等一干子弟们相熟的，也深知荣府诸事。巧姐来后，她问知底细，不免伤感叹息，真所谓兔死狐悲，身世相怜，因此百般维护，使巧姐少受了多少凌辱之苦，就是弹唱，也是她一手调理教导的。云儿原是个好心人，时常替巧姐盘算，如何是个脱离火坑之计，便趁闲话之际劝鸨儿说：不如将这孩子卖与外地的富商大户，既是一笔钱，也可免了日后的隐患。

因云儿人缘好，交往多，便暗中留意，为巧姐寻找门路。可巧近日有人进京，声称是长芦盐务上一个大商户派来的，要为家里的小戏班儿添置戏子、教习、丝弦师傅、唱曲的，到锦香院来摸头绪，云儿便一力荐举巧姐的人才技艺。

那富商家派来的采买人看过巧姐，果然中意，便问价议买。鸨儿张口三千两。后来好说歹说，云儿也从中撮合，说定一千五百两，择个吉日交钱领人。

那商人家雇了船，采买的行头、乐器、女子人口等，都一齐送出京城东南门，上了船，走河道向长芦而行。

那时正赶在天寒水浅的节候，船只是走不顺畅，挨到离城七八里，天已过午，远远只见岸边柳树中隐现一座酒楼，客人催船家加把力撑到那里去上岸吃酒吃饭。这儿已到一座石闸桥，桥下急流喧然作响。

乘客叫船家泊住，且休过闸，船上女子不许下船走动，等他们从酒楼回来带吃食给她们充饥。吩咐已毕，即舍舟登岸，自向远处的酒楼走去。

不提他们自去吃喝散逛，单说这船上众女子只好静候，又不免出舱来瞧看那村野风光。正散心时，忽见远远一伙人跑来，逼近船时，一人见船上一个女子，便指着喊道："这不正是骗子偷卖的咱们家的姑娘，快来抢人，救回去要紧！"

谁知几个女子听说是救人的来了，她们本都不是好买好卖而来的，纷纷央告情愿一起逃回城去。因都哭着恳求，那些来救一个的，便动了善念，不忍丢下不管，便急忙吩咐：愿走的，只能腿脚利落，跟我们快跑，一离了这里，他们便难找，才使得，脚小跑不动的，却休惹麻烦，反误了事！

且说巧姐闻听此言，正中下怀，她们贾府风俗，虽然丫头们旗汉皆有，本府女子却是不缠足的，便央求一同逃出陷阱。

一伙人匆匆忙忙，择一条僻远小田埂子便向西跑。深一脚，浅一脚，本非正经路径可走。那田间小河汊偏生又多，隔不远便要跨过一条河沟。巧姐心慌意乱，只顾快逃，一步未迈稳，栽在水里，脚扭伤了，爬出水来，疼得再也走不了路。同伙之人见她如此，谁也无力来背她走，没了法子，只得丢下她，大家自顾奔逃去了。

巧姐哭救无门，但心中明白，不能高声的，自己一个忍着脚痛往一处有房子草垛处爬去，找着一个可以隐身的柴草杂树的背后，倚在那里喘息一回，耳边谛听着有无前来追捕逃者的声响。

半日寂静无人响动。天色却已渐渐白日平西了，天上已有一群群老鸦从东飞来，远近人家房上也有缕缕炊烟升起。

巧姐从早到此，已是饥渴疲病，心中正不知若到夜晚却又如何熬过难关。

此时脚痛如割，渐不能支，思前想后，自幼长大到如今，竟落到这一地步，一阵悲从中来，万念俱灰，忽然一个"死"的念头在心头冒了出来。

巧姐想到此处，那泪真如泉涌，不觉哭得昏死了过去。

……

如今却说刘姥姥。这日傍晚，见家里女儿已在忙着做饭，她便张罗着替手办脚地忙合。她女儿狗儿媳妇便说："柴火不够了！姥姥你老帮着搬些来，好点火了。"

刘姥姥闻言，抬腿就走。刚来到草垛树枝堆前，只听有阵阵哽咽抽泣之声，吃惊不小！转到垛后看时，只见一个姑娘，浑身泥水，一身鲜亮绸衣裳扯得七零八落，十分狼狈的样子。姥姥倒吸了一口气，心下暗想："那年我哄宝二爷，说我这田头有个成了神的抽柴的若玉姑娘，难道真就有了这么一个仙女不成？可她为何又这般落难的光景呢？"她赶过去，拉住那女子的手，问起是何缘故。

巧姐睁开泪眼，见是一位年老婆婆，仔细一端详，呀的一声哭了，说："你老莫非是到我们家来过的刘姥姥？"

姥姥这时也揉了几回眼，细认一阵，方说道："你是琏二奶奶家的巧姐姑娘不成？我只不信！怎么会到了这里？这不是做了梦吧？"

巧姐哭诉了一回，姥姥不及听完，早已哭得难以出言。半晌说："快跟我来吧，小心别让人瞧见！"

陆
留馀庆

刘姥姥和女儿女婿外孙男女一家人，各尽心力，给巧姐请人买药调治，每日精心两餐供养，一个多月后，全然愈复了。中间寻了一个吉日，特意进城将此事密报与平儿知道。平儿又惊又喜，也是悲从中来，对刘姥姥哭诉了凤姐的委屈、临末的窘境，又感谢姥姥搭救了巧姐的恩德。

刘姥姥哪里肯听这个"谢"字，说道："姑娘休说这话，当初一家人饥寒无路，不是二奶奶与姑娘的慈心，我如何能有今日？家里从那时有了些积蓄，如今倒也宽宽裕裕，不那么艰难了，我们受了大恩，也没个'谢'字可说，姑娘的话，如何当得起！二奶奶的为人，我们是忘不了的。"

平儿听说，也不禁深深感叹，对刘姥姥说道："二奶奶的为人，我跟了她这二三十年，才是知道得多了一些。人人都怨她怕她，说她厉害，殊不知她只对坏人不容情，对好人她却难得有的热心肠，疼怜受屈受苦的人。她这片心，只我深知不疑，别人也不能体会。可惜她也有识见不高之处，为小人所诱，做了些错事，却把她本来的好处掩没了。可知世上做好人不易，不平的事更多，只我们心里知道就是了。"

刘姥姥点头念佛，说道："都像姑娘这样，天下也早太平了！"

平儿又说:"我不偏不向,只讲一个公平的理。"

姥姥遂又问道:"可叫大姐儿得便来家里看看?不知可使得?"平儿答道:"暂且使不得。我也不能去瞧她,只好空悬念着。这事慎密要紧,久后再说见面的事。"姥姥会意。

临告辞了,平儿又拿些东西教姥姥带去,刘姥姥死活不受,口中只说:"姑娘放心,俺们那里什么也不缺的,请只管万安保重。我今日也不知深浅了,可还有一句话要说:那姐儿也大了,我一个外孙子板儿,姑娘也是见过的,如今也长高了。近日我眼瞧着,这两个孩子倒很合得来。再过过,我斗胆向府里求这头意想不到的亲事,可真是太高攀了些,我对别人说不出口,今日向姑娘吐露。若是天缘作合,将来也得有个大媒,或是亲人见证。我就请姑娘你成全此事。不知你老意下如何?"

平儿听了,十分喜悦,说:"这可是一件好事!我一定尽力而为,姥姥也请放心就是了。"

刘姥姥得了此言,也不再多话,向平儿深深万福,转身辞去了。

平儿独自夜晚思想今日的事情,心里似潮水翻腾,一宵不曾安睡。

后半夜刚刚觉得要睡着了,忽见刘姥姥一掀门帘又进来了,便问道:"怎么姥姥还没走,忘了什么没有?"只见姥姥不答。便又拉着姥姥低声说道:"姥姥你看人情世事,一家子骨肉,大奶奶的哥儿,大姐儿的哥哥,竟然疼那几两臭银子,见死不救!比起你老人家来,可就一天一地了呢!"

只见刘姥姥脸变了气色,下死狠向地上唾了一口,听得一句话:"叫他爱钱忘亲的奸人没有好结果!"

语音一落,平儿睁开眼看时,并无姥姥的踪影——原来是一个倏忽的梦境。

第玖部

壹
真宝玉的下落

话说荣府败落之后，应了"势败休云贵，家亡莫论亲"那话，众人散尽，谁也顾不得谁，真好似秋风落叶，纷纷坠地飘散流转去了，也难一笔叙尽。这都中酒楼茶肆中，却把他家的事当个题目讲论不休，像说书的一般，有真的，也加上了渲染附会编出来的，沸沸扬扬，传遍了九城内外。其中更免不了说那十几岁的哥儿，竟然做了叫花子，又跑到西山当了和尚，成了仙佛一流人物，又说他那块通灵宝玉是开天辟地以来的独一块无价之宝物，不但连城珍贵，得了的就可以成佛作祖，神通广大……种种市井间的无稽可笑之谈。于是有一班异想天开的人，便仿造出"通灵宝玉"来，冒充那失落的宝贝，以希重价牟利。这些人原未见过通灵玉是何形色，便凭空假想出许多样式，也有圆的，也有方的，也有如意头的，也有鸡心佩的，又不明原刻何等字句，以致胡乱镌上了一些俗常的吉祥语，如"长命百岁""吉祥如意""金玉满堂"等等，都在市上古玩店里出来了。一时竟成了京城中的新奇风气。

单说宝玉，虽到了庙里存身，却还戴着冯紫英等好友为他仿做的通灵玉佩，虽是假的，到底比市上胡乱冒充的精致可爱，也是件东西。但那块真灵玉究竟落在何处，是谁也无法知道的了。

再表凤姐，贫病交加中，被遣还了金陵，无以过活，只得将身边偶存的一些细小无用的饰物变卖些零钱度日。不想这日忽从一个布包中捡得一枚小石，细看时，不禁如梦方醒，原来是她那日在府中穿堂里扫雪时拾得的宝玉丢了的那真正通灵玉。凤姐又悲又喜，重新把它包好，放在内衣密处。

这一日，凤姐觉得身上略好些，挣扎起来到院中散闷。忽见门外来了一个年轻人，不过二十以内，生得十分清秀，衣服却很敝旧。凤姐一见，大吃一惊，脱口叫道："宝兄弟！你怎么到的这里？"

那年少之人茫然不解，手足无措，半晌说道："奶奶你是哪位？怎么晓得我的名字？我姓甄，名唤宝玉，从未拜见过你老的。"

凤姐闻言，恍然大悟，这并非自己家的宝玉，乃是江南甄家的哥儿，当日老太太等人常说起江南也有个宝玉，生得相貌也一样。心里也早知甄家获罪抄家已久，也是家亡人散，却不知甄宝玉竟然此处相遇。

原来甄宝玉也因生计无着，幸还有几家亲友暗中扶持，不致沦为乞讨。今日他到王家来办些琐务，却被凤姐见着，错当了贾宝玉。从此，倒叙起老亲旧话来，彼此相怜相叹，甚是亲切。

几次熟识以后，凤姐忽一日想起问他道："我那宝兄弟的一块玉，人人称是件奇物，古今少有第二个。不知你也有什么玉没有？"甄宝玉笑道："我如何也有那稀罕宝贝？只是从小家里人都提起来，当一件新文故事讲说，我只半信半疑。后来知是真有的，却恨不能亲眼一见。"

凤姐听说，不觉触动了兴致，即便叫他稍候，回屋取出那块通灵宝玉，亲手捧与他看。

甄宝玉接在手中一看，果然名不虚传：那玉虽小，却是异样晶莹鲜洁，五彩动目，向所未见！不禁赞叹说道："佩戴这样宝物的，岂是寻常卑琐俗陋之人，真是非凡之宝！我见了此玉，更是极慕贾家宝玉兄的为人了，我从今立个誓愿：千山万水，也要寻着他的踪迹，睹面一会，方了平生大愿。"

凤姐听得此言，眼中落泪，遂说道："你哪里知道我们那宝兄弟的好处！"甄宝玉道："人传荣府公子是个疯疯傻傻的呆子，这话真吗？"凤姐叹道："这就是世上没见识的人的胡话了。宝兄弟是个小圣人，没有他不懂不知的，凡百事情，一心为别人，从不管自己，吃亏受辱，甘心乐意。人们不知这种人的心是难得少有的，倒说他傻了。我不读书识字，也听人讲过一句，就是'大智若愚'的意思吧？"

甄宝玉益发倾倒赞佩不已。将作辞时，凤姐嘱咐道："今日这一段话，没第三个知道的。若你果真到北上寻他时，我就将此玉托付与你，务必还给了他——他若复得此玉，必然不致久在难中，还有后缘结果。我这病已难望好，谅今生今世我是再不能看见他了……"说着泪如雨下。

甄宝玉说道："今日此情此语，牢记在心，决不负你老嘱托之重。"拜别而去。

贰
南帆北舶

　　自从甄宝玉发下愿心，立意务必将凤姐托付的通灵宝玉访着物主贾公子亲手交还，可巧过了些时便有请他书写账目的东家要进京经营贸易，邀他随船一同北上帮助文书等事。甄宝玉喜出望外，便来向凤姐告别，说知了进京之议，并从凤姐手中接了通灵玉，珍重藏在内衣里，说道："我此去不惜千方百计，也要寻访着贾公子，将玉交了，回来再向你老细叙详情。"然后二人洒泪作别。

　　那甄宝玉随东家择日登舟，进入大运河，扬帆北上。他原是没出过门的人，到了河上，见那千艘大小舟船，真是帆樯如林聚，篙橹似兵交，船夫呼叫之声鼎沸。一时忽见水中众船都纷纷争向近岸两边分靠，众声传呼，说：织造进鲜的龙船来了！果见一队大船，插着黄旗，在河中心浩荡而行，十分威赫。

　　龙船刚刚过完，众船家便又争路开帆，可巧正值来到一处河面甚窄处，两岸的芦苇，森森交翠排青，那南北上下分行的船，离得比先近多了。甄宝玉便立在船上向对面观望景色，十分赏悦。猛然间听得有人叫道："二哥哥，宝玉！你怎么在这里？想得我好苦……"甄宝玉闻声一看，却是对面船上，舱窗内有一红衣服的女子，向他高声呼名传语，面容十分端丽，却有二三分风霜憔悴凄切之色，心中吃了一惊，不禁想起凤姐初见自己，也误认贾宝玉的光景，便应声答道："姑娘是谁？我姓甄，不是贾公子，我正是上京去寻访他，务要相会。"

那女子听了流下泪来，说道："我叫湘云，姓史，是宝二哥哥的表亲。被人卖做了丫鬟，回江南去。公子你若寻着贾二哥哥，告诉他我到江南了，叫他来救我！"

说时迟，那时快，不容那女子说完，两船上下早已错开了，越离越远了，那凄切的女子声音已被河水浪花淹没，听不清了。

甄宝玉目送那船渐渐远了，看不见了，还立在舱外，像是在一场梦中，又很真切不虚。河中乱篙激起了一个浪花，水沫似雪珠般洒到身上，连脸上也溅着了，他才从"梦"中出来，痴痴的，惘惘然，不知自己心里的滋味是什么，该如何化解这一番诧异惊奇、辛酸苦楚。

叁

访玉逢缘

甄宝玉随人人都以后，在宣武门外一处赁居寄寓。离寓不远，便是一条长街，两侧都是文玩书籍的老店铺，墨彩书香，琼光铜耀，目不暇给，他也是个有心之人，便时常在闲中来逛逛，意欲寻觅贾府抄没之后流入市肆的书画陈设之物。

一日，在西街尽头处一家小店铺内闲看时，忽见有几枚玉佩，做得甚是不俗，因顺手逐件取阅审玩。翻到底下，却有一枚带字的，忙细看时，却是镌的通灵宝玉四字篆字，虽不精致，倒也十分可爱。因问价多少，竟索十两银子。甄宝玉道："这只是仿制的玩器，如何能值这多钱？"店主见说破了，便改口说客官可以出价商量。便以纹银二两成交。

这时甄宝玉对这位待访的贾公子已是倾倒备至，务欲寻觅他的踪影。可巧临走时抬头见那架上有一个敝旧的横幅，上有尘土，久无人动的样子。便取下来看。店主两手横张着让他观赏，他举目一看，工整的三个楷书大字，是"绛芸轩"，左边一行小字写的是"怡红浊玉重书"六个字，并有年月。甄宝玉也是个聪慧人，一见便知是贾公子的手笔，惊喜不已，也不多问，只花了几个钱将这书匾也买下了。心内高兴，不禁搭话，问起店主，可知城内有个荣国府？府里有个哥儿贾宝玉？

店主笑道："那是谁不知道的？"再问："可听说现在何处了？"店主答道："这却难说一定。恍恍惚惚，有说是做过叫花子，后来到西山当了和尚，却不知此话真假。"

甄宝玉又问了西山古刹名庙的名称路径，谢了店主。回来益发拿定了主意，要到西山去小住几日，方可多走几处庙宇寻访贾兄。

及至他真到西门外奔向西山，才知道这庙可是太多了——大的金碧辉煌，钟鼓常鸣，僧众繁忙的也有，荒凉敝旧的也有，岂止几百座，山坳涧上，各式各样……哪里去问一个新出家的小和尚？他寻访了几日，音信俱无，到处是"不知道"三个字回答他，心中不觉犯了愁，败了兴。

正自行止难定，又想不如先回城里，过时再来，省得徒劳无益。于是收拾了衣物，辞了庙主，徒步向东慢慢而行，欲回城内去。走了一程，有些饥了，望见一幅酒帘在柳外招展，知有可以饮食处，便赶向那里，找个座位，歇脚自饮，吃些东西当饭。这时忽来一位客人，旁座坐了，也是歇脚的，见他且不忙吃酒进食，只顾将一幅字画打开赏玩，口中不住称赞叫好。

甄宝玉听了，斜着目向，看那画是一位美人，十分工细，一行落款写的是"情僧浊玉"四字。

甄宝玉这一惊可非同小可，一把拉住那人，那人吓了一跳，道："你怎么了？"甄宝玉也笑了，忙忙致歉，说道："我见那画实在太好，急想也得一幅，不想惊了先生，千万恕我无礼。还求指点，往哪里可买得这位画家的宝绘？"

那位客人听罢叹道："若问此画，也易也难。听说是山里一个年轻和尚画的，你有钱强买，他不乐意时多少钱也不画；乐意时那村里男女老少去求，都一口答应，连过年贴年画的，他高了兴也给画，画得特有趣味！所以人人喜爱。他字也写得好。"

说着方将手中的这一张画让他细看。

甄宝玉重新细赏时，方见下方是江边之景，一人在船上立望，上方是隔岸一所画楼，雕阑上倚着一位红袖美人，旁边一个丫鬟吹笛——楼头与船上人都在凝神闻笛。左上方却题着两句诗，道是：

绿蓑江上秋闻笛，红袖楼头夜倚阑。

甄宝玉喜得连称妙极，就又厚着脸向那人恳请将此画卖与他，结一个翰墨奇缘。

那人笑道："尊兄也是个大痴人了，按常理这是不该出口的。但我见你也是个不俗之辈，我破格转让，也不为多贪卖价。"甄宝玉千恩万谢，双手奉与人家二十两银，口说："先生慨然赠我佳画，永当铭篆，这点钱只当是给先生回府雇车的吧，务必笑纳。"

那客人也只得接了银子，将画卷好交与他手，二人行礼作别。

甄宝玉登时打消了回城的念头，转过方向重奔西山而去，这回他已从那客人口中探明了卖画和尚的小庙的坐落了。

肆
因画送玉

　　甄宝玉寻途问路，来到一处庙宇，看时，却是一座尼庵，心中只觉怅然失据，又走乏了，只得进去求借茶水歇息。这时走出一位年轻女尼，一见他迎上来行礼问讯，面带惊异之色，口说："施主哪里来的？贵姓大名？"甄宝玉答道："在下姓甄，金陵来的，上京访友，还望女菩萨师父多多指路。"那女尼便问："欲访何人？"甄宝玉方说出是荣国府公子出家的一位世交，有要紧事情面详。

　　那女尼听了越发惊讶，又微现喜容，叹道："施主幸而遇上的是小尼，别人也难知详细。我与贾公子是一劫而来之人，如今风流云散，流落到此，却也彼此遥相知闻。别的也难细讲，请你只寻到西北一条小山谷内，溯着溪泉往上走，山径曲折，引向一座古庙，荒凉破败之境，他就在那里存身隐迹。"说罢奉上清茶让座。

　　甄宝玉吃毕茶，拜谢了那女尼，独自又按所指路径走去。果然从山口进入一条蜿蜒的峡谷。一道小溪潺潺流泻，水上落花残叶，水底奇石斑斓，那路极难行走，只得攀着草树藤葛慢慢盘上山腰。这时方见一座古刹，已是门墙颓坏，两段残碑犹立于院中，满寺萧然，寂无梵呗钟磬之音。向前寻路，转过大殿，却有一角门通连一处跨院，院中茂草盈阶，野鸟穿户。见此景象，心中不禁慨然感叹，不知是悲是喜。便向房门外提声试问："此处可有一位公子出世的情僧少师傅？"

语音落处，屋内走出一人。他们两个一照面，各自暗暗吃惊不小："怎么就和我在镜子里看的自己一样?!"二人同此诧异间，心中早已明白，倒是贾宝玉先开口说道："来的莫非是江南的甄兄？"

不用繁言，两个几句话过后，便十分亲切，如逢故交的一般，入室快谈。甄宝玉便从头自王熙凤病中重托，携带宝佩，以至数千里专诚来访，并从肆上新得的旧匾一件，郑重奉与情僧。

贾宝玉接了，一言不发，静听了所述凤姐姐重病托付通灵玉之一夕话，痛泪满面，遂将真玉戴上，却将近年来所佩之假玉摘下，送与甄宝玉，说道："甄兄，此玉是我至交侠义之士冯公子为我特制的，也戴了这几年，随我经历了悲欢离合、世态炎凉，已不是寻常玩器了，今特奉赠，也是一段奇缘佳话，望乞笑纳。"

甄宝玉接过看时，比真玉略大些，却是一块和阗美玉，上有红晕，镌着篆字，端的也是宝器了，珍重戴上，极口称谢。然后又将那幅旧匾取出展开。贾宝玉一见，却惊呆了，忙问："甄兄如何得的？这还是我早先在舍下园子里写的，第一次所写的是自己住的屋里悬的，这第二次所写已经是园内的事了。但那两次侍候裁纸磨墨的人，却是一个……"说着又泪滴纸上。

甄宝玉因问："此人现在哪里？"情僧不答，口中吟道：

美人黄土梦凄切，麦饭啼鹃认故丘。

甄宝玉听了，也为之悲叹不已。

　　二人情投心契，各表倾慕之怀，不禁说到家亡人散的前情，那甄宝玉忽然问道："贾兄你可有一位令表亲名叫史湘云的？"

　　贾宝玉一闻这三个字，骇然变色，立身问道："你怎么知道这个名字？问她怎的?！"

　　甄宝玉这才详细叙明了在大运河中两船对面，那红裳女子错认、口呼"二哥哥"之事。

　　贾宝玉听罢，像一块石头，不言不动，只两目泪流如注。

伍

定计南游

当下甄贾二玉又同看那幅红袖楼头听笛的画卷。贾宝玉又不禁大为诧异，问他又是怎么得的？因又叹道："仁兄你可知，这画正是我梦中见了舍表妹史大姑娘才画的，那正是我梦中所见之境，看来今日之事甚奇，说不定日后有些应验，也未可知。今既拜识了仁兄，得了表妹的信息，我决计到江南一行，务必访寻她的下落。"

二人又复计议。甄玉便说："贾兄你现是个僧人，又无财力，江南又无势家相助，若想救回令表妹，不是一句空话行得的，须有个切实的打算才使得。"

贾玉听了有理，因说明日我便进城找找敝友安排。

甄玉将自己在金陵的地址写了，说："你到南京时，按这地点来找我，小弟一定竭力相助。"说罢又笑道："尊绘实佳，只是落款情僧二字，弟不能解——素闻佛门是要断情的，只因情是烦恼之源，出家修行之人，如何又叫情僧？岂不正好背了释家的宗旨？请兄一破愚蒙。"

贾玉闻言也笑道："我兄何太痴也！当日如来世尊若无情时，他如何为了众生而自受苦难？佛讲大慈大悲，我看他正是自古以来世上最多情的一个圣人。我这出家，原不为吃斋诵经之事，正是为了深养这个慈悲的情界。弟以为名曰情僧，方契佛之真心本旨。吾兄意谓如何？"

甄玉点头不语，听他又说道：

"依弟看来，世上惟女子最苦最难，若要慈悲，先救女子，如是方更获佛心。"

甄玉听到此句不禁叹道："如此说来，方悟贾兄你决意南下救回令表妹，原是大慈大悲之心，并不为一己之私情了。可惜……"

贾玉忙问："如何可惜？"甄玉接言道："可惜！可惜世上俗人如何得知你这胸怀意气，只怕反都说你是疯傻痴人了，岂不令人大大可叹可惜！"

贾玉因又笑道："实对兄言，我在此托名出了家，不过瞒人避俗而已，其实一未剃度落发，二不参礼坐禅，只充个行者小童，遮人耳目。这里也无高僧大德可以拜师。我常想，天下哪里有位高人，自创一教，名为'情教'，以真情正情大情而度众生，我是一定要去皈依的！"

甄玉听了，默然良久，立起身来深行一礼，口中似有祷念之词，然后说道："古人云，《春秋》成而麟凤至。那《春秋》且不必多论，麟凤之出，殆不远矣！"

贾玉却连连逊谢说："仁兄怎么忘了唐诗有两句：'叹凤嗟身否，伤麟叹道穷。'那是大圣人的事。一嗟一叹，总是千古恨事。但依小弟之愚见，夫子说'惟女子与小人难养'，他却不曾识得女子的才德智勇，胜过须眉男子。那话恐是一时有激而发的吧？"

甄玉抚掌大笑，说道："贾兄，果然百闻不如一见。怪不得世传都说兄乃疯癫怪诞之人，我想杜少陵说李太白是'世人皆欲杀，吾意独怜才'。可为痛哭！世上若果有了情教创主，也必被俗人谤为旁门左道，必毁之灭之而后快了。可悲可痛，真令我流涕三尺！我因此深悟：从古到今，那被了恶名的人，竟有许多是屈枉的。"

贾玉叹道："正是这话了。即如家嫂王熙凤，何尝不是如此？当日令业师雨村先生常说，人有正邪两赋而来者，最是难得之才器。皆因微瑕掩了大瑜，被一起俗士妄人横加恶名，千载不复，真是悲愤难言之事。雨村之为人，我不敢多论，他这番高见却是罕有，可贵得很呢！"

甄玉于是又说，"情僧"之义，已得畅叙，但不知那画上所题"绿蓑""红袖"二句又是何义？

贾玉答道："若提起这诗，又是万言难尽的话了，今日只先向吾兄说知此系敝亲一位女子所作，她也是金陵姓甄的，雨村知其家世，自幼被坏人拐卖，做了使女，十分不幸。她这诗，正符我那梦境，故此题了在此。可叹天地生才，却又都这么以薄命待之。此画请兄随身带回江南，日后必有用处。"

二人计议已定，只得分头各做安排后，不久在金陵再会。

陆
紫英荐若兰

却说甄、贾二玉计议既定，甄公子先自返赴金陵。宝玉一日来至神武将军府，向冯紫英作辞。紫英听罢，沉吟半晌，说出一席话，意谓宝二爷你的名气太大，南北无人不知，况有一起小人留神你的行径。你若到江南，是非更多，恐有意外之事，我放心不下，不如小心为是。

宝玉深体紫英不但豪侠，亦且沉着有谋，便说已与甄公子计定，我如食言，搭救舍表妹之大事则将奈何？

紫英思量一刻，说道：依弟之见，由我恳烦卫若兰老弟代你一行。你将真金麟与假宝玉都托付与他，他是聪明绝顶之人，到那里相机行事，定能成功。

那宝玉本是一个不通世事、不谙庶务之人，心服紫英良友真诚相助之言，便一切悉凭紫英安排布置，他只在山村静候佳音。

却说湘云一边的事。

原来小史侯家与荣府既是世亲，又兼都是当年义忠亲王老千岁的部下人家，如今老千岁长子袭了勋，也因旧案重发、新猷失事，又牵连了史、贾两家，一并遭了抄没逮问之灾。史侯家的女眷丫鬟等人口，发落内务府官卖为奴，任凭富家挑取，做婢做妾。那湘云即为人买去，带往江南。幸而当朝制度：主奴一案之人，奴愿随本主不散者，听其跟随同售于新姓人家。翠缕与葵官二人，不忍离去，一直忠心做伴，百苦不辞，因此湘云虽遭不幸，却得以保护了身心宽善，不致过于屈辱伤残。

说也难信：她们主仆三个，一个是净角大面本科，一个早喜戏文，一个善能吹笛。三个竟习练排演了几出戏。配搭最好的，却是《红拂记》风尘三侠的故事，官卖之后，就以献艺讨得新姓主家的赏音，便将她们交与家里小戏班，视为"戏子"贱籍之人，专心习艺，不令再做别事。只因这一来，却保全了三个女儿的性命身家，未遭辱詈鞭笞之苦。

不久，这个家班小戏的《北红拂》和《续琵琶》两出戏，名噪大江南北，苏、扬一带名曲家皆来观赏。这却是卫若兰前来试访的机缘巧合。

柒
赏假弃真

原来买得湘云的这家人姓凌，在那一带仗势称霸，人皆叫他作"凌耙"。祖上自古就是清客世家，学问半瓶醋，文墨不全通，打油诗平仄弄不懂，画几笔"写意"假大样花卉，也讲讲琴棋弦管，却都是附庸风雅，为了交结贵人，讨那起暴发户的欢心，得以爬上官位，垄断乡邻。这凌耙养戏班，搜古董，有法子弄钱，所以颇有声气，自然也有一帮附凑阿谀之辈为他效力，图一点小惠微酬。

卫公子一到江南，就送名帖拜访。凌耙见他是都中公侯家公子的来历，正要巴结，遂设宴开锣，演戏款待。

这回演的正是《红拂》的男装夜奔一幕。卫若兰亲眼亲耳赏认扮红拂和吹笛的两个女子。他与紫英早已计议安排周到：随他同来的有几名女戏子和丫鬟侍女，皆是聪慧智巧的好女儿。卫公子带来席上一同观戏，遂乘机试与湘云等攀话论曲。因是女眷相见亲热投契，那凌耙也并无疑忌之想，反倒十分欢喜。

宾主欢合，相约次日重会，也命随来女戏扮演酬谢东道主人。这次更加熟识亲密，便得将通灵玉与金麒麟乘侍者取酒添肴之隙，偷示湘云。湘云一见，大惊失色，不由得泪流满面，差一点几乎哭出声来。幸亏男人们正在谈论古董的事，未曾察觉。湘云心下明白，是搭救她的人来了。悲喜交加，拿起酒，一连饮了数杯。又取过紫竹镶玉的一枝长笛，吹起曲来。正是："长笛一声吹，和云和燕飞。"那边凌耙正在玩赏卫公子带来的那一枚假宝玉，因听说是荣国公子口衔而生之宝，名传天下，惊喜异常，定要出价收下。卫若兰故意说此宝无价，焉肯出让？除非足下将戏班女子及笛师和这宝物交换，方可商量。凌耙爱上了那枚假玉，志在必得。但也实在舍不得将自己十分得意宠爱的伶官们交换。宾主反复争价交易，一时竟难说合。

是日，卫若兰回去自与同伴等人计议，到第三日事情若仍不谐，即恐夜长梦多，只得下决心施行险计了。

至第三日上，卫公子到了凌耙那里，说即将回京，特来作辞，并多谢盛情款待，再次商量"通灵玉"交换女戏的事。那凌耙也终是不肯，愿意将几件珍奇的古玩与玉交换。卫若兰答应了。暗中令侍女等去与湘云作别，便将真玉金麟留与她妥保，以为日后证物；并一包衣物，一个信函，说是诗束。

至晚凌宅中上下作息，诸事照常无异，候至夜静更深，只见从后门悄悄走出三个黑影，似是青年男子，匆匆向江边而行。这就是湘云、翠缕、葵官。

原来，那日湘云收到衣包信函，打发开凌府丫鬟婆子，先看是三套男衣，次看一纸小字诗笺，上面写道是：

尸居馀气笑杨家，红拂何妨趁月华。
冠带翩翩即公子，夜深来泛绛河槎。

湘云看了，当下大悟。又惊又喜，又慌又惧，急与葵官商议，如何是好。那葵官也天生是个不俗的孩子，自幼大有女中豪杰气概，与闺门弱质不同。自从随了湘云，脾性相投，亲如姊妹；落难之后，凡百难关，她皆是挺身而出，代主承当，辱詈笞打，一概不辞。湘云心疼，难以自安，常说我再来世为人，必图答报。

捌
处处风波处处愁

　　子夜时分，巧扮男装的湘、翠、葵三人悄悄来到江边，认准了预示的船灯信号，果见跳板搭妥，急急上船叩舱。卫公子忙迎上来相见。那湘云一见表兄宝玉在内，大惊，顾不上俗礼，拉住他放声而哭。

　　若兰一面劝止，一面解释说："这是甄公子，与荣府贾兄同名同貌。贾兄在京静候佳音，因若他亲来，恐诸多不便，谨慎为是。"

　　湘云犹自惊疑不定。半晌辨出，方向甄宝玉赔礼表歉。甄宝玉便提那年江中两船相遇的前情。湘云不免又复哭诉了旧话。

　　原来，自卫公子到来，甄宝玉不敢露面，恐为凌家上下人众认出，不仅事败，且有后祸，故只暗中相助。至此，方说大船上不宜久停，已备下一个可靠的小快船，请你们三位赶快登那小船连夜北逃，切勿流连。于是，三人作别，急忙换登小船，立时解缆。其时江平帆顺，那小船飞驶而去。不多时，难见踪影。卫、甄诸人方才放下一颗悬悬的心，大家相对举杯称庆。

　　谁知俗话说得不虚：福无双至，祸不单行。那凌家发觉三个女子潜逃后，遍查难得一丝痕迹，倒也只得暂时放下，慢慢访缉。却不料那小船行至扬州天宁寺行宫大码头拐弯处，忽见乌云从一边天涌上来，不多时果然风至，其势凶猛。顷刻船群大乱。这小船是尾随卫公子大船同来的，此时没了大船领行，又不惯大江上远航，被风荡得如同一片轻叶般簸翻。湘云等三人随船工等一齐落水。

果然是：江间波浪兼天涌，处处风波处处愁。

及至湘云忽然醒来，惊魂犹招唤翠缕葵官，张眼看时，自身却在一家渔户的小屋中木板床上。

原来，那日暴风过后，这小渔船正在芦苇岸边脱险出来，忽见随波逐浪中的翻船漂没什物中有一个人的头发在那里旋转，知是遭溺之人，渔户急忙投身入水，将沉者托起，救至舟中，看时，却是一个女子。渔户久在江边，为人憨厚，救人也不止一次，这回问知是都中官宦人家落难的小姐，十分可怜可爱，遂加意调护温养，令她安心暂歇在此，以待机缘凑合，还有出头之日。湘云感激之下，又见这渔家只老夫妇二人，并无儿女，便认了老两口做义公义母。二老欢喜不尽，又疼爱异常。自幼不知爹娘的湘云，至此却也十分意外，可谓不幸中之大幸，应了这句前言。

且说湘云是个异样的女子，自小不与一般纤弱闺秀相同，最是顽皮淘气，别人不敢的事她敢，也不怕人议论褒贬。比如坐船撑篙等事，独她喜欢学弄；这时得到真在江上习练，正中下怀。虽然这事辛苦得很，却也苦中有乐。每到收网饭罢，风定波渲，坐看那水上晚景，美不可言。湘云原是个诗人，此时益发领略了王勃的"落霞与孤鹜齐飞，秋水共长天一色"，无怪千古名句，实在写得出！又想王维的"大漠孤烟直，长河落日圆"，真真（正）好极了。这儿虽不是大漠，但是平川千里，几缕炊烟，缕缕直上。至于长河，这南北大运河就更恰切了。这"落日圆"三字，你道平易无奇，却又千金难买！

她还想起"绿蓑江上秋闻笛，红袖楼头夜倚阑"，想起宝玉爱穿蓑衣。湘云不禁悟到：好诗不是享乐享来的，是受苦受来的。好诗看上去是乐的，其实也是悲在其间的，可谓之"乐中悲"，方得诗人之真髓深衷。

玖
乞讨侯门访玉踪

却说宝玉自得冯大爷安排嘱托卫若兰去后，日日渴盼回音。及至卫公子回京后，却久候小船不至，只得告知宝玉，再设法探访。宝玉闻知事又有变，焦愁至废寝，必欲亲自去寻找消息。还是冯、卫等好友劝止，说你一人不曾出过门，哪里知道世路之险，如何使得！

这一日，忽见贾芸从城中赶来，叩见已毕，擦着满头的汗，向宝玉说出了一段惊人的喜讯。

贾芸说的是：昨儿老邻居倪二找他，说有要事密谈。他问起时，倪二方细叙缘由。那日忽有一贫妇人在门口讨饭，这不稀奇；后来不走，问起可知道贾府的一位小爷叫宝玉的，今在何处？我见她问得奇，便探问她是何人？问这作甚？她起初不言，经我以良言劝问，让她放了心，方说出她本姓史，是史侯家之女，与宝二爷为表兄妹。我又问，你如何到此，今住何处？她说，别的事一言难尽，如今只要寻找西山一个住处，城里是不能停留的，求我仗义相助。我便托了朋友，将她先送到西直门外一个小尼庵去存身。芸二爷你可赶快去禀知令宝叔，要紧要紧！

以上是贾芸向宝玉学说倪二的原话。

宝玉听了，惊喜若狂，立刻逼贾芸带他去找这小尼庵。贾芸说，二叔不可太急，事情还须安置妥当，以防耳目。

拾
禅房曲径

几日后，好容易盼得贾芸又来了，急问如何，贾芸面有忧色，说：听倪二的朋友通气探访，当地有人作奸媚上，向官府报了信息，连日颇有几个不明来历之人到庵问长问短。看来我只好先叫家里小红去试探一番，再作主意。昨儿小红假作农妇进香，寻到了那破庙中，名叫什么宝相庵，是个观音庙。小红暗问一个小尼姑，说我找亲戚，可有一个姑娘到此？小尼说有是有，不肯见人，也不像来学经卷，每日只是念诗写字。近日官家查得很紧，不是出家人不许住庙，只怕也难久留……

宝玉不待贾芸说完，便欲起身到那庵去，贾芸劝止，宝玉反急了，说："你怕，我不怕！你只领我路，快到时你躲开，我自进庙——还把生死置之度内不成！"

贾芸无法，只得依从。原来宝玉自卫若兰回来，报云小船先开缆后，至今影踪皆无，吉凶难测，却又想不出办法儿如何去跟寻，因此寝食俱废，憔悴改容了。今一闻消息，哪里还管什么安危利害。

二人奔到了这小庙，宝玉抬头看时，门上却是四个字的匾额，欧体俊楷，写的是"度恨禅林"。入去只见一层正殿，供奉着观音大士。那妙相塑得十分慈悲亲切，潇洒端庄，果然似曾见过的一般。

此时已是未申时分，庙中寂静。只有一个小尼出来迎问。二人说明来意，小尼道："施主来得不巧，上半日忽有一位同门女师父接她到西山去了。"

二人忙问：西山何寺？小尼说匆匆走了，我记不清，只我师傅也许听得明白。师傅不在庵中，有事出去了。

宝玉听了，顿足说道："这可罢了！西山，人说三百寺，还有说七百寺的，这可真是刹海茫茫，只怕踏破芒鞋，也无处去寻了。"

正是：

处处风波处处愁，荒祠古殿忍淹留。
前朝七百西山寺，圃冷斜阳梦旧游。

第拾部

壹

歧路　泉知

宝玉独自隐在郊甸，半饥半饱，半僧半俗；每日披星戴月，冒雨冲风，踏遍各处寺院，访问湘云下落。冯紫英、卫若兰等几位至友和芸、红等家里人，几次来看望，俱是柴扉不闭，小屋空庭，难以碰面。

这日，天已入冬，北风飞雪，宝玉衣薄，闷坐不出，不免又想起"松影一庭惟睡鹤，梨花满地不闻莺""冻浦不闻潮"，以及"吟鞭指灞桥"等句。正自吟哦寻味，忽有叩门声响。

宝玉忙开门看时，见一小童手递一个封缄信函，口言"我师傅命我送与宝二爷的"，说毕回身便走。

宝玉急忙拉住，问："你师傅是谁？看你满身雪，进来暖暖再走。"

小童答道："师傅嘱我的话，不许停留，送到即回。一切事，看信自明。"说着，一径去了。

宝玉回到屋中，拆缄看时，只见是一片片黄色落叶，上有簪花小楷字，写的是五言诗句，无头无尾，无题无款："……仍步萦纡沼，还登寂历原。石奇神鬼搏，木怪虎狼蹲……歧熟焉忘径，泉知不问源。钟鸣拢翠寺，鸡唱稻香村……"末有一行另书"西北二十里，天河庵内行脚僧人槛梅遥叩"。

宝玉不信自己眼睛是真，看了又看，还疑是梦中所想。抬目一望，那雪下得越大起来。也不暇顾衣多衣少，拿个竹杖，便寻山路向西北方向走去。

　　一边走，一边思索笺上"槛梅"二字的意味。

贰
双星殿

　　不出宝玉所料，他踏雪找到的，果然是昔时拢翠庵中的妙玉师父。

　　妙玉问宝玉：已知"槛梅"义否？

　　宝玉答：岂不即是"不求大士瓶中露，为讨霜娥槛外梅"乎？

　　妙玉云：亦是，亦不是。槛梅者，荐媒也。

　　宝玉大惊不解。

　　妙玉方将她已探明湘云西山下落的消息告知于宝玉。并言：她托我传讯，暂不宜见面，各保平安。当谋于至亲好友同时一聚——我已做了莺莺、薛涛、红拂，故愿做朝云，相伴东坡于黄州，这也正是湘云即是朝云之本意吧。

　　宝玉如梦方醒，喜极而泣，泪不能止。

　　久之，无言，只说了一句："妙姑，你可记得东坡的《寒食诗》，道是'卧闻海棠花，泥污胭脂雪'吗？"

　　妙玉说道："那下面的两句是'何殊病少年，病起头已白'。你今头尚全黑，大幸大幸，可贺可贺。"

　　宝玉未及答言，又听妙玉说道："可还记得，你那七律的腹联么？"

　　宝玉蓦然忆起，那是"入世冷挑红雪去，离尘香割紫云来"，这下句里"香"字与"云"字，岂不早已注定了就是湘云的名字了？当下只觉雷轰电掣相似，身不由己，屈膝拜倒妙玉前，垂涕言道："若非师父指点，我竟犹未悟。不知史大表妹今在何处？还望提携，哪怕一面即绝，也无过分之求。"

妙玉道："且不要急。牛女祠中，双星殿上，自然有应。届时再来专请。"

宝玉心知，多问是无益的，又见妙玉已命传者开门送客，哪敢再留。遂合掌作礼，感谢而出，离了庵门。

走下山坡，回头一望，庵门紧闭，冻云寒村，雪却已停。对面山峦上，反衬出一缕晚霞，如倚如枕，光色明艳，画所难及。不禁长吟一联道：

闲庭曲槛无馀雪，流水空山有落霞。

叁

潇洒出风尘

却说宝玉得会妙玉，心中纵然十分稀罕：她落难之后，美玉已遭泥陷，如何又得脱此大灾，犹如一朵青莲，出污泥而复其高洁清芬，却一句不敢多问，深知她为人怪僻，也绝不是向人细述一己遭遇之俗人庸态，遂存在心中，悲叹庆幸，纷然不能自解。

这些事，不久贾芸闻知，也是称奇称庆不已，遂又向紫英、若兰等公子说了。紫英、若兰一起计议，这般天外奇缘，古今罕有，如今再不宜久待，应从速安排婚礼之事，让宝、湘兄妹完成大礼，以防再生意外之变。

此言一出，大家无不愿为呼应扶持，先向双方恳切申意，愿为绾合，以成义举。因得妙玉从中维力，果然遂了各人的大愿。

且说自那日成礼之后，别人倒罢了，惟有小红回到家中，几乎着迷一般，天天讲说当日的情景，哭一回，笑一回，喜一阵，悲一阵，无厌无休。她说，没见过这样办喜事的，太别致；说原料想二人一见面，不知要怎么哭成泪人呢，谁承望，他们不哭不叫，依次交拜行礼，平平静静，从从容容。等到行礼行到谢大媒谢义士时，在倪、卫、冯几位叩拜时，却涕泣伏地再不能起来，还是几个村庄来看的帮着扶起搀入洞房，那时在场的无一人不是为他二人哭成一团的！

　　贾芸也自感叹不已，向小红说：我看你比谁哭得都厉害。大约你还不知：听说妙师父那样冷情断俗、不入尘世的人，也哭得更痛呢！

　　贾芸又说：二叔是个不会过活的人，成了家，诸般日用可不是轻松的。又眼看就离腊月不远了，咱们得想点法儿早些安排些过年的东西送过去。

第拾壹部

壹

结梦

却说宝玉、湘云二人，围毡咽藚，在红梅水仙的寒香中度过了大年夜，就枕微息半晌，天色已明，新窗纸上透出了一片响晴的亮色。二人好不欢喜，一齐说道："这个大初一可真吉庆！"宝玉说："咱们梳洗一下，也要到邻舍走走才是。"湘云答言道："你忙什么。初一不拜年，见面行礼是初二的事。人们都熬了一整夜，大初一是歇息，过了初一才许叩人家的门呢。"

一语未了，只听有敲门之声。宝玉便说道："你瞧，你说我忙，还有比我忙的呢。"湘云连忙去开门。

开了门看，宝、湘二人不觉愣住了。门外立着两位尼僧，一个高些，一个略显年轻身小。宝、湘愕然拜问，二位女师父从何处来？如何识得我们这寒舍的？

一位不答。那小些的开言说道："怎么二爷、大姑娘都不认得我们了？我是芳官。这就是妙玉师父。"宝、湘二人一齐惊叫一声，紧紧地拉住了她们的手。

此时那朝寒正甚，赶忙让进屋里。没有待客的椅凳，大家全坐在炕沿上，只宝玉一个立在一旁。两位客人说这不该，就将破毡铺了，让他坐下。

湘云是个"话痨"，此时竟说不出话，和宝玉一样，早已泪流满面。

大家过了好一会儿，略略平静下来，方才细叙衷肠。

原来，那芳官自跟了水月庵的老尼，只得随她也到各贵势府中走动求财，因就认识忠顺王府的太太，这太太很喜欢芳官，只道是个小尼，却不知原是荣府的小戏子。芳官时常到太太跟前送供尖儿，讨香火钱，日久熟知一切，见太太极信神佛，虔诚供奉观音菩萨。家下人又告知她说：太太倒是个慈心人，王爷每倚势欺人做不义之事，她总是和王爷吵闹，王爷倒惧她三分，凡事不叫她得知。

这日，芳官又到忠顺王府送物事，忽从丫鬟婆子们的私议中听得府里锁着一个美貌女尼，是荣府的人，如今荣府败了事，王爷抢到手，索取她的古玩宝器，还要收她为房里人。谁知此尼性烈，抵死相抗不从。

芳官听了，暗吃一惊。她日夜思量，忽得一计，便借故到府向那太太说出一席话。她说："我们庙里供的观音大士最是灵验不过，每每显圣救苦救难。昨儿夜里我梦见菩萨来了，对我说，你到忠顺府里去，那儿要害一个有道德的尼姑，这罪孽甚重，将有大祸降临。菩萨不忍，要我告知太太，赶紧改过行善，对那尼姑断不可再行非礼。"

太太听了，方知此事，一面命人解救下妙玉，一面和那王爷大闹了一场。王爷无法，只得将妙师父释放，任她自行自事。

如今闻得那王爷劣迹，上达朝廷，群臣劾奏，已败了势。城中人人称快。妙师父自己流落乞食，无意中来到了西山脚下，正遇我也到了此处一荒残破刹——我那水月庵的老师父月前已回去了。我们两个便在此存身，我从妙师父学些佛法，远离了那俗世凡夫，倒也心里清净。

谁想，前几日芸二爷寻到了我们破庙里。我到城里时，早就到咱们府后廊上找到了他，但凡是府里府外诸般事情，我们都是暗通消息的，有时还共同商量，拿个主意，怎么护扶落难的人。他原不曾与妙姑照过一面，只闻其名。这时听她来到这里，惊喜不已，方才把宝二爷和史大姑娘的一切都讲与她听了。妙姑问明了这儿的住处，要来一见。

宝、湘二人听话到此，已是惊奇万分，宝玉向妙玉深深一拜，不知话从哪里说起。妙玉也只答礼，默默无言。

还是湘云开口，将昨夜焚香礼祭的几件旧物指与妙、芳二人，有中秋夜联句诗，昨夜的叠韵，更有妙玉的绿玉斗。妙玉凝睇而视。面上不禁透出动容的神色。

四个人坐定款叙，芳官才把甄公子在荒郊寻觅宝二爷巧至庵中，曾指与他何地何时的情景。宝玉如梦方醒。

这时，湘云拉住芳官的手，问长问短，又是悲，又是笑。说起在怡红院掣花名签，芳官唱《邯郸梦》里《赏花时》曲子的事，二人又不禁啼笑一回，万言难馨此时此境的情怀。

宝玉则忙着把中秋夜联句的妙玉收尾掀开（诗掀到妙玉收尾处），双手送与妙玉。妙玉看时，那上面写的，自己已然记忆不全了，重温之下，这一收束果然涵咏不尽。那诗句道是：

> 赑屃朝光透，罘罳晓露屯。
>
> 振林千树鸟，啼谷一声猿。
>
> 歧熟焉忘径，泉知不问源。
>
> 钟鸣拢翠寺，鸡唱稻香村。
>
> 有兴悲何继？无愁意岂烦。
>
> 芳情只自遣，雅趣向谁言。
>
> 彻旦休云倦，烹茶更细论（lún）。

这时湘云也来同诵旧句，她笑叹道："彻旦"真对，只是茶却没有烹的，只这一句应不了典，怎么样呢？

妙玉临行，方才开口说道："你二人虽已重逢，还只是俗缘罢了。上元灯夕，请到庙里，我为你二人诵一段经文，跪在佛前谛听，行一个礼，这方是情缘两尽。"

她又道："当日庄子有云，'畸于人而侔于天'，最难是一个'畸'字。又有孔门圣人，当日绝笔于获麟，你二人的红楼梦醒，喜证麟缘，双星作合，故事已叙得明白，也该停笔了吧。"

貳
岁朝

　　大年正月初一，因昨夕守岁困乏了，不觉起迟。湘云打扫时，忽见门内地上有拜年贺岁的单帖，捡起看时，忙招呼宝玉快来，这可是开年的大喜事！

　　宝玉忙凑到跟前，就她手中展开的红帖大小两纸，小的上写："祥云献岁。玉砚添春。畸人遥叩。"宝玉早叫出"妙师父"三字。再看那张大些的，上写的是："玉湘兄嫂百福。小弟湘莲柳二敬贺新春。"宝玉这一惊可非同小可，连妙玉的帖子也不及细看，喊道："了不得，是他！我怎么就忘了，总也没得提起这位奇人。大约你是不知道的，没见过他。"

　　湘云笑道："我怎么不知道？我从扬州讨饭讨到这儿，在山东地界还是他救的我命呢！"

　　宝玉听了此话，越发骇异，忙要湘云给他讲个详细。湘云说一会儿有邻居来拜年，得收拾收拾，忙什么，没顾上讲给你听的事还多着呢。柳二哥还留下了要紧的话。

　　一语未了，果然山村里的几户好人家的父老女眷，都穿着整洁的新衣来了，一进门，大家互贺相拜，热闹成一团。

　　忙过这日间喜气迎春的事，到夜晚掌灯后，宝玉便催着湘云快讲柳二郎如何救了她。

湘云却不着忙，拿着一支大年夜剩下的关东糖，一面吃，一面说道："那些路上的事，你听不得——听了怕你难过，像心上叫刀子划上几道伤，永远疼痛。我只拣可说的，让你知个大概，也就罢了。"

　　宝玉点头，半晌不言。后来说道："依你，就拣可说的说。其实我心上刀子划的伤多着呢，再添几道，也不相干的。"于是湘云方说道："我从扬州拜别了恩人，自己寻路北上，靠的是讨饭和借宿，有善的，有恶的，人心不同，各如其面。讨饭讨不饱，借宿就是给人家当婆子仆妇，做奴才。这个都经了见了，忍了受了，倒也没有什么。连这也难通行一路，时时有变，处处多凶，受逼无奈，我就还有一招儿，舍脸卖艺。向葵官学了不少曲子，笛子是我爱的，也学得能吹，多亏我禀赋好，气力足。我在村庄里、大道旁，打个小场子，唱曲讨钱。我唱的是《刀会》，'大江东去浪千叠。驾着这，小舟一叶'。也唱《弹词》，'九转货郎儿'。还有《续琵琶》《山门》《嫁妹》，人们爱听，得几串钱盘缠。谁知那日行至瀛州地界，也讨饭，却被那地方官儿的衙内盯上了我。可真像说书唱的那势子，有打手，要抢人，给他当丫头小老婆。我急了，和他对阵，豁出去拼一死也没大妨碍，可是就怕他们下毒手污辱我，却十分担险着慌。正在危急十分之时，忽有一匹快马直冲进来。可真痛快，像风扫落叶，那些恶奴都抵挡不住，抱头鼠窜而去。我得了命，叩谢恩人义士，不敢在江湖上开口问人的姓名，只听他自称柳二。我忽然想起鸳鸯剑的事，就用话试探，果然是他。从此，他暗地尾随，护送我直到通州以西。日子多了，他也知道了我是谁，倒十分感叹。临分手，他让我带信儿给你：不久相会，还有要紧的事要办。我问他何事，可以微露几句话，以免弄错了误事。他只说了一句：'要与宝兄同作饯花大会！'我心里盘算，今年芒种节，他会寻来，必有一番作为。"

叁

犹恐相逢是梦中

宝玉听了湘云一夕话，不言不笑，不悲不喜，痴痴地望着湘云，说道："那日成社，也算洞房花烛夜了，我曾说'夜阑更秉烛，相对如梦寐'，是老杜的句子，感人至深。谁知到了宋贤作词，又把那句意运化了，说是'今宵剩把银釭照，犹恐相逢是梦中'，令我叫绝。今日听你传柳二哥的话，我还是难以相信，这是真是梦？"

湘云笑道："假作真时真亦假，你又忘了？梦也是真，真则是梦。你到底不是个彻悟的人，比那柳二郎差远了。"

宝玉道："他既彻悟出了家，怎么又闯荡江湖，行侠仗义？难道也替他讲得通？"

湘云听了，不禁大笑，说道："这话恰恰我也问过他的。他说：'原来你们都枉读书识字了，可知不通得很。我出家，学的是大慈大悲、普度众生的心胸愿力。我在寺里是和尚，离了庙门，我路见不平，拔刀相助，也是为人不是为己。我上了台，又是个戏子，不再是僧人强盗，可我唱的离合悲欢，也与心愿无违，是为化俗度世。即如你令表兄宝二爷，他只是个公子哥儿，一无所能所事，但他懂得钱花悯人，何尝有异？所异者，我不如宝二哥书卷多，诗文好，然我也没他那浑身的书呆子傻气，所以略通世路，稍明庶务，粗解人情。如今为了钱花的大心愿，却要助他一助。'"

宝玉不等听完，连连大叫妙极是极！而后又感叹道："多亏柳二哥点化了我。比如你我，虽历千般苦难，为世所罕，到今重会，岂不令人想的只是个一己之情肠，何关人生之大旨，也就落了说书唱戏'才子佳人大团圆'的俗套，可值得几文钱？不过供人讥嘲罢了。你我可以不聚，钱花却不可不行！"

湘云叹道："我说你总欠宏通。你我之聚，既非为己，即为钱花一愿，本非二义。就是我，也在当钱之列，岂能自外？你我原为钱花而来，钱花而去。"

宝玉忙立身一礼，说道："如梦方醒，一夕话真胜十年书。我服了。但只是你又提'钱花而去'，难道我们的聚首，也不会久长？"

湘云道："若论人世夫妻之缘，室家之道，谁不愿博得一个地久天长？但人终究是人，不同牛女双星，历亿万劫而不朽。如我，名唤湘云，终有一日，湘江水涸，云散人非……"

宝玉连忙止住她，又现悲戚之色。湘云知他心性，不忍多听这样尽情尽兴的话，便又劝慰道："又何必多悲易感一至于此？我们现有尘缘，尘世之数，消长隆替，剥复循环，乃是至理，看开了就豁通了心胸。倘使尘缘之外，还有超尘的奇缘异数，能与双星攀个一道而来之人，就大快平生，也续结三生了。"

宝玉听罢，又复欢喜起来，连说："这道理说得极是，该记下来，写下来，写成曲子唱才是。"

　　襁褓中，父母叹双亡。纵居那绮罗丛，谁知娇
　养？幸生来，英雄阔大宽宏量。从未将儿女私情略萦

心上。好一似，霁月光风耀玉堂。厮配得，才貌仙郎，博得个，地久天长；准折得幼年时坎坷形状。终久是云散高唐，水涸湘江。——这是尘寰中消长数应当，何必枉悲伤。

此系宝玉日后所作，题之曰《乐中悲》。自云：乐中含悲，悲中得乐；乐即是悲，悲即是乐。乐不异悲，悲不异乐。如是如是。

肆
饯花盛会

转眼已是四月的风光，蔬果荐新，衣裳翻茜，郊甸山村，忽然人多起来。原来柳湘莲早已布置停妥，他的四方义友皆聚在这半月之间，正在双星祠前，对着庙门的戏台两溜雁翅展开，一包崭新的上等苇席搭好了茶棚，每个棚里悬有彩灯红穗，座位层板，是给当地父老女眷排定的，男客只在空场中板凳坐歇。到了芒种正节日，台上开锣开出大戏。棚内已备有香茶瓜果，孩童们还分有饽饽茶食。这时，方圆二三百里的人，无老无少，连男带女，都来看这从古未有的大会。那一片洋洋喜气中，还发散着村姑农妇们的脂粉香气。

台上演的是一出新戏，贴着大字，叫作《白首双星》。柳二郎把宝玉、湘云请在当中正座上，向看戏的讲说：今日演的是金玉奇缘、双星重会的故事。

柳二郎自扮宝玉，一个旦角扮湘云。那戏曲折惊险，可骇可愕；情缘诚信，百死不悔的真心痴意，又可歌可泣。唱到痛处，台上台下之人，一齐洒泪。

收场一出是《饯花祝寿》。笙笛奏着仙乐，上百仙女，每人手执一枝鲜花，各各不同，来赴盛会，各以礼物向双星献寿祝福。

正在繁华热闹，大家看得乐不可支之时，猛然从后台蹿出风、霜、雨、雹四大神，却跟着无数的恶鬼虎狼，上来将众仙女扑的扑，噬的噬，摧残凌辱，纷纷倒地，奄奄命尽；又来一阵大风旗，将这一百零八位花神美女尽皆卷走。

这时，又一阵风旗，将众仙女手中所持的花枝，吹向台下，并且又从后台散出无数的花——纸的、布的、线的、绢的，整朵的、散瓣的，千红万紫，一齐缤纷向看棚中落去。只见满天满地，飞红万点，如潮似海。

看戏的都立起身，妇女们则啼哭着争捡那些落花，兜在怀里。一时管弦齐发悲韵，真个凄心动魄，不忍多闻。

然后场上上来扮的宝玉、湘云，手持诗卷，涕泣而向花礼拜，口中高诵一首饯花辞赋，声中有泪，字外多情，那音韵句法十分可听，只是文得很，听起来不大明白。有些懂文墨的，辨出是"浊玉闲云"，为百花饯行，三春永别，致以悼词，并一道檄文，专数那些摧花折柳的恶神横鬼的罪戾，当有万民声讨，十恶无赦。

众人正听时，又见台上亮出一幅大榜，上面书列着九层等次，一百零八位花神的芳名美讳。

收场的鼓乐大振，众人如痴如醉，还站立在台下，望着那座空台，似有所待。

列位看官：这双星祠地方，从此留下了民风土俗，每到夏初四月芒种节，皆有唱戏饯花的礼仪，相传不废。正是：

何妨下士闻辄笑，为有高山景则行。

又有五言长律一篇，题云：

石记半销残，红楼梦岂安。

麟灵艰聚散，牛女富悲欢。

侠义路旁柳，慷慨江上兰。

伐花花恻恻，祷梦梦斑斑。

怅望千秋际，徘徊百味间。

人天一合契，笔墨总波澜。

春去春犹在，梅开梅自寒。

黄初曾济洛，凝睇感无端。

伍

文外有文

却说那石头历过一番人间悲欢离合、世态炎凉之后，由僧道二人携往警幻案前销了号，仍归大荒山青埂峰下，依旧风侪月侣，鹤伴云俦。有时想起那些闺友，人人命薄，个个才奇，不免悲悼，痴情不尽。

一日，正自嗟呀叹恨之际，忽有一人远远而来，十分面熟。走近时，原来就是前番的那个空空道人。遂发话道："空空故人，久违了。"那人也忙说道："石兄请了。在下是情僧，早将空空一名改去了。"石头道："情僧大胜空空道人之名，可知吾师修持不落那世俗顽空的歧途旧套。不知吾师此来何意，莫非有甚新闻否？"

那情僧答道："新闻却无，只是我忽见世上的《石头记》，与我抄去问世之本甚异，吃惊不小！若说是石兄自加改换笔墨，有识者一眼可辨，断乎不是同一情怀气味。故此前来拜问，此为何故？"

石头听了，哭道："拙记问世后，有些高人颇加青眼。虽也惜我未学无文，倒也有些灵性深情。谁知却有一起人，居心叵测，生出诡词毒计，竟将拙记偷偷篡改，还增删抽撤，毁去了后半部书，换上了狗尾续貂。其庸鄙恶俗，与拙记处处敌对，酸文腐语，令人作呕！我为此悲号涕泣，已历尘世岁月二百多年，沉冤难雪。近年方有明眼朗鉴之士，不顾世人讥嘲诽谤，揣摩几段略似拙文本旨的简札，附在残文之后，欲以唤醒迷妄，解我真情。吾师此来正好赐目一观，试看如何？"

情僧遂从头再看石上所镌文字，果然后半有被人磨去的累累伤痕，又有许多片片段段的札记刻在其后，那字法文风，俱是另一手笔，所刻字画也是崭新的，不与前幅浑然一色。

情僧细玩了半日，方向石头说道："石兄，据我看来，这些补文自然难及石兄你的原作，但原作本不可重现，你也难以重写。补者到底还与你有些情词仿佛之处，总是为了破除那妄人伪篡的居心，只这一端，还是可以过而存之。我既有缘重到此境，索性也将它抄去，以飨世间有同情共痴之人，又何不可之有？"石头听罢，方才转悲为喜，高兴起来。

那僧也有句云：

后录前抄历劫多，痴心一片不消磨。
谤情毁玉千秋罪，斥伪从来下士呵。

卷尾小记

　　《红楼梦的真故事》原是一时即兴之作，写得十分草率，并无精思健笔，不过是一种"示意""草图"的性质。其间问题很多，构思之际，有些地方是于心不甚惬然的，当时为了赶快乘兴"顺流而下"，不想在个别点纠缠"卡"住，就"对付"成篇，"姑且存之以待再酌"之意是无可讳言的。就中以如何写妙玉落难、重逢，最感"棘手"。况且我自知自己做不了"小说家"——写小说要有极丰富的世途经验，尤其是须熟悉各式样的坏人、小人、匪徒，还得有一颗"狼心"忍得下笔写那些令人难过的不幸、灾难、痛苦，而这一切我最没"办法"。

　　谁知竟也成编问世，远超意想之外。读者致函鼓舞的有梁归智、宋谋玚两位"知音"。梁先生认为写得有诗意诗境，而这是小说作者常常缺欠的而在《红楼》笔法上却是一个要害。宋先生则说：写得比任何人都更"像"雪芹原著的笔致文情，并言应拍成影视。

　　这两种评价可真太高了！我听了自然高兴，可是这只是友好的"一家之言"，岂敢因此而自居自信。但在此还是应该提到他们的美意。他们有此感觉，也不会是"空穴"之风吧。还是"姑且存之"，不足以为"文学作品"也。

附《红楼梦的真故事》之下编

红楼别境纪真芹

我撰此文，是为纪念曹雪芹逝世二百二十周年而作，因此讲的应该是雪芹的书文、雪芹的意旨，而不能是别人的什么。但是目前一般读者仍然误以为流行的百二十回本就能"代表"雪芹的真正原意，因而总是有一个"宝黛爱情悲剧"总结局横亘在胸臆之间，牢不可破——殊不知这并不是雪芹本来的思想和笔墨。宝黛之间有爱情，并且其后来带有悲剧性，这是不虚的，可是那又远远不是像程刊本的伪续后四十回里所"改造"的那样子，一点儿也不是。

那么，雪芹原书的构思布局、才情手笔，又是什么样的呢？且听我略陈一二。不过也先要表明：雪芹原书八十回后，早被销毁了，如今只能根据多种线索推考。推考就容或不尽精确，不尽得实。但无论如何，也与伪续的那一种"模式"是大大地不同，判若黑白之分了；不管多么不够精确，也足供参考、想象、思索。所以我所要讲的，是"红楼梦"的另一种境界，全不与相沿已久的（被伪续所欺蒙的）印象相似。题作"红楼别境"的意思，即此可晓了。

雪芹原来的境界如何，须首先看一看下面的几个关键之点：

一、全书主人公宝玉，所居曰"怡红快绿"，简化为省绿留红的"怡红"之院，其间是"蕉棠两植"，蕉即绿，棠即红。试才题额的时候，宝玉早就指明，蕉棠必须兼咏，才算美备。后来"省亲"时应元妃之命所题怡红院五律，也是通首"两两""对立"于东风里的"绿玉""红妆""绛袖""青烟"，句句对仗并提，其义至显。

二、红象征史湘云，绿象征林黛玉。黛之所居一片绿色，而湘所掣酒令牙筹，以及许多其他暗示，都是海棠的诗句典故。

三、脂批曾明白点破：玉兄"素厚者惟颦云"。意即平生最亲厚的只有颦儿和湘云两个，别人是数不着的。这一句话是全书眼目。

四、到第七十六回，中秋联句这一重要关目，钗已"退出"园外，只有黛湘是主角人物，通宵赏月吟诗，意义极为深刻，极为重要。是全书布局中一大关纽。

五、联句中，至"寒塘渡鹤影，冷月葬花魂"，被妙玉拦住。鹤影象征湘云，花魂象征黛玉（花魂，原书中数见。程本妄改"诗魂"，全失芹旨）。两句为她们各自道出各人的结局，是含有预示性的手法（这在雪芹，例多不可胜举）。

六、我曾推考，据本书内证十多条，黛玉并非病卒，而系自沉于水，即明年此夜此地，黛玉因多种远因近果，不能再支撑下去，遂投寒塘，所谓"一代倾城逐浪花"（黛之诗句），亦有隐寓自身的一层兼义。

七、即此可知，黛玉是上半部女主角，中道而玉殒花凋。湘云是接续她的后半部女主角，惟有她到第二十回才出场，这是一种特笔，盛事一过（省亲、打醮），她这才出现。是全书一大意法。

八、至芦雪庵吃鹿肉一回，已是宝玉、湘云二人为主角了，李婶娘口中特别点出："一个带玉的哥儿和一个带金麒麟的姐儿！"——这才是真的金玉姻缘（薛家那是假金）。["金玉"一段公案，也有真假两面，详见拙著《金玉之谜》，载《我读红楼梦》。]

以上八点若已明白，自然就会悟到雪芹原书匠心苦意，全不似程高妄笔改窜续貂之置湘云于"无何有之乡"——那真是彻底歪曲了雪芹的心灵，破坏了雪芹的笔墨。

既然如此，有一事就值得注意了：很多记载都说有一红楼梦"异本"或"真本""原本"，其八十回后，与今所流行之程本全不相同，最后是宝湘结为夫妇。

关于这一点，我在拙著《新证》已罗列了很多条资料，并附有推考之文。又曾有《红海微澜录》（《红楼梦研究集刊》首期）论及此义。还有这样结局与湘云的薄命司册子、曲文的关系，我在另处亦有解释。今为篇幅所限，不拟复述了。后来，杭州大学的姜亮夫教授，传述了一则极其引人入胜的宝贵线索（亦载《我读红楼梦》）。我如今全引这节文字，因为本来就不长，以免读者欲窥全豹时检览之劳：

> 我读过一个红楼梦的稿本，里面曾说，宝玉后来做了更夫。有一夜，他过一个桥，在桥上稍息，把他手中提的一盏小灯笼放在桥边。这时，桥下静悄悄的，有一只小船，船内有两个女子，其中一个探出头来，看见这灯笼，惊讶地说道："这是荣国府的夜行灯啊！"就更伸出头来看这桥上的人，看了又问："你是不是宝二哥？"桥上的答道："你又是谁？"那女子说："我是湘云。""你怎么会在这儿？"湘云说："落没了，落没了！你又怎么会在这儿？"宝玉答道："彼此彼此！"湘云哭着说："荣国府是全部星散了，没有一个不在受苦的。你当更夫，我在当渔妇呢！"便请宝玉下船谈

话。船中另一女子是湘云的丫头。"我现在便只这一个忠婢跟着我了！"[汝昌按：必是翠缕也。] 原来湘云也早已无家了。谈了一会，宝玉便坐着湘云的船走了，以后便也不知去向。[《我读红楼梦》P260。着重点是我加的——汝昌]

姜先生并说："《红楼梦》又名《石头记》，也名《金玉缘》，这湘云身上本也有一块金麒麟，故名。"这本书，吴雨生[按当即吴宓，号雨僧]、张阆声先生都看过，所以都一起谈起过——那还是姜先生在清华大学读书时看的，但图书馆不是清华的，而可能是北京城里贝满女中或孔德学校的。[1980 年 2 月 5 日述，姜昆武记为文字]

我读到姜文，是 1982 年 7 月 13 日。读后简直高兴极了，因为和我推考的主旨（"金玉"的真意义）全然吻合，而其具体情节，又如彼其动人，则是谁也想象、编造不出来的！

姜先生是学者，态度谨严慎重，故题目称他所见之稿本为"续书"。我早说过，这种异本，纵使不是雪芹佚稿，也只能出自他的至亲至近之人，是代他补撰的，因为局外之人万难有此可能。

现在，我该讲一讲我怎么理解这段故事的来龙去脉了。

原来，这段故事的伏脉千里，早在第四十五回中就叙写得十分隐约而又显著——可谓奇情奇笔，迥出常人意表！

何以言此？你看"风雨夕"这回书，秋雨淋涔，黛玉正自秋绪如潮，秋窗独坐，已将安寝，忽报：宝二爷来了！这全出黛玉之望外！到宝玉进来，看时，却见他是穿蓑戴笠，足踏木屐——她头一句话便笑道：

"哪里来的渔翁！"

及至宝玉将要辞去，说要送她一套蓑笠时，她又说道：

"我不要他！戴上那个，成了画儿上画的和戏上扮的渔婆了！"

及至宝玉真走时，她又特意拿出一个手灯给宝玉，让他自己拿着。——这一切，单看本回，也就够情趣满纸、如诗如画了，却不知作者同时又另有一层用意。雪芹的笔法，大抵如此奇妙。拿他与别的小说家一般看待，来"一刀切"，事情自然弄得玉石不分、千篇一律了。

读者至此可能疑问：这不对了！原是说湘云的事，才对景，怎么又是"伏脉"伏到黛玉身上去了呢？

须知这正是湘黛二人的特殊关系，也就是我说的，湘云是黛玉的接续者，或是叫作"替身"，她二人名号上各占一个"湘"字，本就是暗用"娥皇女英"的典故来比喻的。晴雯这个人物，是湘黛二人的性格类型的一种"结合型"，所以她将死时，海棠（湘的象征）预萎；及至死后，芙蓉（黛的象征）为诔。因此之故，雪芹巧妙地在黛玉的情节中预示了湘云的结局。这并非"不对了"，而正是"对了"。因为这样相互关联是雪芹独创的艺术的特殊手法。

那么，雪芹书中除此以外，还有别的印证之处吗？

有的。请你重读芦雪庵雪天联句中湘云等人的句子吧。湘云先道是：

"野岸回孤棹"；

宝玉后来联道：

"苇葰犹泊钓"；

湘云后来又联道：

"池水任浮飘"；
"清贫怀箪瓢"；
"煮酒叶难烧"。

这之前，湘云还有一句引人注目的话：

"花缘经冷聚"。

请看，无论孤舟回棹，还是独钓苇葰，还是花缘冷聚，都
暗指宝湘的事。而池水浮飘，是说黛玉的自沉。至于清贫烧叶，
则是黛玉在嘲笑宝湘二人吃鹿肉时已经说过的：

"哪里找这一群花子！"

这正是记载中说的宝湘等后来"沦为乞丐"的事了！处处
合榫对缝者如此，宁非奇迹？

特别有意思的，还在一点：渔翁二字，在"风雨夕"一见之
后，也是到了芦雪庵这一回，再见此词：

（宝玉）……披了玉针蓑，戴上金藤笠，登上沙
棠屐，忙忙的往芦雪庵来。……众丫鬟婆子见他披蓑

戴笠而来，都笑道："我们才说正少一个渔翁，如今都全了！"……

你看，雪芹在此，又特笔点破宝玉与渔翁的"关系"，何等令人惊奇——当我们不懂时，都是"闲文"；懂了之后，才知他笔笔另有意在。雪芹永远如此！末后，我再引一首香菱咏月的诗，供你温习，看看有无新的体会？

> 精华欲掩料应难，影自娟娟魄自寒。
> 一片砧敲千里白，半轮鸡唱五更残。
> 绿蓑江上秋闻笛，红袖楼头夜倚阑。
> 博得嫦娥应借问：何缘不使永团圆？

这首诗很奇特。颈联二句，须联系第二十八回冯紫英在酒令中说的"鸡声茅店月"，第六十三回黛玉在酒令中说的"榛子非关隔院砧，何来万户捣衣声"。这关系着他们后来的悲欢离合的许多我们还不清楚的情节内容，须待逐步探讨。腹联二句，上句是指宝玉已明，下句正是指湘云——我在上文不是刚好指明："凭栏垂绛袖"的那个海棠象征，就是湘云吗？

一切是如此密针细线，又无限丘壑迷离，光景凄艳，实非一般人的才智所能望其万一，慧性灵心，叹为观止！

宝湘二人渔舟重聚，是否即全书结末？今亦尚不敢十分断言如何。"秋窗风雨夕"这回书是第四十五回，"五九"之数；"寿怡红群芳开夜宴"是第六十三回，"七九"之数。都是大关目。（雪芹的独特构局法，每九回为一大段落，全书共十二个九回，即一百零八回。）依此而推，宝湘重聚，似有两个可能：在第九十九回，"十一九"之数；或者一百零八回，"十二九"之数。

但这一点毕竟如何，也还是不敢断言，只是我个人的一种推考之词，供读者评判而已。

　　说到此处，这才是我所谓"红楼别境"之意，我们的思路、我们的"境界"、我们的目光和"心光"都要在相沿已久的程高伪续"悲剧结局"的模式之外大大改变一下，这才是逐步接近雪芹本真的必由之路。

　　　　　　　　　　　一九八三年九月癸亥中秋佳节之夜

冷月寒塘赋宓妃

——黛玉夭逝于何时何地何因

我在一些文稿中已然指出过，黛玉之逝，照雪芹所写，应当是：一、受赵姨娘的诬构，说她与宝玉有了"不才之事"，病体之人加上坏人陷害，蒙受了不能忍受的罪名和骂名，实在无法支撑活下去了；二、她决意自投于水，以了残生；三、其自尽的时间是中秋之月夜，地点即头一年与湘云中秋联句的那一处皓皞清波，寒塘冷月之地。

持不同意见的研论者，大致提出两点：一是黛玉乃是偿还"泪债"、泪尽而亡的，不是自沉而死；二是死在春末，而非中秋。

对前一点，我从来也不认为那是一种"矛盾"。既泪尽，也自尽，——因泪枯，遂自尽。这并不是互相排斥的两个"势不两立"的事由。她的死因可能比大家意中想的要更复杂，而不是"是此即非彼"的简单化思想方法所设计的那种样子。

对后一点，我看论辩者的理由也不是不可以商量的绝对准确之说。

主张黛玉逝于春末的，所举最被认为是坚强有力的证据就是《葬花吟》和《桃花行》。这是黛玉自作，而其言曰：

试看春残花渐落，便是红颜老死时；

一朝春尽红颜老，花落人亡两不知。

泪眼观花泪易干，泪干春尽花憔悴，……

一声杜宇春归尽，寂寞帘栊空月痕。

如此明白易晓的话，怎么不是死在春尽，却硬说是死在中秋呢？

我想提醒持此见解的同志们一句：要抠字面，要讲真的明白易晓，黛玉的葬花名句也不能作那样的理解。请问，什么叫"红颜老"？难道少女病亡，能叫"老死"吗？须知所叹的春残花落，乃是节候时运的荣落盛衰的事情，不是狭义的、一时一己的遭遇和变故。脂批说《葬花吟》乃是"大观园诸艳归源之小引"，就已说明了葬花之吟所包含的内容不是一个很窄隘的意义了。此点最为要紧。

以上讲"字面"。其实，根本的问题是对于雪芹的"春""秋"如何理解的问题。

在雪芹笔下，春和秋构成全书的"两大扇"，也就是盛衰聚散的两大扇的另一表现形式[注一]。所以雪芹早就点破说：

好防佳节元宵后，便是烟消火灭时。

这不单指甄士隐一家一人之事，也是笼罩全书的总纲领。雪芹以上元节作为"春"的标志，而以中秋节作为"秋"的标志。全书开卷第一回就写了中秋、上元二节。秦可卿在梦中警觉凤姐所说的：

"三春去后诸芳尽，各自须寻各自门。"

是这个意思的另一表现法：三春一过，便是衰秋。因此脂砚也说：

> 用中秋诗起，用中秋诗收。又用起诗社于秋日。
> 所叹者三春也，却用三秋作关键。

参互详玩，就不至于把雪芹的苦心匠意化为一种简单的意思，以为既言"三春去后诸芳尽"是说春三月一过，书中诸女子全部死净亡光了。比方唐代杜牧之有一首名作，题目就叫作《惜春》，其句有云："春半年已除，其余强为有；即此醉残花，便同尝腊酒；怅望送春杯，殷勤扫花帚……"说的就是雪芹所寓怀的同一种道理了[注二]。

上引一小段脂批，极关重要，允宜细加参详，或可略窥真意。要讲一讲的，实在很多。如今姑且拉杂浅陈拙见如下：

第一，有人把"三春"只解为迎、探、惜三位姊妹。这虽不是完全不对，但至少忘却了另外一层要旨。从上引脂砚之言已不难得知，所得而与"三春"作对仗的"三秋"若不能解释成是指三个人名字，则"三春"也不应单解作是指三个人名字（兼寓双关则或者有之）。假如有人说"三秋"也是三个女子之名，那只好举出秋纹、秋桐、（傅）秋芳来——不过那将何等不伦不类乎！因此可以证知：按芹原意，全书所写，有三次春的（上元节的）大关目和三次秋的（中秋节的）大关目，前后对称、映照的"两大扇"，构成整个大布局的一种独特的结构风格。这风格，是典型的中华民族式的。西洋艺术理论家是否承认和理解，我不得而知，我们中国人却是完全理解的。

我们点检一下，全书前八十回中，"两大扇"的大致情形如下：

（1）元妃省亲——春，第一个上元节，第十七、十八回；

（2）荣府元宵夜宴、太君破除旧套——春，第二个上元节，第五十三、五十四回；

（3）某变故情节——春，第三个上元节，第八十一回（推想，假定）。

[海棠社、菊花诗、两宴大观园——秋，八月下旬之事，第三十七至四十一回，但未写中秋节，故不在数内。]

（1）夜宴异兆、品笛凄凉、联诗寂寞——秋，第一个中秋节，第七十五、七十六回；

（2）某变故情节——秋，第二个中秋节，第? 回；

（3）某变故情节——秋，第三个中秋节，第? 回。

我们现在已无眼福读到的原书，恰恰要包含着第三个元宵和第二、第三个中秋——这关系着"三春""三秋'，都是绝大关目可知！

我也说过，迎春嫁后归宁，已是腊月年底，书正是八十回将尽之处，那么第八十一（或连八十二）回，就正该写到第三个元宵（三春）的节目了！必有大事发生。（是否仍与元妃之事有关，尚难判断。）

那么，这第二个第三个中秋——三秋的大关键，当然是该当另一种大事故大变化发生了。——这又是什么呢？凡是真正关切雪芹真书原意的，岂能不在这一点上牵动自己的心思和感情？

从整体布局看来，下一年的中秋节（依拙著《红楼纪历》，应为第十六年之中秋），黛玉之死就是那一关目中变故之一。

关于这个日子发生黛玉亡逝之变的证据，我已举了一些。当然最显著最主要的力证，仍然是"本年"（第七十六回所写，为第十五年）中秋夜黛玉联句自己说出的诗谶：

　　　　"冷月葬花魂"。

妙玉听到此句，再也忍不住，出来拦住了。说是"果然——太悲凉了！"。这个力证实在连反驳者也驳不出什么别的道理来，只能承认这不是无故的随便措词。

　　其实，全书中例证还多。脂批点明"伏黛玉之死"的那一处，是在贾元春点戏，四出中所伏事故为：《豪宴》伏贾家之败，《乞巧》伏元妃之死，《仙缘》伏甄宝玉送玉，《离魂》伏黛玉之死。所谓《离魂》，即《牡丹亭》中的第二十出《闹殇》者是。杜丽娘在此一折中病死，其时间是中秋雨夕。试阅其词句：

　　　　"伤春病到深秋"；
　　　　"今夕中秋佳节，风雨萧条，小姐病态沉吟"；
　　　　"从来雨打中秋月，更值风摇长命灯"；
　　　　"凭谁窃药把嫦娥奉"；
　　　　"轮时盼节想中秋，人到中秋不自由；奴命不中孤
　　　　月照，残生今夜雨中休。"
　　　　"恨西风一霎，无端碎绿摧红"；
　　　　"恨苍穹，妒花风雨，偏在月明中"；
　　　　"鼓三冬，愁万重，冷雨出窗灯不红"；
　　　　"恨匆匆，萍踪浪影，风剪了玉芙蓉"！

这词句里，隐隐约约地透露了雪芹安排黛玉中秋自沉"冷月葬花魂"的文情思致的真正渊源联系。这会是巧合偶然吗？

　　再如，在海棠社中，湘云后至，独补二首，一首自咏，一首即咏黛玉，其词有云：

花因喜洁难寻偶，人为悲秋易断魂；
玉烛滴干风里泪，晶帘隔破月中痕；
幽情欲向嫦娥诉，无奈虚廊夜色昏。

玉烛滴干，正指黛玉泪尽；而晶帘隔月，又正是《桃花行》中"一声杜宇春归尽，寂寞帘栊空月痕"的同一内容。这月痕，乃是八月中秋的冷月，而绝不是泛指（一年四季，月月有月亮……）。大家皆知，诗词中凡涉晶帘，自系秋景，此乃通例，可以互参者也。

末后，要想考察钗、黛、湘三人的收缘结果，恰恰在中秋联句诗中已经都说到了，你看——

渐闻语笑寂，空剩雪霜痕；
阶露团朝菌，庭烟敛夕楹；
秋湍泻石髓，风叶聚云根。
宝婺情孤洁，银蟾气吐吞；
药经灵兔捣，人向广寒奔；
犯斗邀牛女，乘槎待帝孙。
虚盈轮莫定，晦朔魄空存；
壶漏声将涸，窗灯焰已昏；
寒塘渡鹤影，冷月葬花魂！

我旧日在拙著中所说：凡星月孤洁，嫦娥奔月等，皆关系宝钗之事，今日看来不但太简单化，也没有细究灵兔那一句要紧的话。这需要重新讨论才行——当然也不能说是初次不确、这次就对了，我只是说这里面有许多内容，过去一直未曾认真思考、未能懂得透彻。

第一点须要清楚的是，联句乃是黛湘二人为主角，后来加上妙玉。里面没有宝钗的任何位置（她回家去了）。这个布置本身就说明月亮的事与她无关，中秋这日子也与她无关。嫠，星名，又叫女嫠星，嫠字的本义是"不随从，不随和"。情孤洁，应即"花因喜洁难寻偶"同一语意。这与其说是映射"宝姐姐"（女嫠乃"姊"也），不如说是映射黛玉，因为性情不随和的不是宝钗而是黛玉，又即所谓"质本洁来还洁去"。那么，接着说的"药经灵兔捣，人向广寒奔"，应是黛玉的致死之另一层因由，即：她的死与"误吞灵药"有关。

说到此处。这就要看官们再次回到全书开头，黛玉初来的那一段情景，众人一见了黛玉，就问她药的事：

> 众人见黛玉年貌虽小，……身体面庞虽怯弱不胜，……便知她有不足之症，因问：常服何药？如何不急为疗治？黛玉道：我……从会吃饮食时便吃药，到今日未断，请了多少名医修方配药，皆不见效。……如今还是吃人参养荣丸。
>
> 贾母道：正好，我这里正配丸药呢，叫他们多配一料就是了。

在此，脂砚便批道：

> 为后菖、菱伏脉。

我在《新证》第881页指出：

贾菖、贾菱有与配药有关的事情，详情难以想象。

　　或者竟与黛玉之死大有关系？

如今结合"药经灵兔捣，人向广寒奔"二句而看，我当日的疑心是大大增加了。还要看到第二十八回有一大段文章专写配药的事，那可注意之点，就在于王夫人一见黛玉，就问她吃药好些否，黛玉答后，宝玉开口说，吃两剂煎药，"还是吃丸药的好"。这才引起天王补心丹，王夫人便说"明儿就叫人买些来吃"。这时宝玉却说：

　　　　"这些药都不中用的。太太给我三百六十两银子，
　　　　我替林妹妹配一料丸药，包管一料不完就好了。……"

这然后并又引出宝钗、凤姐的话，并且提到了薛蟠也配此药等一大段非常奇特的文章。内中奥妙不少，均待深究。此刻我所注目的当然仍是黛玉——她又一次和"配药"的问题联在一起。这就绝非偶然了。

　　结合"药经灵兔捣"而看，黛玉之死，除了患病、受诬、悲伤等原因之外，应是误服了丸药，所谓"误吞灵药"，始如嫦娥之奔向月宫——即在中秋自沉而命尽，做了"水中月"的湘娥。

　　所谓误服，有二可能，一是自己吃错了，二是别人给错了。第二个可能之中又有两个可能：一是无心之错给，二是有意之谋害。揆其情理，贾菖、贾菱在贾府所分派管的事，是专司配药，配药是最严密慎重的事，外人是不许插手的。在这个事情上使了坏的，多半仍是贾环有份儿。这误服之药，自然不会是什么毒剂，可以致人于死亡，而是大热燥烈之味，使得黛玉的病骤然恶化。黛玉不宜多服热药，如附子肉桂一类，宝钗早已点破，

那就是在"秋窗风雨夕"一回书中。正面提及黛玉的药，是在"风雨夕"秋窗之下，与秋直接相关，也不是无谓的笔墨。

等到雪芹正面写及第三个中秋节时，那已是宝湘二人因"白首双星"之绾合而重会的另一个大关目了。那时，还该又有中秋赋诗的情景。这恐怕就是脂砚所说的"中秋诗起、中秋诗收"的意义了吧？

综上而观，可知拘于"春尽"字面而认为黛逝于春末之说，是不符合雪芹艺术构思的大全局的。黛之泪尽而逝，是由于错综复杂的多层内外原因，于中秋月夜，自投于寒塘，因而命尽，正所谓"一代倾城逐浪花"——黛玉题咏西施之句也。

其实，晴雯的死，也是如此（在池中自尽，并非病死），容另为小文说之，此不及枝蔓了。

癸亥八月初草

[注一] 一部书文而分为春秋两大扇，先例已有《西厢记》。在此剧中，张崔相会在春，离散在秋，故此元明时人俗称《西厢》为"崔氏春秋"——以至简化为《春秋》二字之名目，事见李开先所著《词谑》。我意雪芹著书，多受《西厢记》《牡丹亭》《长生殿》之影响，《石头记》以春秋为两大半之布局法，亦其例之一端。

[注二] 小杜此诗，用于《红楼梦》，十分恰切，盖第二十七回写四月二十六日芒种节，大观园众女儿举行饯花盛会，黛玉葬花，正是"饯春""扫花"二事之合写，四月二十六日原为宝玉生辰［当另文专论］，故"寿怡红群芳开夜宴"回中麝月掣签，亦有"在席各饮三杯送春"的"仪式"。饯春有杯，扫花有帚。凡此皆为特笔，文心奇妙绝伦。

【附记】

这篇拙文本亦为纪念雪芹逝世二百二十周年而作，故所论皆是就雪芹原书本旨而考察分疏，不涉程高伪续一字，不惟不涉，且正以雪芹之本真而显程高之伪妄。此种文字，殆可归之于真正的"红学"范围，而不属于一般小说研究论文的性质体裁。

记得也是在本学报，我发表过一篇文章，谈论"什么是红学"的问题。据耳目所及，也曾引起一些红研者的关注。有人赞同，也有人表示异议。因为此事不无关系，觉得应该把问题弄得更加清楚些，庶几于红学有益而无损。要点如下：第一，我所以把"红学"和"一般小说学"分开来讲，并无摒某些论文于"红界"之外的用意。恰好相反，我写那篇文字，正是由于有的评论者发表宏文，对"红学"颇加嘲讽，认为它不是正路的学术，因为它"不去研究作品本身"，尽是搞一些别的，云云。所以"红学"连是否应该存在，似乎也成了问题。我对此不敢苟同。拙文之意，无非指出，"红学"并非天上掉下来的，或是某几个"好事者"饱食终日、无所事事而弄出来的离奇花样。不是的，红学的产生，完全决定于《红楼梦》这部具体作品的具体特点，正因为《红楼梦》不尽同于别的一般小说，才有了红学这门特殊的学问，"红学"也才不同于一般小说学。

说清了这一点，正是为了在"四面楚歌"声中为"红学"争取一点儿合法存在权利，如此而已。焉有反过来要摒别的研红文章于"红界"之外的用意敢存于私意之间。这是不必误会的。

"红学""红学"，——本不是一个十分光彩尊敬的称号。在我年青时，大家还只把它当玩笑话，常常带有轻蔑语味。如今的人未必尽明了，反而担心"被摒于红学"之外了！这倒确实是一个了不起的巨大变化。

由此可证：红学的意义、价值、地位，是大大地提高了。人们不是担心当红学家的不光彩了，而是争它的名分了。

第二，我的一些话，本不是针对那些已然把"红学"和"红楼梦研究"（即"对作品本身"的小说学研究）的各自的定义范围和其间相互关系都已弄得很清楚并运用得相当好的研者而说的。因此，并无"排斥"什么的用意。相反，我在另外场合说过的是二者相辅相成，彼此可以丰富补充，不能偏废——但不应混同，或以为可以相互代替。它们是殊途同归、目标一致。但"分"则济美，"混"则两伤，正因此故，才有些人只要"研究红楼梦作品本身"，而不愿去想一想，所谓"红楼梦本身"，毕竟何指？是程刻百廿回本？还是脂评八十回本？连这都不问，便去研究"本身"——并且"思想和艺术"的重大问题呢，而且还认为"红学"中的版本学是繁琐讨厌的东西……。那么，到底是谁在"排斥"谁呢？

第三，有文章在批驳拙见时，说了一段话："由于作者曹雪芹把他的家世生平作为生活的素材，概括到他的艺术创造中去，在这个意义上，曹雪芹的家世生平与《红楼梦》创作之间的关系，就是生活真实与艺术真实之间的关系，艺术的真实建立在生活真实之上，……"好了，文章承认这一点，是极其要紧的。但是，我不禁要请问一声：同志，您这个论断是怎么样得出的呢？难道不是先有"红学"中的"曹学"做了工作，才使得您获得了这样一个认识的吗？难道这不正可以证明：红学曹学是"作品本身"的"思想和艺术"之研究的先决的或关键的事情吗？您分明是从曹学中汲取了它的成果而后才能够出此论断的。那么，当有人（海外学者以及海内红研家）撰文指责我把红学弄成了曹学的时候，对曹学颇有不然之意的时候，却未见您替我的曹学也说几句公道话，则是否新近才对曹学的意义和作用又有了更多的理解呢？

现在有不少研者，从红学中获得了必要的前提知识，并且分明是运用到自己的文章中去了，却反过来对红学工作者为他的劳动争取一点公平评价而颇有意见，这倒是令人感到费解的。

至于有的又说我把红学分成几大支，分得太细了，也太死了，这也不利于红学的提高和发展云云。其实，红学的内容是不断在扩充的，现在世界上多种外语译本《红楼梦》和《石头记》的出现，就产生了新的"翻译红学"。分类只是就目前状况为了明晰方便而立成名目的。科学总是分支愈来愈细的，没听说是有相反的趋势。分工细了，专业专了，一点儿也不意味着"鸡犬相闻，老死不相往来"；一位科学家必须是一位多门类科学家，这是"不碍"其成为真正专家的。至于提高和发展，那正是分工与协作的辩证法的天经地义。红学研究必须集聚众多的专家——清代历史、社会、哲学、文艺、民俗、宗教、伦理等专门学者，共同努力，才可望逐步窥见《红楼梦》这一座宏伟奇丽的艺术建筑的堂室之美，岂但区区"曹学""脂学""版本学""探佚学"等所能胜任哉。

总之，为了《西游记》，完全可以也应该建立"吴学"，但是不管怎么说，也无法说成"吴学"与"西游"之间的关系就如同"曹学"与"红楼"之间的关系。余可类推。既然如此，红学的一切，显然有它的很大的特殊性。这些特殊性的问题，用研究其他小说的办法是解决不了的。所以才产生了红学。红学可以丰富我们中国的小说学、世界的小说学，但它如果与一般普通小说学等同混淆起来，它也就不复存在了。所以是混则两伤。我的拙意不过如此，没有别的。有的同志过于担心了吧。

1983 年在上海开红学大会，我为《文汇报》撰文，曾说：

像红学这样一门独特而又复杂的学问，真好像神州国土上的长江大河，包孕丰富，奔腾东下，气象万千。我们最好也以那样雄伟广阔的心境与目光去看待它，创造有利于学术民主的条件，促使各种流派和见解的繁荣发展，从多种多样的角度和方式去研究探索，必如是，才可望对这部异乎寻常的伟大巨丽的作品有越来越全面而深刻的理解。这正是百家争鸣的胜业，而不是"定于一尊"的短见。……（1982.10.24）

　　这段话，像我的一切拙文一样，措语用词，都做不到尽善尽美，假使能蒙高明不弃，不哂其辞拙，而肯领其意诚，那真是莫大之幸了。

周汝昌　再识

"金玉"之谜

读曹雪芹的书的，谁不记得有"金玉"两个字？对这联在一起的一对儿，印象和引起的感情如何？恐怕不是很妙。这两个字标志着整部书的一个关键问题。这一切似乎老生常谈，无烦拈举，也没有什么可以争议的。可是，当你在这种已经普通化了的印象和观感之间细一推求，便会发现，事情并不那样简单，有些地方还颇费寻绎。举一个例子来看看雪芹笔下的实际毕竟何似。

警幻仙子招待宝玉，除了名茶仙酿，还有"文艺节目"，你听那十二个舞女演唱的《红楼梦曲》怎么说的？

开辟鸿蒙，谁为情种？都只为，风月情浓。趁着这奈何天，伤怀日，寂寥时，试遣愚衷。因此上，演出这怀金悼玉的《红楼梦》。

雪芹笔法绝妙，他表面是写警幻招待宝玉，实际上却是代表雪芹的自白，开宗明义，指出作《红楼梦》一书，是他在伤怀寂寞的心情中而自遣衷情的，而《红楼梦》的"关目"就是"怀金悼玉"。

这，读者早已烂熟于胸了，在那四个字的关目里，"金"指谁？戴金锁的薛宝钗。"玉"指谁？和宝钗成为对比的林黛玉。（以玉指黛，有例，如"玉生香"回目）——这样理解，虽不敢说是众口一词，也达到百分之九十几。人们认为这一解释是如此地自然当然，以致连想也没想，如是这样，那"金玉"二字的用法早已不与"金玉姻缘"的金玉相同了。

但是，这支《引子》之后的第一支正曲《终身误》，开头就说了：

> 都道是，金玉良姻。俺只念，木石前盟。空对着，山中高士晶莹雪，终不忘，世外仙姝寂寞林。……纵然是，齐眉举案，到底意难平！

既然如此，那干吗他又"怀金悼玉"呢？雪芹难道才写了两支曲就自己同自己干起架来？——才说"怀"她，跟着就异常地强调一个"空对着"她而意中不平的思想感情。"怀"大抵是人不在一起才怀念结想不去于心的意思，即"中心藏之，何日忘之"之谓，那已和"难平"冲突，更何况他们正"对着"呢，原是觌面相逢的，怎么又用着"怀"？如果这是因"泛言""专指"之不同、情事后先之变化而言随境异，那么，刚才"玉"指黛玉的"玉"，一会儿（紧跟着）就又指宝玉的"玉"了，——这岂不连曹雪芹自己也嫌搅得慌？

不管怎么说，只两支曲，已经"有问题"了。

还不止此呢。下面紧跟着的一支曲《枉凝眉》又说了：

> 一个是阆苑仙葩，一个是美玉无瑕。若说没奇缘，今生偏又遇着他。若说有奇缘，如何心事终

虚化？……

你看，这岂不是乱上加乱？又来了个"美玉无瑕"的"玉"呢！这里幸而没有"金"的事跟着搅合了，可是这第三个"玉"又是指谁呀？"问题"也请回答。

也是百分之九十几，都以为"仙葩"就是"仙姝"嘛，"美玉"当然是宝玉无疑啦，这两句自然指的"木石前盟"了，没有可异、可疑、可议之处。

无奈，那"石"本以"瑕"为特色，开卷就交代得清楚，脂批也特为指出"赤瑕"是兼用"赤玉"和"玉小病也"两层含义。那如何忽然又"无瑕"？通部书写宝玉，有意尽用反笔，处处以贬为褒，是"板定章法"，一以贯之，怎能在此忽出败笔？弄上这么一句，岂不大嚼无复余味，很煞风景？再说，上文已指明：曲子虽是"警幻"使演，语调全是宝玉自白，《引子》是如此，《终身误》更为鲜明——"伤怀""寂寥"，"试遣愚衷"，仙姑职掌，警"幻"指"迷"，她会有这种口调和言辞吗？再说"俺"是谁呀？还用剖辩吗？宝玉自家口气，而说出"美玉无瑕"来，可不肉麻得很！雪芹高明大手笔，肯这样落墨吗？我非常怀疑。他断不出此俗笔。反过来，说这是托宝玉的声口了，那他自言是"仙葩"，也同样是太那个了。

所以，"问题"就还麻烦哪。

怎么解决呢？提出来大家讨论研究，或能逐步得出答案。以为自己的解释天下第一，最最正确，不许人怀疑，那只是一种笑话，读者不点头的，我们姑且尝试解答，未必就对。

怎么看"金玉"二字？还是先要分析。

金玉这种东西，自古最为贵重、值钱，世上的富贵人家，要想装饰，先求金玉，自不待言，连神仙也讲究"玉楼金阙"，侍者也是"金童玉女"，金与玉的珍贵相敌，从来配对，可想而知。一般说来，则它们被用来代表最美好的物事。但，正如绮罗本是美品，由于它只有富贵者能享用，所以发生了"视绮罗俗厌"的看法，那金玉也成了非常俗气的富贵利禄的标志。

金玉器皿被弄成富丽恶赖得俗不可耐的讨厌之物。曹雪芹对这样的金玉，自然是认为"不可向迩"的，但是，金玉本身并不可厌，它们是天然物中质地最美的东西，所谓"精金美玉"，代表最高最纯的美质，在这个意义上，曹雪芹并不以金玉为可鄙可厌，相反，评价是很高的。例如，妙玉是他特别钦佩器重的人物，他写她的用语就是"可怜金玉质"。又如，尤三姐对她姐姐说："姐姐糊涂，咱们金玉一般的人，白叫这两个现世宝沾污了去也算无能。"再如写迎春是"金闺花柳质"，写湘云是"霁月光风耀玉堂"。又如祭晴雯则说"其为质则金玉不足喻其贵"。可见雪芹用金玉来形容最美好的女儿和她们的居止，绝无不然之意。这一层意义，十分要紧。

雪芹不但写妙玉用了"金玉质"，并且再一次用了"好一似无瑕白玉遭泥陷"。这就完全证明，他在《枉凝眉》中所说的"一个是美玉无瑕"根本不是指什么贾宝玉，而分明是指一位女子。

除了这种例证，还要想到，如果认为"仙葩""美玉"就是所谓"木石姻缘"，那也实在太觉牛头不对马嘴。何则？"木石"就是木石，所谓"木石前盟"，正指本来体质和它们之间的感情关系，这是不能抽换代替的。石已变"玉"，"造历幻缘"，所以才招来"金"要"班配"的说法，此玉已不再是"石"，不复以石论了。反对"金玉"之论，正是连"玉"也不认——所以宝玉几次摔它砸它。如何能说他自承为一块"无瑕美玉"？！我说那个解释实系一种错觉，稍微细心寻绎剖析一下，就会感觉那样解释是很不贴切的。曹雪芹怎么如此落笔？

《引子》《终身误》《枉凝眉》三支刚一唱完，曹雪芹就用笔一截一束："宝玉听了此曲，散漫无稽，不见得好处，但其声韵凄惋，竟能销魂醉魄。因此也不察其原委、问其来历，就暂以此释闷而已。"这在雪芹的笔法上也有用意——下面，才再接唱《恨无常》——已换了有些像是元春的"代言"体了（"儿命……""天伦呵"），总之，不再是宝玉自白的声口了。这一点也必须清楚。

综上诸端，自认为理所当然的那些旧解，就并不当然了。

《枉凝眉》并非为"木石情缘"而设，也不是题咏黛玉一人的"颦眉""还泪"。因为它既然仍是宝玉的口吻，所以那是指宝玉意中的两位女子，她们二人，何以比拟？一个宛如阆苑之仙葩，一个正同无瑕之美玉，……照这样推下去，就明白曲文的原意是说她们二人，一个枉自嗟呀，一个空劳牵挂，一个是水中月，一个是镜中花……。这里就能看出：枉自嗟呀，就是悼；空劳牵挂，就是怀。这正是"怀金悼玉"一则关目的呼应和"图解"。

如果这样理解了，上文所说的那一切"搅合"和"混乱"，不但不复存在，而且理路越显得清楚了。——这当然是我个人的感觉。

假设，有读者已能接受这个大前提了，那他可能跟着就要追问：这"二人"，又是哪两个呢？

对此，我再试贡愚意，仍然不一定就对。

"美玉无瑕"，在此指黛玉，即"悼玉"的玉。在雪芹用形容比喻时，觉得只有黛玉、妙玉这"二玉"是真正当得起无瑕美玉或白玉的赞辞的人——那是具有最为高尚纯洁的品质的两位女子，所以他两次用了这个"修辞格"。别的少女，都还当不起这四字的比拟。

如果是这样的，那"阆苑仙葩"又指谁呢？

有同志以为是指宝钗。我不同意这个解释，和他辩论过（辩论是我们研红中的一项乐趣，我们并不因此"吵架""骂街"，谁说得对，欣然接受，觉得世界上再没有比这更快乐更自然的事了）。我的理由是：

第一条，宝钗是牡丹，"人间富贵花"，和"仙"沾不上边。

第二条，表面看，好像钗、黛二者总是联举并列，一成不变的格局嘛。其实"林史"才是真正在雪芹意中的并列者，怡红院里蕉棠并植，象征黛湘，我已说过了。这里根本没有宝钗的份儿。她全属另一格局之内。在雪芹笔下意中，这是十分清楚、一丝不乱的。

第三条，"海棠名诗社，林史闹秋闺：纵有才八斗，不如富贵儿！"，第三十七回前的这首标题诗已经说得很明白。

第四条，凹晶馆中秋联句，诸人皆去——特别是叙清宝钗更不在局中，独独林史二人结此一局，是全书一个绝大而极关要紧的关目。我也说过的。

第五条，芦雪厅中娇娃割腥啖膻，正如中秋联句，也是为后半部格局上的大关目，预作点睛添毫之笔，在此场面，也是林史二人为主角。

第六条，黛玉的居处、别号是潇湘字样，湘云名"湘"，而且每次来都要住在潇湘馆。

一定还有可举，惮于病目检书之苦，暂止于此，我以为已是能说明，只有黛湘，才是宝玉真正喜欢和爱重的两位少女。别人都得权且靠后。正如脂砚指出的，宝玉"素厚者惟颦云"，最为明白不过了。

那么，我就要说：这阆苑仙葩，实指湘云而言。

我在《石头记人物画》题诗中，给湘云的一首绝句是这样写的：

> 极夸泛彩赏崇光，签上仙葩契海棠。
> 字改石凉文妙绝，待烧高烛照红妆。

全篇皆以东坡海棠诗为"主轴"，正因雪芹在初写怡红院时用特笔渲染，大书特书，极赞"崇光泛彩"（即运用东坡海棠句）四字，只可惜偏于棠而漏了蕉——应该看到，宝玉而赏赞"清客相公"们的例子，只此一个，何等重要。湘云掣的签，又正是海棠花，上写"只恐夜深花睡去"，又正是东坡同一首诗（简直妙极了！）。可见海棠代表着史姑娘，没有什么疑义。

然后，我在给"翠缕拾麟"幅题句中，又说：

> 极夸泛彩咏崇光，签上仙葩契海棠。
> 葩是丹砂丝翠缕——小鬟真合伴红妆。

这是点破一个值得注意的现象：为什么湘云的丫鬟单单叫"翠缕"呢？不要忘了，还是初游怡红院一回书中，写那海棠时，大书："葩吐丹砂，丝垂翠缕"。

这些，难道都可以说只是巧合吗？

友人伯菲同志指出了这一点，并说，通部书正文中用"葩"字处，惟此一例而已，湘云的丫鬟正叫"翠缕"，她不就是那葩吐丹砂的海棠吗？

他用这个例证来支持我："一个是阆苑仙葩"原本是指湘云而说的。

湘云与海棠的特殊关联，还可以在初开"海棠诗社"的情节中寻到消息。谁都记得，这次诗社，是大观园诗社的奠基和首创，不但社即以海棠为名，而且在此一会中，真正的主角也就是最后请来"补作"的史大姑娘。

尽管海棠有春、秋之别，丹、白之差，——这可能暗示着情节发展中人物命运的变迁，但其专为湘云而特设，并无二致。

如果又是这样，那就可以对"怀""悼"二字重作理解：悼者，悼念早逝的黛玉；怀者，怀念在世而命途坎壈不知下落的湘云。

伯菲同志又认为：关于湘云的问题，比别人更复杂，这是因为，在雪芹的生活素材中，这个人物原型的经历更不同一般，他在开始执笔作书时（写到第五回的曲子时），和他继续写下去、写到后来时，湘云原型的下落和结局有了极重大变化，因此雪芹在八十回前的写湘云和他在八十回后的运用素材上，其间有了变化。这一点留待下文再进一步讨论。

一个是水中月——黛玉，一个是镜中花——湘云。这又是我的解释。

镜花水月，也是陈言滥调了，但雪芹的艺术，常常是用旧语写新思，以常语隐特义。黛玉死于水，我可以举出很多点线索——即雪芹惯用的独特的艺术手法，比如：

一、黛玉别号潇湘妃子，索隐派在"妃"字上大做文章，以为妃必然是"皇妃"之类，就变成了"顺治之妃"了，不知吾国凡山川之神皆女性，皆以妃名，洛川之神名宓妃，正是曹家的故实。黛得此号，正暗示她是水中之"神"，娥皇、女英，潇湘女神的本事，亦即自沉于湘江的女性（将黛玉比洒泪斑竹之女，探春曾明白说出）。宝玉被贾政毒打之后，送旧帕与黛玉，黛玉感而题诗，有云："彩线难收面上珠，湘江旧迹已模糊。窗前亦有千竿竹，不识香痕渍也无？"更是明白点破。

二、"艳曲警芳心"回末，黛玉自思自忆，所举古人诗词句例是：

"水流花谢两无情。"

"流水落花春去也。"

"花落水流红。"

一连三例，都突出花之落法与水有关。

三、《葬花吟》："天尽头，何处有香丘？未若锦囊收艳骨，一抔净土掩风流；质本洁来还洁去，强于污淖陷渠沟！"这段话，有人引来作为"反证"，说这正说明她不是死于水的。殊不知，如根本与水之事扯不上，那她何必说这些废话？——用土埋，这是常情常例啊，有啥稀奇？须知她原话是说，但愿我能身生双翼，飞到天之尽头，去找那个（无缘的）香丘，这正是此愿难遂，终归渠沟——寒塘之内。这种语意本自明白、并无两解。

四、宝玉的奇语："明儿掉在池子里，变个大王八，与妹妹驮一辈子碑去！"此话怎解？为什么单单要掉在大池子里？池子者，即是寒塘，暗示异日黛玉绝命之处。

五、庆元宵，家宴演戏，特点《相约相骂》，这出戏的情节是婚事波折，女主角曾投江自尽。这暗示宝黛关系的不幸，也是一个沉水的故事。

六、宝玉偷祭金钏，看见洛神的塑像，不觉泪下。表面一层意义是暗悼金钏落水而亡，实又关联着少女投水的情节，全书中还有事故。

七、宝玉祭钏回来，那戏正演的是《钗钏记》，大家看得伤心落泪，黛玉借剧中人奚落宝玉，说："这王十朋也不通的很！不管在哪里祭祭也罢了，必定得跑到江边上去！"其义正同，暗指后来的结局，这话必由黛玉口中点出，并非泛笔。

八、黛玉掣得的签是芙蓉，镌着"莫怨东风当自嗟"，暗示

258

"芙蓉生在秋江上，莫向东风怨未开"。她与"秋江"的关系也就是与水的关系。

九、宝玉祭晴雯，名为《芙蓉女儿诔》，兼含着预祭黛玉的暗示，人人尽知。在何处祭的？"园中池上芙蓉正开""猛然见池上芙蓉"，这才特到芙蓉花前举行祭礼——正是在池上水边。

十、黛玉《五美吟》第一句就是"一代红颜逐浪花"（其第二首、第四首皆自尽之例）。（又有同志见告，黛玉咏柳絮首句"粉堕百花洲"亦同此义。）

我想，这些暗示，汇在一起，已把黛玉死于水刻画清楚。"冷月葬花魂"，葬的是"花魂"，即黛玉，即"花魂鸟魂总难留"的花魂，黛玉生于花朝（二月十二），义亦在此。水中月，明写空花幻影之义，实则正切将来中秋之夜月落寒塘、人亡佳节（俗谓团圆之节）。所以她作《桃花行》，结句是"一声杜宇春归尽，寂寞帘栊空月痕"。语义最为清楚。

至于"镜中花"，我以为是暗切湘云。花即仙葩，到雪芹执笔创写《石头记》时，湘云的原型其人的下落尚不能明，所以他比拟为镜中花影，也可能兼含着运用六朝时一对夫妇"破镜"分离的故事：徐德言与乐昌公主知国破家亡，公主才貌必为人所有，因为镜各执其半，作为信物，希望将来犹可以半镜为合符之缘，得以重会。湘云与宝玉同时遭逢巨变，家破人离，各自星散，而金麒麟却略如"半镜"，后来起了重逢证合的作用。

金麒麟的问题，实由双星绾合，说见拙文《红海微澜录》（《红楼梦研究集刊》创刊号）。此"白首双星"，恐是冯紫英、卫若兰这一流人的父母。

曹雪芹对金麒麟的出现、离合，笔致甚曲，它出现在五月初一清虚观打醮之日，此际而张道士（国公爷的替身——有"代表"的属性呢）要为宝玉说亲，勾起贾母的心事，说了一席话，大旨是只要姑娘本人好，不论财势，这是说给王夫人听的，合家听的。偏偏这时就把笔锋还又转到了"玉"上，——把玉传看了之后，由它引出一盘子珍贵的佩器，宝玉都不要，单单只拣了一个金麒麟。而这个金麒麟，首先是由老太太注了意，宝钗点破"史大妹妹有一个，比这个小些"，马上为黛玉讥诮"惟有这些人带的东西上'他'越发留意！"。宝玉听说是湘云有一个，连忙揣在怀里，——然而他又怕人觉察出他是因湘云之故而揣这个物件，所以一面"瞟"人，看有无理会的人，也巧，单单只有黛玉在那里"点头""赞叹"呢，他又不好意思，就推说："这个东西好玩，我替你留着，到了家，穿上，你带。"黛玉却"将头一扭"，说"我不希罕"。宝玉这才"少不得自己拿着"。情事已是极尽曲折细致，用笔真是尽态极妍。

还不止此。因张道士一提亲，惹出了一场极少见的风波，宝黛又因"心事"吵起来，这回连老太太都真急了，为全部书中所仅见。跟着，醮事一毕，湘云即又来府小住，——在雪芹笔下，她的出场都不是偶然的。湘云一来，便写她"女扮男装"的往事——此乃特笔，预为后来她在苦难中曾假扮男子而得脱某种危险。然后，一说明"可不住两天"之后，立即问"宝哥哥不在家么？"。以至宝钗说："她再不想别人，只想宝兄弟……"黛玉则首先点出一件事："你（宝）哥哥得了好东西，等着你呢！"湘云问："什么好东西？"宝玉答："你信她呢！"这一切都如此好看煞人。

可是，还有妙文。等宝玉听湘云讲话清爽有理，夸她"还是这么会说话。不让人"。黛玉就又说："他不会说话，他的金麒麟也会说话！"一面说一面起身走了，"幸而诸人都不曾听见，只有宝钗抿嘴一笑"。

紧跟着，就是湘云、翠缕来到园中，畅论了一回"阴阳"

之妙理，来到蔷薇架下，却发现了一枚又大又有文采的金麒麟——而翠缕立即"指出"：可分出阴阳来了！

此下的文章，接写湘云主仆二人如何争看麒麟，到了怡红院，宝玉如何说"你该早来，我得了一件好东西，专等你呢！"掏摸却已不见……却到了湘云手中，反是由湘云让他来看："你瞧，是这个不是？"下面是"丢印"的打趣语，而宝玉却说："倒是丢了印平常。若丢了这个，我就该死了！"这话何等重大，岂容尽以戏语视之？

犹不止此。紧跟着，袭人就送茶来了："大姑娘，听见前儿你大喜了！"——湘云对此如何反应的？"史湘云红了脸，吃茶不答。"

试看，为此一事，雪芹已然（且不说后半部）费了多少笔墨？这是何等地曲折尽致，而无限丘壑又已隐隐伏在其间。难道雪芹费如此机杼，只为湘云后来"嫁了卫若兰"？我是不相信的。

对于湘云这个重要人物的后来经历和结局，殊费寻绎，我试着作过一些推测，详见《新证》第九章第四节 916 页、924 页，请参阅，这里概不复赘。如今只再补充一二细点。

一是《红楼梦曲》中的《乐中悲》，其词云：

> 襁褓中父母叹双亡。纵居那绮罗丛，谁知娇养？
> 幸生来，英豪阔大宽宏量，从未将儿女私情略萦心上。
> 好一似，霁月光风耀玉堂。厮配得才貌仙郎，博得个
> 地久天长，准折得幼年时坎坷形状。终久是云散高唐，
> 水涸湘江。这是尘寰中消长数应当，何必枉悲伤！

这支隐括湘云的曲文，常被引来作为反驳"宝湘"最后会

合的一切资料证据和另外的推考结果。这个问题，应当在上文已述的一点上去理解，即真正的关键在于雪芹初落笔时的设计与他后期继续写下去时的素材关系之间有了意外的变化。单就这支曲文来说，也有一两点需要说明。第一，所谓"幼年时坎坷形状"，值得注意。湘云的酒令是："奔腾而澎湃，江间波浪兼天涌，须要铁索搅孤舟，既遇着一江风——不宜出行。"可见她的经历是惊涛骇浪，而不是浪静风恬。一般理解，当指父母双亡，无人娇养而言。但是，一个女孩，在"襁褓"中就没了亲爹娘，跟着叔叔婶子长大，不过受些家庭间委屈，不得舒心如意，又因生活而日夜忙于自做针黹……，这一切，都不叫"坎坷"，坎坷是指人生道路上的种种崎岖险阻，一个闺门秀女而用上这种字眼，雪芹显然是有寓意。湘云早早就为官媒"相了亲"，为袭人"道了喜"，她过两年出阁了，嫁与贵公子"仙郎"卫若兰了，顺理成章，"地久天长"了——怎么又叫"坎坷"？所以事情不是如此简单的。袭人道喜，湘云不答，——以后在数十回现存书中雪芹对此再无半个字的呼应，此是何理？岂能诿之于偶然？

再就是那条常为人引来反驳"宝湘"关系的脂批：

金玉姻缘已定，又写一金麒麟，是间色法也，何颦儿为其所惑？故颦儿谓"情情"。

一般理解，又指此批分明说出"金玉"关系已定，金麒麟并非主题，只为"间色"，所以只能说宝钗有缘，湘云无涉，云云。

关于这点，拙见也不与旧说相同。"间色法"原是有的，如清人沈宗骞《设色琐论》有云："八九月间其气色乃乍衰于极盛之后，若遽作草枯木落之状，乃是北方气候矣；故当于向阳坡地仍须草色苔绵，山木石用青绿后，不必加以草绿，而于林木间间（jiàn）作红黄叶或脱叶之枝，或以赭墨间（jiàn）其点叶，则萧飒之致自呈矣。"可知"间色法"即突出法、启发法，正表其虽微而显之气机，绝非一设间色，即是"次要""陪衬"之闲文漫笔。雪芹仅仅为了一个"间色"，就费却了上文撮叙的那么多那么曲折细致的笔墨，以为"无涉"，说得下去吗？须知雪芹写要事犹不遑尽及，而肯浪费闲墨至于如此乎？

曲文中已说了，"从未将儿女私情略萦心上"，这只说湘云为人光明磊落，心直口快，事事可见人，绝不是说她"没有""不懂"儿女之情——否则何必虚点赘笔？湘云既是官媒相定了的，家长主张了的，她的男人姓"卫"，如此而已，那干吗还要提"儿女私情"？谈得到吗？于此可知，湘云虽不与黛玉性格同型，"萦心"的程度或表现不同，可是她因见又大又有文采的"阳"麟，也是"默默"出神的。她心目中自有其儿女之情的。

我对"金玉"的理解是，全书中"真假"贯串着一切现象，"金玉"之说也不例外。"和尚送金锁"而且"镌上字样"的那"金"，是假；麒麟（直到清虚观中，宝玉才知湘云有金麟，与金锁的大事宣扬正相背反）的金，才是真。所以，"金玉姻缘"本来不虚，但有真假之分，假的终究不能得遂其实——"空对着"而已，真的百曲千折之后也会重合。这才是"金玉已定，又写一麟为间色"的真含义，意思是说：湘云的金与宝玉的玉，已是（最终）定局，又写一个道友赠给的金麟，乃是"间色"之法，使整个情节更加奇情异采，柳暗花明，而并非是真凭这"雄"的麟才绾合了二人的姻缘——姻缘仍然是"金玉"的事。

宝玉憎恶的"金玉"之说，是人为的，另有目的的假金玉。"怀金悼玉"，所怀的金，不是金锁，正是金麟。《红楼梦曲》的前三支曲中的几处"金""玉"，本来有其定指，并不"矛盾""混乱"。

对"金玉"之疑，初步贡愚如上，有若干关联复杂的地方俱不及细说。对于这样的问题，探讨起来不是十分容易，一些看法，焉敢过于自信。惟因这个重要关目被高鹗伪续搅乱已久（至少是被简单化地歪曲了），影响尚在，需要提出来逐步解决了，纵然一人的推断不能全对，如能引出对于此疑的更好的解释，那就深感荣幸了。

1981 年

【附记】

或以为黛玉应卒于春末，而非中秋，理由即《葬花吟》中有"试看春残花渐落，便是红颜老死时"等句，《桃花行》中也有"泪干春尽花憔悴，……一声杜宇春归尽，寂寞帘栊空月痕"等句，是暗示春尽人亡的证据。不知春尽花残是象征性的，冷月葬花魂才是实质性的。《葬花吟》也写"红颜老死""红颜老"，大概无人拘看，以为指黛玉是"老死"。其实这也就是"花憔悴"之意。《吟》中恰好也有"杜鹃无语正黄昏，荷锄归去掩重门……"等句，所以也不能理解成为杜宇一声之时，即黛玉命尽之日。应当注意"寂寞帘栊空月痕"，月是秋的象征标志，在雪芹意中，三春与三秋相对待，"春尽"即秋来，所以晴雯之死是正写秋情，亦即隐写黛玉之亡也。

再就是有人说黛玉既是"泪尽夭亡"，是还泪而死，怎会是自沉于水。不知此二者并不构成互相排斥的"矛盾"关系。自沉是泪尽的后果，泪已偿干，可以离开人世了。否则只能将泪尽解为是病得连眼泪也没有了，这才死亡，这未免太呆相了。

至于仅仅以"玉带林中挂，金钗雪里埋"，其他略无参证，便断言黛是悬梁自尽，钗是冻死雪中，我以为这完全错解了原意：雪芹、脂砚强调他们所写的是一些"生不逢辰""有命无运"的不幸少女，寓意甚深；玉带而挂在树丛，金钗而埋于雪下，都比喻美好贵重之物生非其时、生非其地之义。这和她们的命尽的"形式"有何干涉？雪芹从来没有孤笔单文、了无照应的"形而上学"方法。

红海微澜录

　　曹雪芹立意撰写一部小说巨著，开卷先用一段"楔子"闲闲引起，说的是大荒山、无稽崖、青埂峰下的娲皇炼余之石，故全书本名即是《石头记》。当雪芹笔下一出"青埂"二字，格外触动读者眼目，脂砚于此，立时有批，为人们点破，说：

　　　　妙。自谓堕落情根，故无补天之用。（甲戌、梦
　　觉、蒙府、戚序四本同）

这在脂砚，是乘第一个机会就提出"自谓"一语，十分要紧。"自"者谁？高明或有别解。须莫忘记：此刻"石头"之"记"尚未开篇，只是楔子的起头之言，则此"自"，应指"楔子撰者"无疑。然而楔子才完，在"后曹雪芹于悼红轩中……"那段话上，脂砚即又为人们点破，说：

　　　　若云雪芹"披阅""增删"，然则［原作后］开卷至
　　此这一篇楔子，又系谁撰?! 足见作者之笔，狡狯之
　　甚! 后文如此处者不少，这正是作者用画家烟云模糊
　　处［法?］。观者万不可被作者瞒蔽［原作弊］了去，方

是巨眼。

短短一则批，连用"作者"数次之多。如谓此乃脂砚文笔有欠洗炼，那也从便，我自己却以为，这正见脂砚是如何重视"作者"这个"问题"，故此不惜词烦，再四提醒，"观者"诸君，"万"不可为雪芹这么一点儿笔端狡狯缠住。所以，明义为"曹子雪芹出所撰红楼梦"题诗至第十九首，就说：

> 石归山下无灵气，总使能言亦枉然。

也许是由于明义头脑比较清楚，也许他先看了脂批，也许二者兼而有之，他对"石头""雪芹""作者"三个名目，并不多费一词，"不著一字，尽得风流"，犹是例应著字，而这处小小狡狯，在明义看来，原是天下本无事也。

　　但是，雪芹"自谓"的"堕落情根"，又是何义呢？

　　一位朋友偶来见问，我试作解人，回答说：君不见洪昉思之《长生殿》乎？《长生殿》一剧，曹寅佩服得无以复加，当昉思游艺白门，他置酒高会，搬演全剧，为昉思设上座[注一]。雪芹作小说，有明引《长生殿》处，也有暗用处，他对这个剧本，是不生疏的。在《补恨》一折中，写的是天孙织女星召取杨太真，太真见了织女，唱的第一支曲子是《普天乐》：

> 叹生前，冤和业。才提起，声先咽(yè)。单则为，一点情根，种出那欢苗爱果。

全剧的最末一支曲（尾声之前），是《永团圆》：

神仙本是多情种。蓬山远，有情通。情根历劫无生死，看到底终相共。

这就是雪芹谐音、脂砚解意的"情根"一词的出处。它的意思，昉思说得明白，不须再讲了。

　　朋友听我这样说，引起兴趣，便又问：这就是你说的"暗用"之例了。此外还有没有呢？

　　我说，有的。"开辟鸿蒙，谁为情种？"，情种一语，已见上引，并参后文，不必另列。即如警幻仙子，出场之后，向宝玉作"自我介绍"时，说是"吾……乃放春山、遣香洞、太虚幻境警幻仙姑是也：司人间之风情月债，掌尘世之女怨男痴。……"。这话也是暗用《长生殿》的"典故"。《密誓》折，生唱《尾声》与旦同下后，有小生（牵牛星）唱的一支过曲《山桃红》，中间一句，道是：

　　　　愿生生世世情真至也，合令他长作人间风月司。

雪芹为警幻仙姑所设的言词，显然是从这里脱化而出。

　　一提到警幻，便不得不多说几句。其实，雪芹的想象，创造出一位"司人间之风情月债"的女仙来，也还是与《长生殿》有其关联。他所受于《长生殿》的"影响"（现在常用语，以"启发"为近似，旧语则谓之"触磕"），是"证合天孙"（《传概》折《沁园春》中句）的天孙织女，是这位女仙"缩合"了明皇、太真的生死不渝的情缘。

　　原来，在《长生殿》中，是天宝十载七夕，太真设了瓜果向双星乞巧，而明皇适来，二人遂同拜牛女设誓：

双星在上，……情重恩深，愿世世生生，共为夫
妇，……有渝此盟，双星鉴之！［唱］……问今夜有谁
折证？［生指介］是这银汉桥边，双双牛女星！

这样，牵牛向织女说项，织女遂答应久后如不背盟"决当为之
绾合"。后来，昉思以《丛合》一折写上元二年七夕，牛女双星
重新上场，他们的心愿，表达在一支《二犯梧桐树》里：

琼花绕绣帷，霞锦摇珠珮。斗府星官，岁岁今宵
会。银河碧落神仙配。地久天长，岂但朝朝暮暮期。
［五更转］愿教他人世上、夫妻辈，都似我和伊：永远
成双作对。

然后牵牛再为提醒明皇、太真之事："念盟言在彼，与圆成仗
你！"织女这才应允："没来由，将他人情事闲评议，把这度良
宵虚废。唉李三郎、杨玉环，可知俺破一夜工夫都为着你！"
　　所以，牛女双星，一到了昉思笔下，早已不再是"怅望银
河"的恨人，而是司掌情缘的仙侣了。这一点，在文学史上是
个创新之举，值得大书。
　　那么，雪芹于此，又有何感受呢？我说，他不但接受了
这个新奇的文艺想象上的创造，而且也"暗用"了这个"典
故"——这就是，"因麒麟伏白首双星"的这句回目之所以形成。
　　当然，到了雪芹笔下，事情就不会是浅薄的模仿、简单的
重复。他是在启发触磕之下再生发新意，借以为小说生色。在
前半部，雪芹除了这句回目，透露了一点鳞爪之外，大约只有
传本《红楼梦》第六十四回中微露一点：

> 大约必是七月，因为瓜果之节，家家都上秋祭的坟，林妹妹有感于心，所以在私室自己祭奠，……只见炉袅残烟，莫馀玉醴，紫鹃正看着人往里搬桌子收陈设呢〔指瓜果炉鼎等〕。

但这回书，文笔不似雪芹，出于另手，因此其情节故事，是否合乎雪芹原意，一时尚难判断。八十回书中，对"双星"一语别无呼应，而雪芹是文心最细，绝无孤笔，绝无闲话，何况大书于回目之中，岂有落空之理？——更何况回目者，大约连不承认《红楼梦》为雪芹原著者也无法否认"分出章回，纂成目录"的毕竟还是雪芹吧。雪芹用此一句，毫无犹豫之迹象（即回目颇有变动，而从诸旧抄本中，略不见此一回目有异文出现过），那么，"因麒麟伏白首双星"八个字，总该不是"胡乱"写下的，或者是无可解释的。

许多资料说明，这句回目指的是后文宝玉、湘云最终结为夫妇（参看《红楼梦新证》页 927—940）。对这一点，也有不相信的，即不必更论。但也有相信的，就我所知，就颇不乏人。不过在这很多相信者当中，大都把"双星"直接理解为即指宝、湘二人而言。我觉得这却还要商榷。拙见以为，雪芹用此二字的本意，并不是径指宝、湘，他用的其实还是《长生殿》的"典故"，即双星是"证合""绾合""怂合"之人，其误会"双星"为径指宝、湘的，原因就在于未能明白这是借用昉思的作意。

当然，这不是说宝、湘的绾合人也一定是女仙之流，但很显然，那是一对夫妇。

在《长生殿》中，织女不甚满意于李三郎，认为他断送太真，是一个负义背盟者；经过牵牛的解释，说明皇迫于事势，出于巨变，并非本怀，天孙才同意他情有可原，决意为之证合。

宝湘二人所历的变故之巨，非同寻常，也几乎是出入生死，而人们议论宝玉，大抵认为他竟娶宝钗，是为负于黛玉，也是背盟之辈，不肯加谅。绾合者，大约也是"双星"之一认为宝玉背盟负义，而另一即为之解释，说明宝玉之忘黛而娶钗，是迫于命令，并非本怀，而后两人这才共同设法使宝湘二人于历尽悲欢离合、兴衰际遇，尝遍炎凉世态之后，终于重相会合。而这些都是以金麒麟为"因""伏"的（参看《新证》页916—924）。这样，似乎更合雪芹原著的设计和用语的取义。

《重圆》折中的两支曲，今亦摘引一并观看：——

[五供养]……天将离恨补，海把怨愁填。谢苍苍可怜。泼情肠翻新重建。……千秋万古证奇缘。

警幻仙子说的"吾居离恨天之上，灌愁海之中……"，可知这种新名目实在也还是来自昉思。

[江儿水]只怕无情种，何愁有断缘。你两人呵把别离生死同磨炼，打破情关开真面。前因后果随缘现。觉会合寻常犹浅，偏您相逢在这团圆宫殿。

读这些词句，就总觉得"似曾相识"，因为无论雪芹的正文还是脂砚的批语，都能从中窥见一些蛛丝马迹。

更重要的则是，《石头记》并不是《长生殿》的翻版，雪芹不是"请出"黛玉的"亡魂"来再唱"新戏"，那就俗不可耐了。黛玉死后，宝钗"打进"，宝玉无可奈何（他不会搞什么"黛玉复活"之类），遂益发思念黛玉生前与之最好、亡后可做替人的早年至亲闺友——史湘云。晴雯的性格类型，正是黛型与湘型的一个综合型，所以晴雯将死，海棠先萎，亡故之后又作"芙蓉女儿"，盖海棠暗示湘云（"只恐夜深花睡去，故烧高烛照红妆"），芙蓉暗示黛玉（"芙蓉生在秋江上，莫向东风怨未开"），这里的文艺构思和手法是复杂微妙的。

《长生殿》以中秋节日广寒清虚之府为重圆的时间地点。这一点，似乎也给了雪芹以"影响"。黛湘中秋夜联吟，是前后部情节上一大关目，也可以说是结前隐后之文。众人皆散，宝钗回家，独剩黛湘，中有深意。二人吟出"寒塘渡鹤影，冷月葬花魂"之重要诗句。这上句隐指湘云，下句隐指黛玉甚明，黛玉（次年？）于中秋此夕，即葬身于此（"葬花魂"，是明季少女诗人叶小鸾的句子，见叶绍袁《续窈闻》记亡女小鸾与泐庵大师问答语录）。俗本妄改"葬诗魂"，大谬（"花魂鸟魂总难留"；《葬花吟》中已见，与"葬诗"何涉？）。妙玉旁听，出而制止，续以末幅，试看她的话：

> "好诗，好诗，果然太悲凉了！不必再往下联……"
> "……只是过于颓败凄楚。此亦关人之气数而有。所以我出来止住。"
> "如今收结，到底还该归到本来面目上去，若只管丢了真情真事，且去搜奇捡怪，一则脱了咱们闺阁面目，二则也与题目无涉了。"
> "依我必须如此方翻转过来，虽前头有凄楚之句，亦无甚碍了。"

她的续句，由"嫠妇""侍儿""空帐""闲屏"写到"露浓""霜重"，又写到步沼登原，石奇如神鬼，木怪似虎狼——可见事故重重，情节险恶。最后，"朝光""曙露"，始透晨熹，千鸟振林，

272

一猿啼谷，钟鸣鸡唱，——这就是宝黛一局结后，宝湘一局的事了：

> 有兴悲何继，无愁意岂烦？
> 芳情只自遣，雅趣与谁言。
> 彻旦休云倦，烹茶更细论。

到雪芹原书后半，大约这些话都可看出，其间多有双层关合的寓意。

　　本文侧重于从一些语词上窥探雪芹构思上的各种巧妙联系，并非说雪芹是靠"典故""触礒"去作小说，他"靠"的主要是生活和思想。这原不须赘说，无奈有一时期绳文者有"必须"面面俱到的一条标准，不无责人以备的故习，还是在此交代一下，可免误会。如果不致发生误会，那我还可以再赘一点，雪芹选取中秋这个重要节日来写黛湘联句，也不止一层用意，除了我上文推测的后来黛玉是死于中秋冷月寒塘之外，恐怕宝湘异日重会也与中秋佳节有关。雪芹全书开头是写中秋节雨村娇杏一段情事，而脂砚有过"以中秋诗起，以中秋诗收，又用起诗社于秋日。所叹者三春也，却用三秋作关键"的揭示，这"以中秋诗收""用三秋作关键"，必有重大情节与之关合，如非宝湘会合，则又何以处此"团圆之节"？这在我看来，觉得可能即是此意，当然这只是我的思路所能及，因为在《长生殿》中昉思设计的就是双星特使李、杨二人在中秋"团圆之节"来重会，雪芹有所借径于此，联系"因麒麟伏白首双星"而看，或者也不为无因罢。

　　行文至此，未免有究心琐末、陈义不高之嫌。但我本怀，殊不在此，实是想用这种不太沉闷的方式来提端引绪，使人注意《长生殿》与《红楼梦》在内容方面的关系。昉思制剧，楝亭嗜曲，二人交谊，也还要提到昉思曾为楝亭的《太平乐事》作序，甚为击赏，以及楝亭为昉思说宫调之事^[注二]。楝亭有赠昉思七律，我曾于《曹雪芹家世生平丛话》及《新证》中一再引录：

> 惆怅江关白发生，断云零雁各凄清。
> 称心岁月荒唐过，垂老文章恐惧成。
> 礼法谁曾轻阮籍，穷愁天亦厚虞卿。
> 纵横捭阖人间世，只此能消万古情。

试看，倘若洪、曹二人毫无思想感情上的交流，只凭"文坛声气"，这样的诗是写不出的。我并曾说：如将题目、作者都掩隐过，那么我们说这首诗是题赠雪芹之作，也会有人相信。由此可见，说《红楼梦》与《长生殿》有关系，绝不只是一些文词现象上的事情。和我屡次谈论这二者之间的关系的，是徐书城同志，他早就提出这个话题，有意研讨。我受他的启发，后来也常常想到这个问题。《长生殿》这个剧本，思想水平、精神境界，都远远比不上《红楼梦》小说，但我们不应单作这样的呆"比"，还要从思想史、文学史上的历史关系去着眼。比如，如果没有《金瓶梅》，从体裁上、手法上说很难一下子产生《红楼梦》。同样道理，从思想上说，那虽然复杂得多，但是如果只有"临川四梦"，而没有《长生殿》在前，那就也不容易一下子产生《红楼梦》。昉思在《传概》中写道：

> 今古情场，问谁个，真心到底？但果有，精诚不
> 散，终成连理。万里何愁南共北，两心那论生和死。

笑人间，儿女怅缘悭，——无情耳！感金石，回天地，昭白日，垂青史。看臣忠子孝，总由情至。先圣不曾删郑卫、吾侪取义翻宫徵（zhǐ）。借太真、外传谱新词：情而已。（《满江红》）

从这里，既可以看出昉思、雪芹的思想上的不同，又可以看出两人创作上的渊源关系。昉思定稿于康熙二十七年，一六八八；雪芹则在乾隆前期是他创作的岁月，卒于一七六四。昉思身遭天伦之变，不见容于父母，处境极为坎壈。两人不无相似之处，相隔一朝，后先相望。《长生殿》由于康熙朝满汉大臣党争之祸，遭了废黜，掀起一场风波，雪芹岂能不知其故。种种因缘，使雪芹对它发生了兴趣，引起他的深思，对他创作小说起了一定的作用，是有迹可寻的。理解《红楼梦》，把它放在"真空"里，孤立地去看事情，不是很好的办法，还得看看它的上下前后左右，当时都是怎样一个情形，四周都有哪些事物，庶几可望于接近正确。提《长生殿》，其实也只是一个比较方便的例子而已。

1979 年

[注一] 事见《新证》页 417 引金埴《巾箱说》。

[注二] 我整理《新证》增订本，仍不知曹寅《太平乐事》世有传本之事，书排就，始知之，已简记于页 1122。后得徐恭时同志录示昉思序文及楝亭自序，在此追志谢忱。

"双悬日月照乾坤"

——纪念曹雪芹逝世二百二十周年

我们中华民族的最伟大的作家之一曹雪芹，逝世于距今二百二十年前的一个山川为之震动的日子里[注]，这个周年纪念日即将到来之际，谨以芜陋之文，敬献于他的诗灵之前。

本文是探索《石头记》重大问题之一的一个粗略纲要的性质。它不美不备，只是将问题揭示出来的最简单的一个步骤。

"双悬日月照乾坤"这句话，是由谁口中说出的？是史大姑娘湘云小姐。在金鸳鸯三宣牙牌令时，除了贾母和薛大姨妈两位老太太之外，姑娘们当中参加这次盛会、第一个行令的所说的第一句话就是：双悬日月照乾坤。

这句话出典来自何处？来自大诗人李白，他作的《上皇西巡南京歌》十首，其第末首云：

> 剑阁重关蜀北门，上皇归马若云屯。
> 少帝长安开紫极，双悬日月照乾坤。

这写的什么内容？是"天宝十五载六月己亥，禄山陷京师。七月庚辰，［明皇］次蜀郡。八月癸巳，皇太子即皇帝位于灵武。十二月丁未，上皇天帝至自蜀郡；大赦，以蜀郡为南京"。

请注意：这是"两个皇帝"的一则典故，所以比作"日月双悬"，非常之奇特。

雪芹为什么要运用这个典故？原来，书中正隐含着一层"两个皇帝"的政治事件，这事件与贾府生死攸关。

雪芹用笔，从无"单文孤证"之例，处处皆有起伏映照、前后呼应。如有人认为湘云开口说了那一句诗是单文孤证、偶然现象，并无意义可言，那么请他看看这一串词句吧：

双悬日月照乾坤；

日边红杏倚云栽；

御园却被莺衔出（以上湘云所说）。

双瞻御座引朝仪；

仙杖香挑芍药花（以上黛玉所说）。

我要着重地提醒读者诸君：你看，全部书中什么时候雪芹曾用过这么些一连串的涉及皇帝的事情的故实？如今一大回书中写黛湘这二位最关重要的女主角的酒令时，却集中地使上了这么些皇家词藻，凡稍能知悉雪芹之超妙笔法的，难道还会不明白这儿定然有他的用意存焉吗？这可不是什么单文孤证、偶然现象等可以为之辞的事情。"双悬日月照乾坤"为始，"处处风波处处愁"为继（宝钗酒令），尤其令人注目。所以我们该当思索推求其中之故了。

我打算从小说本身和历史事实两方面来阐释这一缘故，但本文只能略陈主旨，不作详述。

雪芹的笔，绝不苟下，处处有用意，句句有牵引，不过粗心者往往视而不见、见而不明罢了。总是用读别人的小说笔法的眼光来读雪芹的书，就更难理会这种高明超妙的艺术手法。

《石头记》有一个特点，就是凡在前面只予东一鳞西一爪，粗笔勾勒点染，隐约于"幕后"为多的人物，其作用与重要性不显于读者心目中，以为"次要""陪衬""杂见""偶及"的笔墨角色，愈到后半部才愈加显示明晰。这类人物有一大串，本文也不及逐一详叙，如今只从一个北静王说起。

北静王，他有甚重要？他的重要，全在他与宝玉的关系。昔者大某山民［姚燮］之评语曾说过：

> 北静王为玉哥生平第一知己。

这句话可谓一矢中的、洞穿七札，山民是有眼力的。宝玉一生的好友，如蒋玉菡，如秦锺，如柳湘莲，如冯紫英，身份贵贱虽各不同，但最"高级"的也只是少爷公子之流；若论王侯，其贵势威权仅次于皇帝的，则惟有北静王一人。是为特例特笔，而凡写北静王的地方，读者却又多是轻轻看过，常在"似注意、不注意"之间。

北静王何等样人也？这个你得细玩雪芹文意。他的"介绍"着墨也是不肯多的，只言：

> 原来这四王，当日惟北静王功高，及今子孙犹袭王爵。
>
> 小王虽不才，却多蒙海上众名士凡至都者，未有不另垂青目，是以寒第高人颇聚。

再不用多，只这两条，熟悉清代史的，大概就已明白其中有事了：盖宗臣旧勋，功愈高，得祸愈速；而家里"高人常聚"的，最是一种不安静、不守分、犯忌惹事的祸端。这种情形从康熙朝就已成为诸王的风气，到雍、乾之际，更是如此。其现象是常聚高人，其实质是招致人才，培植势力，内核是政局上的斗争。——再看雪芹怎么写宝玉和静王的关系，事情就一步步地显示清晰了。如今我再提醒读者一下，你有没有注意过书中所写"王爷一级"的种种事故？如果你未曾留心或者根本看不出什么，那就证明你对雪芹的笔法还缺少理会，那样而读《石头记》，常常是买椟还珠。

雪芹在全部书中，早早地设下了一条关系重大的伏线，其事恰恰就在"王爷一级"上。第一次是因书中第一名贾家先死的少妇秦可卿之病、之卒、之殡，伏下了许多事故。秦氏是什么人？是向王熙凤宣示不久即将有大祸临头的人，也是第一次念出了"三春去后诸芳尽，各自须寻各自门"的人！她之一死，先就因选觅上好棺木而引出一个"坏了事"的"义忠亲王老千岁"，然后就来了这位特别亲自路祭的北静郡王！第二次是因荣府死去的第一名丫鬟金钏事件以致宝玉被笞，几乎丧生的大风波中出现的一个"忠顺亲王府"！

事情的麻烦由哪里可以窥悟一二呢？

贾政，听说是忠顺王府来了人，就惊疑不小，心中暗忖：素日并不与他来往。少刻，他斥骂宝玉说：

> 该死的奴才！你在家不读书也罢了，怎么又做出这些无法无天的事来！那琪官现是忠顺王爷驾前承奉的人，你是何等草芥，无故引逗他出来，——如今祸及于我！

毫无疑问，这个"忠顺"王爷实是宝玉一生的一个凶煞恶神、命运之仇家、精神之敌对。但令人吃一大惊的是，那蒋琪官初与宝玉相会，赠与他的那件奇珍茜香国女王所贡的那条大红汗巾子，却是"昨日北静王给我的"！

原来，北静王才是"勾引"忠顺王驾前宠幸之人的"先进"！琪官胆敢逃离本府，原是有"后台"的呢！

如今，就可以看看这个北静王与宝玉的关系，又是如何了。

首先是北王与贾府的关系也应理解清楚：原来他们两家"当日祖父相与之情，同难同荣，未以异姓相视"。这是什么话？懂得清代历史的，不是立刻就又会明白，这说的正是满洲皇族中有与汉姓人氏曾经生死与共的情谊吗？"异姓"正指满汉主奴之别，是清代特用语。——由此也就明白：他们之间的要紧人物如果"坏了事"，也定然是一案相连、彼此"同难"的！

书中写北王家与贾家之密切，还有特笔，就是当一位老太妃去世办丧之时，在"下处"寓居的，独独北王家与贾家两院相邻，彼此照应。也就是说，他们的命运总是连在一条线上。

至于宝玉，对现下袭爵的"年未弱冠，生得形容秀美，情性谦和"的北府小王，"素日就曾听得父兄亲友人等说闲话时，赞水溶是个贤王；且生得才貌双全，风流潇洒，每不以官俗国体所缚。每思相会，只是父亲拘束严密，无由得会……"。那北王对宝玉恰好也早已"遥闻声而相思"——正说明是一流人物，"正邪两赋一路而来之人"也。北王亲口向贾政说了话，要宝玉常去相会，贾政自然不敢违拗，从此宝玉就是北府之小客人了，形迹日亲日密，——不过雪芹在书中总是东鳞西爪，点染勾勒，不肯以正笔出之罢了。

在雪芹原书中，"虎兕相逢"，两雄较量，元妃致死，贾府败亡——正是"王爷一级"的政治巨变的干连结果。

有一位读者向我说，"北王写得就像个小皇上"。一点不差。在清史上，乾隆四、五年之时，正有这样一件特大事故发生，我在《新证》中已加叙列，那一次，废太子胤礽之子弘皙，已经成立了内务府七司衙署等政治机构，实际上自己登了皇位——要与乾隆唱对台戏，并且曾乘乾隆出巡之际布置行刺。怡亲王之子弘晈（宁郡王）等也在内。很多人都在案内牵连，并且也涉及外藩。这恰恰是"双悬日月照乾坤"的背景。

雪芹惯用闲笔，于漫不经意之处特加逗漏的，还有一回书，即第七十二回叙凤姐因理家事重、财力日艰，自言恐不能支，说做了一个梦，梦见另一个娘娘派人来向她索要锦匹，并且强夺。这也是"两处宫廷"的暗示。

在雍正时，他回顾往事，就说过诸王作"逆"时，是罗致各色人等，包括僧道、绿林、优伶、外藩、西洋人……在乾隆四、五年大案中，恰好也是如此。明乎此理，则仔细体会一下雪芹之笔端的蒋玉菡（优伶）、柳湘莲（强梁）、冯紫英、倪二、马贩子王短腿……隐隐约约，都联在一串，都是后来"坏了事"的北王这一面势力旗帜下的人物。宝玉、凤姐落狱，一因僧，一因道，又颇有下层社会人等前往探望营救。

"三春去后诸芳尽"，正是这个"双悬日月照乾坤"的总结局。

雪芹原意在于传写闺友闺情，本不拟"干涉朝廷"——但写这些闺友的惨局，又无法避开朝廷时世，所以他才在书的开端再四声明表白：我本意原不在此，但既忠实于生活经历，就不能不用隐约之笔也让读者看出这层缘故。——此意历来评者也并未能见真而言切。

正因八十回后涉及了上述之事，朝廷（获胜者）当然是不许不容的。将八十回高唱赞歌，打抱"不平"的，当此纪念雪芹二百二十周年祭的时候，也许还在庆幸：多亏程高，关切雪芹残书，为之完卷，功高德厚，是雪芹的大恩人吧？

谨以此意，敬献于雪芹诗灵之前：你是伟大而不朽的，想毁坏损害你，是一种妄想，迟早会为最广大的人民群众普遍认识到的。

写于六届人大、政协一次会议结束之际，

时为一九八三年之六月末旬

[注] 我当然还是认为雪芹实卒于癸未除夕（一七六四年二月一日），因为敦诚挽诗说得清楚："晓风昨日拂铭旌。"诗是甲申开年之第一篇作品，可证"昨日"者不可能是壬午除夕去世的了。

正本清源好念芹

——纪念曹雪芹逝世二百二十周年

为了纪念而献此拙文，纪念的原是曹雪芹，文内所谈却有后四十回伪续的事情。此为何故？就是我以为要纪念曹雪芹，必须先把伪续的事情弄得清楚些，否则，拿了高鹗的东西以及被他"改造"了的、真假杂糅了的东西，来当作曹雪芹的伟大创作而分析评论，而称美怀念，那终究是一件不太科学的奇怪现象。那样，曹雪芹本人，如果地下有知的话，也将感到不安，正不知他将会作何啼笑？所以我这篇文字倒并非一时大意，弄错了纪念目标，闹出笑话。

最近，看到一位青年研红者在他著作中说出了一段话，似乎未经前人道过，大意是说：几乎所有的《红楼梦》研究上的重大问题的争论和麻烦，究其根源，都是由于程高百廿回本加上的这个伪续尾巴而产生引起的。我听了此言，真觉有一矢中的之明、一针见血之切。试想，热烈的"主题""主线"之争，果从何而生？如若不是伪续把"全"书弄得归结到一个"掉包计式爱情悲剧"，而是像雪芹所写的原著"后三十回"那样，则安用此争此议？许多别的问题，可以类推，正是咸由伪续假尾而言！说这是奇迹，那是满可以的，因为他所有的只是一部"程乙本"，他并没有机会看到任何旧钞脂砚斋重评本，他没有任何从别处得来的启发和暗示！这是何等深沉智慧的目光和思力！简直是不可想象的。说不是奇迹，也可以，——因为这是一个事实获得了一个如实的理解和表述；假使永远无人达到此一理解、作出此一表述，那倒真是不可思议之怪事了。

最近，在一次盛会上，我又听到曹禺同志的讲话。他是就《红楼梦》电视连续剧而发表意见的，他并没有来得及在这个场合即作详细的论析，但他反复强调提出：后续四十回与曹雪芹原著是不同的，在改编移植的再创造中，必须恢复曹雪芹的原意。我想，他所指出的这个"不同"，也就是鲁迅先生早年指出而胡风同志特别强调尊奉赞同的那个"绝异"[注一]。

我还记得一件事，在此不妨一提。七十年代初，出版系统召开过一次人数很多的会，正式传达了毛主席的一次谈话，其中在谈到《红楼梦》原著与伪续时，明白指出：前八十回是曹雪芹作的，后四十回是高鹗作的，高鹗学了曹雪芹的一点笔法，但是思想很不相同。[注二]

至此，我们不禁要想要问：为什么上面所列举的（并且一定还有很多可举而我一时不及检书引录的）这么多例证，都不约而同地说明他们在读《红楼梦》时所感受到的那个巨大的不同？其所以不同和绝异者，毕竟又在何处？

要回答这个问题，定然可以列出很多条目。但此刻我只想单谈一点，——我管它叫作"对待妇女的态度"。

目前解释《红楼梦》"是一部什么书"的争论仍在未有定论之中，但是不管怎么的，《红楼梦》是要"使闺阁昭传"，是要传写"我半世亲睹亲闻的这几个女子"，为的是"闺阁中本自历历有人"，不致"因自己之不肖"而使之"一并泯灭"；因此书中写的就是女子。这一点，大约争论者却会"例外地一致"。那么，我只需从作者对待这一群女子的态度的问题来考校一番，必然就足以说明原作与续作之间的不同与绝异了。这样，本文即不拟多所枝蔓，单单就此核心要点，略抒己见。

我对于这一方面的拙见，曾有过一段简短的陈述：

> 我常说，雪芹的小说所以与以往前人的故事不同，端在一点：就是对妇女的态度有了根本的区别。古代作品，下焉者把妇女只当作一种作践的对象，上焉者也不过是看成"高级观赏品"，悦一己之心目，供大家之谈资而已，都没有真正把她们当"人"来对待，更不要说体贴、慰藉、同情、痛惜……了。自有雪芹之书，妇女才以真正的活着的人的体貌心灵，来出现于人间世界。（《红楼小讲》第十八节）

我说得自然还不够透彻，大意或许不差，——

> 《西厢记》的一支《混江龙》曲子，写道是"落红成阵，风飘万点正愁人。池塘梦晓，栏槛辞春。蝶粉轻沾飞絮雪，燕泥香惹落花尘。……"在王实甫的笔下，这只是一位闺秀千金的伤春寂寞的心境，雪芹用来，大而化之，他的一支椽笔所写的，早已不再是莺莺小姐的一己之怀，个人之感，他流泪而书的，乃是为千红一哭，与万艳同悲的一种极其博大崇高的感情境界。也许，我们竟可以说雪芹是站在历史提供的一个最高的眺远瞻弘的立足点上，为几千年的封建社会的妇女而赋咏的一篇最为伟丽而沉痛的"葬花"之词！这绝不是什么一男一女，相见钟情，不幸未遂……的这种社会内涵，精神世界。

> 因此之故，辞春，送春，饯花，葬花，造语有不
> 同，总归于一义。这才是红楼梦的真主题，总意旨。
> 　　（《红楼小讲》第十四节）

但是，曹雪芹式的"使闺阁昭传"的这种想法、看法、做法，在那时候是没有先例的，是骇俗耸闻的。那个时候，对待"离经叛道""异端邪说"是严厉残酷的，正不下于对待"暴乱""作逆"之绝不容"情"。雪芹生时作小说，是豁出了性命去干的；死后，只要书在，自然当局在位的也不会"放过"，任它"谬种流传"——这就有了续书的事情以及所有随之而起的问题。我又曾说过：

> 雪芹书中对妇女的理解、同情、关切、体贴，是与
> 在他以前的小说大大不同的，他对她们的态度是与以前
> 诸作者截然相反，泾渭分明。正因如此，雪芹很难为当
> 时的传统观念所解，为当时的社会环境所容。（同上）

这一个矛盾和冲突，才表现为《红楼梦》原作和伪续的尖锐斗争。不从此一根本问题去认识事情——几千年积累的矛盾冲突的一种爆发，不单是一朝一夕之间、张三李四之际的小小"不和"啊！——势必会拿最一般的文艺理论分析去评议这个巨大的矛盾冲突，而总不过是讨论讨论"人物性格的统一""情节发展的逻辑"等等，然后就给伪续评功摆好，认为它"还不最坏""贬低它是不公平的"，并对为伪续"打抱不平"的这类价值观表示满足。持这种意见的，看了胡风同志指出的"居心叵测"那一深刻精辟的揭其肺肠之言，便十分不解，感到惊讶，评为"过激"。他们总觉得有必要给伪续"说几句公道话"——

但是总没想起曹雪芹原意何似的重大问题，总没想起这个重大的原意的被彻底歪曲的事件，在我们中华民族的文化思想史上是具有何等的严重性质，是何等的冰炭难容的生死搏斗——而更应该为他"打抱不平"！

曹雪芹的妇女观，开卷早有总括的表达。他的"总括"，又与"正言庄论"的呆板文章不可同日而语，只不过也是手挥目送，颊上三毫，并无死笔——他让别人从口中说出一些片片段段的话：

> "……当日所有之女子，细考较去，觉其行止见识，皆出于我之上。
> "……只不过几个异样女子，或情或痴，或小才微善，——亦无班姑蔡女之德能。"

这乃是雪芹自谓亲睹亲闻，当日所有；至于古来的，请看他所举又皆何等流辈？

> ……纵再偶生于薄祚寒门，断不能为走卒健仆，甘遭庸人驱制驾驭，必为奇优名倡。如……。再如李龟年，黄幡绰，敬新磨，卓文君，红拂，薛涛，崔莺，朝云之流：此皆易地则同之人也。

对于这些——我管它们叫作"《红楼梦》的眼目和钥匙"——若理解对了头，就懂了曹雪芹的思想精神的真谛了。

从封建传统观念来看，他书中注重的这些女子，品级规格都不很"高"，有的十分低下。这是第一个标准区分。

卓文君何如人？她是汉代四川一个大富贾卓王孙的女儿，

夫亡新寡，文学家司马相如至其家饮宴，"以琴心挑之"，她就于夜间私奔相如。因生计无着，夫妻二人开设小酒馆，躬与"贱役"一同操作。红拂是何如人？她是隋末越国公杨素的侍女（歌舞妓），因李靖来谒杨素，红拂妓目注李靖；及靖归旅舍，夜五更时，红拂妓私来相投，二人遂偕往太原。薛涛是何如人？她是唐代成都富有才艺的名妓，本为长安良家女，以父宦游卒于蜀中，贫甚，遂落乐籍中，喜与时士诗家相与，晚年着道家装，筑吟诗楼。崔莺是何如人？是唐代诗人元稹的"始乱终弃"的女子，也是一个私奔类型之人。朝云是何如人？她是宋代苏东坡的侍妾，本钱塘人（一说钱塘妓），及东坡贬惠州（属今广东省，当时是极边远的地方，非重惩不会流窜于此），侍者皆散去，独朝云不渝，相随至贬所，即卒于此，年仅三十四。

——由此可得一个初步结论，雪芹所推重倾慕的，不是那种大贤大德、"蔡女班姑"等"高级"女流，而是那种社会里被贬为"贱籍"的，而且"名节有亏"的那些玷污家门、贻讥世道的不足齿之"下贱"妇女。

[至于雪芹安排黛玉题咏《五美吟》，那五人是：西施、虞姬、昭君、绿珠、红拂。这也具有代表意义，但与前一系列女流相比，重出的只一红拂，揆其意旨，盖黛玉所题的，又侧重一点，即这些妇女多因政治关系而落于不幸的命途之中，最后或亡于异邦，或死于非命。西施沉水，虞姬饮剑，绿珠坠楼，其尤著者。这在雪芹又另有一层寓意，本文不遑旁及了。]

研读红楼梦，必须向此一义深入体会，方是真正理解曹雪芹的一把入门的钥匙。忘却此一要义，就会失掉分辨真伪是非的智力。

曹雪芹的这种注重贱籍、不论名节的妇女观，对当时那些正统人士来说，是骇人听闻的，是关系世道人心的大事情！不把这样荒谬狂肆的"邪说诐行"打回去，势必大伤名教，败坏伦常，以至后患不堪设想！——所以，伪续者出来或被请出来，就是首先要针对曹雪芹在妇女观上作一次争夺战。

我们只消拿尤三姐、鸳鸯、袭人、巧姐、晴雯、黛玉、妙玉等几个例子，来看一看高鹗（或张鹗李鹗）的手眼，就足以说明问题的大要了。

尤三姐在我们的民族文艺历史上是一个极为独特的女性人物，只要明白中国道德传统的，定然知道，除了曹雪芹，是无人敢写这样一个女流的。她始则淫乱，但这与《水浒》里的潘金莲、潘巧云完全不是一回事。她被姐夫以及其弟兄辈引诱污染，她不能守身如玉，但是却反过来把男子当作挫辱戏侮的对象，尽情"报复"之，然后翻然悔过，寻求一个合意的终身依靠者，以真情倾注，持斋奉母，闭门拒世。最后，柳湘莲闻知她的前情，不肯认婚，她便一剑了结了自己的青春。这是何等的一个悲剧，这悲剧不仅仅是"结局不幸，使人悲伤"，而是那个社会迫使她失贞，而这同一个社会又迫使她因失贞之过而为人不齿。这个女性便无立足之境，只好一死以酬其"不知己"的曾是红丝系定的可意之人！这才是封建社会的妇女命运的悲剧。然而到了高鹗笔下，尤三姐立刻变成了"霜清玉洁"的"贞烈完人"，她的门前是值得皇恩浩荡为之建立一个旌表牌坊的！在高鹗看来，尤三姐并不是一个有血有肉的可以犯过失的活着的"人"，只是"体现"贞节道德观的标本制成陈列品。这就是原作与伪续（包括偷改）的根本区别！

鸳鸯在抗婚事件中所表现的精神，是大家熟悉的，无烦多讲。这个人物在司棋事件中也是一个重要人物，雪芹曾用重笔叙写，可知在后半部书中还将有异样笔墨再来"交代"这个奇女子。可是，到了高鹗手里，她也变了，变成了只是替贾门子孙尽忠尽孝的一个"殉主"的"烈女"！对这位烈女，贾政来拜，不用说了，连宝玉也有这样的"表示"：他认为鸳鸯是"天地灵气"所"钟"，如今殉主，是"得了死所"，自己是"老太太的儿孙，谁能赶得上她！复又喜欢起来"；贾政因她"为贾母而死"，特别三炷香，一个揖，"不可作丫头（奴婢）论，你们小一辈都该行个礼。宝玉听了，喜不自胜，走上来，恭恭敬敬叩了几个头"。你看，这就是被"改造"过的鸳鸯的一切！我也说过的：

> 原来，在高鹗看来，鸳鸯的惨死最"得所"，最"真情"〔按此指伪续中秦可卿之魂对鸳鸯大讲什么才是"真情"〕。她为贾母殉死，是为贾氏门中立了大功，成了贾门的最崇高的忠臣孝子，所以应该得到——也实际得到了贾二老爷和二少爷、二少奶奶这三位最"正统"人物的礼敬，而只有这样，鸳鸯的身份才得提升，哀荣才算备至！（《新证》P.898）

在前八十回雪芹原书中，即使是被宝玉斥为"混账话"的，也没有散发出如此等样的封建地主统治阶级思想意识的恶臭之气的千分之一！高鹗就是把这路货色偷偷地——不，公然地塞进《红楼梦》，去彻底糟蹋曹雪芹的光芒万丈的进步思想。是可忍，孰不可忍？——然而为高鹗打抱不平的人们，总不肯接触接触这般如此的实质问题，尽管口口声声说是思想内容第一，艺术技巧第二；假使承认伪续有"不足之处"，那也不过"大醇小疵"而已。我不禁要问：我不同意这种看法，无法容忍伪续这样作践曹雪芹和歪曲《石头记》，难道我这就犯下了罪款了吗？！

曹雪芹并不主张男女可以胡搞乱来（这是另一回事），他却反对封建妇女"贞节观"。"好马不鞴双鞍鞯，烈女不嫁二夫男"，这绝不是他要宣扬的东西。在藕官烧纸一回书中，即第五十八回《杏子阴假凤泣虚凰，茜纱窗真情揆痴理》这段故事中，雪芹已明白表述了他不主张妇女"守节"，被迫守节与"真情"何干？真情也并不等于永不再嫁，——宝玉对此"痴理"十分之赞叹！显然，这又是对封建妇女观的一大挑战。书中的袭人，与宝玉本非并蒂连理、结发糟糠，她嫁蒋玉菡这位优伶，完全谈不上什么"改嫁""再醮"或"琵琶别抱"之类的名堂；她之从蒋，说不定还是宝玉遣散丫鬟时的自家主张。但是高鹗先生却找到了一个绝好的发泄高情逸致的机会。他对袭人的他适大加讽刺，并且特意把古代的那个"失节"以后永不言笑的息夫人搬出来，借了两句他平生十分得意的清初邓氏诗，慨然吟道：

千古艰难惟一死，伤心岂独息夫人！^[注三]

他在这里笑骂袭人以及息夫人：你们妇女，男人没了，被迫改嫁，只该"一死"，不死就是失节。女人是文家才子可以调笑戏侮的对象，但她要一失节，可就又对他们犯下了不可饶恕的大罪！——抓住这个机会，伪续者还忘不了对读者进行"教育"呢，其言曰：

看官请听：虽然事有前定，无可奈何，但孽子孤臣，义夫节妇，这"不得已"三字也不是一概推委得的。

我又不禁要问一声：这难道也"符合"曹雪芹十年辛苦、血泪斑斑的著书抒恨的主旨与本怀吗?! 看了这种东西在《红楼梦》中出现而感到舒服的，毕竟又是何肺肠呢?!

巧姐按雪芹原书：为狠舅奸兄所卖，身陷烟花，后为刘姥姥所救拔，乃与板儿结为农家夫妇（可是高鹗让她嫁了一个地主少爷）。这个小姑娘，在高鹗笔下大读《女孝经》和《列女传》——而且"老师"是谁？是宝玉给她讲解前代的那些贤女节妇的"美事"。宝玉欣然开讲，巧姐欣然领会。讲的是哪些人？你听——

第一批：姜后、无盐，"安邦定国"，"后妃贤能的"；

第二批：曹大姑、班婕妤、蔡文姬、谢道韫，"有才的"；

第三批：孟光、鲍宣妻、陶侃母，"贤德的"；

第四批：乐昌公主、苏蕙，"苦的"（按应是说与丈夫的关系有不幸或曲折而又忠贞的）；

第五批：木兰、曹娥，"孝的"；

第六批：曹氏引刀割鼻（自己毁容），"守节的"。

巧姐听了无不欣赏，但惟独对这末一批"更觉肃敬起来"！

最妙的是宝玉居然也被高先生允许罗列出另外一批女子姓名，她们是：——

王嫱、西子、樊素、小蛮、绛仙、文君、红拂这一批，被标目称为"艳的"。尤妙的是当宝玉举完了姓名、正要品评，只说得"都是女中的——"半句话时，便被贾母拦回去了，"够了，不用说了。讲得太多，她哪里记得"。据说，贾母之所以要拦，是"因见巧姐默然"。此妙，妙在三个"当事人"谁也没有"表态"——如此不了了之。在高鹗，这狡猾之至：他知道如不举这一批，读者定会感到宝玉"变了"，太不对头了；要是让宝玉讲下去，那又会与"名教"有妨，和刚才的上文难相协调一致，文章太难作，只好一"溜"了事。幸好，他却留下一个"艳"字，谢天谢地，这使我们略窥其妙旨，高先生的"妇女观"的大要已经清楚——那正是与曹雪芹的原意水火不容、针锋相对的！

妙玉是雪芹书中抱着悲愤心情而重彩描绘的一个最重要最奇特的女性，她之出家，与"权势不容"有直接关系，包含着深刻的寓意，乃是一个异样高洁（虽然有点矫俗太过）而不肯丝毫妥协的少女，对她的评价在全书中恐怕应居首位。可是高先生不能允许她高洁，一定要让她被强盗"轻薄"——而其原因不怨歹徒黉夜强污女尼，毛病却出在妙玉自己有"邪火"！这个伪续者的心灵境界是如此地下流与狠毒，他的糟蹋妇女的变态心理已经到了龌龊秽臭不可言状的地步，古今中外，也要堪称"独步"的吧？

晴雯幸而死在前八十回，高鹗是没有办法"改造"她了，然而也不肯轻饶她，也必须让八十回以后的"雪芹残稿（！）"去贬斥她一下，把她否定了才算于意惬然！（胡风同志看出了这个鬼把戏，表示了极大的愤慨，今不重述。）至于黛玉，很多人称颂高鹗的功绩，写了她的"不幸"的"悲剧结局"，可是却没有细想，这也是高鹗借机会给"看官"们"上一课"的一个深心警世之方。那一回的回目，就叫作：林黛玉焚稿断痴情！何为"断痴情"？何以要"断"？你听——

> 士隐叹道："老先生莫怪拙言［岂敢岂敢！］：贵族［犹言您家］之女，俱属从情天孽海而来。大凡古今女子，那淫字固不可犯，只这情字，也是沾染不得的！所以崔莺苏小，无非仙子尘心；宋玉相如，大是文人口孽——但凡情思缠绵，那结局就不可问了！"

这就是伪续书在第末回特设的一段点睛之要笔。

所有这一切，都遥遥地——而又死死地与曹雪芹在原著开头所表明的全书大旨正面敌对，彻底翻转。连这一层也看它不清的时候，果真便能从根本上体会曹雪芹的真正伟大到底何在吗？我愿大家都来好好地寻求答案。

> 在高、程的续书中，有一条最基本的总方向和一个妙着：即是看清了曹雪芹的辙迹，把坐车子的眼睛蒙上一块布，然后把车辕子掉过头来，偷偷地但是尽一切可能"往回拉"。(《新证·后记》)

在妇女观问题上，自然更是如此，上文的粗略分疏，已至为清楚了。胡风同志说它是"居心叵测"，一眼窥破其中缘故。

基于这样的认识，才撰此拙文，来纪念雪芹的二百二十周年祭日，因为纪念他的最好最必要的办法之一，就是把伪续的本质揭示于世人，把本源清了，伪者既尽现其丑，真者才益显其美。

历史前进了，再也不能回到拿着高鹗的思想意识当作曹雪芹的魂魄精神去歌颂的那种时代了。

曹雪芹，中华民族所产生的一个最伟大的头脑和心灵，是不会永远让居心伤害他的人的笔墨来涂污的。

一九八三年九月，癸亥中秋佳节

[注一] 参阅胡风《石头记交响曲》(《红楼梦学刊》1982.4)

[注二] 此次讲话国内未见发表过，但香港已有引及之例。

[注三] 此二句乃清邓汉仪所作诗，原为明清易代之际慨叹"贰臣"的处境而寄怀见意，与《红楼梦》无干涉。

异本纪闻

不久前，承友人段启明同志提供了一项《石头记》异本的资料，很可宝贵，因撰小文，以备研者参考。

先说一说此事的原委。一九五二年春夏之间，我由京入蜀，任教于成都华西大学外文系，安顿在华西坝。第一位来访的客人是凌道新同志，我们是南开中学、燕京大学的两度同窗，珍珠湾事变以后，学友星散，各不相闻者已经十多年了，忽然在锦城相值，他已早在华大任教，真是他乡故知之遇，欣喜意外。从此，浣花溪水，少陵草堂，武侯祠庙，薛涛井墓，都是我们偕游之地。倡和之题，也曾共同从事汉英译著的工作，相得甚欢。当年秋天，院校调整，他到了重庆北碚西南师院历史系；我到四川大学外文系，仍在成都。一九五四年上元佳节，道新邀我到北碚小住，并备酒肴，请师院的多位关怀红学的教授相聚，记得其中有吴宓、孙海波、吴则虞诸位先生。蒙他们热情相待，并各各谈述了关于红学的一些轶闻掌故和资料线索，也可算是一时之盛。

就中，吴则虞先生着重谈了李慈铭《越缦堂日记》所记的那个异本。他并说，李氏所记的"朱莲坡太史"，犹有后人，此本或还可踪迹。这事印象很深，一直存在想念中。

一九五四年夏初，我回到北京。其后，吴则虞先生也奉调入京，在哲学研究所工作。大约到六一、六二年间，我又请吴先生用书面为我重叙旧谈，留为考索的资料，蒙他写了一封信，详细地记述了朱氏后人的名、字、学历、职业、经历、为人的性格、风度，后来的下落，异本的去向……。这封长信，是一项很难得的文献史料，可惜我后因事故，很多信函资料被弄得七零八落，竟无可再寻。我只记得，吴先生所说的这位朱氏后人，是他的中学时期的业师，有才学，但落拓不羁，不易为人所知重，最后似流落于西南，有可能在重庆一带，书物似乎也可能落于此方。

再后来，我和启明同志认识了，他对红学也有兴趣，说来也巧，他也是西南师院的老师。他每年冬天回京省亲，有一次，乘他见访之际，就提起上述的这件事，拜托他在重庆留意探访这个线索。

事情本来是很渺茫的，只是抱着一个万一之想罢了。不料启明后来居然查到了一个头绪。

他因事到重庆，便到重庆图书馆去调查访问。据馆方的同志说：在重庆《新民晚报》一九四六年十一月二十四日第三版上发现了一篇文章，题目是《秦可卿淫上天香楼》，署名"朱衣"。全文不长，今逐录于下：

> 红楼梦一书，尽人皆知前八十回为曹雪芹所作；后四十回为高鹗所作；而坊间所刊百二十回之红楼梦，其前八十回，究竟是否曹雪芹原著，则鲜有知音。余家有祖遗八十回之抄本红楼梦，其中与现本多有未合者，惜此本于抗战初首都沦陷时，匆忙出走，不及携带，寄存友家，现已不知归于何人，无从追求。惟忆

其中与现行本显有不同者，为秦可卿之死，现行本回目为"秦可卿死封龙禁尉"，而抄本回目则为"秦可卿淫上天香楼"，书中大意，谓贾珍与秦可卿，在天香楼幽会，嘱一小丫头看守楼门，若有人至，即声张知会，乃小丫头竟因瞌睡打盹，致为尤氏到楼上撞见，秦可卿羞愤自缢于天香楼中，事出之后，小丫头以此事由己不忠于职所致，遂撞阶而死。考之现行本，秦氏死后，荣府上下人等闻之，皆不胜纳罕叹息，有诧怪怜悯之意，一也；开吊之日，以宁府之大，而必设醮于天香楼者，出事之地，二也；尤氏称病不出，贾蓉嬉笑无事，而贾珍则哭得泪人一般，并谓"我当尽其所有"，各人态度如此，可想而知，三也；太虚幻境，金陵十二钗画册，有二佳人在一楼中悬梁自缢，四也；鸳鸯死时，见秦二奶奶颈中缠绕白巾，五也。凡此种种，皆系后人将曹雪芹原本篡改后，又恐失真，故以疑笔在各处点醒之耳。

据此所叙，这一段故事情节，为向来传闻记载所未见提及，情事文理，俱甚吻合。看守楼门、瞌睡误事的小丫头，当即后来触柱而亡的瑞珠。此种细节，似非臆测捏造所能有。若然，这部八十回抄本，恐怕是"因命芹溪删去"以前的一个很早的本子。

启明同志和我都认为，这部抄本，很可能就是李慈铭所记的那部《石头记》。因为：一、撰文者署"朱衣"，像是真姓假名的一个笔名别署；二、他说是祖遗的旧藏，并非新获，这与朱莲坡早先在京购得也相合；三、他流寓重庆一带（由报纸刊登此文的时地来看，大致可以如此推断），与吴则虞先生的说法又正合。由这三点来判断，说这部抄本有相当大的可能即是朱莲坡旧藏本，是不算毫无道理的。

朱衣在文内所说的首都，是指抗战时期的南京。如果他并未作笔端狡狯，真是遗留寄存于南京友人处，则此本未到西南，仍在"金陵"。那么南京一地，确实有过不止一部与俗本和已经发现的旧抄本都不尽同的宝贵抄本。

"秦可卿淫丧天香楼"，这个回目原来只见于《甲戌本》的朱批，现在得悉又有"丧""上"文字之异，则不知是确然如此，抑系朱衣的误记？有了"淫丧"这个先入为主的字样，会认为"上"字是记错写错了；不过我倒觉得"淫上天香楼"颇好，不但含蓄，而且下一"上"字，包括了可卿如何奔赴楼内的过程情节，涵盖也多。要说误记误写，那《甲戌本》上的批者事隔多年回忆旧稿，也何尝没有这种可能？历史上的事情常常是比我们有些人习用的"直线推理逻辑"要曲折复杂得多了，所以不宜武断疑难，并自信为"必"是。

我记下这个线索，希望热心的同志们留意，因为对任何一个异本，我都存着"万一之想"，假如有所发现，对研究工作实在是极大的贡献。

除了感谢启明同志和重庆图书馆，本文略述原委的意思，也在于以此来纪念已故的凌道新同志和吴则虞先生。

因谈版本，连类附及，夹叙一段小文。

在流行的《红楼梦》本子之外，又发现了早先的《石头记》的旧抄本，早已不是新鲜事了。那些发现旧抄本的红学先辈们，功劳断不可没；可惜的是他们工作做得不多，认识也大有局限。他们当作只属于一种"版本异闻"者有之，较量琐细文字短长者有之，作一点零星考证者有之。我还是最佩服鲁迅先生，他作《中国小说史略》就采用了戚本的文字，并曾表示过，有正书局印行了这部《戚序本》，也还不知究竟是否即为雪芹原本。先生于此，不但绝不武断事情，而且清楚指明：我们最应当注意的是雪芹的原著。先生多次以不同的形式提出，小说最易遭受妄人的胡改乱篡，大声唤醒人们要"斥伪返本"。在当时，哪还有第二位如此明确主张过呢？

在红学上，作版本研究的根本目的，端在审辨诸伪，"扫荡烟埃"（亦鲁迅语），篡乱绝不只是"文字"的问题，而是偷梁换柱、彻底歪曲雪芹的思想内容的问题。取得这个认识，才真正感到程高伪本对雪芹的歪曲是何等严重，斥伪返本的工作是太迫切需要了。取得这个认识，却是较晚的事。

"争版本"，严真伪，斥篡乱，是我们四十年来的中心工作之一。为此，曾与家兄祜昌做了极大量的艰苦工作；不幸工作的成果及校辑资料遭到破坏。但我们并不气馁，仍要继续努力。

后来，红学家中致力于版本研究的，也日益多起来了。

有一个问题难解，就是《庚辰本》的来历到底是怎样的？

幸好，最近四川大学哲学系老师齐儆同志，忽然提供了一项难得的资料，因乘此文之便，记述下来，也足备红学版本史上的一段掌故。

蒙齐儆同志的传述，并得他介绍，从陈善铭先生获悉了徐氏如何得到《庚辰本》的事实。

陈先生（原任中国农业科学院植物保护研究所所长）的夫人，名徐传芳，即是徐星曙的女儿，而她的嫂子又是俞平伯先生的令姊。陈先生从其岳家得悉的《庚辰本》的来由，是十分清楚可靠的。

据陈先生惠函见告：徐氏得《庚辰本》，事在一九三二（或三三年）。收购此书的地点是东城隆福寺小摊上。书价是当时的银币八元。

值得注意的，有两点可述。一是买进此书时，八册完整，如未甚触手，并非是一部为众人传阅已久、弄得十分敝旧破烂的情形。二是此书出现于东庙小摊上，其来历可能是满洲旗人之家的东西。

作出这后一点判断，是由于我再去询问陈先生，想了解早年东庙书摊的情况，陈先生因而见示说：北京当时大庙会只有三个，即南城的大土地庙、西城的护国寺、东城的隆福寺。大土地庙的摊子以"破烂"为主，护国寺的是日用品为多，惟隆福寺较"高级"，较多"古玩"之类。隆福寺街本来书铺也很多（笔者附注：我本人还赶上过一点"遗意"，那是一条很有风味的"小文化街"，远远不是现在的这种样子），庙会或有小书摊，则多在庙门内外一带。《庚辰本》得自古玩摊还是书摊，已不能确言。陈先生认为，当时一般汉人，如出售藏书，是拿到琉璃厂去凭物论值，不易落到小摊上去，而满洲旗人家，贫窘也不肯公然卖旧东西，总是由家中仆妇丫头等持出门外，售与穿走里巷的"打鼓的"收旧物者。因此，《庚辰本》的出现于庙会小摊上，应以原为旗人家藏书的可能性大。我觉得陈先生的推断是合理的。

《庚辰本》购得后，先后借阅过的有胡适、郭则沄和俞平伯先生诸人，这也是陈先生见告的。

我在此向齐儆同志、陈善铭先生深致谢意。由于他们热情的教示，使我们了解了这个重要旧抄本的来历。尽管落于摊贩之先书为谁家之物，尚待追寻，但已基本上说明了一些问题，可为研究旧抄本的问题上提供一种参考。

"异本"一名，本不尽妥，意义含混，也容易误会，所以用它，只图捷便而已。介绍"异本"，我在另一处也曾引过一段资料，有过排字本，但未公开发表，今亦摘录于此：

"……

"在《红楼梦》版本问题上，还有一个方面，也应略加谈论。很多的记载，证明存在过一种不止八十回，而后半部与程本迥然不同的本子。可惜这种本子至今也未能找到一部。清代人的记载不一，今亦不拟在此一一罗列。张琦翔先生确言日本儿玉达童氏对他说过，曾见三六桥（名三多，八旗蒙古族人）本，有后三十回，尚能举出情节迥异的几条例子。褚德彝给《幽篁图》作题跋，也说他在宣统元年见到了端方的藏本，也举了后半部情节的若干事例，与儿玉之言颇有相合之点。端方的遗物，部分在四川偶有发现，不知这个本子还有在蜀重现的希望没有？因此我又想起郭则沄的一段话：

> ……相传《红楼梦》为明太傅家事，闻其语而已，比闻侯疑庵言：容若有中表妹；两小相洽；会待选椒房，容若乞其祖母以许字上闻，祖母不可，由是竟入选。容若意不能忘，值宫中有佛事：饰喇嘛入，得一见，女引嫌漠然。梁汾稔其事、乃作是书。曰太虚幻境者，诡其辞也。除不甚隐，适车架幸邸，微睹之。虽窜易进呈，益惝恍不可详矣。蜀人有藏其原稿者，与坊间本迥异；十年前携至都，曾见之。今尚在蜀中。……

前半是我们习闻的索隐派的老故事（似与我曾引过的'惟我'跋《饮水集》的话是同一来源），不足论——惟《红楼梦》的著作权又改归了顾贞观，倒是新闻！后半却引人注目。这个蜀中异本，不知与端方本是一是二？侯疑庵，听说是袁世凯的秘书，他在北京见过此本。'今尚在蜀中',很盼望四川的同志努力摸摸这些线索。郭的这段话,见其《清词玉屑》卷二,可以复按。郭和三六桥也很熟识,时常提到他,并及其收藏的文物,可惜却没有提到儿玉所说的那个异本,不知何故。

"我们注意访寻这些写本,不是为了嗜奇猎异,好玩有趣。这如果就是曹雪芹的佚稿,当然那是重要之极;即使是别的一种续书的话,如能访得,也将大大有助于推考曹雪芹的原著和比勘程、高二人的伪续,可以解决《红楼梦》研究上的很多疑难问题,也许还会给这方面的研究打开一个崭新的局面,亦未可知。

……"

很分明,"与坊间本迥异"的"原稿",应即是一部《石头记》旧抄本。南京和蜀中,是两处最值得留意的地方,我已说过好几遍了,在这里再重复一次,还是向两处的文化界的同志们呼吁,希望大力做些工作,使这些(万一幸免各种浩劫的)珍贵宝物,有再出于世的可能。

至于将《红楼梦》的著作权又让与了顾贞观,读了实在令人忍俊不禁。为什么让与他呢?不会有太大的奥妙,不过知道顾氏是著名的文家,又与纳兰是好友罢了。这种逞臆之奇谈、信口之妄语,是经不起什么"考验"的。这在清代文人、士大夫中间,出些奇谈怪论,妄测胡云,本不足异;但我们重"温"这种"载籍",不禁想到,时至今日,偶然犹可遇到一些乱让著作权的大文,真是"后之视今,犹今之视昔"了。

然而,更妙的是,郭氏所传的这种说法——顾梁汾为成容若作的"传",这倒不用怕有"自传说"的嫌疑了,因为只是一种"他传说",今天的转让《红楼梦》著作权的,实质上主张的却是"石兄的自传说",尽管那自振振有词,大骂别人的"自传说"。看来，正如我在拙著《新证》中曾提到的，有过一种"叔传说"。也是振振有词，大骂别人，以显自己是"反胡功臣"；及一究实质，原来也还是一个"变相的自传说"——仅仅"变相"了一点而已，何尝与胡适有根本上的不同。红学界这种现象，倒是耐人寻味的。

一九七九年六月二十日
己未夏至前三日

清新睿王题《红》诗解

我在一九五九年上巳节前，曾移居于无量大人胡同，其地属北京东城，听说梅兰芳先生曾居此巷。从这条胡同往南，只隔另一条东堂子胡同，便是石大人胡同。我知道清代的新睿亲王的府邸就在这里，而且那是明代最有名的一处大第宅，我便去访观，真是一见可惊——就只那已然残败的高大而绵延的府垣墙，也便令人引起无限的"历史沉思"了，自愧言辞不善，只会说一句"留下了深刻的印象"的乏味的常语而已。

随后，我在东安市场旧书摊上买到了一部《虚白亭诗钞》，一函，薄薄的两册，木刻大字，粉纸，这就是新睿亲王的诗集子。我读了之后，强烈地感觉到这位新睿王的诗笔之清超，哪里是什么"王爷"，简直就是高人逸士，"不食人间烟火"，真有这么一种气质存在于历史现实中，绝不是"艺术夸张"。每读这种八旗、满洲、宗室、觉罗的清代遗诗，便使我想起一大串的"问题"，诸如——

一、满人"入主中原"后，"汉化"程度的令人难以置信——"比汉文人还汉文人"！

二、这些诗人的形成，烙着极深的"莫谈国事"的"戒记"，他们的思想境界、精神状态，都不与其他时代的诗人相同，有极大的特色。这实际是政治经历教训的一种反映。

三、这种诗人的作品，搜集、运用、研究，乃是我国文学史上的一大课题，而可怜的是时至今日，一些文学史家们在"清代"一章中，仍然只会提一下"纳兰成德""饮水词"。别的，"没听说过"。

四、这些诗人的一切，文学家们置之而不理，也则罢了；可是历史学家和思想史家们，也是不理而置之。我们的学术界，对"填补空白"的毫无兴趣、漠然恬然，实在让"外行人"为之担心纳闷。

这些话，都因"新睿王"引起。新睿王者，名叫淳颖，血统上是豫亲王多铎之后，是早先过继到多尔衮系下来的。多尔衮老府在南池子普度寺，豫王府就是后来的协和医院，都在东面——因为属正白旗辖区。多尔衮身后获"罪"削爵，直到乾隆四十三年这才复爵，即令淳颖袭。故此我杜撰名词曰"新睿王"。

淳颖自幼丧父，赖母夫人教养，其母佟佳氏，能文，以诗学课子。淳颖天资高秀，萧然如世外人。其诗集所收，皆景物闲咏之类，一首"实质性"的题目也不敢阑入，大似凛凛然有临深履薄之虞者。不想，新近发现了他的手写稿本《读〈石头记〉偶成》七律一首（胡小伟同志有文，见《光明日报》1986 年 7 月 15 日 3 版）。这对我来说，自然是如"逢故人"了。因而想要一抒鄙见。

诗篇全文如下：

> 满纸喁喁语不休，英雄血泪几难收。
> 痴情尽处灰同冷，幻境传来石也愁。
> 怕见春归人易老，岂知花落水仍流。
> 红颜黄土梦凄切，麦饭啼鹃认故邱。

平生所见题《红》诗不少，像这种风调规格的却少，堪称上乘，手笔高绝。

我解此诗，头四句属作者雪芹，后四句属书中宝玉（两者之间有相互关系，自不待言）。何以言此？请聆拙意。

这头四句，分明是就雪芹开卷五言绝句（标题诗）而按次分写的，试看：

> 满纸荒唐言——满纸……语不休；
> 一把辛酸泪——……血泪几难收；
> 都云作者痴——痴情尽处……；
> 谁解其中味——………石也愁。

这比什么都清楚的，不用再作烦词赘语了。

当然，诗人又于唱叹中注入了自己的感受和联想。比如，第一句，增加了"喁喁"一词，给"荒唐言"添上了一层意味。按"喁喁"，形容众口，又为状声词。扬雄《太玄·饰》："蝌鸣喁喁，血出其口。"司马光注云："犹谆谆也。"在此有语重心长之义，此已值得注意了。更可"骇异"者，次句明由"辛酸泪"化出，却掩去"辛酸"，别出"英雄"二字，真令俗人瞠目不知所自！我不禁想要请教当世的专家们：可有几个曾把"英雄"二字与《红楼梦》作过联系？这是一种了不起的见解，并非是无缘无故、胡乱填配字眼的事情。

我们在《戚序本》里找得见"滴泪为墨，研血成字"二语，如今大家也时常引用了。脂批也屡言"血泪"二字，也不烦细引。要紧却是谁曾把曹雪芹当作英雄来看待，来称呼？说《红楼梦》写的不是"儿女情"吗？怎么会扯上"英雄泪"呢？这诚然显得奇怪，也诚然大宜讨究。

306

愚见以为，想解决这个问题，须向《蒙古王府本》《戚蓼生序本》中去寻求线索。如第五十七回回后总评云：

> 写宝钗、岫烟相叙一段，真英雄失路之悲，真知己相逢之乐！时方午夜，读书至此，掩卷出户，见星月依稀，寒风微起，默立阶除良久。

我们在《石头记鉴真》第二三九页上，引了一连串十来条《蒙府本》侧批，其中再三再四地说出"天下英雄，同声一哭""千古英雄，同一感慨"或相类似的话。此为何意？岂不可思。由此可见雪芹的书，当时读者的感受亲切，不和二百几十年以后的今天的我们这些人的体会一样。就连书中湘云给葵官取名"韦大英"，所为何故，今人也是"无动于衷"的。所以我看见淳颖这第二句诗，不禁也有"掩卷出户，……默立阶除"之感。我记得，我在拙著中似乎说过，雪芹其实也是一位英雄人物。

下面三句，解起来略须多费几句言辞。

第一，"痴情尽处"，就是至诚之情到了极处的意思，"尽"并非"没了""完了""断了"之义。第二，"灰同冷"，是说情到极处，无可奈何之时，转生化灰化烟之想——此乃痴之至，情之至，转似无情的一段大道理。

这须参看《石头记》钞本第三十二回回前，批者引来了汤显祖的一首绝句（禅偈式韵语）：

> 无情无尽却情多，情到无多得尽么？
> 解到多情情尽处，月中无影水无波。

此诗之解，可略参拙著《献芹集》页一九九以次。它是说，情

到极处，转化为无情；无情无到极处，又转化为多情（批语中
"有情情处特无情"，就是此意）——正好也是"情不情"的一
种注脚。要注意的是汤诗四句三用"尽"字。也就是批语中曾
说的"尽情文字"的那个"尽"字，不可错会。如今因解淳颖诗，
必须一辨，否则今天的人可能不懂得"痴情尽处"就是情痴"痴
到极点"之意。

至于"灰同冷"，离开雪芹原书正文，也容易为人误解。我
引两段《石头记》原文在此：

> ……（宝玉听了）"一朝春尽红颜老，花落人亡两
> 不知"等句，不觉恸倒山坡之上，怀里兜的落花撒了
> 一地。试想：林黛玉的花颜月貌，将来亦到无可寻觅
> 之时，宁不心碎肠断！既黛玉终归无可寻觅之时，推
> 之于他人，如宝钗、香菱、袭人等，亦可以到无可寻
> 觅之时矣。宝钗等终归无可寻觅之时，则自己又安在
> 哉？且自身尚不知何在何往，则斯处、斯园、斯花、
> 斯柳，又不知当属谁姓矣！——因此一而二，二而三，
> 反复推求了去，真不知此时此际欲为何等蠢物，杳无
> 所知，逃大造，出尘网，使可解释这段悲伤。
>
> ——第二十八回

> ……只求你们同看着我，守着我，等我有一日
> 化成了飞灰，——飞灰还不好，还有形有迹，还有知
> 识。——等我化成一股轻烟，风一吹便散了的时候，
> 你们也管不得我，我也顾不得你们了。那时凭我去，
> 我也凭你们爱那里去就去了。
>
> ——第十九回

这就是痴情尽处，这就是"灰同冷"的语意真源。也就是说，情痴至于极处，觉万万无可开解，便转而欲无此身，欲"杳无所知"。灰"还有知识"，语至奇而情至痛，非一般常言所能表达。

懂了"灰"之所指，还得懂那个"同"字。这句诗并不是说"人"和"灰"一样地冷，而是说，情至极处，愿化灰化烟。请看雪芹让宝玉写《芙蓉诔》时，其中一联即云：

> 及闻椁棺被焚，惭违共穴之盟；石椁成灾，愧逮同灰之诮。

这是"补笔"——雪芹暗指：宝玉的自怀化灰之思，为众人所笑，惟有晴雯，愿与他一同化灰而尽。此语后为袭人等所知，故群诮之，以为话柄。淳颖所写，分明指此而言 [但我仍然强调说明：此系举其意，而非拘其事。如果把这一点加上"红颜黄土"之语，就认定只是写晴雯的事，那么，她是火化了的，又哪里去寻认"故邱"（邱，坟墓）呢？所以讲此诗既须贴切芹书之旨，又不可拘个别情节之迹。]

然后第四句才是从"谁解其中味"接下来说，莫言无人解领其味，就连石头听了，也要为之悲感愤恨呢！"幻境"，虽出芹书本文，但也必须知道《蒙》《戚》二本中批语，喜用此词此义，如——

> "阴阳交结变无伦，幻境生时即是真。"
>
> "出口神奇，幻中不幻；文势跳跃，情里生情。借幻说法，而幻中更自多情；因情捉笔，而情里偏成痴幻。"
>
> "先自写幸遇之情于前，而叙借口谈幻境之情于

后，世上不平事，道路口如碑，虽作者之苦心，亦人情之必有。"

"君子爱人以道，不能减牵恋之情；小人图谋以霸，何可逃侮慢之辱。幻境幻情，又造出一番晓妆新样。"

"幻景无端换境生，玉楼春暖述乖情。……"

懂得了这些意思，便懂得了淳颖用"幻境"一词的丰富含蕴。"传来"，犹言"写来"，因诗律要求此处用平声字，故以"传"代"写"。关于"情""幻"的关系，请参看《献芹集·曹雪芹所谓的"空"和"情"》。"旷典传来空好听"，语式亦见《蒙》《戚》批语。

下面腹联两句，出句即上文已引的那种因听葬花诗句而引起的"一而二、二而三"的推求之心、悲感之理，亦即宝玉的那种只愿厮守欢聚、生怕盛筵有散的"刻意伤春复伤别"的心性。杏子阴下的"痴情真理"，也是一样，他一见杏花零落，栖鸟悲啼，便推想邢岫烟的出嫁以至红颜枯槁……，因而无限伤感。这就是"生怕春归人易老"的内涵，是总论人之性情，不指某一情节场景。

"岂知花落水仍流"，推进一层，更出痛语，重申胜义。"花落水流红"，不但是大观园中所正式叙写的第一个场面，也是全书中的忠言象征语句。"沁芳"就是"流红"的另一措语。"水"是"葬花"的重要关目之一，是大观园群芳的"归源"（脂批用语）之所。淳颖似乎见过芹书全本，知道"花"的命运不只是凋落飘零而已，水还要把她们漂向更是悲惨的"境界"里去，——而这在宝玉是未能预先领解的。这里有强烈的悲剧命运感在，不是词章的"笔法"上的"虚文"泛设。

如芹书所写，千红一哭，有的是水漂，有的是土掩，有的是先漂后掩。红颜黄土，落花成"冢"，"一抔净土"，是书中女儿们的共同"归结"。宝玉似乎并未先诸女儿而化灰化烟，他终于落到一个境地；有一天，要为这些女儿上坟扫墓，——淳颖的结句分明道出了此情此景。麦饭一盂，啼鹃在耳，清明时节，他独自到郊垧去祭扫[注]，去寻看梦中相念之人。

淳颖所写，应有实感，而非纯出揣想所能到。实感的依据尚不可得而详。如果不妨运用一点"推求"之法，那么我似乎看到了一幅图画：

清明佳节，贫至乞儿的宝玉，想去上坟，苦无祭品，于是走向一家村农门上去讨一点吃的东西。门开了，一个女子递与他一碗麦粥，……他抬头一看，忽然认出这是当年在为可卿送殡时路遇的那一农家的村姑二丫头！他向她询问坟头的坐落和路径，二丫头自愿领路，走向坟园。将至时，却见已有二女也来祭扫，惊认时，却是曾在怡红院的茜雪和小红。这时，大家跪在坟前，一同哭出声来……

此时，春末的杜鹃也在悲啼。人即鹃，鹃即人，已不可分。

这完全是我的想象，未必是淳颖的诗句之所写的实际。但因这是由淳颖的诗句而引起的想象，故觉不妨附叙于此，虽有蛇足之嫌，倘亦蝶梦之助欤。

末后，我想再加说明的是，淳颖写的是总的感受，而非个别的"故事"，不宜多作比附。再就是我很疑心他所看的《石头记》，本子应与现今所谓《蒙》《戚》一系的钞本有关。这种本子的形成年代，正好是淳颖袭爵前后的那一段时期。淳颖的外家是佟佳氏，极可能与《蒙》《戚》系统祖本的评者"立松轩"有密切关系（说评另文，此难备及）。所以我认为解淳颖此诗，须明此一来龙去脉，方能解得更为贴切些。

多年前，我们第一次考知多尔衮、多铎是曹家的旗主，雪芹是他们的"家生子"世代奴隶的后人，作了一部书，却得到了他的"老旗主"的后代的这样一首题咏之句。这是他们两家人都难以预想的事。历史常常有情——使得世间出现雪芹写的一部有情的书来；历史又常常无情——它出其不意地开人们一个小玩笑，让贵贱尊卑在文学艺术之神面前颠倒位次，至少是平等起来，让人们像饮醇酒佳酿一样地细品它的醇醇之味。

丙寅六月末伏写讫于北京之棠絮轩

[注] 麦饭，农家粗食，颜师古注《急就篇》云："磨麦合皮而炊之，……麦饭豆羹，皆野人农夫之食耳。"但又常与清明寒食、扫墓祭亡有关，如刘克庄《寒食清明》诗："汉寝唐陵无麦饭，山蹊野径有梨花。"又《哭孙季蕃》诗："自有菊泉供祭享，不消麦饭作清明。"郑元祐《吴桓王墓》诗："寒地无人洒麦饭，东风满地飘榆钱。"皆古人清明以麦饭祭扫之证。杜鹃啼时，正暮春时节，其声凄苦，故有啼血之喻，上冢人闻之尤难为怀也。

青石板的奥秘

儿时夏夜，庭院中一家人围坐乘凉之际，最爱听母亲或带我的妈妈给我讲故事、"破谜儿猜"。那些有趣的民间谜语中，有一个是："青石板、板石青——青石板上钉银钉。"大家伙儿你思我索地纷纷猜度。最后谜底揭开："是天上的星星！"那时孩童的心灵上十分信服地记住这个生动如画的"画面"：青石板——那天空原来是石头做的！我仰着头竭力地想要看穿那青空碧落，只见它明净如洗，像半透明。心里想：那青石多美啊！——可不知道它有几尺厚？（应当在此说明：那时候讲的是中国的寸、尺、丈，没有什么"米""码""公分"之类）

我问妈妈"几尺厚"，她没答上来。

我长大了以后，自己才找到了答案。

天，到底有多"厚"？——十二丈！

这个答案在哪儿找到的呢？是在《石头记》里。这并非僻书秘籍。原来曹雪芹早给此问预作了回答。

你看他是怎么写的——

"原来女娲炼石补天之时，于大荒山无稽崖炼成高经十二丈、方经二十四丈大石三万六千五百零一块。……"

好了！你看他说得那么精确，这"高"是十二丈，就正是我在孩童时所想的那"厚"了。妙极!

顺便说一句:这个"经",就是指"尺度"的"度"字之义。有的本子作"径",是不对的,因为"周三径一",直径半径,只发生在"圆"里,与"经"并非一回事。

由此我才恍然:原来那碧落青空是用许许多多的四角见方的大石头"铺"成的或"架"成的,那巨石的厚度是"边长"的一半,如打个比方,就是那形态好像一块块的豆腐或"绿豆糕"的样子。

然而,曹雪芹虽然也解答了我童年的疑问,但他是一位了不起的"百科家",他还精于"数理",他所采用的数目字都还隐藏着一层妙用。

这种妙用,本来是超越我们的"常识"和"正规智力"之外的,幸而批书人脂砚斋却指点了内中的奥秘,且看——

"高经十二丈"句下,批曰:"照应(一本作总应)十二钗。"

"方经二十四丈"句下,便又批曰:"照应副十二钗。"

这真使我们洞开心臆!

无人不晓,《石头记》共有好几个异名,雪芹自题则曰《金陵十二钗》,是指书中最重要的女子十二人:黛、钗、湘、元、迎、探、惜、纨、凤、巧、妙、秦。但在第五回中,宝玉在警幻仙姑处看册子,还有"副"钗册、"又副"钗……他没得看完便放下了,又去听曲文了。

这好像是只有正、副、又副三层的群钗之数吗?答曰不然。证据在于另有一条脂批,说是直等到看了末回的"情榜",才知道了正、副、又副、三副、四副……的全部"名单"。

说到此处,我才敢提醒大家注意,那"副"是有很多层的,由此可以确证:上引"照应副十二钗"的那"副"字,是个广义用法,是统包正钗以外所有诸多"副层"而言的。

那么，接着新问题就是：到底在雪芹原著中实共多少副层群钗呢？

答曰：八层。

这又证据何在？证据还是上面已引的"方经二十四丈"的"照应副十二钗"。请看：那巨石是正方的，四条边，每条长度是二十四丈，即两个"十二"，所以正方的四边共计"八"个"十二"——这就是"照应"了八层副钗的"数理"。

到此，我再发一问：请算算吧，一层正钗，加上八层副钗，共是九层，九乘十二，正是一百零八位女子。

这就表明：雪芹作一部《石头记》，是由《水浒传》而获得的思想启发与艺术联想！其意若曰：施先生，你写了一百单八条绿林豪杰，我则要写一百零八位脂粉英雄，正与你的书成一副工整的"对联"！

108，这是我们的民族喜爱的数字，其实它也还是个"象征数字"——象征着"多"。

为什么单要用 108 来象征多呢？

讲这种十分通俗的数字的数理，须推源到我们的古《易》之学。因为说起来很费篇幅，如今姑且只讲一点吧。《易》是由阴阳构成的，而我们的数字也有阴阳之分，即"奇"数为阳，"偶"数为阴。故在《易》中阳爻以"九"为计爻之辞，阴爻以"六"为计爻之数。"六"的两倍（叠坤卦）即是"十二"。所以在我们中华文化上，"九"是阳数之极（九月初九为"重阳"节），"十二"为阴数之最（太阳历的月份是十二）。因此，我们是将此两个"代表数字"运用起来，"乘"出来一个"一百零八"的——雪芹也正是如此！

雪芹是以这个代表或象征的数字，写了他书中的"诸芳""群钗""千红""万艳"，为这些女子的不幸命运同悲（杯）一哭

（窟）！

这是一部极伟大的中华新妇女观的文学巨著——也是文化奇迹。

雪芹不但写人是一百零八位，连全书的回数也是一百零八。全书分两大"扇"，前扇写盛，后扇写衰，前后各为五十四回书，总是盛衰、荣辱、聚散、欢悲……互相呼应、辉映——那大对称的结构格局，异常精严细密。

书的总精神意旨，只用了两个字来标题概括，曰"沁芳"。此二字实即"花落水流红""流水落花春去也"的"浓缩""结晶"，说的是这多不幸女儿的可怜可痛结局命运。"沁芳"二字最为沉痛不过，但世人当"闲文"视之，不解其味。

小说会有 108 回的吗？此说太怪。

答曰不怪。与雪芹同时微晚的一部小说叫《歧路灯》，就是 108 回。

但雪芹的 108 更精密：以每 9 回为一段，共为 12 段——仍是奇数偶数的妙理的巧用。

试看：第 9 回闹学堂（总写男子之不材，引起秦可卿之病），第 18 回元春省亲，第 27 回群芳饯花，第 36 回梦兆（宝钗），第 45 回风雨夕，第 54 回除夕元宵（盛之顶点），第 63 回群芳寿怡红……请问哪一个关键不是落在"九"上？不理解（或不承认）这种大文学家的结构法则，对于认识雪芹的思想与艺术都会造成巨大的隔阂与损失，那不实在太可惜了吗？

壬申夏至节后草讫

316

《红楼梦》原本是多少回？

我写下来的这个（作为标题的）问题，早经回答过了，可是却实有重新回答的必要。

忽然想起重新回答这个"不成问题"的问题，完全是由于一位青年同志的提端引绪。在他的怀疑和启示之下，我才悟到"不成问题"的还大有问题。新的思路，一经探研，很快便得到了新的答案。《红楼梦》当然不是像程、高所搞成的伪"全璧"那样，是"一百二十回"；但也不是像脂砚斋批语字面上所称的"百回"或"百十回"。

《红楼梦》，按照曹雪芹的原著，本来应当是一百零八回的书文。

真是这样吗？论据何在？

且听我从几个方面来说一说我们的解答。

《红楼梦》原本的回数问题，在乾、嘉之际就传闻异词了。例如，"己酉本"舒序中就提到《红楼梦》章回是"秦关百二"之数（对于这句话毕竟应如何确解？我至今不敢下断语）。那还是乾隆五十四年的事。又如，后来裕瑞作《枣窗闲笔》，说什么："《红楼梦》一书，曹雪芹虽有志于作百二十回，书未告成即逝矣。"你看，这是乾隆三十六年生人、其"前辈姻戚有与之（雪芹）交好者"的宗室裕瑞讲的，该信得过吧？——可不然，这位先生骗人不负责任的话多着呢！我在新、旧版《红楼梦新证》里都粗举过一些例子，足见一斑。据他讲，曹雪芹"有志于"作一百二十回，作到"九十回"就"逝矣"了。要信了他这种胡言乱语，就被他骗苦了[注]。

再有呢？当然就不能不举程伟元了，他说："既有百二十卷之目，岂无全璧？"这种话，往好里说，可以解释为当时确曾有一种传闻，认为芹书还有"四十回"，并且有人"见"过目录云云，于是程、高二人正是钻了这个传闻的空子；往坏里说，多半就是程、高造的谣，先把假回目散布开去，为给伪续造舆论作"根据"。

所以，所有这些，丝毫也不能证明芹书原著是一百二十回，换言之：伪的才是一百二十回，真的本来不是一百二十回。

交代过了这些，可以更清爽地看待脂砚斋的话，免却许多纠缠——因为正是裕瑞这等人也自称"见"过脂批本的呢！

在《戚序本》第二回，回前总批说：

以百回之大文，先以此回作两大笔以冒之，……

《庚辰本》第二十五回，近回尾处一条眉批云：

通灵玉除邪，全部百回，只此一见，……

只消这两条，可说"大局已定"——《红楼梦》原本主体是一百回书文。

可是批者又说过"后之三十回"的话，例如不止一本都有的第二十一回回前总批说：

> 按此回之文固妙；然未见后之三十回，犹不见此
> 之妙。……（"三十回"或作"卅"）

特别提出"后之三十回"，没有第二种解释，大家都认为"后"
是对"前八十回"的传世本而言的，那末八十加三十，应共
得一百一十回。有研究者早就如此指出了的。但是这毕竟对
不对？

直到《蒙府本》发现，我们这才找到了参证，在第三回回
末，有一条侧批：

> 后百十回黛玉之泪，总不能出此二语。

这就把裕瑞胡说的什么"雪芹于后四十回虽久蓄志全成，甫立
纲领，尚未行文，时不待人矣"等鬼话，彻底戳穿了（请参看
《红楼梦新证》第一〇一四页）。

也有同志认为：此侧批既在第三回出现，而有"后百十回"
之言，则全书应为一百一十三回（并另有其他考证）。关于这，
我暂不枝蔓，可请大家研究讨论。又有同志说："百十回"者也
只是一种泛言概称而已，未可执以为"精密数字"。说得也有理。
但是，无论如何，这句话的出现，毕竟证明了"百回之大文""全
部百回"是约举成数，实际上并不是一百回整数的。这就重要
得很了。

上述的这个"大局"定了之后，就可以回过头来对八十回
原书深入研究，以求解决全部回数问题了。

曹雪芹于开卷不久就大笔特书：

> 好防佳节元宵后，便是烟消火灭时！

这两句诗恐怕有三、四层寓意，闲闲领起、遥遥照映全部后文。曹雪芹在结构设计上，是以第五十四、五十五回之间为"分水岭"，前半后半，正好是"盛""衰"两大部分，全书一写到"除夕祭宗祠""元宵开夜宴"，就已达"盛限"。往下看，从五十五回起，迥然另一副笔墨了。这一点，《红楼梦新证》中曾初步提出过（请参看 895 页第二行以次、987 页第三行至第四行等处）。

此一看法，已获得很多读者面谈或投函表示赞同，可是，一位青年同志却给它作了进一步的追究和更严密的推算。他说：这个论点我很同意，但既以第五十四回为前半之终点，第五十五回为后半之起点，那雪芹原书就不是一百一十回，而该是一百零八回。

谁说的有理，就应当服从谁的论点。于是我就从这个新推想去考察事情的全貌，立即认识到：这个"一百零八回"实在是一个非常重要的发现。

如此，是否又与脂批的"百回""百十回"冲突了？一点也谈不上冲突。说"百回"，是甩零数而举成数，说"后之三十回""百十回"，是以整数概"缺"数——关于这，后文再作补说——都不过是为了行文之便，省略细碎而已。

那么，此外的具体论证还有与无呢？——问题总不会只是一个连小学生都能答卷的算术课题。正是这样。以下请听我详说一说情由原委。

原来，按照雪芹本意：全书结构设计，非常严整，回目进展，情节演变，布置安排，称量分配，至为精密。他是将全书分为十二个段落，每个段落都是九回。换言之，他以"九"为"单位"数，书的前半后半，各占六个单位数，六乘九，各得五十四回，合计共为一百零八回。

真的，事情又竟是这样的吗？

这个"九"和它的"清晰度",可以先从故事情节来说。请看上半部书大致内容如何分布。

（一）第一回—第九回,此九回是引子序幕性质,诸如背景的介绍、人物的出场、各种后来事故的伏线,皆属于此。以贾雨村为线,引起林、薛之进京;以刘姥姥为线,展出凤、琏之家政;以会芳小宴为线,始入东府秦、尤婆媳;以家塾闹学为线,牵动亲戚金荣母子;以梨香院为线,既写黛、钗,又传晴、袭……(此只极其粗略简单而言之,雪芹常常诸义并陈,一笔数用,此处只能姑论一面,后同,不更赘注。)从意义讲,以"护官符"为四大家族兴衰之总纲;以梦警幻为人物命运之预示;以刘姥姥"一进"为全部"归结"之远源;以顽童闹学为"不肖"种种之提引……一句话,这头九回在故事上都只是春云乍展,初看竟似散漫无稽杂乱无致,实则用笔上却是极紧凑、极细密地逐一为后文铺基筑路。此九回以闹家塾截住。下回即另起秦氏病重一大波澜,似连而实断,首尾判然。

（二）第十回—第十八回:此一段落主要写了极尽挥霍的两件"排场大事",一是可卿之丧殡,一是元妃之归省。前者又实为正写熙凤之才干与过恶,后者又实为烘染贾府之盛势与衰根。两件事虽分属宁、荣,似不相涉,实质关联,故秦氏托梦,凤姐憬然,主眼在点明盛衰之理、将倾之势。此九回以归省事毕截住。下回即另起"情切切",另一副笔墨,首尾判然。

（三）第十九回—第二十七回:这个段落的线有明暗两个面,"明面"是由"静日玉生香"起,经历袭人的"箴",宝玉的"悟",《西厢记》之动魄,《牡丹亭》之警心,一直发展到埋香泣冢。"暗面"是宝玉、贾环嫡庶间的暗争,凤姐、赵姨权势上的恶斗,迅速迸发,激烈展开,着力写出荣府第一场巨大风波。而中间夹写贾芸、小红、醉金刚,远远为日后赵、环毒谋,凤、宝入狱，芸、红营救等重大情事，伏下笔墨。"明""暗"两面巧妙而有机地联系于无形之中。此九回以"葬花"截住。下回即另起蒋玉菡，归入别题，首尾判然。

（四）第二十八回—第三十六回：此九回一段始出琪官蒋玉菡，头绪崭新。从交结王府优伶，暗暗领起金钏致死等一连串宝玉"倒运"事件、层层逼进，直到爆发为"大承笞挞"一场矛盾冲突的高潮。这又与打醮议亲一场风波紧密交织。其间又特别穿插着龄官、翠缕、玉钏、金莺等下层优婢少女的情态。最后归结到"梦兆绛芸轩"，而以"识分定"从侧面点染烘衬。下回即另起海棠诗社，情况又变，首尾判然。

（五）第三十七回—第四十五回：此九回以诗起，以诗结，诗社，开宴，酒令，游园，庆寿，接连是赏心乐事的场面，而郊外焚香、席间生变，小作点破。最后以"秋窗风雨夕"为一结，截住。下回即另起"尴尬人"，全是另副笔墨，首尾判然。

（六）第四十六回—第五十四回：此九回主线是由冬闺聚咏迤逦引至除夕、元宵，种种节序情怀，宴集游乐，又以赦、邢讨索鸳鸯为过脉，夹写专房、二房矛盾冲突，为一大伏笔。中间以怡红院冬夜诸鬟情境特写为之映带。叙至元宵，是为"盛极"之限。《戚本》第五十五回回前批云："此回接上文，恰似黄钟大吕后，转出羽调商声，别有清凉滋味。"正是批者用他自己的独特方式来说明在第五十四回之后接此回，是笔墨一大变，情节一大转关处。上半部至此告一结束。共历六九——五十四回整。

再看下半部。

（七）第五十五回—第六十三回：此九回为写"衰"之始，以凤病探代、理家为政，引起嫡庶矛盾深化，集中叙写下层奴仆种种情状，弊窦之多端，纠纷之繁复，为"树倒猢狲散"前夕的勉强缀补收拾而终不可为救作一侧影反照，然后以"寿怡红"为结穴，特写"群芳"的这一次特殊的也是最后的盛会大场面，而以谶语透露诸少女的"归结"已不在远，虚缓一步，实逼进一层，亦即截住。仍是首尾判然。

（八）第六十四回—第七十二回：忽然转入，笔墨集中于尤二、尤三姐妹的全部事状，突出描摹凤姐的毒辣凶狠，为后文琏、凤反目，荣、宁罪发伏线，中用湘、黛桃柳诗词稍一破色勾染，即仍暗接围绕凤姐而发生的诸般矛盾斗争、复杂形势。此一段落，全为破败之临近作过脉引渡，层层递进。《戚本》第七十二回回前批云："此回似着意，似不着意，似接续似不接续；在画师为浓淡相间，在墨客为骨肉匀亻门，在乐土为笙歌间作，在文坛为养局为别调……——前后文气，至此一歇。"道出了全书结构至此"八九"又为一转关处。下回即另起"抄检大观园"，首尾判然。

（九）第七十三回——第八十一回：此为现存雪芹原书的最末一大段落，由"绣春囊"事件突起，引出"抄检"一件大丑事。从此，司棋逐死，晴雯屈亡，芳官出世，迎春陷网，香菱受逼（即将尽命），——估计在此一大段的已佚的末回（第八十一回）中会还有探春的将嫁，惜春的出家，中间特用中秋夜黛、湘联吟一段异色笔墨为后部设色点睛，是全书一大重要关目。至此，"三春去后诸芳尽"的局势已然展示鲜明。是为大风波、大败落的前夕，笔势蓄满，翻作一束，以为下回突起地步——以后的事，暂且按下慢表。

从情节大分段来看，梗概如此，以"九"递进已达九九。

以下再从另一个角度来考察一下"九"数的分明，井然不紊。

《新证》第六章《红楼纪历》，曾对小说的年月岁时，季节风物，作了推排条列。请读者翻开这一章对照考察：

一、第一个九回之末，实际正写完"第九年"，刚刚暗渡到下一年；从第十回起，恰好另起头绪，从秋天叙写"第十年"之事。

二、第二个九回之尾，正好写到"第十二年"的"年也不曾好生过的"忙碌情形，进而写完了"归省"，即次年的元宵节，亦即"第十三年"的开端。

三、由第三个九回起，直到第六个九回，总共是"四九三十六"回的"长篇"，实际写了整整一年，又到了除夕、元宵，此时，已经到了上述的第五十四回之"分水岭"处。

四、这一个在全书中占如此独特篇幅的"长年"，又恰恰是"四九"分配四季，整齐清楚，了无差误。试看：

五、由"省亲"一过，逶迤写到第二十七回，正写到"葬花"截住，葬花虽已进入夏初，实际正是为了"饯春"，是为春天作结束。是为第三个九回，整写春季之事。

六、由"茜香罗"起，直到梦兆绛芸轩，情悟梨香院，整个是第四个九回，全写夏日之事。

七、由秋爽结社、《菊花》命题，直到秋窗风雨，整个第五个九回，全写秋事秋情。

八、由第四十七回开头小作过渡，略略接续九月下旬之事，迅即点明"眼前十月一"，是为冬节之始，一直到第五十四回除夕元宵，全写冬景冬境。至此，正好六九五十四齐。

我当日推排"纪历"，丝毫也没有预先想到上述这些关系的可能，那时只以推"年"为主。若说事属偶然巧合，世上原不无偶合之巧，不过毕竟哪有许多？说上面这多现象都只出于一巧，则此巧毋乃太甚乎？

不妨还回到传统的"十进位"分法去看看问题——你就会发现，每个整整十回之末和下面的几十一回之始，情节紧联，断开不得，例如，第四十回止于三宣牙牌令，第四十一回始于品茶栊翠庵，原都是贾母引领刘姥姥顽耍之事；第五十回止于雅制春灯谜，第五十一回始于新编怀古诗，正是诗谜连诗谜，一气衔接；第六十回止于茯苓霜事件，第六十一回始于宝玉情赃（俗本妄改瞒赃），正是一回事的中间，——这都如何断开而构成大的段落？这样一比较，"九"数就越发分明，并非我们的主观臆造了。

于此不免令人想起那条颇曾引起"红学专家"纷纭揣测的回前总批：

　　……全书至三十八回时，已过三分之一有余，……
（《庚辰本》第四十二回回前单页）

这条脂批，确凿不移地讲明：全部《红楼梦》写到三十八回，已过了三分之一——略多一点儿，到底怎么有余？以前都算不出个清白。现在知道：全书一百零八回，三分之一是四九三十六回，三十八回岂不正是过了三分之一而多出一点儿（刚一两回）？可见这种回前总批，是脂砚为百零八回本的《石头记》而作无疑了。——因为，倘若是为了少于百零八回定本的《石头记》的"雏形""前身""初稿"等本子（假如真曾有过的话）而作，那无论如何不能预先计算出一个这么精确的"三分之一有余"来。事情难道还不清楚？

曹雪芹为何单单选定了一百零八这个数字？当然，我们既非曹雪芹，谁也不敢说能代为答复。不过，这个数字却是旧日常用的，比方，牟尼珠是一百零八粒，钟楼报时敲钟是一百单八杵，小说里的英雄是一百单八将，神通变化是三十六变加七十二变——一百零八变……我想，雪芹给一部通俗小说采用这个一百单八回，至少应该也算有"来历""出典"，并非"杜撰"吧？

得知这个以"九"为基数的百零八回设计之后，也感觉有助于想象、推测最后二十七回的大概情况。譬如，上文曾设想第八十一回已到"三春去后诸芳尽"的前夕，此下的第十个九回，可能是正式交代三春既去，诸芳纷纷随尽，大观园一片悲凉之雾（参看《新证》第882页第（12）条）。然后第十一个九回，可能是元春一死，众罪发露、抄家入狱、彻底破败等一系列绝大事件。最后第十二个九回，当是为其时尚存之人物角色一一作出归结，重者应为凤姐、巧姐、湘云、平儿、麝月、红玉、茜雪等人。当然有很多情节曲折、次序先后，我们还无法想象揣摹得详细具体，不能十分准确，但总觉比不懂"九"的结构之前，却大大清楚了一步。所以，懂得不懂得百零八回以及十二个"九"的总结构，关系实是非常重要。

《戚本》第八十回前批云："叙桂花妒，用实笔；叙孙家恶，用虚笔。叙宝玉卧病，是省笔；叙宝玉烧香，是停笔。"何为停笔？即蓄势是，为下文又一"进笔"作准备是也。我曾说："原来，按照曹雪芹的用意与写法，在前八十回书中他把一切伏线和准备都已布置停妥，文笔蓄势，到八十回末已是如同宝弓拉满，劲矢在弦，明缓暗紧的气氛，正所谓'山雨欲来风满楼''万木无声待雨来'，倾盆暴雨的即将到来，已然为各种'警号'所昭告。第八十一回一揭开，便到了全书中另换一副异样笔墨的关纽筋节，……"（《新证》第893页）"停笔"之说，正可合看。我至今觉得这一认识基本上不误。不过那时候还不知道"九"的结构法。现在看来，我当时说的那种情况，也可能要微微往后推一点，例如，应当是后移半回至一回的光景。然而，这却加倍说明，第八十一回在结构上是极重要的一回书文。

本文目的，只在初步指明这个道理，撮述的情节内容，极为粗略，——只想显示大的段落首尾，仅此而已，读者千万不要误认为这是什么从艺术上讲章法篇法、布局构造，我是没有资格敢来讲这些的。我曾和几位高校老师朋友说过，多年以来，讲《红楼梦》思想内容、意义价值的人多，讲《红楼梦》的艺术造诣、手法技巧的人少；应当多对其艺术性的独特处进行探讨撰述，才对学习创作的人更有借鉴帮助。即如全书结构，光是从这一角度来研究，恐怕也大有可做之事，我曾举过有人把《红楼梦》比为波纹式结构的例子，无数大波小波，前后起伏，回互钩连，蔚为大观（参看《新证》第21页）。但还可比为立体建筑，雪芹是一位设计盖造建章宫的极神奇的伟大建筑师，他盖造出来的，是千门万户，复道回廊，游者入内，目炫神摇，迷不得出，——这一点儿也不能"证明"建章宫是杂乱无章、随手堆砌的一片土木砖瓦，恰好相反，它说明这种宏伟巨丽繁复深曲的建筑奇观是建筑师的精心设计、"蓝图"早具的结果。千人百事，千头万绪，交加回互，仪态万方，而又条理脉络，井然不紊，即从一人一事去推寻，也无不起结呼应、一发全身，字字灵，笔笔到。在《甲戌本》开卷不久，叙至"离合悲欢、兴衰际遇，则又追踪蹑迹、不敢……失其真传者"，一条脂砚眉批曾说：

> 事则实事。然亦叙得有间架，有曲折，有顺逆，有映带，有隐有现，有正有闰，以至草蛇灰线，空谷传声，一击两鸣，明修栈道，暗度陈仓，云龙雾雨，两山对峙，烘云托月，背面傅粉，千皴万染，诸奇书中之秘法，亦复不少。余亦于逐回中搜剔刳剖，明白注释，以待高明再批示谬误。

这是脂砚的"眼界",已历二百年之久了。可惜的是时至今日还没有人以自己的"眼界"来对《红楼梦》的总体结构、细节、技巧作出研究。因初步提出这个一百零八回的课题,故而乘便在此附说斯义。倘能引起研论,也是快事幸事。

在指明以"九"为基数时,并非说"九"已不可再分,实际上,以九回为一大段落之内,必然还有段落脉络可寻。为避繁碎,此处不想逐一再作剖析了,"阅者当自得之"。

看来,也许有一个可能,即雪芹当日创作,其所落笔草成的,是"长回"——约有现在的两回或者三回左右的篇幅,这时"文思旋律"即在节奏上达到一个"调度点",约略构成一个"基本段落";而这样的段落又组成了前文所述的大段落;当他最后"纂成目录,分出章回"时,才又将"回"往细处里划分,并调节成为九回的篇幅。——当然这种"创作过程"只是我们的一个揣测,亦不知毕竟能得其实否。

一百零八回,这个发现原是出于张加伦同志的提示,深可感谢,因为从某一意义讲,这一发现将使《红楼梦》的研究得以向前推进一步。

丁巳小雪节初稿讫
一九七八年三月五日点定

[注]《闲笔》的最难解处,即裕瑞的最不通处,莫过于硬说有"诸家所藏抄本八十回书及八十回书后之目录,率大同小异者,……"。然而又说:"余曾于程、高二人未刻《红楼梦》版之前见抄本一部,……八十回书后惟有目录,未有书文,目录有'大观园抄家'诸条,与刻本后四十回'四美钓鱼'等目录迥然不同。"这怪极了!裕瑞独不曾说他所见

328

抄本及"诸家所藏"各抄本的"八十回书后目录"的数目与程、高本有何"不同"，这适足证明他意中的"书后目录"还是"四十回"。假使如此，则他说"曹雪芹有志于作百二十回"岂不是对了？无奈脂批中很多证据彻底否定了芹书原为"百二十回"的任何可能性。那末，"四十回"的"目录"哪里来的？如果解释为：此项曾经流传的目录即是程、高本之目录，也讲不通，因为裕瑞已说二者"迥然不同"。如果说他真的目见了这种"四十回"的与程、高本"不同"的芹书真目录，那他印象应当极为深刻，为什么他除了"大观园抄家诸条"这句极不通顺的话以外连一点滴八十回后的真本情节也举不出？况且他是力辩程、高后四十回非真的，费了极大的力气，——而他只要略举一下雪芹原目录都是何等重大情节，程、高之伪不就昭然若揭了吗？他为什么不如此做？再说，除了裕瑞以外，清代诸家记载谁也再没有半个字真正说明曾有谁见此种真目录之存在，此又何也？因此，我对裕瑞不敢尽信的心情，是至今如故。

【附记】

全书既为百零八回，那应该以九回为一册，分装十二册才是；为何现传旧抄本却是多以十回为"卷"为册呢？又，为何现传本不是到八十一回为止，而是八十回呢？答案是，十回为卷为册的，是最晚的形式了，如《戚序本》《甲戌本》，皆以四回为册，《甲戌本》又并不分卷。以四回为一册的分装法，恐怕还不是最早的形式，张加伦同志认为，最早是两回分装一册，因为那时每页行数字数都略如《甲戌》《戚本》，所以本头很厚，而回数却少。此说最是。一百零八回正好分订五十四册，雪芹在世时，只传出四十分册，就成了"八十回"，第八十一回因为分装到下一册内去了，所以当第四十一册以下全数散佚后，外间就无法见到这个第八十一回；传出的四十册既然成了八十回，就给人造成了"整数"的印象、概念。于是后来传抄者为了图其方便，减少分册，将原行款也改了，每页行数字数皆大大加多，最后合并为十回一册的通常形式，"九"的痕迹就再也不易为人发觉了。

暗线·伏脉·击应

——《红楼》章法是神奇

　　雪芹写《石头记》，明面之下有一条暗线，这暗线，旧日评家有老词儿，叫作"草蛇灰线，伏脉千里"，其意其词，俱臻奇妙，但今日之人每每将有味之言变成乏味之语，于是只好将"伏脉"改称"暗线"，本文未能免俗，姑且用之。鲁迅先生论《红楼》时，也曾表明：衡量续书，要以是否符合原书"伏线"的标准，这伏线，亦即伏脉甚明。

　　伏脉暗线，是中国小说艺术中的一个独特的创造，但只有到了雪芹笔下，这个中华独擅的手法才发展发挥到一个超迈往古的神奇的境地。

　　如今试检芹书原著，将各回之间分明存在而人不知解的例证，简列若干，让我们一起来看看雪芹写书是怎样运用这个神奇的手法的——

　　当然，开卷不太久的《好了歌解注》、第五回的《红楼梦曲》与金陵十二钗簿册……都是真正的最紧要的伏笔，但若从这些叙起，就太觉"无奇""落套"了，不如暂且撇开，另看一种奇致。

　　我想从盖了大观园讲起。

　　全部芹书的一个最大的伏脉就是沁芳溪。

"沁芳",是宝玉批驳了"泻玉"粗俗过露之后自拟的新名,沁芳是全园的命脉,一切建筑的贯联,溪、亭、桥、闸,皆用此名,此名字面"香艳"得很,究为何义呢?就是雪芹用"情节"点醒的:宝玉不忍践踏落花,将残红万点兜起,送在溪水中,看那花片溶溶漾漾,随流而逝!

这是众人搬进园子后的第一个"情节",这是一个巨大的象征——象征全书所写女子的总命运!所谓"落花成阵",所谓"花落水流红",所谓"流水落花春去也"……都在反复地点醒这个巨大的伏脉——也即是全书的巨大的主题:"千红一窟(哭),万艳同杯(悲)"。

第二十三回初次葬花,第二十七回再番葬花,读《西厢》,说奇誓,"掉到池子里"去"驮碑",伏下了一笔黛玉日后自沉而死,是"沁芳"的"具体"表象,黛玉其实只是群芳诸艳的一个代表——脂砚批语点明:大观园饯花会是"诸艳归源之引",亦即此义。

这还不足为奇,最奇的是:宝玉刚刚送残花于芳溪收拾完毕之后,即被唤去,所因何也?说是东院大老爷(贾赦)不适,要大家过那边问安。这也罢了,更奇的是:宝玉回屋换衣,来替老太太传命吩咐他的是谁?却是鸳鸯!

就在这同一"机括"上,雪芹的笔让贾赦与鸳鸯如此意外地"联"在了一条"线"上!

读者熟知,日后贾赦要讨鸳鸯作妾,鸳鸯以出家以死抗争不从,但读者未必知道,原书后文写贾府事败获罪,是由贾赦害死两条人命而引发的,其中一条,即是鸳鸯被害。贾赦早曾声扬:她逃不出我的手心去!借口是鸳鸯与贾琏"有染",为他借运老太太财物是证据……(此义请参看拙著《〈红楼梦〉与中华文化》卷尾)。

两宴大观园吃蟹时，单单写凤姐戏谑鸳鸯，说"二爷（琏也）看上了你……"，也正此伏线上的一环，可谓妙极神极之笔，却让还没看到后文的人只以为不过"取笑儿""热闹儿"罢了。

胡适很早就批评雪芹的书"没有一个 PLOT（整体布局），不是一部好小说"云云。后来国外也有学者议论雪芹笔法凌乱无章，常常东一笔西一笔，莫知所归……这所指何在？我姑且揣其语意，为之寻"例证"吧：

如刚写了首次葬花，二次饯花之前，中间却夹上了大段写赵姨与贾环文字。确实，这让那些评家如丈二金身——摸不着头脑！殊不知，这已埋伏下日后赵、环勾结坏人，陷害宝玉和凤姐的大事故了。二次葬花后，又忽写贾芸、小红，也让评家纳闷：这都是什么？东一榔头西一锤子的？他们也难懂，雪芹的笔，是在"热闹""盛景"中紧张而痛苦地给后文铺设一条系统而"有机"的伏脉，宝玉与凤姐家败落难；到狱神庙去探救他们的，正是芸、红夫妇！

这是杂乱"无章"吗？太"有章"了，只不过雪芹这种章法与结构，向所未有，世人难明，翻以为"乱"而已。

雪芹是在"谈笑风生"——却眼里流着泪蘸笔为墨。

所以，愈是特大天才的创造，愈是难为一般世俗人所理解。雪芹原著的悲剧性（并且为人篡乱歪曲），也正在于此。

这种伏脉法，评点家又有另一比喻："如常山之蛇，击首尾应，击尾首应——击腹则首尾俱应。"雪芹的神奇，真到了这种境界，他的貌似"闲文""戏笔"的每一处点染，都是一总暗线（包括多条分支线）上的血肉相联、呼吸相通的深层妙谛。

癸酉六月上浣写讫

红楼脉络见分明

世上万事皆有其外因的来龙去脉，又皆有其内身的经络脉息。《红楼梦》非但不是"例外"，即在"例内"也属于一个范例的规格品位。

《红楼梦》的"去脉"比较易晓易讲，比如数不清的"续书"，大家咸悉了。还有"变形续书""脱化仿造""对台唱戏"，都有，但未必人人尽明。一条线是认清主角原是贾宝玉的，于是便有《歧路灯》《儿女英雄传》，都写一个公子哥儿最后得成"正果"，暗与雪芹对垒，是一类。从《镜花缘》到《海上花列传》，则是认定写一群女流为主题的，有意效颦，并不像前一类包含着要唱"对台戏"的用心和野心。

例如文康，大不以雪芹为然，处处针锋相对——安老爷对贾政，安公子"龙媒"对宝玉，何玉凤、张金凤这"金玉"二凤，专对钗黛，大丫鬟长姐儿则专对袭人。连薛姨妈都有个"舅太太"来针对。其余可推而悟矣。一句话，自从《红楼》出来，有志于写小说的几乎没有不在此书的影响范围之内的。雪芹的了不起，于此也就不难体认一二了。

但若说到"来龙"，可就不那么容易讲解了，因为那"线路"复杂得多。粗略而言之，似乎可以分为几层来窥测历史

334

根由——

中国的小说，与西方的本非一回事，它是"史"的一支，故名"野史""稗史""外史""异史""外传"……宋代"说书"，虽分几支派，而"讲史"是主流首席。这讲史，以"三分"尤盛，即后来"三国演义"的故事，远自唐代民间就讲它，脍炙人口。何也？或以为是人心向刘反曹，其实这是后来的"倾向性"，变本加厉的结果。"三国"故事的灵魂——引人入胜的焦点是什么？是文武人才，琳琅满目，三方是各有千秋，难分高下。正如东坡的咏叹："大江东去，浪淘尽，千古风流人物""江山如画，一时多少豪杰！"。人，人才，才是魅力的核心、事情的实质。

继《三国》之后的第二部堪与"平起平坐"的才子书是什么呢？是《水浒》。这是北宋末年的史迹故事——有点儿像"瓦岗寨"时代的群雄四起，但不尽同，也是先由民间讲述积累，最后由一位文学家将它"定型"。《宣和遗事》只记有宋江为首的"三十六人"，但到了《水浒传》，三十六已仅仅是"天罡"之数，还另有"七十二"条好汉，属于"地煞"。36＋72＝？有趣！是等于108。这就是后世人人口中能道的"一百单八将"，"一百单八条绿林好汉"。

为什么非是108不可？要想回答这个问题，从西方文化的意识中是寻它不到的。这是中华文化的"数学哲理"的古老课题，本文字数有限，暂且"按下慢表"。

《水浒》的伟大何在？就在于一点："三国"讲的，虽然人才济济，群英大聚会，成为一时之盛，可是没超越帝王将相这个范围。《水浒》作者的伟大，正在于他的"眼高于顶、胆大于天"，竟然立下大志，要写一群为人卑视或仇视的"强盗"！

强盗者，本来就有坏人，有人误以为强盗都是"革命家"，万事岂可一概而论，但梁山好汉却都是良民被逼落草为寇、占山为王的。写他们，不也就是与《三国》对台唱戏了吗？

但是，这个"对唱"的本质却又是一致的——咏叹的对象，依然是人，是人才。看事情只有一条"直线单线式逻辑"来对待人间万象，当然会认为凡是"翻案""针对"，就不再包含"继承"的实质一面了。

但写梁山人才毕竟又自有特点——我用的语言表述法是：《水浒》关怀的是人才的遭遇与不幸、人才的埋没与毁弃，这是一切问题的根本性问题。

雪芹深深地为施耐庵的"文心"感动了——钦佩万分，可是他不是盲目崇拜偶像的人，他对施公也"有意见"：为什么几乎没写出一个令人赞叹倾倒的女流来，反而两出"杀嫂"都写了姓潘的两个不正派的坏女人？

雪芹是大不以此为然的。这是因为，他经历了谙悉了许多女才人、女豪杰、女英雄，而她们的命运却比梁山好汉还不幸，还悲惨，还可怜可叹、可痛可哭！他觉得施公太偏心，也太无情了。

于此，忽然一个巨大的思想火花在雪芹头脑中爆出万丈的光芒——他一下子决定了他的终生事业：誓为一群亲见亲闻的女儿写出一部传神写照的新书，专与《水浒》相"对"！

这个"对"，包括了一切，连名目也可以成为对仗：

绿林好汉——红粉佳人
江湖豪杰——脂粉英雄

对仗，是汉字文学语言的一个重要的美学因素，用西方拼音文字的意识来"评论"它是困难的。（西方只有"排句"，与中华的对仗也并不是一回事）。

对仗，当然不只是"字面"的事。它总是"字里"的思想感情的一种表现。对仗，又是文学手法与结构上的一个重要因素。对仗，包含了对照、对比、对称、对应。雪芹的书，运用这些，到了出神入化的境界。

雪芹的书，是"翻"《水浒》，然而又是继承《水浒》：他采取 108 这个最主要的结构中心。他"对"准了施公，有意识地写了 108 位女子。他的书后"情榜"，是"对"施公的"忠义榜"。他的人物品目法则是：以 12 为"单元"，正钗十二名，副钗十二名……排为"九品十二钗"，$12 \times 9 = ?$ 正等于 108！

这就是雪芹的结构大法则。从女子主要人物的数目，到全书的章回数目，都是一百零八！

全书以"盛衰""荣辱""聚散""悲欢""炎凉"……为两大"扇"，前后各五十四回书，"分水岭"在五十四与五十五回之间。第五十四回是"盛"的顶峰，第五十五回是"衰"的起端，前后笔墨、气氛、情景事迹……俱各大异，构成了内身的大对称、大变化、大翻覆、大沧桑——前之与后，后之视前，有天壤之别！

草草说来，雪芹这位从古罕有的特异天才，将他的书安排在一个严整精奇而又美妙的大结构上。他从《水浒》得到了启示，但他的思想与艺术，大大超过了施公的水平与境界。

脉络是分明的，价值是不可估量的——但是不幸，今传 120 回本并非雪芹原著，已将它的骨肉、血脉、精神、丰采都改变了。

1992 年

情榜证源

《红楼梦》的原本，卷末标有"情榜"。此事由脂砚斋批语而得知，今已人人尽晓，但一直未见有人认真加以研索。此榜虽然是雪芹的独创，但从文学史的角度来看，也不是无源之水，须知脉络根由，自有所在。

第一应知，明清之际的章回小说，末尾多有一个"总名单"，包列全书人物，名之曰"榜"。榜原是评品高下、昭示名次先后的一种形式，所以《封神演义》末尾列有三百六十五位"正神"的名单，是为"封神榜"。《水浒传》末尾列有梁山泊一百单八条绿林好汉的"忠义榜"。《儒林外史》末有"幽榜"，尽管考据者认为并非原作者之真笔，但也正好说明当时的这一通行的体例，非同生制硬造。至于《镜花缘》，写了一百个女子应试科考，更是列有一张大榜，就无待详言了。

由此可知，雪芹作书，末附一榜，列出全部重要人物的名次，自然就"顺理成章"，不劳专家们去考证此榜究竟有无，争论列榜是否"蛇足"了。

然而，有榜属实，无可惊异，也还罢了；至于为什么非是"情榜"不可？难道说这也有"来历""出处"不成？答案又将如何呢？

我说，雪芹之所以名其榜曰"情榜"，也并非偶然"心血来潮"、忽发"奇想"，确实也有来历、也有出处。若问来历如何？我将答曰：这个"典"就"出"在明朝小说家冯梦龙所编的一部书里。

这部书，名叫《情史》，这听起来真是十分俗气；因此虽然久闻其名，知它在清代也在禁书之列，却不想到图书馆去寻它，看看究竟是怎样的一种"坏书"。做点学问，总免不了有成见偏见，自划自限。所以我很晚才得一见《情史》之面。及至一见之下，便大吃一惊，我说：果然找到了雪芹"情榜"的根源来历！

原来，冯梦龙将他所见的古今之情事，无拘小说正史、经籍杂书，一一摘采出来，加以分类，编成一书，是曰"情史"。他将辑得的八九百篇故事，分编为二十四类，亦即自从开天辟地以来，他是第一次"整理"了我们中华民族的"情"的记载，并且作了"系统的研究"。这真是一位奇人的创举，无怪乎他这一部奇书惊动了雪芹的灵台智府。

《情史》一名《情天宝鉴》。雪芹曾把他自己的小说取名叫作《风月宝鉴》，已经说明了他是从冯梦龙那里取得的启示。

《情史》的二十四个品类，本身就构成了一张"情榜"：试看那细目，便十分有趣——

1. 情贞；2. 情缘；3. 情私；4. 情侠；5. 情豪；6. 情爱；7. 情痴；8. 情感；9. 情幻；10. 情灵；11. 情化；12. 情憾；13. 情仇；14. 情媒；15. 情芽；16. 情报；17. 情累；18. 情疑；19. 情鬼；20. 情妖；21. 情通；22. 情迹，23. 情外；24. 情秽。

这就是冯梦龙按他自己的理解和感想，对古今一切情事作出了首创的分类法。（在这里，或许马上就又有高明人士出来议论了：冯某的分类法"很不科学"，不值得介绍！）

这个大分类，自是前无古人，堪称独绝。但是，"后无来者"呢？就不尽然了——就是该改"后有来者"，来了一位曹雪芹，受了施耐庵先生和冯梦龙先生的启发，写了一部小说，为一百零八位女子传神写照，正与一百单八条英雄成为"对仗"，即"绿林好汉"对"红粉佳人"。而他又对每一位女子作出了"评定""考语"，其方式正是如同冯氏的办法，都用"情"字领头。我们已经知道的，黛玉是"情情"，金钏是"情烈"。

如果不妨揣断，那么鸳鸯可能是"情绝"，晴雯可能是"情屈"。至于宝玉是"情不情"，薛蟠是"情滥"，雪芹或脂砚也有明文点出。由此可知，"情榜"虽以一百零八位女子为主，可又"附录"了"男榜"，大约柳湘莲是"情冷"，冯紫英是"情侠"，一时当然不能尽知其详，有待研求，但此事实，已无疑义。

冯氏是将若干人一"群"分为若干类，雪芹则是以个人为"单位"而分订品评，这是他对前人又继承又翻新的一贯精神。由一百单八条绿林好汉，"生发"出一百零八位红粉佳人，也正是同一种精神的表现。

雪芹的一部分艺术构思，来自《水浒》，很是明显。例如，施公写绿林好汉之降生，是由于被石碣镇压在地底的"黑气"冲向外方，而成为一百单八个"魔君"下世的。雪芹则因此而创思，写出"正邪两赋"而来的一百零八个脂粉英豪、闺帏奇秀。施公在一百单八之中，又分为三十六天罡、七十二地煞。雪芹则写宝玉神游之时，在太虚幻境薄命司中看见许多大橱，储藏簿册，注明了那些女子的不幸命运。宝玉只打开了三个大橱，看了正钗、副钗、又副钗的册子。每橱十二钗，所以他看了三十六人的"判词"，正符"天罡"之数。他没有来得及全看的，还有七十二人之册，那相当于"地煞"之数，痕迹宛然可按。

由脂砚透露，全书写了正、副、又副、三副、四副……这就表明：情榜分为九层，每层皆是十二之数，十二乘九，正是一百零八位。

雪芹全书回目分为一百零八，榜上题名的诸钗（也可称为群芳，代表着"千红一哭""万艳同悲"），总数也是一百零八。这是一个精心设计的艺术结构。但二百几十年来，无人正解，所以必应为之大书特书，以见原书真面。谈论雪芹的整体思想，倘若连这一结构法则也不能明了，更何从而谈起呢？

我写的这篇小文，十分简略，许多层次和关系，皆不能深入探究叙述。但其目的，是为了加深对雪芹著书的正解（不是俗解），这是最重要的第一义。比如我此处为讲情榜，引了冯梦龙的《情史》；那么，冯氏所谓之情，毕竟涵义如何呢？这就也须弄个基本清爽才行。因为这将大大有助于理解雪芹的意念。

如今我引《情史》自序的一段话，略作拈举：

> 情史，余志也。余少负情痴，遇朋侪必倾赤相与，吉凶同患。闻人有奇穷奇枉，虽不相识，求为之地。或力所不及，则嗟叹累日，中夜辗转不寐。见一有情人，辄欲下拜。或无情者，志言相忤，必委曲以情导之，万万不从乃已。当戏言，我死后不能忘情世人，必当作佛度世，其佛号当云"多情欢喜如来"，有人称赞名号，信心奉持，即有无数喜神前后拥护，虽遇仇敌冤家，悉变欢喜，无有嗔恶、妒嫉、种种恶念。又当欲择取古今情事之美者，各著小传，使人知情之可久，于是乎无情化有，私情化公，庶乡国天下，蔼然以情相与，于浇俗冀有更焉。

请看，他之所谓情，绝不是儿女之相恋一义；其性情，其胸襟，其思想，其志向，皆不与俗常之人同，而分明近似于宝玉。他开头就提出"情痴"这个名目，他的"怪"脾气，也就是不为世人理解的宝玉的那种"痴痴傻傻"。我多年来冒天下之大不韪，时时疾呼：《红楼梦》的真主题并不是什么"爱情悲剧"，而是人与人的高级的关系的问题。即最博大、最崇高的情。到此或许能博得部分人士的首肯，承认冯梦龙为我们作了旁证。

宝玉之为人，总结一句话：是为（去声）人的，而不是为己的。冯氏至以为情能治国理民，情能改变薄俗浇风，情堪奉为"宗教"。这宗教也绝不是"虚无""色空"的，恰恰相反，但世俗之人，不解此义。

所有这些，都是我们中华民族文化史上的一项绝大的题目，可以说是一切问题的核心枢纽。冯氏不过搜辑旧文，雪芹则伟词自铸——这伟词，真是何其伟哉！然而也只有弄清了上述一切，才能真正体认这种伟大的真实斤两、真实意义。

1988 年

《红楼梦》研究中的一大问题

缘　起

1979 年，美国的余英时在香港发表文章，提出了《红楼梦》的"两个世界"论和"红学革命"论。余氏的论点是批评和轻视红学研究中的已然存在的各个流派，认为那些都要不得，至少是到了"山穷水尽""眼前无路"的地步了，一个"红学革命"应当或已经出现了。两篇文章都不短，但撮其要旨，就是为了倡导这场颇曾动人听闻的"革命"。

近些年来，红学界的情况依拙见看来，是貌似繁荣兴旺而实际上新的建树不多，确实需要有一个新的局面逐步展开才符合大家的翘望。这个设想中的新局面，大约就是很多人所说的"突破"——也可能就是余氏所说的"革命"吧？

学术研究，经历了时日的发展演进，量变质变，迟早会有"突破"或"革命"到来，过去是如此，将来也必然是如此。所以，提倡"红学革命"，那是应当欢迎响应的。红学界的某些现象中正是包藏着大量的"原地踏步"和"炒冷饭"的长篇撰述——这是群众的议论。那么来场"革命"，扫旧弊而策新猷，那是再好没有的大事了。

但是，余氏的"革命论"的前提，是他的"两个世界论"。所谓的两个世界，大意是说：这部书中的荣国府的生活一切，是现实的；而大观园的生活一切，则是虚构的——亦即理想的。那不过是作者的"乌托邦"罢了，是一种思想寄托的虚幻世界。余氏进而论断：大观园与"太虚幻境"是异名而同质的。他的"名言精义"是："大观园不在人间，而在天上；不是现实，而是理想。更准确地说，大观园就是太虚幻境。"他又用了"干净世界"一词，意思则又以为是针对荣宁二府为污秽世界而设的比照之"世界"。

余氏的用意是说：红学应该从"文学创作"的角度去研究这部"小说"，而不该是历史的索隐、考证或其他，所以非"革命"不可了。

余氏的这种见解，甚至影响到建筑学家——认为二府是写实，而一园是"虚构"云云。则可见那影响之波及于文学艺术等方面，又是如何之大了。

对于"两个世界"与"红学革命"的论调，毕竟应当如何看待？在学术讨论上，各抒己见，百家争鸣，是惟一的好办法。因此不揣愚陋，将个人的看法试写出来，就教于海内外诸位方家，以资考镜。

本文拟分为：一、大观园的"性质"；二、大观园命名的取义；三、大观园的主题是什么；四、大观园的现实感；五、是"聚散"还是"理想"等几个方面粗陈鄙意。

一、大观园的"性质"

理解《红楼梦》离不开大观园。大观园并不能径与《红楼梦》画等号，可是它也实在是《红楼梦》的主体部分，是人们神游向往的所在。因此，大观园早已成为"老生之常谈"。虽然众多人还是津津乐道，却也容易惹动一种"陈言""俗套"的副感情。但在实际上，人们至今对它的认识与研究究竟如何，还是一个很大的问号。我们若想谈论这个话题，最聪明的态度与做法恐怕不会是自以为能、神情倨傲、口吻轻薄的那种常可见到的了不起的"权威"势派，而应该是老老实实、认认真真地充当曹雪芹的小学生，做一番学习与思索的功夫。因为要想"游赏"这座名园，必须向雪芹笔下寻讨钥匙，而不是向自己的"理想"去觅求入门之路。姑以三五个要点作例，我们不妨试来温习一下雪芹的原文，引起我们已有的记忆，并引发目下重新理会的再思索和深玩味。

第一点，大观园是个什么"性质"的地方？大家说东说西，说人间，说天上，说真说幻。我看还得谛听雪芹的原话，只有那方可作准。"甲戌本"第一回详细交代石头下凡历世的去处，有很明白的文字：

> （僧道）先是说些云山雾海、神仙玄幻之事，后便说到红尘中荣华富贵，此石听了，不觉打动凡心，也想要到人间去享这荣华富贵。……便口吐人言，……适问（闻或作问）二位谈那人世间荣耀繁华，心切慕之。……携带弟子，得入红尘，在那富贵场中、温柔乡里，受享几年。……二仙师听毕齐憨笑道：……那红尘中有却有些乐事，但不能永远依恃，……瞬息间则又乐极悲生，人非物换。

请看芹文明叙，字字清楚：那石头向往的地方是人世，是红尘，是富贵场，是繁华境，是温柔快乐之乡。这一点，是如此明确，任何玩弄笔头以图曲解，都是无用的。下文接言：

> 然后好携你到那——昌明隆盛之邦（脂批：伏长
> 安大都），诗礼簪缨之族（脂批：伏荣国府），花柳繁
> 华之地（脂批：伏大观园），温柔富贵之乡（脂批：伏
> 紫芸轩），去安身乐业。

至此，大观园的"坐标"已经确定得无可移易：那是人世间，
是红尘中，是一处京都，是一门望族，是一座花园，是一所轩
馆。四个层次，井然秩然，——然则大观园之为地，其性质若
何？难道还要再费唇舌吗？

大观园的"属性"是一处花柳繁华之地。今存列宁格勒的
"在苏本"相应的文句则写作"花锦繁华地"。这也很值得注意，
"花锦"者，团花簇锦之意也，试看秦可卿托梦于凤姐时，预
示"眼见不日又有一件非常喜事，真是烈火烹油、鲜花着锦之
盛"。可见"花锦繁华地"，不同于写讹钞误，正是"鲜花着锦"
的呼应之文、诠释之句。

总之，大观园是人间的繁华荣耀之境，也就是石头动心渴
慕的可以"享"其"乐事"的地方——这地方，与石头之本来
居处大荒山青埂峰下构成最强烈的对比。还听雪芹的原话：

> （贾妃）只见园中香烟缭绕，花彩缤纷，处处灯花
> 相映，时时细乐声喧；说不尽这太平气象，富贵风流！
> 此时（石头）自己回想当初在大荒山中，青埂峰下，
> 那等凄凉寂寞，若不亏癞僧跛道二人携来到此，安得
> 能见这般世面？（第十八回）

请问，青埂峰那地方，岂不是凡人想到而不可得的"仙境"？如今与它构成对比的正是人间的最高级的富贵风流之新所在。这就是大观园的最根本的性质。

此一点，乃是全书的开宗明义第一章绝大关目。只要想谈大观园，就得牢牢记住。

二、"大观"的本义是什么

园子的性质明确了，再看它的特点特色何在？园子取名"大观"，到底是何意义？把这个弄得清楚些，又可以避免很多缠夹，也使那"性质"更加显豁鲜明。

要想解释"大观"，大可不必援引什么《易经》的词句或者天下曾有过多少楼亭建筑都以此二字为名，等等之类。学究式的罗列，对我们此时此题的用处无多。我们需要的仍然是雪芹自己的交代。

这个答案，并不繁琐，就在贾妃游幸以后所作的一首七言绝句上，便说得一清二楚：

> 衔山抱水建来精，多少工夫筑始成！天上人间诸景备，芳园应锡大观名。

此诗是分两大方面来解说因何以"大观"命名取义：第一，它是借山水自然之美而加以人工建造而成。此义亦即黛玉题诗所谓："借得山川秀，添来景物新。"这个条件，乃是"大观"的根本特色。——当然，也是中华园林思想艺术的总准则。第二层，便是进而说明：在天工人巧之间，布置下了皇家苑囿与臣民私园的双重特点。"天上"特指皇家，我在拙著《恭王府与〈红楼梦〉》

一书中已举过明清人诗句的良证，而不明斯义者，就又在这种常识性文词上发生了误解。

除了把"天上"误会为天国神居，还有一个"仙境"。这个词语也使很多人发生了错觉，他们认为，黛玉题诗既言"名园筑何处，仙境别红尘"，岂不正说明的是此园与"人间"有别？但论事研文，最忌断章取义。黛玉的诗，这开头两句下面接的正是"借得山川秀，添来景物新"，这就是"仙境"的注脚，说的是山川之秀，使得此园几乎不像人间所有，所以下面才说："香融金谷酒，花媚玉堂人。"拿晋朝首富的石崇家的金谷园来作比，恰恰只是人间的富贵、红尘的别趣而已，与神仙之事真是了不相涉。

这点错觉误会如得免除，自然会更能体认到大观园的真正含义。

三、沁芳——一把总钥匙

但是"大观"是此园的"字面"，它同时还有一个"字胆"，藏在其间，——请君着眼，这就是"沁芳"。

"沁芳"一词，它的引发、缘起，先要略讲一讲；而它本身又自具"表""里"两重语义，更需解说清晰。

沁芳表面上原是为一座亭子而题的，但实际上溪、桥、闸、亭通以"沁芳"为名，可见其重要。亭在桥上，故曰"压水"而建，更是入园后第一主景，所以主眼要点染"水"的意境。题名的构思，则是由欧阳修的《醉翁亭记》这篇名作而引发。此记的开头，说是滁州四围皆山，而西南特秀，林壑尤美。请注意这个"秀"字，——不但林黛玉用了它，李宫裁的"秀水明山抱复回，风流文采胜蓬莱"，也用的是它。（欧公原句为"蔚然深秀"。早年燕京大学对门是一古园，即名蔚秀园，亦取义于此。）这西南胜境，则有一泉，其声潺潺，泻于两峰之间，因此贾政提议要用上这个"泻"字。一清客遂拟"泻玉"二字。宝玉嫌它过于粗陋，不合乎元妃归省的"应制体"，这才改拟曰"沁芳"。雅俗高下，判然立见。贾政含笑拈须点头不语——这乃是十二分的赞赏的表示了呢！

世上一般看《红楼梦》的，大抵也都如此，因为确实是新雅典丽，迥乎不同于庸手凡材，——可不知就在这里，透过字面，却隐伏着雪芹的超妙的才思和巨大的悲痛——原来这正是以此清奇新丽之词来暗点全园的"命脉"，亦即象征全园中所居女子的结局和归宿！

雪芹写《红楼梦》，为什么要特写一座大观园？据脂砚斋的批语说是："只为一葬花冢耳。"这种批语，至关重要，但也被人作了最狭隘的理会，以为修建了一座大观园，只是为了写"黛玉葬花"这个"景子"——这已然被画得、演得、成了一种非常俗气的套头儿了。要领会雪芹的深意，须不要忘掉下面几个要点：

（一）"宝玉系诸艳（按即"万艳同悲"之艳字）之贯，故大观园对额，必待玉兄题跋。"（第十七回总批）宝玉是亲身目睹群芳诸艳不幸结局的总见证人，他题"沁芳"，岂无深层涵义。

（二）宝玉与诸艳搬入园后，所写第一个情节场面就是暮春三月，独看《西厢记》至"落红成阵"句，适然风吹花落，也真个成阵，因不忍践踏满身满地的落红，而将花片收集往沁芳溪中投撒，让万点残红随那溶溶漾漾的溪水，流逝而去。——这才是"沁芳"的正义。

（三）虽然黛玉说是流到园外仍旧不洁，不如另立花冢，但雪芹仍让她在梨香院墙外细聆那"花落水流红"的动心摇魄的曲文，并且联想起"流水落花春去也"等前人词句，不禁心痛神驰，站立不住——试问：他写这些，所为何来？很多人都只是着眼于写黛玉一人的心境，而体会不到在雪芹的妙笔下，所有这些都是为了给"沁芳"二字作出活生生的注脚。

沁芳，字面别致新奇，实则就是"花落水流红"的另一措语。但更简净，更含蓄。流水漂去了落红，就是一个总象征，诸艳聚会于大观园，最后则正如缤纷的落英，残红狼藉。群芳的殒落，都是被溪流"沁"渍而随之以逝的！

这就是读《红楼梦》的一把总钥匙，雪芹的"香艳"的字面的背后，总是隐掩着他的最巨大的悲哀、最深刻的思想。

沁芳，花落水流红，流水落花春去也，是大观园的真正眼目，亦即《石头记》全书的新雅而悲痛的主旋律。这个奥秘其实早在乾隆晚期已被新睿亲王淳颖窥破了，他诗写道：

> 满纸喁喁语未休，英雄血泪几难收。
> 痴情尽处灰能化，幻境传来石也愁。
> 只道春归人易老，岂知花落水仍流。
> ……

雪芹的书，单为这个巨丽崇伟的悲剧主题，花费了"十年辛苦"，在知情者看来，字字皆是血泪。他的"千红一哭""万艳同悲"的总图卷，又于卷末用了一张"情榜"的形式，从《水浒传》得来了一个最奇特的启迪：记下了"九品十二钗"的名次——正、副、再副、三副、四副……以至八副，总共是一百零八位脂粉英豪，与《水浒传》的一百零八位绿林好汉遥遥对峙、对称、对比！

四、十分现实，本是人间

大观园乃是"群艳归源"之地，脂砚又说明：《葬花吟》乃是"诸艳之一偈也"。它的小说含义是"教训"石头，使它明白切慕人世间富贵繁华荣耀温柔的错误估量（由此引出了以"色空观念"的俗浅之思来解释芹书的陈迹旧话），而它实际上是雪芹的重人、爱人、为人、惟人的思想之灵光智焰，他痛惜天地生材毓秀而不得其地、不得其时——不得其用。他为这些人英洒泪呕血，写成《石头》之记，以代恸哭，——这就是看上去区区两字"沁芳"的全部涵量。

这个主题意义，虽经雪芹用各种巧妙艺术手法为世人提破点醒，可惜后世悟者为数不多。正解既湮，枝义自夥。近些年来，余氏又把大观园的出现说成是一种"理想世界"，并且执行单文弱义而大言"红学革命"。只因此说文词聋听，一时颇曾引动耳目，播散影响。时至今日，不觉也是十几年光景了，深愧不知这一"革命运动"已达何等阶段？依愚见而言，一是此说的立论根据的问题，二是以西方"乌托邦"观念来套解大观园的文化认知问题，这两者都禁不住推敲，而尤其禁不住以雪芹原书来勘验是非。"革命派"已经给"考证"从"学术史"上判定了"山穷水尽""眼前无路"，所以，我上文的以芹言证芹意，恐怕还会被讥为"穷而不思变"的吧？但把大观园、太虚幻境、乌托邦三个不同质的东西当成是一个概念，断言雪芹作书是为了追求一种所谓的"理想世界"，那我只好还是请雪芹"出席作证"：

（一）一次贾芸要入园来求见宝玉，宝玉派奶娘李嬷嬷领他进来。红玉乘机探询李奶娘时，李便答云："……偏偏又看上了什么云哥儿雨哥儿！……让上房知道了，可又是不好！"由此可证，园中来一生人，上房（贾政王夫人处）也是在查访监视之列的。

（二）花儿匠将进园栽树，前一日即传知全园，丫鬟们不许混跑，不许混晾（鞋脚内衣）——这在旧时都是不许外人男子入目的。

（三）晴雯病了，图省麻烦，瞒着管家的正主，私自请个医生看看，还得也向大嫂子李纨打了通关，但也早已传命众女子回避，结果胡太医白出入了一番，连一个女子也未看见！"胡大夫以为是为小姐瞧了病，婆子笑说：'你真是个新来的太医。小姐的绣房，你那么容易就进去了!？'"

（四）平素各房丫鬟们都是以做针线活儿为必然日课的（全书例证具在），一次李纨处碧月清早来到怡红院，见芳官等在炕上玩闹，热闹非常，因说：我们奶奶不顽笑，所以连两位姨姑娘（纹、绮）和琴姑娘也给"宾"住了。可知丫鬟们更无从玩起，所以冷清得很。这充分说明，怡红院之外，连顽笑也是不常见的。——其实就连怡红院里，也并非真的"自由"。一次大丫鬟们夜间说笑迟了，外间的老妈妈就"警告"了：姑娘们睡罢，明日再说吧！

（五）一次柳五儿（不过是一个小姑娘），想私自入园找芳官，不料正巧被查园的人碰见，诘问盘查，软禁起来。五儿连委屈带生气，以致病倒。女孩儿尚且不得混入，更何况男的？——宝玉最"贴身"的小童茗烟，总是只能在二门外"探头探脑"，寸步不得入内的（可笑电影、电视里，那小厮一直飞跑进园，如入"无人之境"）。

（六）群芳夜宴寿怡红，这回可算"自由""理想"了吧？可是须等查园，查园特别啰嗦，对付过去，才敢关院门，也是得有大嫂子作"主心骨"，这才敢请人，排座，卸妆，才敢吃酒。

至于唱曲，那是吃醉了之后的"疯态"，第二日提起来还要羞得捂住脸呢！

不必再絮絮了，余例读者自可连类忆及悟及。这种"世界"，有人从中体会出一个"理想"来。我深愧弗如，没有这个智能。我读《红楼梦》，只是觉得大观园现实得很——也森严得很。

姊妹们除了"异想天开"地闹了一两次"诗社"之外，绝不见有什么"轨外活动"发生过。宝玉入园时的"新生活"也不过是"或读书，或写字，或弹琴下棋，作画吟诗，以至描鸾刺凤，闻草簪花，低吟悄唱，拆字猜枚"。这个"理想"的"世界"，倒是还派了婆子们管理起来，讲起"经济效益"来，一草一花都不许人随便折采的。老太太招待刘姥姥，领着她来见见"理想世界"的局面，姥姥也果然东北角上屙屎、怡红院中醉卧，——也得到了她的"理想"了吧？

事实上，作者曹雪芹写这个园子，冬天寒冷，姐妹们出园到上房吃饭种种不便，因此另设小厨房，厨房的"人事关系"引起了各样的矛盾倾轧，以及守园门的婆子们的贪杯聚赌，以致发生了许多奸盗之事，等等，这是全书一个极大的关目。这一切，雪芹的笔是清楚不过的，整个是人间的生活实际，而绝不是什么"天上"，也并不"干净"，更没有什么"理想"之可言。如果有人作此理解，那只能是他个人的事，而不能归之于作者雪芹，更不能算是一种"研究的革命"。

五、盛衰聚散才是主题

孔东塘的《桃花扇》，最为人传诵的名句是卷末的"眼看他起楼台，眼看他宴宾客——眼看他楼塌了"！曹雪芹写大观园，有无孔东塘的那种"瞬息繁华"之感？不敢妄言。但看他怎样在"热闹"中写冷落,也可参透些消息。第七十回书(前文略引数句),明面是桃花社、柳絮词,好像仍是一派"赏心乐事",实在笔笔都是写那个"聚散"的"散"字、"盛衰"的"衰"字。这回书开头是芳官等四人"大清早起"在外屋炕上"裹在一处"地顽闹起来,恰值李纨打发碧月来,见此光景,说"倒是你们这里热闹",宝玉问她你们人也不少,怎么不顽?她答了一席话:

> 我们奶奶不顽,把两个姨娘合琴姑娘也宾住了。如今琴姑娘跟了老太太前头去,更寂寞了。两个姨娘今年过了,到明年冬天都去了,又更寂寞呢!你瞧宝姑娘那里,出去一个香菱,就冷清了多少!?把个云姑娘落了单。

你看雪芹的笔,就是这等令你在不知不觉中已引入大观园将散之境了。再看早在第二十八回,宝玉在山坡上听得黛玉呜咽自诵《葬花吟》,听到"一朝春尽红颜老,花落人亡两不知"之句,不觉恸倒,怀中兜的花瓣,撒了一地:

> 试想林黛玉的花颜月貌,将来亦到无可寻觅之时,宁不心碎肠断!既黛玉终归无可寻觅之时,推之于他人,如宝钗、香菱、袭人等,亦可以到无可寻觅之时矣。宝钗等终归无可寻觅之时,则自己又安在哉?且自身尚不知何在何往,则斯处斯园,斯花斯柳,又不知当属谁姓矣!因此一而二,二而三,反覆推求了去,真不知此时此际,欲为何等蠢物,杳无所知,逃大造,出尘网,使可解这段悲伤?

试看如此种种情怀，全是存亡聚散之大痛，所谓"我这一段悲欢离合，炎凉世态的陈迹故事"（第一回石头自云），那是一丝不走的。红玉说的"千里搭长棚，没有不散的筵席""不过三年五年，各自干各自的去了，谁还守谁一辈子不成！"，也正是全书"家亡人散"大构局的点睛之笔。我们读《红楼梦》，越到后半幅，越是"热闹"抵不过冷落的气氛，一直到第七十九回，迎春既已缔婚，邢夫人命她搬出大观园，宝玉"因此天天到紫菱洲一带地方徘徊瞻顾，见其轩窗寂寞，不过只有几个该班上夜的老妪。再看那岸上的蓼花苇叶，池内的翠芹香菱，也都觉摇摇落落，似有追忆故人之态"。再参看脂砚所见雪芹原文中后来的潇湘馆的"落叶萧萧，寒烟漠漠"——这一切联属起来，不难领略大观园后来应是何等境况了。这之间，雪芹的寓怀与主旨毕竟是什么？是不是以大观园来表现自己所假设追求的理想的世界？又有人认为石头与雪芹是两回事，那么，石头的"理想"原本就是去享一享人间的富贵繁华，石头向往的"世界"原本就是红尘下土、俗世凡间。石头原无其他"理想"可言。然则雪芹借它又抒写了一种何等的"理想世界"？上面的问题，我都解答不出。因此，深愧下愚。

我的感受，仍然是一个盛衰的巨大变化的感慨悲痛，而不是一个理想世界的得失幻灭。"是幻是真空历遍"，真者既逝，追寻如梦。但大观园怎么盖成的？道是"黄金万两大观摊"（"戚序本"回后诗），"再省一回亲，只怕穷精了"（贾珍与乌进孝语）。这也是一个很实际的问题，它完全不同于一座空中楼阁，可以凭"吹口气儿"就"幻化"出来。

石头被弃在荒山青埂之境，得僧道二人之助，携到"太虚幻境"挂了号，方得投胎下凡，生长于荣国府大观园之中。石头切慕的既是人世繁华，怎么又会是来到了"理想世界"？如果把大观园、太虚幻境、理想世界三者作等同观，这里有一个论证逻辑的问题，到底是否已探骊珠，得芹本旨？我看最好还是在中国文化的多环节上多作些基本功式的研寻讨索，少引些洋人洋文化的事，庶几对人对己，都有些实在的好处。

六、"太虚幻境"是怎么产生的

雪芹独创的东西很多，而太虚幻境是其中最特别的一个，在他笔下，此一"幻境"又寓有沉痛的涵义，又富有幽默的笔调。

据我所知，第一个在著作中指出"太虚幻境"的艺术构想的来源何自的，应推邓云乡的《燕京风土记》（请参阅该书第3—5页论牌楼）。我认为，他的看法是真知灼见。

所谓"太虚幻境"，其构想引发，来自北京朝阳门外的东岳庙（天齐庙），此庙建自元代，明清历次增修，声势为京师诸庙之冠，山门外有精美的牌坊，庙内有一层阎王殿，殿的两厢是阴府"七十二司"，内中各鬼卒塑像十分凶猛可怖（雪芹笔下也提到过），并有机括，可以活动起来，曾活活吓死过香客，无人不晓。雪芹的"幻境"布局，全仿此而生，门外有牌坊，门内也有"薄命""痴情"等诸"司"。其意若曰：都说阴曹地府七十二司管人的生魂死魄，有"生死簿"。我则另设"太虚"一"境"，也分诸司，也有簿册，却专管女儿的命运，与之对台抗衡，这番意思也由一条脂批透露清楚：

> 菩萨天尊，皆因僧道而有，以点俗人，独不许幻造太虚幻境，以警情者乎？观者恶其荒唐，余则喜其新鲜。有修庙造塔祈福者，余今意欲起太虚幻境，以

较修七十二司更有功德。（"甲戌本"第五回）

这是一个铁证。雪芹本意，亦庄亦谐，时时调侃俗世陋习，大都如此。而且本是"女儿清净之境"，却又偏偏许宝玉"浊物"来游；既"秘垂淫训"，又还替荣宁先灵教导裔孙，立身功名，委心经济！你看这本身一切，已都是调侃的意味，荒唐的语言，可是却被人拉来当成了什么"理想世界"。《红楼梦》本不易读，但各种揣测之词加上来搅乱耳目，就使得事情更加麻烦了。

结　语

综上所述而观，我不能不对所谓的"两个世界"之说的可信性感到疑问重重。从这个论据前提而倡导的"红学革命"，也并没有真的从"文学创作"的角度来理解《红楼梦》。拿这种观点来反对不同流派的红学研究（历史视角、文化层次），究竟有多大的实际功能与价值？窃以为是大可商榷的。

> 辛未秋七月写讫于燕市东郊庙红轩。时病足困坐，倚榻草成，引书不能备检，然大意具在，不致悬殊。附记。壬申新正初五日重订再记。

[注一]脂批除平实正面注释说解者外，还有四大类别：沉痛感慨的，调侃戏谑的，隐词暗点的，故设迷阵的。涉及大观园的，有两条批，都不属正面说解类："大观园系玉兄与十二钗之太虚玄境，岂可草率。""仍归葫芦一梦之太虚玄境。"有人便上了当，据此认定大观园即与太虚幻境"等同"，皆属虚幻之荒唐言。殊不知那前一条，只是一个游戏式的比

喻，否则，既为幻境，如何又不可草率、要画细图？就自己讲不圆了。后一条则同处的另条脂批又已指明：此不过文章过长时的一种截断手法（宝玉见牌坊，若曾见过，而有所思，遂无心咏题）。只用这样两条"烟云模糊法""蒙蔽读者"一类的批语，便作为认识与立论的根据，其实是很脆弱，经不起什么检验的。

[注二] 中国园林思想，根源于道家的归返自然，故山林丘壑，福地洞天为上，此不可常得，乃于居宅之间，仿佛其风神，领会其意致。它与西方的乌托邦思想——常常包括政治的、社会的理想空想，并不是一回事，不必强作牵合。

[注三] 宝玉入园后，快活了一时，即忽然不乐起来，"这也不好，那也不好，终日闷闷的，只在外边鬼混"。试问宝玉既入了"理想世界"，为何又现此形景？如何解释？

[注四] 贾政与宝玉的"园林思想"有同有异，贾政也不喜过于人为涂饰。宝玉批评稻香村的设计全是人力穿凿，而违背自然之理，却惹得贾政大不高兴。贾政的"理想"是在此园内"月夜读书"与"归农之思"。探春的"理想"也只是一丘一壑，"些山滴水"，小中赏大。但这皆与乌托邦无涉，惟一的一例可与"乌托邦"拉拉的就是第十七回题额时有清客拟曰"武陵源""秦人旧舍"，暗用陶潜的《桃花源记》之典。但宝玉批评中已经指出，那是"避乱"的政治语言，也与所谓"理想世界"是不同科的。

从《易经》到《红楼梦》

中华民族的文化思想中，包含着一个"三才"思想观念。它反映在《易·说卦二》，其文云：

> 昔者圣人之作《易》也，将以顺性命之理：是以立天之道，曰阴与阳；立地之道，曰柔与刚；立人之道，曰仁与义。兼三才而两之，故《易》六画而成卦。……

这就说明，中华先民的宇宙观是"天地人合一"论，而三者皆以"才"为之标称，是"才"之重要可知。换言之，天地人不曰"三道"而曰"三才"者，其义可思。盖道者，就其质性含蕴而言，才者就其功能表现而言。中华汉字的"才"，本义是标示植物的萌生，无限的生命之力正在开始发展发挥。

"三才"包括了宇宙万物、人生社会的一切事物、活动、表现、成果。明人编纂的巨著《三才图绘》，正是此义的一个具体理解与记录。

中华先民认为，天有天之才，如风云雨雪，寒暑推迁，皆是也。地有地之才，如山川动植，金银玉石，皆是也。而人独为万物之灵，即天才地才所孕育之精华的最高表现是也。

中华先民达到了这一认识，方能有《易经》这样的著作产生。

人的价值、使命、功能、抱负……都由这儿开始，而且不断发展对这种认识的深入思索、反复探求的智慧活动。

是以，我曾将这种认识标题为"三才主义"（见《中国文化》第8期）。

古人从"三才"的认识自然达到了下一步的紧跟着的认识，必须"人尽其才，物尽其用，地尽其利"。必如此，方为能尽天之赋才。不然者，即非"顺性命"，而成为"暴殄天物"，——天物包括人在内。

从这儿，就发生了人才的遭际与命运的问题。这个问题也许就是人类文化所不断努力探究的最大的一个根本问题。

因此，中华的文、史、哲，也正是特别重视这一最大问题的学问。

经、史、子、集，统统是人才的思维言行的结晶记录。虞书禹谟是如此，"太史公书"是如此，孔、孟、老、庄是如此，李、杜、欧、苏也是如此。

以上明了之后，方可归题于小说这门学科。当然所谓小说，是指中华小说，特别是明清两代的章回小说而言。

文学基本常识，西方对小说的定义不同于我们的文化传统观念。在我们，小说是史之支流，所谓稗史、野史、外史、异史、外传、别传……都是此一观念的体现命名。"讲史"又是"说话（说书）"市井文娱中的首位分支专科。现存的历史类演义小说从"开辟"一直到清朝、民国的历朝各代都齐全了还不算，别的小说也总要"挂靠"一个某朝某代的历史人物或事件，连《金瓶梅》《西游记》，总无例外。不叫"史"就叫"传"，其名似异，其质一也（如《三国》最早刊本也叫"传"，《水浒》是"传"，

《说岳》是"传"……《海上花》也是"列传"……）。

讲"史"毕竟为了何事？当然可以说是为了兴衰治乱，温古鉴今；但略略追进一步再问兴衰治乱是因何招致的？于是回答便落到了治国安民的圣君贤相、文武良材——问题就立刻显明了：原来，讲史就是讲的人、人物、人才。此点最关紧要。

好的君相将帅，就是出众的人才，这些人才的得用（能展其才），便造成治世昌明的局面；如若相反，人才埋没、屈抑、损害，则造成了乱世涂炭的时期。因此，讲史中尤为受欢迎的"讲三分"（三国故事），就是赞叹魏、蜀、吴三方的各自拥有的出色的文武人才。

这儿，就包括着他们的遭际与命运的问题。小说中的"后人有诗叹曰……"正是良证。

唐代大诗人李义山（商隐）写下过儿童慕效三国人物的句子，而且自己的感叹是："管乐有才真不忝（指诸葛丞相），关张无命欲何如！"这就完全是他对人才的痛切的感叹。宋代大词人苏东坡（轼）则写出了"大江东去，浪淘尽，千古风流人物……江山如画，一时多少豪杰！"。东坡也记下过听说书的群儿向蜀反魏的表现，但他自己十分赞美的却是东吴的周郎，他那"羽扇纶巾"的儒将风度，他那"雄姿英发"。

这儿已经表明：打动诗人词人的，并不只是"倾向"于三国中哪一方的事情，而是人、人物、人才！而是那些人才的遭际与命运！

此义明了之后，才会懂得：为何三国故事之后，又出了同样为民众热情传述的水浒英雄的故事。

东坡是北宋人，时在徽宗之前，所以他心目中仍然是三国风流人物。而到元明之时，文家艺匠，便转而赞叹宋江等三十六英雄了（如龚圣作《赞》，陈老莲作画）。

什么叫"英雄"？一定就指"拿刀动斧"的武士？非也。英，是植物的最高结晶表象；雄，是动物的最高形质表象——两者合称一词，代表"地之才"的精华，而又借以赞美人才的出类拔萃者。"雄姿英发"，两个字已经分出同现了。"英才""雄才"，也是中华汉语文中的常用的美称之词。

那么，《水浒》何以能与《三国》同列而媲美呢？它的独特价值又在哪里？

答曰：《三国》人才，不出帝王将相；而《水浒》作者[注]却不去再写那些人，他竟敢冒天下之大不韪去写一大群"强盗"——被人贱视、敌视、恶视的犯法犯罪之人！

那位作者认为：我要写他们，他们并不是天生的坏人恶人贱人，相反，他们本是头等人才，即英雄人物，而他们遭到的不是展用施为，尽其才美，却是屈抑陷害，落得家破人亡，无立足境。

"逼上梁山"，这个成语，已经变为一个"典故"使用了。

所以《水浒》的主题仍然是人、人物、人才，不过加进来的是因时代、身份、环境等原因而遭到了令人悲愤难平的命运播弄。这也就是昔人目之为"愤书"的真正义理。

此义明了之后，方能谈及理解《红楼梦》的这一重要课题（本文中，《红楼梦》一名只指曹雪芹原著）。

曹雪芹是怎么萌发要作此小说的意念的呢？因素动机，自然并非单一的（可参看拙著《曹雪芹新传》）；但其中主要的一个是来自他对《水浒》的感受与触发。

当世研究者皆已看到，《红楼梦》之所以取一家族、家庭众多妇女为题材，是受《金瓶梅》的启迪，这原不错。但大家却仍未晓悟它受《水浒》的影响更大，更直接。前者的启迪是"形式"方面为主，而后者的影响则是"精神"方面的居要。

雪芹之作小说，一贯的精神是"又继承又翻转"。对于《三国》《水浒》，他深识其写人才的主旨，所以在这一点上他是继承踵武；然而他的价值正在于绝不肯重复前人陈言旧套。他以为，无论帝王将相也好，还是草寇英豪也好，都可归于"须眉浊物"一类，亦即不出"一丘之貉"，是断不肯再写这种"浊"气满身的人物的了，他要"翻转"，大笔重彩地集中多态地去写历来为人忽视、歪曲、作践的女性人才——即脂粉英雄！

"脂粉英雄"，是个独创的文学语言，也是人的价值观的新奇表述方式。此语即见于芹书之第十一回，托言秦可卿临逝与熙凤梦中永诀谆嘱，其言曰：

"婶婶，你是个脂粉队里的英雄！……"

请看这是何等的一种心胸眼界！庸常之辈（包括男子），能见及此而道得出否？（凤姐本是全书中男女二主角中之女主角〔男为宝玉〕。雪芹全力写她的超众之才，但被程高的续本彻底歪曲了这个原为雪芹高度评价的人物。参看拙著《红楼梦与中华文化》下编。）

美国普林斯顿大学比较文学、中国小说专家浦安迪 Andrew H.Plaks 教授所著《明代小说四大奇书》（已有中译本问世），强调中国明清小说名著皆是文人手笔，已不同于市井瓦舍"评话"的质量风格——他在中文版上用华语自撰的弁言中称之为"文人小说"，原话是说：

> 首先，本书的核心论调原来是从比较文学的观点出发的，即视明清小说文类为一种归属于书香文化界的出产品。因此始终标榜这"文人小说"的概念。

好一个"书香文化界"！我们中国学者似乎自己还不肯（不会）如此措辞宣义。雪芹确实当得起这个书香文化界作家的美称，这种人喜欢从中华汉字文化特点上运用"对仗"修辞美学手法，所以他是有意地要与《水浒》构成工致的对仗主题——

> 绿林好汉
> 红粉英雄

红粉即脂粉，"红粉佳人"原与"绿林好汉"对得更工，但雪芹对已有的"佳人才子"派小说在《石头记》开卷就表示了批评与不满，故此略将"红粉"变换了一下，并且另创了"脂粉英雄"一个绝妙崭新的、耀人眼目开人心胸的主题"宣言"。

何为脂粉英雄？今天的语言就说成是"女性人才"了，这很好懂。（当然，汉文上的风格情趣上的差别，就不暇在此细论了。）

因此，从芹书本身取证，也就不难理解，例如——

一、雪芹自言，那些亲见亲闻的闺友的"行止见识，皆出于我之上"。

二、他又托言自辩，那些"异样女子"是"小才微善"。

三、熙凤的册子判词是"都知爱慕此生才"。

四、探春的册子判词是"才自精明志自高"。

所以他对妇女人才的感叹是：

> 金紫万千谁治国？裙钗一二可齐家。

无待繁辞，斯旨可晓，只要不受程高伪本"宝黛悲剧"假主题的欺骗，细读全书，即不难尽领雪芹之本怀了。

《水浒》写了多少人物？一百单八条绿林好汉。

《红楼》写了多少女子？一百零八个脂粉英豪。此言何据？即在原书开头，大石的尺寸，高为十二丈，脂批双行注云："照应十二钗。"又其"方经"为二十四丈见方，脂批又注："照应副十二钗。"（一本作"总应"）。可知"副"是广义，包括副、又副、三副……而言。那么，24×4（边）＝96，是正钗以下诸层副钗的总数，因此——

12（正）＋96（副）＝108

即此已可确证：雪芹在原著卷末所列"情榜"，全部女子人名，正是一百零八个。

这又充分说明，我谓雪芹著书，是直接从《水浒》得其启示、联想、构思——"又继承，又翻转"，推进一步新思，创出一番新境。

这就是中华文化史上的第一次提出的崭新而正确的妇女观，女性人才颂歌与悼词。

既是颂歌，如何又是悼词？

君不见，（水浒）一百单八好汉，个个悲剧命运结局；《红楼》一百零八女子，也正是个个悲剧结局——雪芹谓之"薄命司"中"注定"者是也。

此又所谓：虽翻转，实继承。一部《红楼》正如《水浒》，写的乃是妇女人才的遭际命运，她们都是出色人才，而皆遭埋没、屈抑、陷害。

雪芹之书，以甄英莲（真应怜）为第一个出场女子，亦即为全书之"代表人物"，而他下了"有命无运，累及爹娘之物"一句总括"考语"，在此脂砚立即批云：

八个字，屈死多少英雄！屈死多少忠臣孝子！屈死多少仁人志士！屈死多少词客才人！今又被作者［雪芹］将此一把眼泪洒与闺阁之中。见得裙钗尚遭逢此数，况天下之男子乎？

而同处还有几条脂批，一齐慨叹，至言"武侯之三分，武穆之二帝，二贤之恨，及今不尽！况今之草芥乎?!"。

我愿研读《红楼梦》的人，都能对此重新注目而集思。究竟雪芹著书，本旨何在？难道只是为了"哥妹爱情悲剧"？不禁为雪芹洒泪之书再三长叹。

这就是《水浒》的伟大，也更是《红楼》的伟大。

《易经》以乾坤作首，阴阳是脉，三才（也称"三极"）为纲。通观中华文化，从《周易》到芹书，正是一条形貌不同而神情通贯的人类高级神智灵慧的辉煌载记。

甲戌二月初二日写讫

［注］最近林庚先生《从水浒戏看水浒传》（北大中国传统文化研究中心《国学研究》第一卷）与浦安迪教授《明清小说四大奇书》，皆不承认施耐庵为作者。拙著《曹雪芹新传》中仍用施名者，以雪芹当时之认识为出发点也。

探佚与打假

《太原日报》的《双塔》版，愿意将几千字的版面惠予学术讨论，而且范围包容了红学中的探佚学，我不知全国市级日报能够这么做的共有几家？令我心中充满了敬意。承安裴智同志的美意，要我参加争鸣，我真不应该辜负这个宝贵的版面而"交白卷"，于是挥汗命笔，贡我拙意——用雪芹的话，就是"试遣愚衷"了。

探佚是干什么？又为何而探佚？

探佚是寻真，寻真也是为了打假。

人们现下时兴"打假"这个措词，干脆利落，带劲又带味儿。人们都懂得假东西必须痛打——假名牌，假钞票，假药物，假珠宝……连交警、军人都出来假的了，祸国殃民，不打怎么得了？！

可是，中华文化上第一流宝物《石头记》也有假，人们就不全是那么关心了，打不打似乎无关大局，小事一段，甚至有人不知辨假——更甚者宣称假的不假，就是"曹雪芹原著"，说将程高本120回"全本"割裂为前80回、后40回是"犯罪"！

这么一来，寻真揭假的探佚者，倒是反该痛打的了！你看，咱们中华文化领域上的事情，奇也不奇？怪不得脂砚斋早就批了："一日卖了三千假，三日卖不出一个真！"我想，那"三日"还不对，应改为"三年"或"三世纪"才是真情。

探佚学，崭新的红学分支专科，近年建立起来了。有人不理解，有人反对，有人挖苦，以为这纯粹无中生有，不啻算命打卦。哪门新学问都是在"四面楚歌"声中生存而且发展的，探佚学也不例外。我为梁归智教授序《石头记探佚》时就预言，此学将是红学中最有生命力的一支新学科。事实证明了那话不虚。短短的这十来年，探佚学已由各种形态而表现于文化学术的园地，已然不再是孤木不林、孤掌难鸣了。自然科学家、文艺创作家，也都"不请自来"地参加了我们的"队伍"。"楚歌"能吓倒一种真实生命力的人文科学的生旺兴荣吗？看来吓不煞人。真有生命力的学问事业自有它逐步发展的规律。

规律往往不是直线，有起伏波澜，有曲折进退，有艰难险阻，但"总箭头"是指向前指向上的。探佚学起步不太久，成绩超过了原先的估量。但它远远还未进入成熟时期，只是一种初级阶段。这就还是带着"开垦性"的一种非常特殊的大胆的尝试性工作。它要伐山开路，走出一条原来没有的坎坷之路径。

这一小批"伐山开路"工作队，阵容还很不强大，有点儿"尚不成军"。更值得关注的是他们并非"组织""机构"，他们只能"各自为政"，自己凭着个人才华思力去摸索，更无什么经验、指导之类可资参助遵循。

这一形势明显得很，不必张皇夸大。正因如此，我对探佚学的"态度"就自然形成两个特点：一是鼓舞，二是宽容。

鼓舞，是双重义：我见了探佚性质的文章著述，我自己先受到了鼓舞，而我对那作者也给以鼓舞的表示。宽容，是力戒"求全责备"的想法，观其大略，有一可取，即原谅其细节上的不妥善。也就是说，不苛求于人，也绝不过早地泼人冷水。

这是何故？因为出一个肯来打假的学人，是太不容易也太不简单了，我不忍"伤"他——挫其锐气，败其兴致。

这是不是明知不然、故为"纵任"呢？也不一定。第一，自己所谓的"不然"，是自己的尺码量人，不宜对这尺码过于自是自信。第二，即使自家尺码有些准头，也要给学术交流考虑充分的对话气氛，只宜用委婉的方式轻轻"点""照"，希望他能因而自悟自理，而无待掰瓜露籽，大嚼无味。

这"心态"的深处，还另有一番道理——

我总以为，纵使目下某一特定的探佚性作品还有毛病或问题，——它所寻到的"真"还不即是雪芹原著之真，那也比程高的伪续要"好"要"真"一些，因为，程高是别有用心的假，而此探佚之作的非真，仅仅是学力、思力、悟力、慧力不够的问题，两者性质是绝不相同的，而后者的非真毕竟是寻真者的能力不足，而非"居心叵测"（胡风先生评高鹗伪续之用语）！

再者，探佚的成果，自然有高有低，有得有失，有是有非，但别的研究领域中何尝不是如此？岂独一个新兴的探佚之学？抱着过早过苛的态度去对待它，难道是公正的应该的？探佚者所提出的论点与初步结果，当然难保即已尽得雪芹原著之真，这也毋庸惊怪轻薄、当头一棒，因为，他们的探索成果不管多么"非真"，也总是给世上的在二百多年来被程高伪续骗局的牢笼死死蒙蔽住的人们，提供了新的思路、新的意念、新的境界——这就首先起了一种牢笼可以也应当打破的"醒觉"作用。这作用，也许一般人还不能一下子领悟体受，但它实在是非常重要的一个打假寻真的开窍因素，轻蔑它就不对了。

以上就是我对所有愿来投身致力于探佚的学人们的"总方针"或"根本原则"。

基于这个方针原则，我对张之、周玉清、刘心武以及电视剧本结局部分的撰者、海外的张硕人等探佚工作者，都表敬意，佩服他们的勇气与毅力，非同小可，因为这真是一种甘冒天下之大不韪，甚至是"犯众怒"的"挑战"，不是人人能作肯定的琐末闲篇儿。至于他们的识见之高低，理解之正误，灵性之多寡，手笔之优劣……那完全是另外角度层次的评议对象与范围了，最好是暂归"分别另论"，倘若一股脑儿都要纠葛在一起，论短说长，那将自陷于"混战"之中、"迷阵"之内，就什么也扯得上——什么也扯不清了，结果，反对探佚的正好抓住你们自己"授"来的好"柄"，说你们探佚的本来就是这么乱来，这么胡闹，这么不成气候。

积五十年来的经验，略知热爱与关切红学的人无虑有千千万万，但真正能做探佚工作的学人，极少极少。发现这种人才，培育这种人才，都不是轻而易举之事。所以，我特别珍视这种人才——因而萌生了"宽容"的心理态度。

宽容，不等于同意一切信口胡猜、随心乱搅。除了那种之外，在思维方法、求证方法上发生了与自己"尺码"有所不同之时，则主张"宽容"，避免自是、自大，以致弄到强人从己。人家毕竟也是"一家之言"[注一]，何必一定要"我"来雌黄？举个小例，我在《文汇报·读书周报》发文评介王湘浩著《红楼梦新探》时，从整体大局出发，给以很高评价，但我不提我对他个别考论的不同看法；王先生认为宝钗结局是死于雪中。这论据显然是第五回册子判词中的"玉带林中挂，金簪雪里埋"，不能说他是无所依据而逞臆之言。但问题是：如照此种推理考论的方法，那就应当同时得出另一结论："林黛玉是在树上吊死的"。可是谁也没这么提过，则其故何也？足见王先生那个考论未必妥当，可是我不想多口[注二]。因为，王先生至少还是示人以一点：程高伪续中的宝钗"结局"，是个大骗局。这也初步起了打假的作用。至于到底如何，尽可从容切磋讨究，逐步寻到真解真境。

以上这点拙意，都与朋友在通讯中申述过；但我以为，如果不瞩目于大端，而多涉这些你长我短的琐细之处，就大大不利于探佚学的繁荣发展了。

我的这一点意思，或许也可说是一种苦心吧？这苦心自然也会有人不以为然。不过他若能想上一想：程高伪续的文化流毒，酷烈了二百多载，直到今日还在被人宽容着颂美着，誉为"伟大"过于原著，云云，那么我们对刚兴未久的探佚之学采取一些适度的宽容，就反而不行了吗？我们不是提倡讲科学讲道理的良好学风吗？

探佚新学科虽说是建立未久，它的根源却也悠远，实际从乾隆末期程高本一印行，就引起了学人的思索，今日我们已经可以征引十多家的文字记载，一致证明了在120回"全本"之外，另有一种旧抄本，约有16册分订，共约30回书，内容与程高本迥然绝异。这种抄本，有的称为"异本"，有的称为"旧时真本"。尽管有人不相信那就是雪芹原著（以为也是一种"续书"），但记载者提出了"真本"一称，却十二分重要，这重要在于：讲"异本"的还可以解成是"好奇"，而提出"真本"的这个事相，却的的确确地反映出当时文人读者界的寻真与打假的认识与要求了！这一点方是我国小说史（文化史）上的头等大事，忽视了它的意义，就只能落于"看闲书解闷儿"的文化层次，那自然就再不必深谈什么真妄是非了。

我自己"失足"于红学的"考证派泥坑"里将近半个世纪，不知陷溺于此者究为何故？如今一回顾，原来是由胡适先生争论版本真假的问题，引发了我的要把真作者曹雪芹的时代、家世、生平、思想、文字……一切一切，都弄个清楚的大愿与虔心。直到 1953 年拙著《红楼梦新证》问世，评论界毁誉百端，捧场的惠以齿牙，说是"材料尚称丰富"（何其荣也！），可是绝无一人说过《新证》的惟一而总括的目的就是寻真打假。更奇的是，寻真不对了，打假更错了，我的揭露批判程高伪本倒是犯了错误——"太偏激了"。

在真伪问题上，还发生"偏激"与否的评议，那么可知反"折衷主义"白白反了许多年，假的到底该打还是该赞？我认为在这个问题上绝不能有半点糊涂。

我"坦白"了上述的思想，就是为了说明：我对探佚学的态度是有其根由的——此外并无别意。

从我自己的经验体会来说，探佚毫无奥妙或神秘可言，更非那种讥为"占卜"者所理解的那样"迷信骗人"。探佚的主要依据是雪芹的笔法与脂砚斋的批点。在此以外，参考见过真本异本的人的诗文记叙。雪芹笔法中一大特色是前面"闲文"处处都是后文的伏线。

伏线，即"草蛇灰线，伏脉千里"之法，此法中华小说独擅，而雪芹将它运用发展到精妙绝伦的奇境地步，万人难及！鲁迅先生是最早认识此一要义的，所以他评价续书时明确提出要看与原书伏线背与不背，以此作为尺码标准（具见《中国小说史略》第 24 章）。这其实也就是探佚学之所以产生、建立的根本来由与科学依据。那种讥探佚为"占卜"的，恐怕是对这些道理没有领会能力之所致，故而出语轻薄，"俏皮话"骂人，他们实在没读懂雪芹的那支笔，应当下虚心，也该向鲁迅学习。脂批只是随文信笔，偶然逗漏了一鳞半爪，却令我们感受到丘壑深幽，情景层叠。脂砚并非"卖关子"，故弄玄虚，弄什么"悬念"吊人的胃口，一点儿也不是；只是因为自己深感于前后文兴衰呼应，情节笔致的令人无限感叹而涉及了她所熟知的后文的某些实况——她当时是从原书未毁的整体讲话作批的,自然还不曾预料到此整体会痛遭劫数而后人是看不到后半部分的了!这就是那种一鳞半爪的偶然性的性质与情势的实际。她没有也根本用不着(想不到)要为后人提供"原原本本"的详细的探佚"资料"。

正因如此,伏线的暗示性与批点的偶然性合在一起,才使得致力于探佚工作的人对它们需要寻求正确的理解、破译,这已是一层高智慧的工作要求了,更难的是又不止于是一个一个的个别的人物、事件的探佚,还需要巨大的繁复的组联结构上的整体思维——《石头记》是个最丰富巨丽的伟大整体,并非支离破碎的一般篇幅的小说可比。因为这个重要的缘由,我们不能不用推考、想象、假设等合理符情的"补充"来连缀那些伏线与透露。

这样的想象与假设,不同于胡乱猜臆,而是一种研究积累的成果的表现形态;它还不是结论定论,但它实际是一个初步的、相当可能的寻真步骤或阶梯,纵使未达顶巅,却已指向了目标,接近了鹄的。

这所谓的想象与假设,都不是悬空而生的,它们是具有识力悟力的学人对原著进行了长期的、反复的、深细的玩味之后而产生的灵智活动。

提到"玩味"二字,这就触及了中华文化文学的最为关键的特点问题。"含英咀华",咀含就是玩味其最大最美的特点特色,这种特点特色之美,不懂得玩味的人永远理解不到的,他会认为天下不存在这种道理与事实。

伏线有的十分明白,但不经玩味就等于设伏之苦心密意,一切徒然,化为乌有了。比如雪芹原书"情榜",原从《水浒》得思,特以 108 位"脂粉英雄"(秦可卿之语也)与 108 条"绿林好汉"构成奇妙的对仗美学，而他写108位女子，早在开卷即设伏笔，说娲炼大石，高经12丈，方经24丈，而脂批点破："十二，应正钗之数，二十四，应副钗之数"——此二十四，乃四方形之一个边长，四个边长为 $24 \times 4 = 96$，也就是说，十二正钗之外，各级副钗（又副、三副、四副……总括在内为"副"）共有九十六位，而九十六加十二（$96 + 12 = 108$），恰好也就是一百零八的大数（12，阴数之极，9，阳数之极，二者相乘，代表"最多"，乃象征数字，作实数看就冬烘了）。

108位女子，个个不幸悲惨，这才是"千红一窟（哭）""万艳同杯（悲）"的著书总意旨，大思想，深感情，妙笔墨。

所以，我们的探佚，并不是"占卜"，对之横加轻薄，是自外于寻真打假的重大工作了。

我们还没能寻得全部的真，可是确已寻到了不少的真之某部分，而这已然起了极有力的打假作用。至于作家刘心武对秦可卿的研著，我最早表示支持，自觉得这是我应做的事。我的动机仍然是那个五十年来的总根由。心武写的是小说，我绝不从文艺角度妄置一词，赞成他对可卿的疑案作作探究。目前，也不想就他的研究新动向妄加评论。梁归智教授希望他注意一个"度"字，这也是金石良言，是与人为善的诤友益友的榜样，我也是不会把善意看作是"冷水"的。艰难的红学与探佚学啊！你太不容易了，你听了比"四面"还多的"八面楚歌"。还是一起努力吧，发挥才智，掌握"度"槛，让我们的探佚学新苗圃，得到良好的空气、日照、肥料、照料，而健康苗壮地成长吧，多么十足珍贵的一门中华文化上必需而勿懈的寻真打假的学术啊，争取更多学人读者的关怀与支助吧。

甲戌七月中元节挥汗草讫

［**注一**］"一家之言"，原是很高的评价，是说著述能自成一家，堪树一帜之意。现今反用为"仅仅是他个人的意见"了。

［**注二**］疑王先生在这点上是受了吴世昌的影响，其实是讲不下去的。脂批早已指出，此二句实为"生非其地"之义，与"生不逢辰"并为雪芹主旨所在，盖书中女子皆非时非地之悲剧人物也。

"六朝人物" 说红楼

张中行先生在沪报发表文章，谬奖我是"六朝人物"；他说明撰文意在论人而不敢论学，可是他接着就写道：对于我的红学观点，如主张程高续本是有政治来由的，却"总觉得能够摧毁反对意见的理由还太少些"。张先生行文之妙，在此一例中，也足供学写作的人作为范本，可谓笔法一绝。

把话讲得直白一些，就是他很不相信程伟元与高鹗等人之续书是有政治背景的。其实，何止张先生一人，不信的人还多的是。只不过能像张先生这样委婉词妙的不多罢了。

张先生所不信的那个"来由"，到底有与没有？应当切磋讨论，实在必要得很。今试一说拙意。至于"摧毁"力量如何？那又焉敢自封自信，还待方家斧正。

这个"政治来由"并不是我捏造而生的。它是赵烈文亲聆大学者掌故家宋翔凤传述并记之于纸笔的。宋公说：《红楼梦》是乾隆晚期，宠臣和珅"呈上"，乾隆"阅而然之"的。原文可检蒋瑞藻先生的《小说考证》。

什么叫"然之"？点头也，同意也，赞成也。乾隆会"欣赏"这部小说吗？一大奇谈也。再者，和珅何以忽然把这部书"呈上"——征求皇帝的意见？二大奇谈也。要知道，和珅是

《四库全书》总裁，掌管删改抽毁书籍的献策人。还有，雪芹之书从一开始就是有避忌的禁书，传抄阅读，都不是公开的，而高鹗公然在《程本》卷端大书"此书久为名公巨卿鉴赏"，三大奇谈也！再次，所谓"萃文书屋"的木活字摆印（今曰排印了）版式，有人知道那"书屋"云云是烟幕，实乃皇家武英殿版是也——皇家刊书处，给印曹雪芹的抄本禁书？四大奇谈也！

这些奇谈，都怎么解释？不知张先生该是疑我，还是疑赵烈文与宋翔凤？难道惟独对程、高、和珅、乾隆却不去疑他们一疑？

乾隆时陈镛，久居北京，著书记下他亲见芹书八十回，后四十回乃刊印时他人所加！原来，到了《四库》书后期，和珅就把注意力转移到小说戏本上来了，同样删改抽毁。至今还可看江西地方大吏奏报统查弋阳腔戏本结果的详细文件。和珅"呈上"，皇帝"然之"的，正是将芹书删改抽毁并加伪续的假全本。

有人又不肯相信"萃文书屋"是假名，认为它在苏州；又有人说北京也有这"书屋"，两处是本店分店的关系……总之，这是当时印书卖书的书商，云云。

可是，乾隆五十六年（1791）"程甲本"印出后，1794年就有俄国第十届教团团长卡缅斯基来到了北京。他是汉学家，俄国国家科学院通讯院士，极重视《石头记》，在他指导下，俄人买得了两部抄本，带回本国。卡缅斯基又在一部《程甲本》上题记云："道德批判小说。宫廷印刷馆出的。"（见俄学者孟列夫、李福清两氏论文所引）

好了！卡氏是"程本"伪全本出笼后的第三年就到北京的，那时乾隆还在位。外国的使团、教团、商团，消息灵通，又不必像清朝文士百般忌讳，清文士且慢说不易得知政治内幕，就使得知了，也不敢见于纸笔之间，因此教团成员的报告、日记、回忆等文献，一向是治清史的必备之参考要资。卡缅斯基的这一记载，是其一例。当然，他落笔之际万万不会想到这将于二百年后成为红学史上的秘闻与"佳话"！

虽然如此，虽然我个人是相信卡氏的忠实记载的，但仍然不敢强加于张中行先生。张先生是否认为卡氏之言足以"摧毁"那些怀疑派的疑点，那就更非我所敢奢望了。

《程甲本》于1791年用武英殿刊书处木活字予以摆印后，一部禁书立即传遍了天下，二年后都传至日本长崎。没有一个"政治来由"，士大夫们焉敢"人人案头有一部《红楼梦》"乎？去年为1991年，颇有一些红学家们为了纪念《程甲本》问世200周年，举行盛会，歌舞此本的价值与功绩。然而独独不见有人引用卡缅斯基的历史见证之任何迹象，则不知何故？因"纪念"已过，乃觉不妨撰此小文略为之补遗了。质之张先生，尚希有以教我。

1992 年

试表愚衷

——高鹗伪续的杂议

高鹗伪续《红楼梦》后 40 回的评价问题，是个具有 200 年历史的论争老话头了。本文倒并不想与哪位"论争"，不过是偶思旧话重提，表一表自家的一些拙见——是杂感式的，既不全面，也不系统，聊备参酌而已。

我读《红楼梦》，自初中时期开始。很奇怪，读到第 80 回时，感受是一种味道；一到第 81 回，忽觉一切硬是变了，而不管怎么努力"耐心"地往下读，竟是无法读得下去了，只得掩卷而叹。自己纳一回闷，说不清这是怎么回事，只觉得很别扭，很难过，真是怅然无趣，惘然不乐。

后来长大些了，仔细思索一番，觉得即单从"创作规律"来说，前面雪芹费了十年辛苦，字字是血，缔造经营，写到七十几回上，那真是鲁迅先生所说的，"已露悲音""悲凉之雾，遍被华林"了，即下面紧跟的情节发展就是荣府事败家亡人散的正式揭幕了，其剧变之惨烈是令人震骇而竦息的——如何一打开第 81 回，却又是"四美"钓鱼的"良辰美景，赏事乐事"了？雪芹还有那么大"兴致"写这个吗？更令我惊骇的，是宝玉竟然乖乖地"潜心致志"于他素来极憎恶的八股文章了！——连林黛玉也开始赞美"八股"是一种"清贵"之文了！

这是雪芹本人的头脑与心灵的"创作发展"吗?! 从此,我对高鹗所以发心费力地续书的动机与目的,产生了很大的怀疑。

再后来,我在天津南开中学读书,与同窗黄裳(著名散文家,作协理事)小弟,每晚校外散步,必然要把讨论《红楼梦》作为主要的话题。我们也有热烈的争论,互不相下——少年气盛时也。可是说来大有意趣:我们二人对高鹗伪续的"不忍卒读"竟然是完全一致,可谓抵掌"掀髯",相视莫逆,而每每大笑不已!

我在这个问题上认真"对待"、进行论争的"对方",却是胡适之先生。简洁地叙述往事吧:弄到后来,我在信札和文稿中批评了他:一位收得了《甲戌本》真品(当时惟一的一部未遭高鹗篡改歪曲过的真本)的人,却依然大力为所谓《程乙本》(初篡改歪曲得最厉害的一个坏本子)竭诚宣扬捧赞,实在不该。我甚至说了这种的不知轻重的话:曹雪芹当年作书,根本不同于胡先生对"白话"的那种认识与主张,他更无意让他的书"进入《白话文学史》!〔按:此指胡的著作而言。〕这下子,胡先生确实不高兴了,他将我的文稿的这个地方用紫色笔打了一个通页的大十叉!(此件我还保存无恙,可以影印传世。)

这是40年代的旧事了。引人思索的是:等到他晚年因《红楼梦》问题而写信给台湾小说作者时,他将雪芹的书评价得很低很低,而且引用的一段《红》文,竟然仍是他欣赏珍爱的《程乙本》的"文本"(此事在1960—1961年)。

还回到我自己——我后来读到了蒋瑞藻先生引录的赵烈文《能静居笔记》,里面记录了清中叶大学者(掌故家)宋翔凤的谈话,大意说:乾隆末期,宠臣和珅将《红楼梦》"呈上",乾隆帝"阅而然之"——还发表了"索隐派开山祖"的红学见解!

我那时读到此文,真如雷轰电击,震动极大。心中纳闷:乾隆会"肯定"(然之)雪芹的原书?! 那太神话了。此中定有不宣之秘。

1980年，为首次国际红学研讨会写论文，我正式提出：程高的伪续，是有政治背景和"教化"意图的，和珅所"呈上"的，是指伪续120回本炮制完成，送皇帝审阅"批准"的——所以才能有"然之"的表态。

我的论证共三万言，有人很赞同（如台湾的专家潘重规教授）。也有很反对的，说我是以"四人帮"的"左"的思想给程高"罗织罪状"。

等到1985年，苏联汉学家李福清、孟列夫共撰的论文在我国发表，披露了一项极关重要的文献，简单地说——

伪续"全"本《程甲本》120回，首次刊行于1791年。三年后，即1794年，俄国的来华第10次教团的团长，名叫卡缅斯基，是位高明的汉学家。他对《石头记》《红楼梦》十分注意。在他的指点下，俄人收购过不下十部抄本和刊本。在今圣彼得堡大学东方系图书馆收藏的一部《程甲本》上，卡氏用18世纪的归笔法题记云："道德批判小说，宫廷印刷馆出的。"[注一]我读到这些话，真比初读宋翔凤的传述时的震动还要强烈，万没想到，高鹗伪续何以能用木活字"摆印"（后世才改称"排印"）的重要谜底，早在二百年前已由俄国学者替我们留下了忠实的记载——惊人的历史奥秘！

原来，在我们国内对"程高本"之"萃文书屋"木活字版的缘由是大有争论的：一种意见认为那"书屋"是书贾的称号，有人甚至指定它设在苏州——或北京的"分店"。一种意见认为，久传"程高本"是"武英殿版"，当时并没有"萃文书屋"那个实体，也无木活字印小说的条件。笔者属于持后一意见者。但我早先无法知道俄国汉学家、教团团长卡缅斯基的记录，所以缺少服人的力证。（当时外国使团教团记下了很多历史情况，并且是清代人不敢记之于文字的。）

卡氏所说的"宫廷印刷馆"，就是当时设在宫内的"武英殿修书处"。这是为了刊印《四库全书》而建置的木活字"皇家印刷所"。

这样，证实了我的论证：程高伪"全"本是《四库全书》修纂后期、基本工程完成、以余力来注意"收拾"小说戏本的文化阴谋中的一项；此事实由和珅（修书处总裁官）主持。当时连民间戏本都要彻查，或禁毁，或抽换篡改，即《全书》对中国历代文史哲一切典籍著作的阴谋做法。

曹雪芹的真本原著，会能得到武英殿修书处为之活字摆印的无上荣宠吗?! 那可真成了"海内奇谈"。假使如此，雪芹还会贫困而卒，至友敦诚还说他是"一病无医""才人有恨"吗？雪芹的悲愤而逝，不正是因为他已得知有人主使，毁其原书之后部，而阴谋伪续以篡改他的心血结晶吗？

我由此益发深信：高鹗作序，公然宣称，此书是"名公钜卿"所赏，其所指就是由大学士（宰相）和珅出谋划策，纠集了程、高等人实行炮制假"全"本的不可告人的诡计。宋翔凤所述的掌故，分明就是此事无疑了[注二]。

这，早已不再是什么"文学创作"范围与性质的事了。从文艺理论的角度和层次，是解答不了这种清代特有的历史文化现象的。

正因此故，我对高鹗伪续是彻底否定的。即使他续得极"好"，我也不能原谅他；更何况他那思想文笔又是如此地令我难以忍耐呢？

但因此，我却招来学术范围以外的破口谩骂和人身攻击——连我的亡亲父母也在被骂之列！此骂人的学者就是著有

《平心论高鹗》的林语堂。

说来有趣，海外有一位"林迷"，读了林氏的这篇数万言的大作，竟然改变了他向来对林氏的仰慕之怀，写了一篇文章，题作《不忍卒读》，署名曰"一言堂"，有一段说：

"在我读了台北出版林语堂的《平心论高鹗》之后，因此动摇了我从初中三年级由《论语半月刊》创刊起，数十年来热诚捧林的'信仰'，对林是'有条件地'捧了，因为后四十回文字简直太要不得了。

多次为作点'私底下'的研究，我硬按下心，'理智地'读，也按不下心去。我们中文'不忍卒读'四字，到这时才体会到古人用字的苦心。"[注三]

他的"不忍卒读论"，确使我忍俊不禁，天下的人，口味不同，但总还有同味者在。

这位数十年捧林的撰文者，只因《平心论高鹗》这一篇全力捧高的文章，竟然对他素来崇拜的对象林氏发生了幻灭感。这事情就非同一般了，值得我们深刻玩味。那撰文者所说的"后四十回文字简直太要不得了"，以至"不忍卒读"的问题，又毕竟是个什么问题呢？更值得大家一起思索探研。

显然，那首先应该是个文艺鉴赏的问题，但这种鉴赏又显然不单是个"文字"的事情，那"文字"一词，实际所包甚多，而绝不只是"遣词造句"与"修辞学"的那一含义。

这个例子是重要的，因为那撰文者，与我不同，他并不知道高鹗的"文字"的产生与印行是与"宫廷"紧紧相联的。他也没有其他"爱憎""恩怨"等感情因素影响过他的文艺鉴赏能力和素养水准。

清末《老残游记》的作者刘铁云，早能看懂曹雪芹作书的主旨就是"千红一哭"与"万艳同悲"，说不定他就是第一个揭明雪芹运用谐音字"窟—哭""杯—悲"的人。他是个具眼英雄，不提什么"哥哥妹妹"的爱情那一"小悲剧"。高鹗受命篡改雪芹本旨，其手法却正是彻底抹煞了原来为千红万艳恸哭的博大精深的主题内涵，而将"故事"集中狭隘化庸俗化为"掉包计""小人坏人破坏美满良缘"，将此巨著引向那一条直线和一个小点上去。正因此故，他不能不湮没所有原著中早经敷设的"伏线"艺术，完全改变了原书的结局内容与精神世界。

　　"伏线"是中国古代小说家的一个独特的创造，所谓"草蛇灰线，伏脉千里"，从《水浒》到《红楼》有了一个升格的发展。鲁迅先生论《红楼》，也承认"伏线"这个文学技法与美学概念。高鹗却为了他自己的需要与目的，肆意破坏前80回中精密安排的伏线。比如贾芸、小红的结合与宝玉、凤姐的后文处境是遥遥而又紧紧地联着的，高续中则一无所有了。此等举不胜举。鸳鸯结局原是贾赦怀恨，放不过她，最后贾母既逝，乃诬鸳鸯与贾琏"有染"（她曾好心为贾琏偷运贾母的东西去押当款项救急，却被指为"罪证"……），因而被贾赦害死。但到高续中，鸳鸯却成了服侍老太太归天之后的"贾氏恩人"——高鹗硬让这个可怜的被害者"全节全孝"，硬让贾政"行礼"敬祭她——连宝玉也"喜得"跟着向她行礼致敬呢！

　　窥豹一斑，尝鼎一脔——够了够了。我为雪芹悲愤，鸣冤，于是落了一个对高鹗"不公平""偏激过甚"的评议。

　　如有不公平与偏激之失，那是应当改正的。不过我也想：这不该是只对高鹗一方的事——对曹雪芹呢？却由谁来为他叫一声"不公平"和"偏激"呢？！真是，喊冤的不应都往那一边站。

　　说到"偏激"，我也并不真能克当。胡风先生后来发表了他的《红楼梦交响曲》及其序跋诸文，当时就有人告诉我说："现将登出一篇评高鹗的文章，比你还要偏激！"我当时半信半疑。

谁知读了之后，真是比我"偏激"得多！我自愧弗如。

胡风先生不是什么红学家，也没见过什么珍本秘籍，他的慧眼竟能看出了事情的本质。你听他说：——

"对高鹗续书和高鹗本人得出了完全否定的结论。（中略）我认为，他不但和曹雪芹的斗争目标没有任何继承关系，而且是居心叵测地企图消除掉曹雪芹的整个斗争精神。"

他还单刀直入地揭明：高之续书是"五四"以前的中国文学史上的一个最大的骗局！

这是奇迹——胡风当时只能得到一部通行的"程高本"，没有任何可供参考的资料如论文之类。他没有受到任何人的影响。他更没凭借过什么"考证"。

不禁要问一句：这种的"偏激"之见，又是从哪儿产生的呢？

最近读到山西大学梁归智教授的新版《石头记探佚》，增订到将及50万字。其下半部《思理编》乃是一系列重要理论文章，从哲学涵义、美学系统、接受美学、传统文化与国民性等多个层次和角度来论析高鹗续书的新著作。关心这一论题的，若能取阅，当有收获。

杂感还多，姑且从省。如今只单补表一句话，以作本文的结尾——

如上面所叙，虽很粗略，已可看出这远非一般性的文艺范围的"仁智"之分，也与"士各有志"不是一回事。在胡、林等已经过去的阶段，还只是企图为高续争一个"不逊于曹雪芹原作"，或"即等于"原作，还不敢超越这种提法；但在近年，国内大陆上却出现了"伟大的是高鹗，不是曹雪芹"的公开宣论。这自然会使胡、林等望尘莫及。其实，这也不过是一己之见，原与别人无关。但这种宣论还不到此为止，它还要诽谤别人维护曹雪芹，甚至新加进人身攻击的成分。这就离开学术更远了。

回顾一下，为了维护曹雪芹的本真，为之辩诬鸣冤，揭发的是清代人的事情，没想却遭到了胡的教训、林的谩骂，以及他们以外的诽谤攻击。起先也觉奇怪，后来想这实际上并不是受辱，倒是很值得自豪的，因为他们指目我为护曹的代表，这岂不是最大的光荣？真的，这比什么荣誉称号学位都难得多，我毕竟做了一点有效果的工作——寻求中华文化史上成就奇伟的大文星曹雪芹的本真，寻求他的真精神、主旨、意义、价值，这已为反对和攻击所证明了。这就是我的初心和努力的目标，还用得着计较区区个人得失利害吗？

鲁迅先生研究小说，曾以"埽荡烟埃""斥伪返本"为标的。这八个大字，我是永远服膺佩纫的。

1993 年

[注一] 见其所著《列宁格勒藏抄本石头记的发现及其意义》。

[注二] 关于彻查民间戏本的事，周贻白在《中国戏剧史》中就引录了地方大吏查办之后的复奏档案，可资参看。此 1791 年首刊的《红楼梦》假全本骗局本是"宫廷版"，乾隆批准的；但到 1991 年因是此宫廷御准本的 200 周年，所以红学界还为纪念它的出版颇为热闹了一阵，对之加以赞扬。此亦中国文化异象之一大事例。

[注三] 转引，见台版《红楼梦研究专辑》中《红学论战——以林语堂为中心》卷。

《〈石头记〉探佚》序言

此刻正是六月中伏，今年北京酷热异常，据说吴牛喘月，我非吴牛，可真觉得月亮也不给人以清虚广寒之意了。这时候让我做什么，当然叫苦连天。然而不知怎么的，要给《〈石头记〉探佚》写篇序文，却捉笔欣然，乐于从事。

研究《红楼梦》而不去"打开书"，研究作品的"本身"，却搞什么并不"存在"的"探佚"！这有何道理可言？价值安在？有人，我猜想，就会这样质难的。舍本逐末，节外生枝，还有什么词句名堂，也会加上来。

《探佚》的作者，曾否遭到不以为然的批评讽刺，我不得而知。假如有之，我倒愿意替他说几句话。——以下是我假想的答辩辞。

要问探佚的道理何在，请循其本，当先问红学的意义何在。

"红学"是什么？它并不是用一般小说学去研究一般小说的一般学问，一点也不是。它是以《红楼梦》这部特殊小说为具体对象而具体分析它的具体情况、解答具体问题的特殊学问。如果以为可以把红学与一般小说学等同混淆起来，那只说明自己没有把事情弄清楚。

红学因何产生？只因《红楼梦》这部空前未有的小说，其

387

作者、背景、文字、思想、一切，无不遭到了罕闻的奇冤，其真相原貌蒙受了莫大的篡乱，读者们受到了彻底的欺蔽。红学的产生和任务，就是来破除假象，显示真形。用鲁迅先生的话来说："埽荡烟埃""斥伪返本"。不了解此一层要义，自然不会懂得红学的重要性，不能体会这种工作的艰巨性。

在红学上，研究曹雪芹的身世，是为了表出真正的作者、时代、背景；研究《石头记》版本，是为了恢复作品的文字，或者说"文本"；而研究八十回以后的情节，则是为了显示原著整体精神面貌的基本轮廓和脉络。而研究脂砚斋，对三方面都有极大的必要性。

在关键意义上讲，只此四大支，够得上真正的红学。连一般性的考释注解红楼书中的语言、器用、风习、制度等的这支学问，都未必敢说能与上四大支并驾齐驱。

如果允许在序文中讲到序者己身的话，那我不妨一提：我个人的红学工作历程，已有四十年的光景，四大支工作都做，自己的估量，四者中最难最重要的还是探佚这一大支。一个耐人寻味的事例：当拙著《新证》出增订版时，第一部奉与杨霁云先生请正，他是鲁迅先生当年研究小说时为之提供红楼资料的老专家，读了增订本后说："你对'史事稽年'一章自然贡献很大，但我最感兴趣的部分却是你推考八十回后的那些文章。"这是可以给人作深长思的，——不是说我作得如何，而是说这种工作在有识者看来才是最有创造性、最有深刻意义的工作。没有探佚，我们将永远被程高伪续所锢蔽而不自知，还以为他们干得好，做得对，有功，也不错云云。

没有探佚，我们将永远看不到曹雪芹这个伟大的头脑和心灵毕竟是什么样的，是被歪曲到何等不堪的地步的！这种奇冤是多么令人义愤填膺，痛心疾首！

红学，在世界上已经公认为是一门足以和甲骨学、敦煌学鼎立的"显学"；它还将发扬光大。但我敢说，红学（不是一般小说学）最大的精华部分将是探佚学。对此，我深信不疑。

我平时与青年"红友"们说得最多的恐怕要算探佚。不识面的通讯友，遍于天下，他们有的专门写信谆谆告语："您得把八十回后的工作完成，否则您数十年的工作就等于白做了！"他们的这种有力的语言心意，说明他们对此事的感受是多么强烈，他们多么有见识，岂能不为之深深感动？通讯友中也有专门的探佚人材，他们各有极好的见解。最近时期又"认识"（还是通讯）了梁归智同志。当时他是山西大学中文系研究班上的卓异之材，他把探佚的成果给我看，使我十分高兴。他是数十年来我所得知的第一个专门集中而系统地做探佚工作的青年学人，而且成绩斐然。

我认为，这是一件大事情，值得大书特书。在红学史上会发生深远影响。我从心里为此而喜悦。

这篇序文的目的不是由"我"来"评议"《探佚》的具体成果的是非正误，得失利害，等等，等等。只有至狂至妄之人才拿自以为是的成见作"砝码"去称量人家的见解，凡与己见合的就"对了"，不合的都是要骂的，而且天下的最正确的红学见解都是他一个提出来的。曹雪芹生前已经那样不幸，我们怎忍让他死后还看到红学被坏学风搅扰，以增加他那命运乖舛之奇致呢？《探佚》的作者的学风文风，非常醇正，这本身也就是学者的一种素养和表现。他的推考方法是正派路子，探佚不是猜谜，不是专门在个别字句上穿凿附会，孤立地作些"解释"，以之作为"根据"。他做的不是这种形而上学的东西。他又能在继承已有的研究成果上，知所取舍，有所发明，有所前进。他的个别论述，有时似略感过于简短，还应加细，以取信取服于读者，但其佳处是要言不烦，简而得要，废文赘句，空套浮辞，不入笔端。

为学贵有识。梁归智同志的许多优长之点的根本是有识。有识，他才能认定这个题目而全面研讨。

这是他着手红学的第一个成绩。在他来说，必不以此自满，今后定会有更多的更大的贡献。这也是我的私颂。

这篇短序，挥汗走笔，一气呵成，略无停顿。虽不能佳，也只好以之塞责了，它只是替《探佚》说明：这不是什么"本"上之"末"、"节"外之"枝"，正是根干。

一九八一年七月廿四日

辛酉中伏　周汝昌

君书动我心

——王湘浩《红楼梦新探》简评

[题诗] 谁解其中味？君书动我心。

同时不相识，字字惜千金。

我艰难地坚持读完了王湘浩教授的《红楼梦新探》，不禁万感中来，悲喜交集，心中实难平静。

这册书部头不大，编收论文只有六篇，正文不过108页，然而在近年红学专著中，这是我所见的一部令我心折的、学术品格很高、思力识力很深的著作。它的问世，意义之重大，必将逐步为学术文化界认识与评价。

为什么重大？就我浅见，略陈数端——

第一，著者王湘浩为何如人？他是一位卓越的自然科学家：代数学、电脑学专家、教授，普林斯顿大学数学系博士，中国科学院学部委员，国家学位评委。他曾推翻了格伦瓦尔定理，使世界数学家为之震动（因为那定理是有理单纯代数理论的基础）。这样的学者，与一般"红学家"显然不尽相同，由他来研《红》论《红》，便令人刮目相视。

第二，从红学分支专科来看此书的内容性质，应归属于探佚学的大范围，因为著者集中精力来探索的，是雪芹原书80回后佚稿的情况：最重要的人物与最关键的事件的真相和本旨。这种探索，通常也被人目为"考证派"，并且是颇有微词的；但王湘浩先生的书，却完全可以使轻视考证探佚者不敢那么浅薄看事，起码要重新估量一番，这样品级的科学家所做的这样的"考证"工作，其间是否并无重要道理与意义可言？这个现象说明了一个如何值得深思而细体的问题？——这显然不是一个琐末细节的"看小说"的"闲情逸致"问题，而是一个关系着中华文化上的巨大高深的灵智问题，也是对于是非真妄的思辨、观照、领悟、升华的精神世界与文化造诣的验证问题。

第三，王先生不但深明雪芹独特的天才笔法匠心，而且以超越常人的思力悟力推论了与这些笔法匠心相为呼应的 80 回后的情节变化发展，具有高度的说服力量。换言之，他不但有一双"巨眼"，而且更有一颗灵心、一根慧性。在六篇文章中，他对原书后半部分的重要人物的作用和情节结构的机括，都作出了令人惊喜的推断与组联，在许多疑难问题上使困境疑团豁然开朗，有高屋建瓴、迎刃破竹之快。如对史湘云、巧姐、薛宝琴、邢岫烟、李纨等女主角的命运遭际与结局，对柳湘莲、薛蟠、卫若兰以及贾兰、贾菌、雨村等男角色的种种作为及事态，他的推想皆能令读者耳目一新，柴塞俱启。他甚至能一手提出了 80 回后贾、薛两门全部沧桑巨变的大脉络、大轮廓。而这些之中很多要点是以前的研究者所未能识破悟透的关键难题。

第四，若仅从上面所述的成就来说，对于红学研究上的贡献已是十分巨大的了；但我认为此书的重要价值还要从更高层次来审辨评估。著者最了不起的功绩是：

（甲）他敢于违世俗而讲实话；

（乙）他敢于犯权威而护真理；

（丙）他敢于硬翻历来评论的"铁"案，为书中人物鸣不平，反定谳；

（丁）他直言不讳地为雪芹本旨所受的歪曲雪洗污浊，扫荡烟埃，使《石头记》原本精神意旨境界，得以大白于天下。

王先生的书，外形上是以探佚学为主，他的论证方法是极其尊重雪芹的笔法（伏线、暗示）与脂砚的批语（透露、点醒），以此二者为坚实的根据，从纷繁的结构关系中一步一步地推出他的见解以至结论，所以他先事征引书文是不厌其烦的——然而还有夹叙夹议的一面。在这后者一面上，他却与征引详尽的写法相反：总是只用微言以申大义，点到为止，要言不烦，"惜墨如金"。这大约一则是他执笔时的客观条件使他不愿多发议论，避免纠葛唇舌，二则他毕竟是以一位自然科学家的精神来从事文史哲方面的研著，严于求实，而不肯多作空论。

但是正因如此，有些读者会是只知瞩盱"探佚"情节故事的新奇而忽视了著者着语不多而意义深远的评议之词，所以我在此短介中特别强调此一要点，希望引起大家的注意。

例如，他对湘云、宝钗，光明磊落地为之辩护——违反那相沿的批判她们的劝人读书、讥为"封建卫道者"的眼光。这一类是容易看明白的。还有另一类，他的言辞就十分委婉含蓄了——我试为之归结起来，大略有以下几点，他的观点是鲜明不讳的，但他的文辞确实是有意地不露圭角锋棱了。这几点是：（1）他看出雪芹著书，其性质与一般小说不同，有其很大的特殊性；虽不与"历史"等同，却须用对"历史"的考研方法研治它。他强调事物的特殊性，不能一般化。（2）雪芹著书宗旨是写"诸芳"，为她们作书，写那一批不可使之一并泯灭的众多女子。［汝昌按：亦即"千红一哭（窟），万艳同悲（杯）"之总义］而程高伪续"却只写了一个黛玉"［汝昌按：还作了最严重的歪曲］，他风趣幽默地讥评高续说："（别的女子）却果然都'一并泯灭'了！"

［汝昌按：而至今仍有奉伪续为至宝者，愿他们能读读此书，或有教益。］

（3）他不认为雪芹著书是"色空观念"出世思想，宝玉虽曾"悬崖撒手"，终于不顾世论之反对诽谤而与湘云重为聚合。（4）他指出雪芹之书包含了他自己的身世与思想。［汝昌按：其实这也就是婉言"自传说"并不荒谬。］王先生文辞婉约，义理鲜明。（5）雪芹之作书，并不是要写一部"悲剧"或"喜剧"，只是要写一部《红楼梦》。这就是说，要想真正理解他的书，不超脱了一般"悲剧""喜剧"这种模式概念，是永远跳不出常套认识的，一经将它纳入一个通常的文学概念框子中，就会迷失了它的真面与本文。（6）他强调指明，假设是学术离不开的思维方法，自然科学领域中，先立假设、后经证实的例子是多得很的。［汝昌按：假设貌似"猜想"，其实研究者能达到一个你能够提出的假设，实际上已是他积累了很多研究之后的"初步结论"——只是还需多求佐证印证就是了，不能一味轻视它讥讽它。］

以上这些，著者在执笔的当时，都是冒天下之大不韪而勇敢表达的真实意见。

我对此书，十分赞佩，整体肯定——必欲吹求，则白璧微瑕，是在首篇论湘云的文章最后引了涉及伪造雪芹资料的两首绝句，虽其意旨是为了说明雪芹的为人与精神境界，但无形中也给伪资料扩大了影响。建议异日重版，将此几行字删去为佳，无使留有微憾。其余一二琐屑，不必详说。

我在开头说"万感中来，悲喜交集"，此为何义？盖我与王湘浩先生生于同世，却悭于一面之缘[注]；此刻得读他的文集，他已作古人。从他令爱的来信得知，他到北京来参加全国人大代表会，知我也在全国政协开会，特意带来资料、文稿欲与我共同商讨探侠大事，而因电话未通，竟尔失去了这一极为重要的机会！王先生此书仅仅是偶存的遗著之一部分，他原有一个宏伟的探佚（复原）的重大计划；他既未属稿，我未能面聆其高见，相互切磋，这真是平生中最大的一桩不幸和恨事！我的万感与悲喜，又怎能在此短评中尽情申述呢？

王湘浩先生已经逝世，这个损失太大了，实在太大了！

甲戌五月中浣写记于燕京东皋

[注] 王先生曾寄与我已然发表的论湘云一文，后又将解宝琴十首诗谜文稿寄来，嘱代点定一处字句，由我代投期刊发表。以后遂联系中断。如今是由其令爱王坤健女士寄书，方得拜读。王先生也引及了拙文，但我后来的不少篇有关论文，他似乎未及见到，这也影响了我们两人对许多问题的深入讨论。

致刘心武先生

心武作家学友：

　　谢谢你 11 月 22 日的信札，《太原日报》发表后寄与了我。循诵惠笺，也还是欣慨交加。我们为什么要写文写信？不是个人私交琐务，是为了中华文化上的一件大事。我们的这种简札，形似闲情漫话，实际上是涉及着许多文化文艺的根本课题。若认真讨究起来，那是"著书"的事业，而绝非一两封信所能胜任包容了。此刻在你来信的鼓舞下，姑且再简叙几句。

　　第一是你提出了对高续后 40 回"极端"不极端的问题。这里面，根本原则是坚决打假，不能折衷主义，我们两人已有了"共同语言"。我十分高兴，端由于你的这一卓识与明断。在真假大总题下，还有三种性质不同的内涵搅在一起，这就是：一、伪续的动机、目的、背景一题；二、思想本质一题；三、文笔品格一题。

　　一、高鹗、程伟元何许人？他们炮制出"全本"，竟能由宫内武英殿修书处（为印造《四库全书》而大加改进扩充的皇家"出版社"）以木活字印行？这事实已由乾隆时俄国第 10 届来华教团团长（汉学家）卡缅斯基的记录昭示确凿。伪续"全本"是政治事件，是处心积虑地破坏原著，官方授意并予出版，还不清楚吗？

为这样的一大假冒、一大骗局，我们是痛打，还是为之辩护加喝彩？

二、程高伪续的思想本质是不折不扣地为封建统治利益服务，硬把雪芹的《石头记》变成"浪子回头金不换"的"惩劝"书：让宝玉学八股、中举，娶妻生子，光宗耀祖续香烟，完成一切做"忠臣孝子"的基本任务后，随二位"大仙"去成佛作祖了——也就是为了"一子得道，九族升天"。

众女儿呢？千红莫哭，万艳休悲，黛玉"彻悟"了，"断"了"痴情"，临断气还骂宝玉负义缺德！鸳鸯成了贾门的贞烈忠孝"殉主"榜样。骂袭人是个愿"嫁二夫"的坏女人，没有品节（实际在雪芹原书她是为了保护宝玉、被迫去做奴做"贱"，自我牺牲的不幸者）……

高鹗向200年来读者灌输的究竟是什么思想？目下有些专家教授还不太明白，而且说高鹗才是真正"伟大"的。

你看，咱们文化界的事奇乎不奇乎？

三、文笔的高下美丑，这问题在我看来更麻烦，因为这不是靠考证、说理、辨析等手段可以"摆"清的。我们中华文事，历来最重的就是这个"手笔"高下的大分际。这得靠深厚的文化教养、文学修养而培育成自己的审辨能力——其实也还有个天资敏钝的因素在起着重要作用。我的"红友"中，不止一位明白表示：他从学术上肯定主张表示，后40回是假无疑，不能赞颂，但他们承认，对后40回的文笔之不行，是"不敏感"的！

我听了，暗叹"这可罢了！"。有办法让他"敏感"起来吗？我可真难住了。事实上，更多的人是向我说：一打开第81回，立时就觉得"那味儿全不对了！"。更甚者是说："我简直受不了。

读这种文字是折磨人！"

所以，在这第三方面（或层次），这个"仁智"之分，要想"民主表决"，那得"多数票"的是谁，曹耶高耶？正是个"不可知"（或许该说"可知"吧）之数了。

你提出也许后 40 回内，可能偶存原著的一鳞半爪、片言只字，可资研寻。这倒是值得讨论的一个好课题。但拙意终以为，纵使有之，也不会是"原封不动"地"纳入"，而是要经过一番"反炮制"。比如，"抄家"一节，伪续也"包容"了，可是这"抄"已与原书之"抄"大大相反，不但备受"关照"维持，而且根本未伤毫毛，赐还了一切，还又"沐"了更大的"皇恩"！

所以我说，若欲寻其"偶存"，也必须从反面着眼着手，不然也会上他的大当。

你为少年经营一部"浓缩""快餐"本，太好了。年纪小，文化浅，人生阅历太少，看雪芹的书是很难"得味"的，但一步一步适当地引导、指路，还是一种功德。你把"曹雪芹、高鹗著"这个大怪署名式坚决打得它不再现形，不禁称快，浮一大白！多年来，就那么"题"呢，活像"乾隆老佛爷"找雪芹、高鹗，组了一个"写作班子"，他两位大作家"亲密合作"，产生了"伟大"的文学"奇迹"。

感谢你的"正名"的措施，这也是一种正义的行动。

我现时也正写一部小书，暂名为《红楼梦的真故事》，专门讲述 80 回后原著的重要人物情节。这也是一种探佚学的形式，不是"仿作""续书"的小说，但写着写着，不由己地夹入了一点滴"文学性"，也很有趣。

拙文《探佚与打假》中有一处提到最早我是与胡适争版本才引起决意治红学的，他虽得了《甲戌本》，但还是心喜《程乙本》，就争起来了。文内那处缺了一个"与"字，以致文义不明了。

再谈，祝你笔健文荣！

周汝昌　甲戌大雪节日

历史的"逆证"

——鄂昌、胡中藻文字狱与《红楼梦》传说的关系

　　中华文化既是气象万千，又是奇姿妙趣。例如，我们有时可以用"逆证"法而探知历史上久经迷失、极难考究的重要课题的真相大致若何。因此，对于雪芹撰著小说的若干历史情状，也可以运用此法来窥测一二。

　　什么叫作"逆证"法？我指的是：一个晚出的、明知其不确的但流传甚久的说法，却可以"掉转来"证明早先的真正的历史实际。此法既"逆"又"反"，听起来未必受人尊重，却实在是一条不容轻忽的道理。

　　我举的例子是一桩"早著盛名"的文字狱与雪芹其人其书的一种微妙的关系，能给人以很新的思索线路与很多的文化营卫。

　　这桩文字狱发生在乾隆二十年（1755）。可是我们却须溯源于雍正阴谋夺位这件丑闻上去。用兵力帮助雍正"成功"的是年羹尧与隆科多，但雍正把他们都铲除了，单单感谢一人：张廷玉。张廷玉最了不起的"功劳"是亲手修纂康熙《圣祖实录》时将雍正如何阴谋夺位的一切破绽痕迹都消灭了，把史实作了最大的歪曲篡改。（这种歪曲篡改的"传统"一直延续到《四库全书》和《红楼梦》的"对策"上去）雍正因此格外青眼，要

把张廷玉日后"配享太庙"——惟一的汉人进入满人祖庙的特大荣宠。

雍正安排妥善，特以"四子"弘历嗣位，而以张廷玉与鄂尔泰为"扶保幼主"的两个主要辅政大臣。

鄂尔泰，满洲人，姓西林觉罗氏。原系内务府籍（奴籍），后因位居极品，官书正史讳言内务府出身；又因身后遭谴，贬旗降入镶蓝旗（八旗之最末旗）[注一]。鄂尔泰为人正直，在内务府时不肯去迎合雍正（那时还是皇子），反而受到雍正的佩服与信任。他在雍正手下也并无丧品败德的恶迹，倒是很受人尊敬。

两位辅政大臣，人品性格太不一样了，渐渐由"合不来"而发展为分朋树党。二人各有一班人"忠"于本党本派，日演日烈，水火冰炭，其情状朝野皆知，乾隆也很"了解"。

张氏手下有张照、汪由敦等多人（张汪皆乾隆"书法"的代笔人），张党人多智广，鄂派常为所抑。鄂公则有徐本、胡中藻等人为之壁垒。（徐本与平郡王福彭等，同为乾隆初期主政大臣）鄂公虽后来也成了"军事家"大将军，实则从早就是一位爱文惜才、激扬文化的江苏布政使，所以颇能吟咏，他的受知于康熙即由于作诗称旨，因此，也就有了这种家风，子侄辈、幕客中，多有诗文之士。他又历任主考，门下多士，亦自可知——这里面就出了一个胡中藻。

鄂尔泰卒于乾隆十年（1745）四月，张廷玉卒于乾隆二十年三月。张氏临末惹恼了乾隆帝，遭到了很大的责辱，差一点儿被治罪。鄂派当然称快。张党之人，衔恨移怨，遂向鄂党报复。便有人出了高招，将他们最恨也最怕的鄂公门生胡中藻选为目标，摘其所为诗句，罗织中伤，达于乾隆，乾隆竟为所惑。胡中藻其时官任内阁学士。鄂尔泰之大兄鄂善，有子名曰鄂昌，官至甘肃巡抚。中藻、鄂昌二人以世谊唱和往来的诗章，竟被人摘出"悖逆"之词，于是一场文字大狱发作了[注二]，——中藻坐斩，鄂昌"赐自尽"，抄没了家产。乾隆极为震怒，连已死的鄂尔泰也怪上了，将他从贤良祠中撤位！

获重罪之家，是没人敢与之来往的，连至近亲戚也不敢多走动，处境至难至惨，城中是住不下去的了，遂避居西郊。靠鄂昌之子鄂实峰做幕为生。鄂实峰晚年方娶了香山的富察氏之女为妻，于是安家于香山脚下健锐营一带。实峰生子名少峰，二女西林春与露仙姊妹。他们家势虽然败落了，诗文的家风却皎然不坠，都有很高的造诣。

西林春是鄂昌的孙女，也是乾隆第五子荣亲王永琪福晋（王妃）西林氏的内侄孙子。到道光三、四年间（1823）。西林春为了谋生，寻到老亲荣王府，留下做了贝勒奕绘的姊妹们的诗文"教师"（实为家庭指点批改的女伴当）。

奕绘（永琪之孙，荣郡王绵亿之子）是个少年奇才，从很小就能诗善赋，也是个多情而不凡的贵公子，不久即与西林春有了感情。不用说，文藻才思，是两位诗人词客相互倾慕的引线。

奕绘要想娶西林春为侧福晋，但这却是不可能的事，因为宗室纳妾，只许在本府所属包衣（奴仆侍从）家女子中挑选，而西林氏是满洲大姓，更何况她是罪家之裔。因此遭到了制度规矩与亲友舆论的一致否定。奕绘无奈，出奇计求助于府内二等护卫顾文星，也碰了壁（满俗老辈家下人是可以训导少主的）。最后，适值顾文星病故，其子顾椿龄接受了"请求"——将西林春假托为护卫顾文星之女，申报宗人府，这才得到批准。二人终于成为眷属。这是满洲文化史上的一段非常奇特的佳话故事。后来奕绘自号太素，西林春乃号太清——这就是西林春又称顾太清的缘由，过去很多人都对此二名的关系无法索解，以至疑心她原是汉族，等等。

我们知道了这些往事，又对雪芹之人之书有什么交涉呢？这事情的年代比雪芹晚得多呀！（至少相差了六七十年）

说来有趣：正是这个晚出之人与事却"逆"转上去，与早些年的人与事发生了一种十分奇妙的"关系"！

原来，就在北京西郊的外三营（即外火器营、圆明园护军营、健锐营）满族人当中，曾流传着一段"红学轶闻"，大家说：《红楼梦》一书，原是写奕绘与西林春二人感情的一部真人真事的小说。

这，现在有"科学常识"的人听起来一定大为嗤笑，认为竟连历史年代先后也弄不清，胡乱牵扯附会，可谓荒唐之至，一文不值。

我撰此拙文，斗胆冒陈：且慢，不必立加嗤笑斥责，而应当思索一下其间的缘故，为何会发生这样的奇谈？

非常明显的缘故，我看就有三四点可以列举——

（一）奕绘祖孙三代，递封荣亲王、荣郡王、荣贝勒，其府俗称荣府，便使人感到与书中所称"荣府"有所关联。

（二）西林春是荣亲王老福晋的内侄孙女——这正像史湘云是贾太君的内侄孙女那样，更觉吻合。

（三）西林春于咸丰年间写成了一部《红楼梦影》，这便很容易被人传述误与雪芹的《红楼梦》相混为一回事。

（四）恰好雪芹也是罪家之后，流落到西郊外三营一带居住。这更增添了致混的因素。

有了这四条原因，错综而微妙地结合在一起，便产生出那种"《红楼梦》写的就是荣贝勒和西林春"的传闻，就丝毫不是什么怪事了。它不同于一般的毫无道理的胡牵乱扯。

但是，十分重要的并不在于正确解释此一传说的问题，而是在于要悟知其中还隐含着几层关键性的历史内容——

第一层，雪芹的西郊住处，从传说到考证，都归结于健锐营附近的一个山村。

第二层，雪芹的书，乾隆十九年已出现脂砚斋"抄阅再评"之本；而敦诚在二十二年已劝雪芹不如著书黄叶村。合看，雪芹之离城出郊，当不出二十、二十一两年中，而这正是鄂昌这一支因京城难以容身而避居郊甸的同一时间。

第三层，香山旗人张永海，于60年代之初，曾传述他所知于雪芹的传闻：雪芹有一友人名"鄂比"，与他是"拨旗归营"的。这似乎透露着一种久已迷失的史迹，即雪芹之流落香山一带，与鄂昌有关[注三]。

鄂家的重要亲戚首推庄亲王胤禄家。乾隆元年十月，特命鄂尔泰之第五子鄂弼与庄亲王家联姻，成为王府额驸。庄亲王原是支持雍正的受宠者，但到乾隆四、五年上却成了大逆案的首领人物。曹家的再次遭难，与此案相连[注四]。雪芹上一辈也有在庄王府当差的人。庄亲王又曾是受命管理内务府的人。况鄂、曹两家原是同为内府包衣籍的世家，他们都非亲即故，相互交往，一点儿也不稀奇。香山传说单单将曹、鄂二氏联在一起，应是有其久远来源的一种残痕未泯。

然后，就是历史现实人物与小说书中人物的"本事关系"的一层奥秘了。

大家已都熟知，至少已有12项记载，证明雪芹原书的后半部乃是宝玉与湘云悲欢离合、最后重逢的故事。湘云原是史太君的内侄孙女，其原型即李煦家的一个孙女辈的不幸之人，恰好也正是罪家之后。西郊外三营盛传的历史年代错乱颠倒的"荣贝勒与西林春"的说法[注五]，实质上是曲折地反映了早先满洲旗人皆知雪芹原本《石头记》情节真相的一种意味深长的口碑——这也就是我所说的"历史的逆证"。这种曲折关系，恐怕有很多只习惯于单一的、直线式的逻辑思维推理方法的研究者是不大理解也难以接受的，所以外三营传说的真正意义向来无人重视，久而渐归湮没，偶有残痕，又被少数人妄加以歪曲利用，制造了大量的混乱，成为一种可悲的文化现象[注六]。

在中华文化史上，历代都出现这一类奇特的天才人物，雪芹称之为"正邪两赋一路而来"之人，举了很多例子，中有唐明皇、宋徽宗。清代的顺治帝、纳兰性德、绵亿、奕绘等很多帝室王公贵胄，为数尤多，我们无以名之，我曾称之为"诗人型""艺术家型"人物，实即雪芹所类举的生于富贵之家的情痴情种，特异天才[注七]。但他们也都是命定的悲剧性人物。对于这一历史文化现象不了解，势必把雪芹的书当作一般性的佳人才子爱情故事来看待，因而丢弃了其中的极为重要的历史社会文化内涵。可惜的是，雪芹提出的"两赋"理论，以及"两赋人物"这个课题的系统研究阐释，至今也未见有人悟知其重要性而集中力量给以学术上的深入研究。对《石头记》的大多认识的实质仍然没有超越"哥哥妹妹"的级层和范畴。这也许正是对那些侈言中华文化而又不知中华文化为何物的人、侈言红学而也不懂红学为何事的人们的文化水准与精神境界的一个忠实的写照吧？不过海内外近年已经出现了一种迹象，开始认识到：雪芹书的主题本旨是为了写人、人才的命运、人与人的高级关系的"情书"。这倒是值得瞩目的一个新气象。因为，红学的本质与意义从来也不是与"小说文艺理论"等同的学问，而是一种中华大文化的高层次的哲理性的学问。在这个意义上来讲，红学就是一种文化学。我们自然也有"小说红学"，但今后更需要的则是"文化红学"了。原地踏步不行了，就是高呼"红学必须回到文学"的那种认识，恐怕也是失之于过于肤浅和"过时"了吧。

奕绘在年方十几岁时，即有一首题咏《石头记》的七律诗[注八]，他写道：

> 梦里因缘那得真？名花簇影玉楼春。
> 形容般若无明漏，示现毗卢有色身。
> 离恨可怜承露草，遗才谁识补天人？
> 九重运斡何年阙？拟向娲皇一问津。

这位清中叶青少年贵公子，读罢芹此书，最主要的感叹是什么？一起是"因缘"（注意，此乃佛家语义，不与"姻缘"相混），而后是哲理（人生观），虽然也涉及了"离恨"，但最后三句（即一篇的总结穴），却归于慨叹补天之才之志而无所施用——一点儿也没有"色空观念"，一腔感发竟是愿去自荐补天的入世思想。他深惜"遗才"的弃置，亦即人才的命运与遭际的问题！这种历史现象，现今的"红学家"就很少知道，也不必体会了。

然而，现在既知，虽为时稍迟，也还并非全晚，问题在于：我们不是到了应该再作沉思的历史时刻了吗？

壬申 4 月 26 日写讫于燕都东郊之庙红轩

[注一] 鄂尔泰本人曾任内务府员外郎、郎中，其子鄂容安（本名鄂容，皇帝赐改容安）于乾隆八年因仲永檀一案入狱，也是内务府慎刑司审治。鄂家亲戚高斌，亦内务府人。皆可证。

[注二] 此案于乾隆二十年之二月开始，密旨令刘统勋等大员严查，极为紧张峻厉。乾隆帝为此颁发了一道很长的上谕，训诫八旗，其中有

云："……乃近来多效汉人习气，往往稍解章句，即妄为诗歌，动以浮夸相尚，……即如鄂昌，身系满洲，世受国恩，乃任广西巡抚时，见胡中藻悖逆诗词，不但不知愤恨，且与之往复唱和，实为丧心之尤！……着将此通行传谕八旗，……倘有托名读书，无知妄华，哆口吟咏，自蹈嚣凌、恶习者，朕必重治其家！乾隆二十年三月庚子。"观此方知雪芹等人以诗为朋辈推服（"诗胆如铁"）可是在何等政治气氛下而为之的！

[注三] 1962年，我同吴恩裕到香山健锐营请询老旗人张永海，人传他知道一些关于曹雪芹的传说。当时实况是：张之讲述十分简单、朴素，其中也有附会或不合史实之处，但他初无编造之意；后来因有人追求过甚，于是引发了一些"补充"，并且使别人也"顺藤摸瓜"，如滚雪球，"传说"竟到了"说评书"的规模和样式，此与张永海实在无关，应当分别审辨。张云：曹雪芹住于镶黄旗营后边，有友人名叫"鄂比"，能画。曹、鄂是因"拨旗归营"而来到这儿的。他对此并无更多的解释或描述。后有人说，所谓"拨旗归营"，是指一案同犯的罪人"下放"到兵营当差。昔年因无可佐证，置之不论可也。如今想来，或许这说明了雪芹之迁居西郊，与鄂昌一案有关，因为年代也很吻合。当然这也只是推测，记之以备参考。

[注四] 参阅拙著《红楼梦新证》《曹雪芹小传》等书，雪芹小说现存80回书，依年份推考，恰到乾隆四年为止。此一现象至堪注目。

[注五] 此事史实经过之所据，系金启孮著《漠南集》与他为奕绘《未冠集·写春精舍词集》所作的序言。

[注六] 如"注三"所叙，张永海只领我们踏看镶黄旗前后附近一带，并不引观正白旗，只遥指一房，说"那是正白旗印档房"，即兵营小官的办事处，亦即后来舒成勋宣称那就是雪芹"故居"那所很具格局的院子，与一般旗兵小营房不同，乃营官所居。但近年来很多人把这处地方叫成"正白旗村"，并云即雪芹著书之"黄叶村"。殊不知在乾隆十几年上刚建的新营，规模巨大，哪里会有个营内的"村"？所谓"正白旗村"者，只是民国以来清代兵营废撤以后，旗兵变为平民身份，所居之处这才划分为某某"村"的。同理，"健锐营"三字也只是后来变成的一

个历史地名而已。更令人诧异的是"传说"中还说：正白旗佐领有求于雪芹，是到雪芹家去"请曹先生"，等等，云云。其自相矛盾，不可究诘之言，不胜枚举。我们有些不明白清代历史制度的人，当作"新闻"听听自然可以，但这与学术研究是两回事，务宜严辨。

[**注七**] 参阅拙著《红楼梦与中华文化》之中编。永琪、绵亿、奕绘，三代皆为异才。永琪原为乾隆预定嗣位人，不幸早亡。绵亿病弱，但博通百家，连《荀子》《淮南子》都背诵如流，使昭梿惊骇佩服。奕绘则精通百艺，十几岁的诗文，水平已经很高，如无实物尚存，现代人是很难置信的。但清代确实出现了一大批这样的异才，雪芹则是其间的一个优异者。

[**注八**] 奕绘此诗，十分名贵，可注意者，他仍题书名为"石头记"，通体用佛语及神话寓言托意。而实乃感叹雪芹其人与自己有相似相通之处，结穴是遗才之慨，而非"爱情"之恨。"因缘"亦佛家语。"般若""毗卢"一联，已深明雪芹是大智慧人，而仍不能不托言以抒其悲欢哀乐之情，以世间色相之表以写其本真之"里"。体悟甚深，而其时奕绘不过一弱冠青年，后世人所万万不能想象与置信者端在于其天资学识之相去悬远耳。

附

录

咏红绝句系吟俦

　　平生所作题咏雪芹与《红楼》的诗词韵语，数量之多，难以确计；可惜赋性疏慵，总不曾辑录抄整，以致散落无从复寻者也不知凡几。友辈知我此情，多来进言，"期期以为不可"，劝我赶紧搜集一下，存其残余，也比全归鼠蠹为好。我听了自然有动于衷，更重要的是这些诗词的内容实在也记录着数十年来红学发展史的一些"足迹"；而吟朋红友之间的倡和之深情，亦多在其行间字里。完全丢弃了，也觉太无责任之心，有亏交期之道。

　　但我事情太多，顾此失彼，破箧敝笥，残笺乱楮，到处都是，漫无条理；真是茫然"无所措手足"。

　　日前，忽有海外音书，也传诗札。于是这给了我"启示"——我何不就从这种诗札作起来？岂不也很有趣？对，就是这个主意。只因此处篇幅有限，先举一二，以当豹炳之一斑、鼎脔之一味。

　　新加坡名诗人潘受先生，字虚之，有《海外庐诗》，享誉吟坛。今春忽有墨书条幅见寄，损缄拜诵，上题一绝句云："世间原是荒唐梦，岂有红楼梦醒时？却笑梦中还说梦，两周更比阮曹痴！"并有小记二行云："次韵奉酬汝昌先生诗老惠和旧所书赠策纵教授有关红楼梦研究之作，敬乞郢诲。壬申开春虚之弟潘受于新加坡。"朱印二方:"潘受长寿""虚之八十后作"。

我得此诗,这才恍然忆起一段旧事:1986年秋日,重游北美威斯康星大学,见周策纵先生办公室壁上悬一诗幅,甚有气魄,中有句云"一书天下咸知重",谓策纵兄首创国际红学研讨会之事也。中秋良夜,策纵兄邀我至其"弃园"同饮赏月,又以《海外庐诗》见惠,扉页即叙录此诗原委。我看后欣慨相兼,即和其韵云:"海外红楼海外诗,白头吟望幸同时。一书天下咸知重,谁识情源溯阮痴。"

策纵兄将拙句寄奉潘老,我并不知。如今忽得和章,方如"梦"醒——信乎,不过五六年前的事情,也竟真有"如梦"之感了。

我那末句,是指策纵兄为拙著《曹雪芹小传》作序时,论及晋贤阮籍对雪芹的影响。虽然我在《小传》中也涉及此义,但太简略;既作此诗,遂决意在新著《红楼梦与中华文化》中特辟专章,以申微绪。而书出后此章尤得海外瞩目。这种过程,回忆起来,却饶有意味。

到了夏天,台湾的女红学家康来新教授抵京见访,携赠了一本《倚红小咏》。看时,是台湾王叔岷先生的手书影印本,通部是与《红楼》相关的诗句,以七绝体为主(大安出版社,1992年4月)。王先生自言,幼时初读《红楼》,至第27回《葬花吟》,即伤情而不能续阅后文;既长,致力于朴学考订,而凡有吟咏,总不离《红楼》这一中心主题,因辑为一册,题以"倚红"。可谓生面别开,自我家数。——这当然使我联想到自己无数的咏红韵语多归散落的遗憾之事。

我读《倚红小咏》,见其感情丰富,笔致灵秀,而感慨时时流露于毫端纸背[注]。他的总风格是婉然敦厚的,并无逞才使气的粗豪之习。但当我读到第29页《红学》一题时,不禁抚掌大笑！其句云："臭男禄蠹见砭针，风骨何曾重士林？芹圃当年殊未料：漫天红学叫'知音'！"这确实是一位耿介之士有感而发的心声，有些"忍俊不禁"了。

再看到第31页，忽见其《读破》一题，使我且感且愧——其小序云："闲阅周汝昌先生《红楼梦与中华文化》，新序中谓曹雪芹集文采风流之大成。……"诗也是一篇七绝："文采风流独擅场，其人如玉亦痴狂。探新温故穷心力：读破红楼一汝昌。"

按所云新序，是指那部拙著在台北出版的同一年中，也出了大陆版，新序就是为大陆版加写的。而身在台湾的王先生，却特别提及此版的新序，思之亦觉有趣。

我读后，即用原韵遥和了两首，其句云："万里相违想芥针，欣逢诗雨润红林。人间自有真知在，隔水犹能惠好音。""粉墨从来好作场，素衣化了素心狂。红楼通得终南径，燕石镌成字'寿昌'。"

从诗集得知，王叔岷先生是老北大的旧人，怀念北京沙滩的"红楼"（原北京大学旧址）。他的诗句也流露出同为炎黄后代，希望两岸携手同行的心曲。他的佳句不少，惟小文难以多引。

至于周策纵先生，我与他因《红》而倡和的篇什就太多了，无法全录。今只记拙句一首，附于文末——这是为他七十五岁学术纪念集的题句，那韵脚又正是我在北美时题赠虚之、策纵两家的那一旧韵，或许也可算是一代红学史上的一段小小侧影吧？其句云："鸿蒙一辟镇悠悠，岂必红家总姓周？宜结奇盟动天地：直齐宇宙筑红楼！"

1992 年

[注] 其《艺展》云："'荒唐'旧梦付东流，谁解荒唐嚷未休！一自巧商营艺展，贩夫亦喜说红楼！"即一例也。

齐如山记异本

美国的大学图书馆，还有香港的，我都进去过。我回国前夕，所住那大学图书馆里正在用轻巧的"推车"往里运书，大批大批地，我看时，是台印《四库全书》，馆里特辟一处地方，立上了很多大书架，来接待这部大书。台湾的书商、出版社，在向美国大学做宣传工作上，不惜费心花钱，我在中文部主任办公室里所见的各式各样的书目，不计其数，不但内容丰富，而且编讲考究，中英文总是都让它并行不缺，还有就是除了台币价目，同时一定有美元价目。我看了，心中暗暗吃惊。我想找一本大陆出版界的同类书目宣传广告品，却一种也没有发现。我心中着实有所感触。

台湾印的书，质量很高，价钱也可观。美国大学对购买图书，是有钱的。所以台湾书店每年单是赚这一笔钱，不是小数目。台湾印书，如大套的丛书，不惜成本，应有尽有，取用真是方便之极。例如我在国内要想翻阅一下《康熙御制文集》，那可费大事了！但在那里，举手可得。做点学问，可以免除多大的时间精力的浪费？这样的一笔文化账，不知可有人算过否？

在那里，我有"特权"出入图书馆内库，自己检书。那都是"开架"的，伸手即取。极大的厅，无数的桌椅，可以做工作。最近看见报上说有一冒牌"教授"，在各图书馆大偷其书！真可够得上一条新闻。记得我们也有过一位"名学者"，就偷书卖书，后被发觉。可见"丑闻"也不分中外。

那书架上满是台湾、日本、香港等地的书，大陆的也有，但极少，立在"书队"里，不免"黯然失色"。来自大陆的我，心头另是一番滋味。

台湾的书，往往大套大套的多卷本。我头一次入库巡礼，就看见《齐如山全集》，十余巨册，煌煌然夺人眼目。我当时就深觉自己太孤陋寡闻了。心中暗语：怎么？竟然有这么多著作！一点儿也不知道呀！

四十年代我在燕京大学时，和齐如山先生通过一次信，讨论"吹腔"《贩马记·奇双会》。齐先生的一切，我并不深晓，只知他是国剧学会的创始人，佐助梅兰芳编撰剧本，是位博学之士。事隔数十年，方知他在海外享名甚高、著述极富了。

可是没有时间也没目力去看他的全集，心里一直抱有遗憾。近日，忽然收到了寄自北京大学的一本书，打开看时，竟是《齐如山回忆录》。卷端题有惠赠于我的上款，下款却是一颗楷字印，印文是"如山先生子女敬赠"八个字，——我一下子"回到"了北美的图书馆，重温了我上文所记的那些情景。

原来这是齐先生全集的第十册，北京宝文堂重排的单行本。看序言，方知齐先生到台以后，到八旬祝寿时已有二百万字的著述。这本回忆录，是他的自传，一下子也就有三十来万字。从他的家世、幼年生活一直叙到他写这部书。

齐先生是河北省高阳人氏。高阳是个了不起的地方，北方的戏剧鼓书诸般艺术，高阳都居重要地位。别的不及细说，单是那个老"昆弋班"，我二三十岁在天津还赶上了它的最后的一段"黄金时代"，那几位特立独出的绝艺奇才，如郝振基（老生、武生）、侯益隆（净）、侯永奎（武生）、韩世昌（旦）、白云生（小生），简直是"此曲只应天上有"，说与今日的青年人，那是怎么也想象不出的！这地方出人才，使我起敬。我对河北省的人才，抱有特别的"大同乡"的感情。自然，也许有人嫌它"土"。但齐先生也名扬海外，不知可为高阳带来一点"洋"气否也。

巧得很，不久前南开中学老同窗黄裳老弟，特意来信，说是他在此书中发现一则《红楼》秘本的掌故，亟为录示于我。因此之故，我对这部书也就不同于一般的留意了。

齐先生记下的这段往事，文字不长，引来如下："光绪十几年间，先君掌易州棠荫书院。有涞水县白麻村张君，送过一部《红楼梦》，其收场便是贾宝玉与史湘云成为夫妇，但都讨了饭。此书后来被人拿去。已六十年矣，始终未再找到。恒以为可惜。"（见 242 页）这段话，我看了真是感慨万端。《红楼梦》的这种异本，仅我个人收集的文字史料，现已有十几条之多了，未想齐先生早见过此一异本。尽管仍然有人对此本之存在表示存疑，但从清代到民国不同时期的十几家记载，异口同声，这就很难说他们是"联合造谣派"了吧？但我不曾料到河北易州涞水一带，也有过此种本子出现。实在大可注意。（一个传闻，说曹雪芹在蔚县教过书。）看来，流落人间，幸逃百劫的《红楼》珍本，还是可以抱有发现希望的。

近年来，四川、湖北等地，都传出了消息，有人确实目见《红楼》异本，连书名字都不与传世的一样。收藏者分明健在，但因种种之缘故，人家都"封了口"，就是一不承认有书，二不肯取以示人。弄得有些想"挖宝"的人束手无策，那条线索一直悬在空中，似断非断，书呢，自然也是"可望而不可即"。这大约也许是由于那些求书的人工作不力、作风不妥所致？思之令人叹慨。

后来，我忽然由于一个偶然的机缘，听说咱们天津武清某地现藏《红楼》珍本一部，规格异乎世所习见，全部精钞，且有朱批。此本从一大户人家抄出，未毁，"文革"期间该地工作干部同志中目击者与保管者都健在无恙，人证确凿。

我闻悉之下，真是说不出的满怀喜幸，因为什么？因为咱们若发现此一钞本，经鉴定后确有价值，那么结论就是：自从一九六一年北京图书馆入藏了一部"蒙古王府本"（黄绫装面，专用的朱丝阑"石头记"中缝钞书纸），至今已历三十年整，再未在任何省县市又出现过半页古本《红楼梦》。如果我们天津境内首先找到上述之本，以献国家人民，则实为我全天津人的莫大功绩与光荣！全世界都将瞩目而艳羡称颂。

听说已有不少同志在为此事努力工作。我作为天津人，衷心祝祷他们工作顺利，查找成功，早日使此珍本归于中华文化宝库之中，焕发光辉——那么我说句不怕人见笑的书生呆话：咱天津就是为这部专盖一座"藏红小阁"，也是不为过分的。在此阁中，庋藏这部"天津本"，并且记载下所有为此事贡献出力量的同志。

1990 年

图书在版编目（CIP）数据

红楼梦的真故事 / 周汝昌著 . —北京：作家出版社，2023.5
ISBN 978-7-5212-2240-1

Ⅰ.①红… Ⅱ.①周… Ⅲ.①《红楼梦》研究 Ⅳ.① I207.411

中国国家版本馆 CIP 数据核字（2023）第 051497 号

红楼梦的真故事

作　　　者：周汝昌
出版统筹策划：刘潇潇
责任编辑：单文怡
装帧设计：孙惟静
出版发行：作家出版社有限公司
社　　　址：北京农展馆南里 10 号　　　邮　　编：100125
电话传真：86-10-65067186（发行中心及邮购部）
　　　　　86-10-65004079（总编室）
E-mail:zuojia @ zuojia.net.cn
http://www.ZUOJIACHUBANSHE.COM
印　　　刷：河北鹏润印刷有限公司
成品尺寸：142×210
字　　　数：315 千
印　　　张：13.5
版　　　次：2023 年 5 月第 1 版
印　　　次：2023 年 5 月第 1 次印刷
ISBN 978-7-5212-2240-1
定　　　价：69.00 元

ISBN 978-7-5212-2240-1